BASTEI LÜBBE

Taschenbücher von ROBERT W. CAMPBELL
im BASTEI-LÜBBE-Programm:

19 125 Kettenhund
19 130 Glitzerland
19 136 Alice im Glitzerland
19 140 Der eiskalte Gorilla
19 146 Krokodile weinen nicht

Robert W. Campbell

DÄMMERUNG IM GLITZERLAND

Ins Deutsche übertragen
von Jürgen Bürger

Schwarze SERIE

BASTEI LÜBBE

BASTEI-LÜBBE-TASCHENBUCH
Schwarze Serie
Band 19156

Erste Auflage: Juli 1991

Deutsche Lizenzausgabe 1991
Bastei-Verlag Gustav H. Lübbe GmbH & Co., Bergisch Gladbach
Originaltitel: Sweet La-La Land
Lektorat: René Strien
Titelillustration: Achim Bock
Umschlaggestaltung: Quadro Grafik, Bensberg
Satz: VID Verlags- und Industriedrucke GmbH & Co. KG,
Villingen-Schwenningen
Druck und Verarbeitung:
Clausen & Bosse, Leck
Printed in Germany
ISBN 3-404-19156-0

Der Preis dieses Bandes versteht sich einschließlich
der gesetzlichen Mehrwertsteuer.

PROLOG

Es gibt da ein ausgekochtes Schlitzohr – was man heutzutage einen Unternehmer nennt, aber auf der Straße hat man so was schon immer ein ausgekochtes Schlitzohr genannt –, das sich einen alten Leichenwagen besorgt, ihn so umbaut, daß er genügend Platz für zwölf Personen bietet, und dann eine Rundfahrt veranstaltet, die er *Graveland-Tours* nennt.

Abgesehen davon, daß er seine Kundschaft zum Forst Lawn und Hollywood Cemetery fährt, wo er ihnen die Grabsteine, Krypten und Mausoleen zeigt, in denen die berühmten Toten wie Rudolph Valentino und Mae West liegen, fährt er sie auch an dem Haus vorbei, in dem sich Marilyn Monroe 1962 das Leben nahm, zu dem Hotel, wo John Belushi 1982 an einer Überdosis starb, und vorbei an dem Haus von Ramon Novarro, der 1968 erschlagen wurde, während er gerade ein Kettenhemd und eine Gummi-Badekappe trug.

Er gibt Geschichten über andere zum besten, die erst nach ihrem Tod berühmt wurden, und fährt seine Kundschaft zu Orten wie den Hügeln, wo in den sechziger Jahren die Opfer des Hillside Stranglers gefunden wurden, zu jener Stelle, wo damals in den vierziger Jahren der zerstückelte Leichnam einer Prostituierten der Legende von der Schwarzen Dahlie neue Nahrung gab, und auch zu dem Sumpfgelände namens Mud Hole, direkt an dem Pacific Coast Highway, wo Mitte der achtziger Jahre eine enthauptete Asiatin gefunden wurde.

Dann ist da noch *Buddy's Place,* jene Kneipe – übrigens immer noch mit demselben Besitzer – nicht mehr als vier Meilen südlich des Mud Hole in der Nähe eines weiteren sumpfigen Fleckens, den Einheimische Hog Wallow nennen (weil schillernde Etiketten für die frisch geprägten Fabeln und Mythen von Glitzerland genauso wichtig sind wie jede mögliche Moral, die aus den Gefahren des schnellen Lebens gezogen werden könnte). Im Sommer 1975 wurden dort zwei

Prostituierte und eine Bardame entdeckt, deren Gliedmaßen abgetrennt und zu einem Muster angeordnet und auf deren Brüste und Bäuche vermeintlich satanistische Zeichen und Symbole geritzt worden waren.

Ermittlungsbeamte der Bezirksstaatsanwaltschaft verhörten damals Charlie Manson und Mitglieder seiner Familie, sowohl innerhalb als auch außerhalb des Gefängnisses, um herauszufinden, ob man es hier wieder mit Mansons diabolischem Werk zu tun hatte. Er war jedoch nicht der einzige Teufelsverehrer in der Gegend (falls es das ist, was er wirklich war), und es kam nichts dabei heraus.

Wie sich zeigte, mußte die Polizei nicht weit suchen, bis ihnen schließlich Daniel Younger, ein Flüchtling aus der Wildnis der Appalachen, in die Hände fiel. Younger – von jedem, sich selbst eingeschlossen, nur Inch genannt – war Stammkunde in *Buddy's Place*. Ein Mann, der auf der Suche nach Verwirklichung des großen amerikanischen Traumes von unerhörtem Ruhm und obszönem Reichtum über Dog Trot, Kentucky, Johnson City und Nashville, Tennessee, nach Glitzerland gekommen war.

Beweise wurden vorgelegt, daß dieser ungebildete Mann Schlangen verehrte und rituelle Opfer durchführte – tatsächlich war er Angehöriger einer dieser fundamentalistischen christlichen Sekten in den Bergen Kentuckys, die zum Beweis ihrer Glaubensstärke mit Klapperschlangen in den Händen tanzten – und bei zwei oder drei Gelegenheiten auf Festgelagen von einigen Reichen aus Malibu Ziegen geschlachtet hatte.

Doch er bestritt energisch, den Teufel, Satan oder Luzifer zu verehren, wobei er eine bessere Vorstellung von den subtilen Unterschieden zwischen ihnen an den Tag legte als die Anwälte oder der Richter.

Was natürlich den Eindruck der Geschworenen bestärkte, daß der Fremde aus den rückständigen Bergen Kentuckys, mit seinen merkwürdig schräggestellten Augen und seinen angewachsenen Ohrläppchen, ganz sicher ein Mann sein mußte, der dem Teufel verfallen war.

Also wurde er angesichts der Tatsache, daß keine Zeugen vorgeführt wurden, die seinen untadeligen Charakter hätten beschwören oder ihm ein Alibi hätten geben können, und trotz der Anwesenheit seiner hochschwangeren Frau im Gerichtssaal sowie der Behauptung der Verteidigung, daß sich Younger in jener Nacht, in der die Prostituierten Carla Pointer und Janet Strum mutmaßlich verschwunden waren, nicht einmal in der Nähe des Tatortes aufgehalten hatte – obwohl er sich möglicherweise in der Nacht, als Gladys Trainor, die Bardame, verschwunden war, sinnlos in *Buddy's* betrunken haben könnte –, in siebenunddreißig Anklagepunkten der Entführung und Körperverletzung, des gesetzwidrigen Geschlechtsverkehrs mit einer Leiche, der Verstümmelung und Folter sowie des Mordes für schuldig befunden.

Vor der Urteilsverkündung hielt der Richter eine ergreifende Rede, in der er Younger als durch und durch verkommenen Menschen brandmarkte. Anschließend verurteilte er ihn zu insgesamt dreihundertundzweiundsiebzig Jahren Gefängnis. Es war offensichtlich, daß er Younger liebend gern wenigstens dreimal zum Tode verurteilt hätte, doch drei Jahre zuvor hatte der Oberste Gerichtshof der Vereinigten Staaten die Todesstrafe für verfassungswidrig erklärt.

Obwohl sie 1976 wieder eingeführt wurde, hatte Younger 1991 einen Anspruch darauf, auf Bewährung vorzeitig entlassen werden zu können.

Als einer der gehorsamsten und fügsamsten Kriminellen, die je gesessen hatten, trat er vor den Bewährungsausschuß des Staates Kalifornien. Ein ruhiger Mann, der sich anscheinend nur wenig Feinde gemacht und noch weniger Freunde gefunden hatte. Ein Mann, der stets seine Meinung für sich behielt, im Stil von Leadbelly die zwölfsaitige Gitarre spielte und brav sechsmal die Woche in die Kirche ging. Sie wußten nichts davon, daß er in einem Wandschrank unter der Kanzel heimlich Rosinenschnaps brannte.

Sein Zellengenosse, ein New Yorker Dieb namens Gino Macelli, wurde unter vier Augen vernommen und gefragt, ob

Younger jemals über die Morde gesprochen hätte, deretwegen er angeklagt und verurteilt worden war. Hatte er die Morde irgendwann einmal zugegeben? Hatte er je zugegeben, daß er an Satanismus glaubte? Hatte er im Schlaf gesprochen?

»Der redet nicht einmal, wenn er wach ist«, sagte Macelli. »Das kann einen schon wahnsinnig machen.«

Er sagte nichts davon, daß Younger leise in einer Sprache vor sich hinbetete, die er noch nie zuvor gehört hatte. Er erzählte auch nichts von diesem einen Mal, als Younger eine Maus gefangen und ihr dann mit einem geschärften Löffel bei lebendigem Leib das Fell abgezogen hatte. Die Wahrheit war, Macelli hatte schon eine Menge unheimlicher, harter und angsteinflößender Männer kennengelernt, aber nicht einer von ihnen war so hart, unheimlich oder angsteinflößend gewesen wie Inch Younger. Macelli wußte, daß Younger das System zum Narren hielt, aber er würde auf keinen Fall derjenige sein, der ihnen das sagte. Besser, Younger war draußen als weiterhin mit ihm in einer Zelle.

Die Behörden versuchten, seine Frau ausfindig zu machen, was ihnen allerdings nicht gelang. Andere Angehörige hatte er nicht angegeben, daher kam auch niemand, um ihm bei der Verhandlung zur Seite zu stehen.

Die Prostituierten waren ohne Freunde gestorben, so wie es normalerweise eben bei Prostituierten ist, die nie lange genug an einem Ort blieben, um feste Beziehungen aufbauen zu können. Daher vertrat auch nach ihrem Tod niemand mehr ihre Interessen. Die Bardame hatte bei ihrem Tod Mutter, Vater und zwei Schwestern gehabt, von denen sie allerdings längst verleugnet worden war. Niemand erschien, um den Ausschuß eindringlich zu bitten, ihrem rechtskräftig verurteilten Mörder die Haftentlassung auf Bewährung zu verweigern.

Wie die Dinge lagen, sah der Bewährungsausschuß daher in Younger den sichtbaren Beweis für die Richtigkeit des liberalen Hirngespinstes, daß Gefängnis einen Menschen bessern und resozialisieren kann. Also stimmten sie seiner vorzeitigen Entlassung auf Bewährung zu.

»Sie wissen, Mr. Younger, daß Sie einer geregelten Arbeit nachgehen, Ihre Angehörigen unterstützen und über Ihr Einkommen und Ihre Schulden detailliert Bericht ablegen müssen, zweifelhaften Umgang und ebensolche Orte zu meiden haben, abends nur in vernünftigem Umfang ausgehen dürfen und sich an ein Ausgehverbot halten müssen, sollte Ihnen dies zur Auflage gemacht werden? Daß Sie übermäßigen Alkoholkonsum vermeiden müssen und Ihnen jegliche Art von Drogen strengstens verboten sind, daß Sie den Anweisungen Ihres Bewährungshelfers unbedingt Folge zu leisten haben und schriftliche Berichte einreichen müssen, sollten diese von Ihnen verlangt werden, ist Ihnen ebenfalls bekannt?«

Ein Gefängnisbeamter beugte sich zu dem Vorsitzenden und flüsterte ihm etwas ins Ohr.

»Wie ich höre, bereitet Ihnen das Schreiben Schwierigkeiten.«

»Ich kann gut lesen, Sir«, versicherte Younger schnell aus Sorge, daß diese Kleinigkeit bedeuten könnte, für immer im Gefängnis bleiben zu müssen.

Es war das Äußerste, was er abgesehen von ›Ja‹ und ›Nein‹ seit Beginn der Verhandlung gesagt hatte, und seine Stimme, auch wenn man sie nur kurz hörte, erschreckte sie. Falls man sagen kann, daß eine Stimme eine Farbe hat, dann hatte Youngers die Farbe von Rost. Es war eine Stimme, die Aufmerksamkeit gebot, auch wenn sie kaum mehr als ein Flüstern war.

»Ich bin überzeugt, Ihr Bewährungshelfer wird sich bezüglich der Berichte etwas einfallen lassen. So, zusätzlich zu den Dingen, die ich bereits erwähnte, benötigen Sie ferner eine schriftliche Erlaubnis, wenn Sie Schußwaffen kaufen oder besitzen, ein Kraftfahrzeug erwerben oder fahren, in wesentlichem Umfang Schulden machen, heiraten, Ihre Arbeitsstelle wechseln oder den Zuständigkeitsbereich Ihres Bewährungshelfers verlassen wollen. Haben Sie das verstanden?«

Younger räusperte sich, so, als hätten seine voraufgegangenen Worte irgend etwas gelöst, das jetzt in seinem Hals festsaß und drohte, seine Atmung zu blockieren, und sagte, ja, er hätte verstanden.

Man sagte ihm, er müsse nun in seine Zelle zurückkehren, bis die erforderlichen Formalitäten erledigt und alles zu seiner Entlassung Nötige in die Wege geleitet worden wäre.

Er ging zurück und setzte sich auf seine Pritsche und starrte auf seine Hände.

»Die beschissenen Drecksäcke haben nicht geglaubt, ich würd′ gottverdammt je dahinterkommen«, sagte er plötzlich. »Aber ich bin gottverdammt dahintergekommen.«

Macelli fragte nicht, was er damit meinte, da er ihn für strohdumm hielt. Er konnte das langsame Arbeiten von Youngers Verstand so schwer nachvollziehen wie die Gedanken einer Kuh. Er grunzte einfach nur.

Und dann stand Younger unvermittelt auf, reckte eine Faust empor, warf seinen Kopf zurück, öffnete seinen Mund und stieß einen beinahe lautlosen, gezischten Triumphschrei aus. Der Laut eines Tieres, das sich anschickte zu jagen und zu töten.

1

Sechs Uhr morgens. So einen wunderbaren Tag wie den Tag draußen vor der Fensterscheibe von *Gentry's*, einem Café auf dem Kiez den Block hinunter von der Ecke Hollywood und Vine, bekommt Glitzerland nicht oft zu sehen. Glitzerland – früher einmal, vor langer, langer Zeit, eine Kleinstadt-Schönheit mit goldenem Haar, frischem Atem und einer Figur, die gerade üppig genug war, um interessant zu sein, ohne dabei aber fett zu wirken. Sie hatte ihre Skandale gehabt und sogar den einen oder anderen Film-Mord, aber ihre Sünden hatten dennoch etwas merkwürdig Unschuldiges.

Die Jahre waren ins Land gegangen, und sie war nicht besonders gut alt geworden. Sie war zu oft benutzt und mißbraucht worden, und jetzt mästeten sich die Schneevögel, Ratten, Eulen und alle möglichen Freaks an ihren Knochen, taten Dinge mit ihr, die einen in den Wahnsinn treiben könnten, wenn man nicht sowieso schon unzurechnungsfähig wäre.

Der Mann, den jeder nur Whistler nannte – ein Profi, den man früher einmal, als Hammett sich noch vollaufen ließ und Bogart seinen Trenchcoat trug, Private Eye genannt hätte –, war ebenfalls mehr als nur ein bißchen angeschlagen.

Manche Leute, die sich auskannten, sagten, daß Whistler Glitzerland besser als jeder andere kannte – abgesehen vielleicht von Isaac Canaan, einem Cop von der Kindersitte, von Bosco, dem einarmigen Barkeeper im *Gentry's*, und von Mike Rialto, einem Zuhälter mit einem Glasauge. Und öfter als die meisten anderen von ihr aufs Kreuz gelegt worden war.

Trotzdem waren sie ein Liebespaar, Glitzerland und er, sie prostituierte sich, und er improvisierte täglich sein Leben neu.

An einem guten Tag wie heute wirkten sie sogar wieder jung, und ihre Hoffnungen und Träume klimperten wie Gold- und Silbermünzen in ihren Köpfen.

Bosco kam herüber, um Whistler Kaffee nachzuschenken, die Kanne in der einen Hand, Thoreaus *Walden* eingeklemmt unter der Achsel des Armes, der nicht mehr da war. Als er den Ausdruck auf Whistlers Gesicht bemerkte, setzte er sich ihm gegenüber in die Nische und erwiderte Whistlers melancholisches Lächeln mit seinem eigenen.

»Du erzählst mir deine Träume, und ich erzähle dir meine?« sagte Bosco.

»Woher wußtest du das?« fragte Whistler ohne große Überraschung, denn es war eine allgemein bekannte Tatsache, daß Bosco mit Geistern sprach und Dinge wußte, die gewöhnliche Menschen nicht wußten.

»Woher wußte ich was?«

»Daß ich geträumt habe.«

»Es steht immer sechs zu eins, daß irgendwer einen Traum hatte. Jeder träumt.«

»Aber wie viele können sich an ihre Träume erinnern?«

»Das ist wieder eine ganz andere Sache.«

»Ich habe von einem Mädchen geträumt, das ich mal kannte. Sie hieß Faye. Es war Mitte der Siebziger.«

»Erzähl mir nichts von den Siebzigern«, sagte Bosco. »In den Siebzigern hab' ich bei einer Diskussion mit einer Schrotflinte meinen Arm verloren und nichts davon mitgekriegt.«

Whistler fuhr fort, als hätte er nicht ein Wort von Boscos bitterem Witz gehört. »In meinem Traum ging ich auf die Dreißig zu, saß hier und wartete darauf, daß meine Liebste drüben beim *Chinese* um die Ecke geschlendert kommt. Während ich warte, bleibt sie stehen und stellt ihre Füße in die Abdrücke, die Myrna Loy da hinterlassen hat.«

»Woher wußtest du, daß es die von Myrna Loy waren?«

»Es war ein Traum, und in Träumen weiß man Sachen, die man nie wissen würde, wenn man wach wäre.«

Bosco nickte, stimmte dem widerspruchslos zu.

»Ich laufe über die Straße und nehme sie von hinten in die Arme«, fuhr Whistler fort. »Als sie sich zu mir umdreht, merke ich, daß sie mich nicht erkennt. Ich versuche, sie zu küssen, aber sie dreht ihren Kopf weg und sagt, sie würde keine fremden Männer küssen. Ich spüre, wie mir die Tränen kommen, und sie berührt meine Wange und sagte: ›He, wieso weinst du?‹ Und plötzlich werde ich wach und fühle mich absolut beschissen, und ich werd' dieses Gefühl nicht mehr los. Das geht jetzt schon den ganzen Morgen so. Aber es ist nicht schlimm, du verstehst, was ich meine? Es ist so eine süße Traurigkeit, und es wär' mir lieber, es blieb noch eine Weile so.«

»Das *Chinese* liegt zwölf Blocks den Boulevard runter«, sagte Bosco, »und das *Gentry's* gab's in den Siebzigern überhaupt noch nicht.«

»Irgendwas war hier. Wir wandeln auf Geistern. Abgesehen davon, Träumen ist so was völlig egal.«

»Du fängst doch wohl nicht an, nur noch in Träumen oder Filmen zu leben«, sagte Bosco. »Davon kriegt man dünnes Blut, und dein Hirn verwandelt sich in Spaghetti. Du solltest Träume, Filme oder Versprechungen von ehrgeizigen Frauen nicht zu ernst nehmen.«

»Hast du nie süße Träume?«

»Oh, sicher. Ich träume, ich sitze in dieser Nische mit einer Hand zwischen meinen Beinen und der anderen auf den großen Titten einer Rothaarigen.«

»Wie fühlst du dich, wenn du wach wirst?«

»Ich fühle mich, als hätte ich nur eine Hand und darin eine Kaffeekanne.«

Isaac Canaan kam herein, entdeckte Bosco mit Whistler an einem Tisch und sah die Kaffeekanne. Er schnappte sich einen leeren Becher von der Theke, bevor er sich zu ihnen setzte und sich Kaffee einschenkte.

»Das Zeug ist lauwarm«, meinte Bosco.

»Tja, dann steh auf und besorg mir gefälligst heißen«, sagte Canaan, während er den Becher weiter füllte. Er stellte die Kanne ab, nahm den Becher und trank einen Schluck.

»Spülwasser«, sagte er.

»Ich hab's dir ja gesagt«, erwiderte Bosco und stand auf. Er beugte sich auf ein letztes Wort zu Whistler. »Ich sag's dir, du mußt diese Träumereien gut im Auge behalten. Wenn ein Mann abrupt aus seinem süßen Traum in die wirkliche Welt gestoßen wird, könnte sein Herz durch den Schock glatt stehenbleiben.«

»Dich werde ich das jedenfalls nicht tun lassen«, brummte Whistler, drehte sich um, schaute wieder aus dem Fenster. »Ich werde es nicht zulassen, daß du mich aus meinem Traum reißt. Hier sitze ich, und das *Gentry's* existiert nicht mal, weil's den Laden damals noch nicht gegeben hat, und du warst auch nicht hier.«

»War ich hier?« fragte Canaan, der nicht mal wußte, worüber die zwei sprachen. Er wollte sich nur an der Unterhaltung beteiligen, weil er gerade von der Straße hereingekommen war, wo er mit Ausreißern und Streunern und Kindern geredet hatte, die in der Gosse ertranken, und von denen jeder einzelne ihn mit mißtrauischen Augen gemustert, seine guten Absichten bezweifelt hatte.

»Mein Gott, ich kenne dich nicht mal«, sagte Whistler. »Ich bin dir noch nie begegnet. Also, wie kannst du da hier sitzen und vernünftig mit mir reden?«

Bosco streckte seine Hand aus und legte sie um Whistlers Handgelenk, doch Whistler rührte sich keinen Zentimeter.

»Ich fühle gar nichts«, sagte Whistler. »Es ist überhaupt kein Mensch da. Ich sitze einfach nur hier und warte auf meine Liebste.« Wie von der Tarantel gestochen, sprang er plötzlich auf, sein Gesicht verlor alle Farbe, und einen Augenblick lang dachte Bosco, daß Whistler tatsächlich brutal aus seiner Phantasie gerissen worden war und nun einen Herzinfarkt bekam.

»Was, zum Teufel?« rief Bosco.

»Gleichfalls«, sagte Canaan.

»Ich glaube, ich habe so konzentriert geträumt, daß auf einmal alles Wirklichkeit geworden ist.«

Whistler war schon aus der Nische und durch die Tür, bevor Bosco noch ein Wort sagen konnte.

Bosco setzte sich wieder. Er und Canaan beobachteten, wie Whistler über den Boulevard stürmte, ohne nach rechts oder links zu sehen, die Autos mit nichts als seinen winkenden Händen abwehrte, sich dann durch all die Zuhälter, Nutten, Undercover-Cops und Dealer zu der Stelle vorarbeitete, wo eine kleine zierliche Frau mit kurzen hellblonden Haaren und vielen Ringen an den Fingern auf dem *Walk of Fame* zu ihren Sandalen und dem Messingstern einer Berühmtheit zwischen ihren Füßen hinunterstarrte. Whistler nahm sie von hinten in die Arme. Sie drehte sich erschrocken zu ihm um und wich zurück, als er seinen Kopf dicht zu ihrem Gesicht beugte. Dann hob er sie hoch und hielt sie einen sehr langen Augenblick so in der Luft, schaute zu ihrem Gesicht auf, während sie in seines hinunterstarrte. Plötzlich lachte sie, nahm sein Gesicht in die Hände, und beide strahlten sich an, als wären sie vor Freude ganz aus dem Häuschen.

»Meinst du, unser Freund steckt in Schwierigkeiten?« fragte Bosco.

»Wir stecken alle in Schwierigkeiten«, sagte Canaan. »Wo bleibt mein heißer Kaffee?«

2

Zu seiner Zeit war Paul Hobby eine Hollywood-Legende. Frisch von der Wirtschaftshochschule hatte er damals in den Sechzigern dreitausend Dollar eigenes Geld, dreitausend von seinem Bruder und zehn von seinem Vater genommen und anschließend der Bank ein Zweihundertfünfzigtausend-Dollar-Darlehen abgeschwatzt, um einen Film zu machen.

Bubble, Bubble, Boil and Blood – ein Film, in den einfach alles hineingepackt wurde, inklusive, aber nicht begrenzt auf gutgebaute Mädchen in Not, Motorradrowdys, die sich ihre

Hosen vorn mit Handtüchern ausstopften, Frauen, die mit Ketten- und anderen Sägen zerstückelt wurden, Angriffen von Taranteln, Monstern aus den Tiefen des Weltraums und die Punkrock-Band *Three Cocks and a Pussy* – spielte das Hundertfache der Kosten ein und sicherte sich eine eingefleischte Fangemeinde, die selbst zwanzig Jahre später immer noch in die Nachtvorstellungen pilgerte.

Er ließ weitere Billigproduktionen folgen, stürzte sich auf Trends, sobald sie sich entwickelten, schlachtete sie aus und versäumte nur selten, dabei ausreichend Geld einzusacken.

Er kam den großen Studios immer zuvor. Drehte die Filme mit mehreren Kameras in fünf Tagen ab. Baute ein Bühnenbild einfach um, damit er zu den gleichen Mietkosten eine zweite Produktion sofort nachschieben konnte. Klaute Ideen mit der Dreistigkeit eines Flughafen-Taschendiebes. Er schuf Plagiate erfolgreicher Titel mit der Phantasie eines Mitgliedes der Moonsekte, das sich abmühte, einem Rabbi einen Buck aus der Tasche zu ziehen.

Als der Monumentalfilm *Cleopatra* mit Elizabeth Taylor und Richard Burton in den Hauptrollen kurz vor der Premiere stand, kam er ihnen mit *Clio* zuvor, in den Hauptrollen Harriet Pilbreck und Roger Fermier. Als Dustin Hoffman mit *The Graduate* in die Kinos kam, brachte Hobby einen Monat früher *Graduation* heraus. Als sie *Guess Who's Coming to Dinner* drehten, machte er *Look Who's Staying for Lunch*.

Seine Spezialität jedoch fand er, indem er Stoffe über Satan und satanistische Kulte ausschlachtete. Schnell abgedrehte Billig-Imitate von *Das Omen* und *Der Exorzist* und ein paar zweitklassige Original-Ideen über den Teufel machten ihn zu einem reichen Mann.

Für manche war er der *König des Schunds*, für andere der *Prinz der Diebe* und für wieder andere ein knauseriger, aalglatter, unehrlicher, mieser kleiner Bastard, der seine eigene Mutter für einen Quarter und seine Freundin für einen Buck verscherbeln würde.

Ihm gehörten eine Bürosuite in einem Gebäude am unteren

Ende des Hollywood Boulevards, ein Apartment draußen in Culver City, eine mietpreisgebundene Wohnung in New York City, ein Anwesen auf einer der kleineren Inseln Hawaiis, ein Haus in der Malibu-Kolonie und eine Zwanzig-Zimmer-Villa in Brentwood. Er besaß noch jede Menge anderer Immobilien, allerdings nicht zur persönlichen Verwendung, sondern ausschließlich als Geldanlage.

Er war nicht verheiratet, beabsichtigte jedoch zu heiraten, etwa eine Woche, nachdem er seinen letzten Monumentalfilm abgedreht haben würde: *Witches in Heat*.

Sharon Allagash, seine zukünftige Frau, war Rechtsanwältin in einer angesehenen Kanzlei in Century City.

Mae Swift, seine Geliebte, wartete häufig in dem Zwei-Zimmer-Schlaf-Apartment im hinteren Teil seines Hollywood-Büros auf ihn, bereit, ihm am Ende eines harten Arbeitstages Fürsorge, Trost und ein Zungenbad anzubieten.

Manche Leute würden es für abartig halten, daß er schon bald die eine Frau heiratete und dennoch Trost bei einer anderen suchte – ein unmöglicher Interessenkonflikt, mit dem sich nur ein äußerst unvernünftiger Mann zurechtfinden konnte.

Er war ein unvernünftiger Mann.

Er rühmte sich seiner Unvernunft, weil er für fast jeden anderen Menschen nichts als Verachtung empfand. Leute schlecht zu behandeln und sie dazu zu bringen, daß sie ihm in den Arsch krochen, während sie ihn auf den Tod nicht ausstehen konnten, bewies ihm wieder und wieder, daß der Durchschnittsmensch für tausend Bucks die gleichen Dinge tun würde, derentwegen sie ihn verurteilten, wenn er sie tat, um Millionen damit zu machen.

»Ist der Feuerwehrmann auf dem Set?« sagte er ganz allgemein in den Raum.

Die Bühnenarbeiter legten letzte Hand an die Galerie im ersten Stock des großen Schloßsaales, die Elektriker schlossen die gleißenden Lampen für die echten Flammen an, die in dem eisernen Kronleuchter und den Leuchtern an der Wand brennen würden, die Maskenbildner steckten Eddie Minkus und Joanne Smalley in ihre Affenkostüme, der Kameramann kommandierte seine Beleuchter, ließ Scheinwerfer um- und Punktstrahler und Reflektoren einstellen, und die Hauptdarsteller saßen in ihren Garderoben und schnupften Koks, kippten Wodka oder furzten einfach nur so herum.

»Haben wir jetzt einen gottverdammten Feuerwehrmann auf dem beschissenen Set oder nicht?« brüllte Hobby, hob dabei seine Stimme auf diese besondere Art, die auch dem letzten signalisierte, daß der Boß langsam sauer wurde und jeden Moment Köpfe rollen lassen und Eier zertreten würde.

»Wir haben einen gottverdammten Feuerwehrmann!«, schrie Boomer Bolivia zurück, machte ein paar Schritte und brüllte seine Antwort direkt in Hobbys linkes Ohr. »Wieso setzt du dich nicht einfach hin und läßt uns alles vorbereiten? Dann kommst du rüber, machst dein Ding, sagst, dir gefällt dies nicht oder das und feuerst den einen oder anderen. Also, verschwinde jetzt endlich, Paul. Laß uns unseren Job machen, okay?«

»Ich sollte dir in die Eier treten«, sagte Hobby.

»Versuch's doch, und ich schneid' dir dein Ding ab und schieb's deiner Maus in den Arsch«, sagte Bolivia. Er war der einzige in der Stadt, der Hobbys Scheiße mit gleicher Münze erwiderte, ohne dafür auf die eine oder andere Art bezahlen zu müssen.

Die meisten Leute glaubten, daß Bolivia, von allen Leuten, die fest bei Hobby angestellt waren, mit seinen Frechheiten nur deshalb durchkam, weil sie gute alte Freunde waren. Weil es zwischen ihnen so was wie echte Zuneigung gab. Weil sie dafür bekannt gewesen waren, in ihrer Jugend gemeinsam die Stadt unsicher gemacht zu haben. Weil sie die gleichen Frauen gehabt hatten.

Ein paar Insider sagten, es läge daran, weil Hobby, irgendwann zwischen seinem dritten oder vierten Film, eine dreckige Bemerkung über Bolivias Mutter gemacht hatte. Es hatte ein Scherz sein sollen, aber für solche Scherze hatte

Bolivia kein Verständnis, und sein südländischer Machismo konnte die Beleidigung nicht akzeptieren. Er ging mit Hobby an einen verschwiegenen Ort und schlug ihm solange in den Magen, bis dieser sich die Schuhe vollkotzte. Und dann sagte er ihm, wenn er versuchen sollte, sich auf irgendeine Weise zu rächen, dann würde er zurückkommen und seinen Bauch dermaßen bearbeiten, daß er mindestens einen Monat lang nichts mehr drinbehalten könnte.

Ein paar wirklich richtige Inside-Insider sagten, es läge daran, daß Bolivia aus Kolumbien, Brasilien oder vielleicht sogar Bolivien – deshalb nannte er sich auch Bolivia – zu einer Feier aus Anlaß des Zeitalters des Wassermannes in die Staaten gekommen wäre. Angeblich hatte sie auf dem Strand oberhalb von Malibu stattgefunden. Das Zeitalter des Wassermannes soll irgendwann um das Jahr 2000 beginnen und angeblich eine Zeit der internationalen Harmonie und der Nächstenliebe einleiten. Aber gleichzeitig bekamen dadurch eine Menge satanistische Sekten Auftrieb, die versuchten, diese neue Ära zu beherrschen. Wie auch immer, viele Gläubige hatten etwas voreilig gehandelt und das Zeitalter des Wassermannes vierzig, fünfzig Jahre zu früh proklamiert. Bolivia, so behaupten diese Inside-Insider, war ein Voodoo-Priester, ein *hungan.* Er wußte angeblich alles, was es darüber zu wissen gab, und daher hatte er es fertiggebracht, daß Hobby am Ende eine Scheißangst vor ihm hatte.

Es gab andere Inside-Insider, die sagten, das alles wäre nichts als ein einziger Haufen Scheiße.

»Fertig?« brüllte jemand.

»Fertig.«

»Okay, Jimmy?«

»Wir sind soweit.«

»Alles klar, Harry?«

»Los, los, los.«

»Willy?«

»Alles klar!«

»Bereit zum Drehen!«

»Die Schauspieler?«

»Die Doubles rein.«

»Doubles bereit?«

»Bereit.«

»Jake? Bist du der Sicherheitsmann?«

»Bereit.«

»Der Feuerwehrmann bekommt von Mr. Hobby das Zeichen. Hat er das kapiert?«

»Hast du das kapiert, Benny?«

»Klar, hab's kapiert. Für was haltet ihr mich, für total bescheuert?«

»He, nicht frech werden, ja?« sagte Waco, der Regieassistent.

»Wir wollen hier keine zweite *Twilight Zone.* Wir wollen nicht, daß jemand ums Leben kommt«, sagte Jake.

»Keine Zeit für den Knast«, sagte Hobby. »Wer hat die Stoppuhr?«

»Ich hab' sie«, sagte Jake.

»Gib sie mir«, sagte Hobby. »Du mußt da drüben bei dem Feuerlöscher stehen.«

Jake gab die Uhr einem Bühnenarbeiter, der sie rüber zu Hobby brachte.

»Also, sind wir jetzt soweit oder nicht?« fragte Hobby.

»Wir sind soweit«, sagte Waco.

»Alles klar. Bringen wir das Ding in die Kiste. Alle achten jetzt auf mich, Leute. Ich werde ›Action‹ sagen, und ich werde ›Cut‹ sagen. Sorgen wir dafür, daß wir das jetzt nur einmal machen, und ich meine nur einmal.«

»Minkus und Smalley auf ihre Positionen«, sagte Waco.

Die Stuntmen schlurften zu der Stelle unter dem eisernen Kronleuchter, der herabgesenkt und dessen Gaskerzen angezündet worden waren. Ihnen wurden Metallgurte umgelegt, und sie wurden an das Sicherheitsseil eingehakt. Zwei Bühnenarbeiter standen bereit, um sie in dem Augenblick hochzuwinschen, in dem sie Flammen fingen.

Nervosität und Spannung knisterten wie Elektrizität in der Luft.

Es sah wie ein einfacher Stunt aus. Feuerfeste Anzüge unter dem Fell, das mit Benzin getränkt war, die Gesichter durch Masken geschützt. Brennende Stuntmen, die auf dem Kronleuchter rauf zu den Balken gezogen wurden, die über die gesamte Breite des Saales führten, der als Kulisse aufgebaut worden war. Dort oben wurden sie dann dreißig Sekunden festgehalten. Die Anzüge hielten neunzig aus. Jede Menge Spielraum, jede Menge Zeit, sie wieder herunterzulassen, damit Jake, der verantwortliche Mann für die Stunts, und Benny, der Feuerwehrmann, die Flammen mit Hand-Feuerlöschern ersticken konnten.

Aber jeder wußte, daß es gerade die einfachen Stunts waren, die tödlich sein konnten.

»Alles auf seine Plätze«, sagte Waco mit beruhigender, normaler Stimme. »Die Schauspieler?«

Die Schauspieler befanden sich alle an ihren Plätzen, wirkten in ihren mittelalterlichen Kostümen geheimnisvoll und doch irgendwie herausgeputzt.

»Kamera?«

»Läuft.«

»Also dann los.«

»Die Fackeln!«

Die Affenkostüme wurden in Brand gesetzt. Die Bühnenarbeiter duckten sich aus dem Blickwinkel der Kameras.

Waco sah Hobby an und legte den Daumen auf seine Stoppuhr.

»Action«, sagte Hobby und drückte ebenfalls.

Die Männer an der Winsch bearbeiteten die Kurbeln und zogen den Kronleuchter und die brennenden Stuntmen in knapp sieben Meter Höhe hinauf.

Die Schauspieler spielten ihre Rollen, die Crew schaute fasziniert zu, die Stuntmen brannten, die Kameras drehten sich, und Waco drückte exakt nach dreißig Sekunden auf seine Stoppuhr. Er drehte sich zu Hobby um, der seine Stoppuhr völlig vergessen hatte und mit einem Ausdruck merkwürdiger Faszination nur noch zu den brennenden Menschen hinaufstarrte. Er schien hypnotisiert zu sein, im Bann irgendeines übermächtigen Gefühles zu stehen.

»Fünfunddreißig Sekunden!« brüllte Waco.

»Weiter, weiter! Noch fünf Sekunden!« schrie Hobby.

Waco sah zu Bolivia hinüber. Keiner von ihnen wußte, was er jetzt tun sollte.

Jake brüllte: »Runter, runter! Holt sie runter!« Doch Hobby schrie nur noch lauter: »Nein! Noch fünf Sekunden!«

Alle begannen aufgeregt durcheinander zu plappern oder irgendwelche Anweisungen zu brüllen. Der Geräuschpegel schwoll weiter an wie bei einer Menge, die Augenzeuge einer Katastrophe wurde.

»Noch fünf Sekunden! Noch fünf Sekunden!« brüllte Hobby.

»Es sind schon fünfundfünfzig Sekunden!« schrie Waco.

»Runter! Holt sie gottverdammt noch mal runter!« befahl Jake.

Aber niemand hörte auf ihn, niemand rührte sich. Sie warteten auf den Regisseur. Hobby hatte gesagt, er würde das Zeichen geben. Sie warteten darauf.

Bolivia setzte sich in Hobbys Richtung in Bewegung, ballte eine Hand zur Faust, bereitete seinen gewaltigen Arm für einen Schlag vor. Er würde Hobby k.o. schlagen. Später würde jeder sagen, der dabei gewesen war, daß er genau das vorgehabt hatte.

»Sechzig Sekunden!«

»Cut!« schrie Hobby. »Löscht das verdammte Feuer, ihr Arschlöcher!«

3

Bosco schaute zu, wie Whistler vor seinen Augen immer jünger wurde. Es war irgend etwas in der Art, wie er lachte und mit den Händen gestikulierte, während er der Frau eine Geschichte nach der anderen erzählte., ihr von hundert verschiedenen Dingen berichtete. Er benahm sich überschwenglich, völlig aus dem Häuschen, nicht bei sich. Verrückt!

Bosco glaubte schon seit langem an die Richtigkeit des alten Zitates, daß Gott diejenigen, die er vernichten wollte, zuerst in den Wahnsinn trieb, und deshalb war er jetzt ein wenig nervös. Andererseits bestand er aber auch darauf, nicht an Gott zu glauben, sondern lediglich an die *Idee* eines Gottes, an eine *Absicht* ganz am Anfang, daß es einen Gott geben sollte.

»Da stand also Spencer Tracy und wartete darauf, vom Regieassistenten den Drehtermin für den nächsten Tag zu bekommen«, sagte Whistler, »und die ganze Zeit sieht Harry Bagley zu ihm rüber – die übliche dicke Zigarre im Mund – und mustert Tracy skeptisch. Also denkt Tracy sich, daß er dem Burschen vielleicht schon mal bei einem anderen Film begegnet sein muß, wußte aber nicht mehr, wer er war. Er sagt: ›Hi, du. Wie steht's denn so?‹ Und Bagley sagt: ›Vergiß die Scheiße. Woher kenne ich dich?‹«

»Oh, mein Gott, der alte Harry«, sagte sie, lachte über seine Geschichte, die sie offensichtlich nicht zum ersten Mal gehört hatte. »Wie geht's ihm denn so?«

»Er ist nicht mehr«, sagte Whistler, verzog seinen Mund, den einen Mundwinkel rauf, den anderen runter, tat den Tod leichthin ab, denn was sonst konnte ein geistig normaler Mensch schon tun?

Sie bemerkten nicht einmal, als Shirley Hightower, die einzige Kellnerin, die es länger als zwei Wochen im *Gentry's* ausgehalten hatte, kam, um nachzuschenken, sondern fuhren einfach fort, sich anzuschauen, zu erzählen und Händchen zu halten.

Whistler sagte immer wieder »Faye«, und sie nannte ihn weiter Sam, was zum Teufel auch immer das bedeutete.

Sie verursachten eine Atmosphäre in dem Lokal. Bosco kam schließlich dahinter, was es genau war. Er erlebte ein Remake des Treffens von Bogart und Bergmann in *Ricks Café* in Casablanca.

Wenn sie ihn doch nur gewarnt hätten, dachte er, dann hätte er ein Klavier gemietet und einen Klavierspieler engagiert.

»Ich kann's einfach nicht glauben, Faye«, sagte Whistler.

»Ich kann's einfach nicht glauben, Sam«, erwiderte sie. »Wie lange ist es jetzt her? Fünfzehn Jahre?«

»Ungefähr fünfzehn Jahre, plus minus.«

»Plus minus was, Sam?«

»Zwei oder drei Leben.«

»He, spielst du schon wieder den Clown? Spielst du wieder den alten Sam, den Sandmann, den traurigen Mann?«

Whistler zuckte zusammen, als hätte sie einen wunden Punkt getroffen. Er setzte ein künstliches Lächeln auf, damit seine Erinnerungen sich nicht auf seinem Gesicht spiegelten.

Ohne sein Clown-Make-up hatte kein Mensch Sam, den Sandmann, den traurigen Mann, erkannt, damals vor fünfzehn Jahren, als er im Gerichtssaal saß und beobachtete, wie die schwangere Frau, die einmal seine Frau gewesen war, die reinste Hölle durchmachen mußte, während alle Sünden ihres Mannes ausgebreitet wurden.

Ein- oder zweimal hatte sie nervöse Blicke in die neugierige Menge im Gerichtssaal geworfen, hatte sich dann aber sofort aus Angst vor all diesen Menschen wieder umgedreht. Jedesmal hatte Whistler sofort sein Gesicht versteckt, weil er nicht wollte, daß sie ihn dort sitzen sah und glaubte, er würde sich schadenfroh am Schicksal des Mannes weiden, der sie ihm gestohlen hatte.

Trotzdem, wenn sich die Chance ergab zuzuschauen, wie der Mann, der einen geschlagen hatte, bloßgestellt und zu Fall gebracht wurde, mußte man schon ein Heiliger sein, um nicht Zeuge seines Sturzes sein zu wollen. Und es war nur menschlich, wenn ein Mann hoffte, daß die Frau, die ihn zurückgewiesen hatte, ihn nun dort sitzen *sah,* einfach nur da sitzen sah, ohne sich in Schadenfreude zu suhlen – nicht daß sie einen Vergleich anstellen und ihre Wahl bedauern sollte, sie sollte ihn einfach nur dort sitzen sehen.

Wenn sie ihn entdeckte und sah, daß er sie immer noch liebte, und wenn sie sich dann um Verzeihung bittend in seine Arme warf, tja, das wäre nur fair, das wäre nur gerecht.

Als Younger hereingeführt worden war, in diesem orangefarbenen Overall, den Gefangene tragen mußten, drehte Faye sich plötzlich um und schaute Whistler direkt ins Gesicht, starrte quer durch den mit Menschen gefüllten Raum direkt in seine Augen. Menschen, die nur gekommen waren, um mitanzusehen, wie sie gedemütigt und verletzt wurde.

Sein Gesicht schien aus Holz zu sein. Er konnte nicht lächeln. Wußte nicht, ob das überhaupt das Richtige gewesen wäre. Er wollte, daß sie wußte, daß er für sie da war, selbst wenn er sie nicht in die Arme schließen und auf die Weise trösten konnte, wie er es wollte.

Bevor er die richtige Miene aufsetzen konnte, hatte sie sich wieder nach vorn umgedreht. Die Hauptdarsteller waren einer nach dem anderen hereingekommen, und alle standen geräuschvoll auf, als der Gerichtsdiener Ruhe im Gerichtssaal befahl und der Richter hereinkam und der Prozeß begann, an dessen Ende ihr Mann ins Gefängnis geschickt werden würde.

»Was hast du, Sam?« fragte Faye.

»Erinnerungen.«

Sie zog ihre Hände zurück, nahm ihre Tasse und trank einen Schluck Kaffee.

»Ja, ich auch, Sam«, sagte sie. »Wieso bist du damals im Gericht nicht zu mir gekommen und hast mit mir geredet?«

»Ich wollte.«

»Ich habe bemerkt, wie du mich angesehen hast. Du hast

mich einfach angestarrt, als könntest du den Anblick kaum ertragen . . .«

»Oh, nein.«

». . . also habe ich mich nicht wieder zu dir umgedreht. Es hat so weh getan.«

»Mein Gott, wenn ich gedacht hätte, es wäre irgendwie möglich gewesen, hätte ich dich in die Arme genommen und wäre mit dir einfach weggegangen. Wenn ich gewußt hätte, du hättest es gewollt.«

»Ich wollte es.«

»Wieso bist du nach dem Prozeß verschwunden?«

»Was hätte ich denn tun sollen, Sam? Ich war . . .«

»Heute nennt mich niemand mehr Sam.«

»Wie dann?«

»Whistler.«

»Whistler? Okay. Das ist gut. Ich versuche, es mir zu merken. Willst du es nicht hören?«

»Sicher will ich es hören.«

»Ich hatte ein Baby. Youngers Baby. Vielleicht hätte es dein Baby sein sollen, wenn ich alles richtig gemacht hätte, aber es war nicht deins, es war seins, und ich bin fortgegangen, um es zu bekommen.«

»Du hättest nicht fortgehen müssen.«

»Das glaubst du wirklich? Die Frau eines Mannes, der angeblich drei Frauen in einer Hütte abgeschlachtet hat? Es war eine Sensation!«

»So was geht vorbei. Jemand anderer wird ermordet.«

»Das ist ja reizend. Man muß also erst auf den nächsten Horrorfilm warten, bevor die Leute einen vergessen. Richtig? Nein, das ist nicht richtig, Whistler. Weißt du, ich habe mich erinnert, ich habe nicht vergessen. Niemand vergißt. Alle paar Jahre erinnern sie sich wieder. Ich wollte das alles hinter mir lassen und konnte es doch nicht. Mein Kind konnte es nicht hinter sich lassen. Gleichgültig, wohin wir auch immer gingen, früher oder später fanden die Leute es heraus. Ich weiß nicht, wie so etwas passiert, aber genauso ist es. Du triffst jemanden, der dich schon mal auf einer Party, bei einem Footballspiel, da oder dort gesehen hat. Und das passiert immer wieder. Früher oder später. Egal, wohin du auch immer fliehst.«

»Ich kann's einfach nicht glauben, daß du jetzt hier sitzt«, sagte Whistler. »Seit wann bist du wieder in der Stadt?«

»Seit zweieinhalb Jahren. Fast schon drei.«

»Wo wohnst du?«

»Oben an der Franklin.«

»Nein. Du nimmst mich auf den Arm. Du hast die ganze Zeit an der Franklin gewohnt?«

»Nur die letzten vier Monate. Als ich zurückkam, habe ich zuerst für ein Jahr in Santa Monica gelebt. Dann bin ich nach West Hollywood gezogen.«

»Trotzdem, ich komm' einfach nicht darüber weg. Ich meine, diese Stadt ist so groß auch wieder nicht, daß jemand, der einen anderen kennt, diesem anderen nicht mal irgendwann zufällig über den Weg läuft, wenn man so dicht beieinander wohnt.«

»Du lebst hier?«

»Tja, ich habe ein Haus oberhalb des Cahuenga, aber ich bin mehr hier als dort«, sagte er.

»Immer noch im Geschäft? Immer noch in der Filmbranche?«

»Ich bin schon sehr lange nicht mehr in der Filmbranche.«

»Wie lange?«

»Fünfzehn Jahre.«

»Ach?«

»Ich hab's aufgegeben. Sie hat mich aufgegeben. Eine Frau hat sich umgebracht, während sie mit mir telefonierte.«

»Ich habe davon gehört. Es war nicht deine Schuld. Du warst nur der Gastgeber einer Show, in die sich die Leute per Telefon einschalten konnten. Zwischen den Werbespots.«

»Ich wußte nicht, was ich tun sollte. Ich hatte ihr Leben in den Händen, und ich habe sie verloren.«

»Hast du je erfahren, wer sie war?«

»Nur eine weitere Träumerin.«

»Sind wir das nicht alle?« sagte sie, antwortete mit der anderen Hälfte der Zeile einer alten Ballade, wobei sich ihre

Lippen eine Spur verzogen, so als wäre der Geschmack der Worte in ihrem Mund zu bittersüß, um ertragen werden zu können.

»Also, was ist es, Faye? Warum bist du zurückgekommen?«

»Ich bin zurückgekommen, weil ich zurückgekommen bin.«

»Ich kann einfach nicht glauben, daß du hier sitzt«, sagte er.

Sie lächelte leise und sagte: »Wie oft willst du das noch sagen?«

»Also, ich meine, ich kann's wirklich kaum fassen«, sagte er, lachte ebenfalls. »Wie groß ist die Wahrscheinlichkeit, daß sich zwei Menschen nach fünfzehn Jahren und nach was weiß ich, was sie in dieser Zeit alles erlebt haben, auf diese Weise wiedertreffen?«

»Wir leben in einer kleinen Stadt. Du hast es selbst gesagt.«

»Oben an der Franklin«, sagte er, schüttelte fassungslos seinen Kopf. »Wo arbeitest du?«

»Ich arbeite, wo ich wohne.«

»Was meinst du damit?«

»Ich bin stellvertretende Leiterin eines Heimes für obdachlose Mädchen. Ausreißerinnen. Streunerinnen. Abgeschobene. Es heißt das Magdalene House.«

»Ich kenne es, ja. Ich habe einen Freund, einen Cop, Isaac Canaan, der die Kids in dein Haus bringt, wenn er kann.«

Sie bekam große Augen. »Ich kenne Isaac.«

»Ich glaub's einfach nicht.«

Sie schaute auf ihre Uhr. »Ich muß jetzt wieder los. O Gott, ich muß gehen. Ich muß den Angestellten im Büro ablösen.« Sie rutschte aus der Sitznische.

»Warte eine Sekunde. Du mußt mir deine Adresse geben. Du mußt mir deine Telefonnummer geben. Ich will nicht, daß du schon wieder einfach so aus meinem Leben verschwindest«, sagte Whistler, stand auf und hielt sie fest.

Sie gab ihm eine Visitenkarte, die sie aus ihrer Handtasche nahm. »Das hier ist eine der Karten, die ich auch den Kids gebe. Ich sage ihnen, daß sie mich anrufen sollen, wenn sie genug haben und eine Weile irgendwo unterkriechen wollen.«

»Ich bin ein heißer Kandidat«, sagte Whistler, als er die Karte nahm.

Sie umarmte und küßte ihn, ging und drehte sich dann noch einmal um, sah ihn einen langen Augenblick an. »Vielleicht werden wir nicht da weitermachen können, wo wir aufgehört haben«, sagte sie schließlich. »Vielleicht können wir Sam und sein Mädchen nicht wiederfinden.«

»Ist eine Möglichkeit.«

4

William Twenty, der Star von Hobbys letztem Film, sagte: »Können wir noch eine letzte drehen?«

»Was zum Teufel soll das wieder heißen?« sagte Hobby.

»Ich glaube, ich kann die Szene noch besser spielen.«

»Du hast die Szene doch schon gut gespielt.«

»Ich glaube, ich kann's noch besser.«

»Mir ist sie gut genug.«

»Ich würde es gerne noch ein einziges Mal versuchen.«

Hobby sah den Regieassistenten an. »Wie sieht der Zeitplan aus?«

»Fünfzehn Minuten unter doppelter Zeit«, sagte Waco.

»Also scheiß auf dein letztes Mal«, sagte Hobby und sah Twenty direkt in die Augen.

»Nur ja keinen Dime verplempern, hä?«

»Ich habe schon einen Dime verplempert, als ich dich engagiert habe.« Er machte die zwei Schritte, der Berg ging zum Propheten, und legte seinen Arm um die Schultern des Schaupielers. »Ich bin völlig ausgepowert.«

»Du meinst fix und fertig.«

»Ich meine ausgepowert, verdammt noch mal. Ich bin so gottverdammt müde, ich werd' ihn eine Woche lang nicht mehr hochkriegen. Wie die Dinge liegen, werde ich dich wahrscheinlich als Ersatzmann in meine Flitterwochen schicken müssen.«

Twenty grinste. Sie wußten beide, daß er keine Frauen mochte.

»Also, mach' mich nicht wahnsinnig von wegen ›noch eine letzte drehen‹«, sagte Hobby. Er packte sich zwischen die Beine. »Das hier können wir noch mal machen.«

»Ach, wenn du doch nur zwölf wärst«, sagte Twenty, schob seinen Mund dicht an Hobbys Ohr, flüsterte ihm ein Geheimnis zu.

»Das nächste Mal machen wir einen Film über den Teufel in einem Jungeninternat. Du spielst den Direktor. Geh nach Hause. Hast du morgen Drehtermin?«

»Ich ruhe mich aus.«

»Dann ruh dich aus. Aber vergiß meine Party am Strand nicht.«

Twenty ging, beschwichtigt durch die Einladung.

»Scheiß auf ›noch eine letzte drehen‹«, brummte Hobby, als Bolivia zu ihm trat.

Er sah beunruhigt aus, wirkte blaß unter seiner permanenten Bräune.

»Was gibt's? Du siehst aus, als wärst du einem Gespenst begegnet«, sagte Hobby.

»Mir steckt immer noch der Schock von dem Feuer in den Knochen. Du hättest die beiden Stuntmen umbringen können.«

»Was denn? Wirst du auf deine alten Tage ängstlich?«

»Ja, vielleicht bin ich das.«

»Du brauchst deswegen aber noch lange nicht so gottverdammt ernst zu sein«, sagte Hobby, wußte, daß noch mehr dahinterstecken mußte.

»Dieser Younger kommt wieder raus«, sagte Bolivia.

»Was?«

»Sie haben ihn auf Bewährung rausgelassen.«

»Wer zum Henker hat dir denn diese Scheiße erzählt?«

»Das ist keine Scheiße. Sie werden's heute abend in den Nachrichten bringen.«

»Aber wieso weißt du . . .«

»Ich hab' ihn im Auge behalten.«

»All die Jahre über?«

»Nur die letzten fünf oder sechs.«

»Na und, dann kommt er eben raus.«

»Mal angenommen, er sucht uns, stellt uns Fragen?«

»Fragen, die er beim Prozeß nicht gestellt hat?«

»Er hatte genug Zeit, über alles nachzudenken. Er hatte genug Zeit, sich wieder an das eine oder andere zu erinnern.«

»Er war doch sturzbesoffen. Wenn er sich damals nicht erinnern konnte, wird er sich auch heute nicht erinnern.«

»Und was, wenn doch?«

»Dann scheiß auf den Kerl. Ich geb' ihm was. Ich bezahle ihm sein Flugticket zurück in die Berge.«

»Mal angenommen, das reicht nicht.«

»Dann werden wir eben tun, was wir tun müssen.«

»Ich nicht.«

»Du wirst langsam alt, was?«

»Älter. Es ist anders heute. Ich habe eine Frau. Ich habe drei Kinder. Ich bin heute nicht mehr so wild und verrückt wie früher.«

»Aber du bist immer noch voller Scheiße, hä?«

»Wenn du das so siehst, bitte.«

Bolivia ging.

»He, Boomer!« rief Hobby.

Bolivia blieb stehen und drehte sich um.

»Wenn du mir das nächste Mal mit einer Faust drohst, dann sei auch bereit, sie zu benutzen.«

Dieses Mal ging Hobby, und Bolivia brachte ihn mit einer weiteren Bemerkung zum Stehen.

»He, Paul. Willst du immer noch, daß ich morgen abend auf deine Party komme?«

»Klar. Was denkst du? Ich hab' nichts davon gesagt, daß wir keine Freunde mehr sind.«

5

Lawry's Prime Rib gehört zu den wenigen Dingen, die sich in Hollywood nicht so sehr ändern. Das Lokal gibt es jetzt schon seit mehreren Jahrzehnten. Immer noch werden große silberne Servierwagen durch den Laden gerollt. Unter ihren Deckeln liegen ordentliche Stücke Fleisch, die von einem Koch mit weißer Mütze aufgeschnitten und nach Geschmack des Gastes serviert werden. Die Gewürze auf den Tischen kann man in Krügen und Flaschen kaufen und mit nach Hause nehmen. Falls man vergessen haben sollte, sie mitzunehmen, kann man auch immer noch unterwegs in seinen freundlichen Supermarkt gehen und sie dort kaufen. Jeder hat gelernt, noch einen Buck nebenbei zu machen.

Es ist kein intimes Restaurant. Es ist kein Lokal, für das ein Mann sich entscheiden würde, der sich Hoffnungen macht, eine Frau zu verführen. Es war eines ihrer Lieblingslokale gewesen, als sie noch miteinander geschlafen hatten – nach den ersten paar Malen –, vor achtzehn, neunzehn Jahren. Als sie es sich leisten konnten.

Es war viel zu hell, zu laut und zu betont fröhlich für ein intimes Tête-à-tête. Whistler meinte, keine gute Wahl getroffen zu haben, und fragte sich, ob Faye wohl dachte, er würde ihr irgendeine Botschaft schicken, die der Absender selbst nicht gelesen hatte. Sagte er damit vielleicht, daß er sich auch nicht sicherer war als sie, was die Wiederaufnahme ihrer Beziehung betraf? Vielleicht waren fünfzehn Jahre nicht lange genug für eine Remake von *The Boyfriend* oder *Guys and Dolls*. Vielleicht funktionierte Nostalgie erst nach dreißig, vierzig Jahren, wenn alle Wunden verheilt und alle Erinnerungen nur noch angenehm waren. Er glaubte nicht, daß er nur zögernd den Faden dort wieder aufnahm, wo sie ihn fallengelassen hatten, aber er war klug genug zu wissen, daß er es nicht beschwören konnte.

Sie sprachen nicht viel, während ihnen das Essen serviert

wurde und sie mit dem gleichen großäugigen Interesse wie jeder Tourist und jedes Pärchen von außerhalb der Stadt zuschauten, wie das Fleisch geschnitten wurde.

»Ich habe dir gesagt, womit ich mein Geld verdiene«, sagte Faye. »Was machst du?«

»Ich bin Detektiv.«

»Ein Cop?«

»Privat.«

»Hätte ich nicht gedacht.«

»Ich auch nicht.«

»Gefällt's dir?« erkundigte sie sich.

»Ich weiß nicht, ob's mir gefällt. Es ist einfach nur, daß ich meine, es gäbe nichts anderes, das ich lieber tun würde. Nicht jetzt. Nicht hier. Wie ist's mit dir? Magst du deine Arbeit?«

»Es ist so eine Art Wiedergutmachung.«

»Eine was?«

»Ich versuche all das wiedergutzumachen, was ich in meinem Leben falsch gemacht habe. Okay. Ich mag meine Arbeit. Es ist zwar nicht, was ich mir erträumt habe, als ich mit meinen kleinen Tanzschuhen in die Stadt gekommen bin, aber ich mag's.«

»Wohnt dein Kind bei dir?«

Sie drehte ihren Kopf fort, als hätte er sie geschlagen.

»Hab' ich irgendwas Falsches gesagt?«

»Was ich meinem Jungen angetan habe, gehört zu dem, was ich wiedergutzumachen versuche.«

Er fragte nicht, was es gewesen war. Er wußte, sie würde es ihm sagen. Er schnitt ein Stück Roastbeef ab, spießte es auf seine Gabel und führte es zusammen mit einem Stück Yorkshire Pudding zum Mund, blickte in das Lokal, während er kaute, ließ ihr Zeit, sich zu entscheiden, wieviel sie erzählen wollte.

»Ich habe Angst, daß du sofort aufstehst und gehst, wenn du hörst, was du gleich hören wirst.« Ihr Mund verzog sich, und ihre Augen sahen urplötzlich blaß aus, das Blau verschwommen hinter einem Schleier aus Tränen.

Er nahm ihre Hände. »Du mußt mir überhaupt nichts erzählen.«

»Ich will. Ich will nicht.«

»Ich denke, dann wirst du es wohl drauf ankommen lassen müssen. Falls ich dich hier sitzen lasse, wird das bedeuten, daß du mir sowieso nicht viel wert gewesen bist.«

Faye starrte ihn einen Augenblick an, machte dann ein Geräusch, als würde sie tatsächlich über das tiefe Luftholen nachdenken, das sie jetzt machte, und schaute wieder fort.

»Nachdem er in die Todeszelle kam, habe ich mich von Younger getrennt. Ich hatte keinerlei Mitgefühl in meinem Herzen, geschweige denn Liebe.«

»Du hast einfach dein Baby ausgetragen«, sagte er, als könnte das ausreichend Entschuldigung für praktisch alles sein.

»Für das Baby hatte ich auch kein Mitgefühl oder Liebe. Es war ein Junge, und ich mußte einfach immer wieder denken, daß er aufwachsen und genauso werden könnte wie sein Vater, sich von Frauen aushalten lassen, sie betrügen und verführen, ja sogar noch Schlimmeres tun könnte. Sogar das tun könnte, was Inch am Ende getan hatte.«

Whistler konnte es deutlich kommen hören, das Sich-auf-die-Brust-Schlagen und das Geständnis. Davon hatte er vor vielen Jahren in seiner Telefon-Show mehr als genug für ein ganzes Leben zu hören bekommen. Und seitdem ebenfalls mehr als genug – die Alkoholiker und Drogenfreaks und Kinderbelästiger, die ihre miesen gewöhnlichen kleinen Jämmerlichkeiten ausplapperten, und auch ein paar nicht ganz so gewöhnliche, die ihm dabei ins Gesicht starrten, den Hals entgegenreckten, um das Messer zu empfangen, die Brust entblößt für die Kugel, bereit, jede Bestrafung klaglos hinzunehmen, die er austeilen sollte.

Als er nicht schnell genug reagierte, zog sie ihre Hände zurück, umklammerte sie wie zum Gebet, fest entschlossen, ihm alles zu erzählen.

Die Tränen rollten über ihr Gesicht wie die Spuren von

Schnecken, zauberten schimmernde Bäche auf ihre Wangen, sammelten sich dann an ihren Mundwinkeln. Sie weinte lautlos, zeigte Whistler ihren Schmerz und ihre Scham, weil sie es nicht vor ihm verbergen konnte – nicht vor ihrem *Beichtvater* –, machte aber keinen großen Auftritt daraus, nicht vor jemandem, den sie einmal, vor so langer Zeit, gekannt und geliebt hatte.

»Ich bin damals völlig zusammengebrochen. Ich bin mit meinem Baby in den Armen nach Hause, nach Johnson City gelaufen, aber als ich dort ankam, war meine Mutter tot, und mein Vater wollte nichts von mir wissen. Er lebte mit einer anderen Frau zusammen. Wir wären nur im Weg gewesen.«

Es gab kein Entkommen für Whistler. Er mußte dort sitzen und zuhören. Er setzte eine neutrale Miene auf.

»Mein eigener Vater wollte mich und das Baby nicht haben, also wurde ich stocksauer und fuhr rauf in die Berge von Kentucky, aus denen Inch Younger stammte«, fuhr sie fort. »Ich ließ mein Kind bei seinem alten Herrn, der in einer baufälligen Hütte hauste und Whiskey schwarz brannte. Was dachte ich mir eigentlich? . . . Was dachte ich mir eigentlich?« Sie sah Whistler an, als könnte er ihr wirklich die Antwort darauf geben. »Inch erzählte mir, wie sein Vater ihn immer geschlagen hatte, als er noch klein war, nachdem seine Mutter sie verlassen hatte, und trotzdem ließ ich mein Baby bei diesem alten Mann.«

»Wie alt war der Junge damals?«

»Viereinhalb. So lange habe ich ihn behalten. Das habe ich getan«, sagte sie, als würde sie Whistler bitten, das auf der Haben-Seite ihres Kontos zu verbuchen.

»Wie bist du zurechtgekommen?«

»Manchmal habe ich als Kellnerin gearbeitet. Ich habe in Geschäften gearbeitet.« Sie beobachtete ihn wie ein Falke. »Ich bin auf den Strich gegangen.«

Er zuckte nicht zusammen, zuckte mit keiner Wimper.

»Ich war fix und fertig. Habe getrunken und Drogen genommen. Ich bin bis zum Boden des Brunnens gefallen.«

Die Tränen auf ihrem Gesicht waren getrocknet. Ihre Hände lagen locker auf dem Tisch.

»Dann war da eine Nacht, in der . . .« Mitten im Satz sprach sie nicht weiter, ließ ihn im Raum verklingen, beschloß, ihm besser nicht zu erzählen, was auch immer sie ihm hatte erzählen wollen.

»Jedenfalls ist etwas passiert, das mich aufgerüttelt hat. Es war nichts so Großartiges oder Schlimmes wie manche andere Dinge, die ich getan habe, aber es hat jedenfalls das Licht wieder angeknipst.«

»So passiert's immer.«

»Vor vier Jahren bin ich zur Vernunft gekommen, habe aufgeräumt. Ich bin zurückgefahren, um meinen Sohn zu holen.«

»Da müßte er ungefähr zehn gewesen sein. Elf?«

Sie schien ihm nicht antworten zu können. Sie hob eine Hand an ihre Kehle, als wäre sie voller Worte, die sie nicht ausspucken und auch nicht schlucken könnte.

»Mit dem Jungen war doch alles in Ordnung, oder?«

»Er war fort«, brachte sie schließlich heraus.

»Fortgelaufen?«

»Verkauft. Der alte Mann hatte ihn verkauft.«

»Was?«

Sie zuckte zusammen, als hätte sie Angst, er würde sie schlagen, weil sie so etwas Schreckliches hatte geschehen lassen. »Mein Schwiegervater war tot, aber da war noch eine alte Frau, Granny Hours, und sie erzählte mir, daß der alte Younger John sechs Monate zuvor verkauft hätte.«

»John? Hast du deinen Jungen so genannt?«

»Ich wollte ihn nicht nach seinem Vater nennen.« Ihr Mund verzog sich, als hätte sie in etwas Bitteres gebissen. »Also habe ich ihn nach meinem Vater genannt, und mein Vater hat uns abgewiesen.«

»Younger hat ihn wie und an wen verkauft?«

»Hat ihn einfach gegen Bares an ein paar Reisende verkauft, die zufällig durchkamen.«

Bring so was in einem Buch, in einem Film, und kein Mensch würde dir glauben, dachte Whistler. Er erinnerte sich, was Canaan ihm einmal erzählt hatte.

»Ich kann dir ein Kind im Alter zwischen sechs und vierzehn besorgen, Junge oder Mädchen, Lieferung frei Haus, keine Fragen, mach damit, was du willst, zweitausendfünfhundert Dollar.«

»Woher kommen sie?« fragte Whistler.

»Aus Mittel- oder Südamerika. Mexico. Asien. Manche aus der Einöde des Südwestens oder den Appalachen drüben im Osten. Entführt oder gegen Bargeld gekauft.«

Whistler schnitt ein weiteres Stück Fleisch ab. Sie hatte sich seiner Gnade ausgeliefert. Wenn man jemanden bittet, ein Urteil über einen zu fällen, kann man wohl kaum eine Stunde später mit ihm ins Bett springen. Sie hatte ihn zu ihrem Vertrauten gemacht, einem Beichtvater, einer Schulter, einem Onkel. Sie hatte ihn zu einem Vater gemacht, einem Vater, wie sie ihn selbst nie gehabt hatte.

Frauen glaubten, so müßte man sich einem Liebhaber gegenüber verhalten, ihm alte Geschichten und alte Sünden erzählen, die Tiefe seines Verständnisses ausloten, die Güte seines Herzens, die Intensität seiner Gefühle. Er wußte es besser.

6

Über fünfzehneinhalb Jahre war er jeden einzelnen Tag vom Geräusch der Glocke aufgewacht, die den Morgen einläutete, die Nacht und den Schlaf wegläutete, der sein einziger Trost war.

Jede Nacht lag er auf seiner Pritsche, starrte auf das Bett über ihm, in dem immer irgendein Knacki schlief, als letzter ein

Spaghetti namens Macelli, und brütete über die Abfolge der Ereignisse, die ihn bis zum Hals in die Scheiße gebracht hatten.

Sie sagten, er hätte drei Frauen ermordet und abgeschlachtet. Sie stellten ihn vor Gericht und verurteilten ihn und steckten ihn in einen Käfig. Wenn er über diese Nacht im *Buddy's* nachdachte, konnte er sich nicht mehr erinnern, mit Gladys Trainor in diese Hütte hinter der Kneipe gegangen zu sein oder daran, ihr den Hals mit dem Teppichmesser durchgeschnitten zu haben, das sie später als Beweismittel vorlegten. Sein Teppichmesser. Er erinnerte sich, daß er sich gegen die Cops gewehrt hatte, als sie seine Tür eintraten und ihn aus seinem eigenen Haus schleppten, aus seinem eigenen Schlafzimmer, wo sich seine schwangere Frau im Wandschrank versteckte. Später sagte er ihnen, daß er sie für Einbrecher oder Vergewaltiger gehalten hätte, die in sein Haus eindrangen, aber sie sagten nur: Wozu sollte jemand in ein Haus einbrechen wollen, in dem es nichts zu stehlen gibt? Wieso sollte jemand eine Frau vergewaltigen wollen, die kurz vor der Niederkunft steht?

Woran er sich am besten erinnerte, war der bittere Geschmack des Bieres auf seinen Lippen, als er von dem Geräusch brüllender Männer aus seinem alkoholisierten Schlaf gerissen wurde, Faye nicht im Bett neben ihm, wie er nach der Pistole griff, die er in einem Hausschuh auf dem Boden aufbewahrte. Eine unregistrierte Waffe zu besitzen sprach gegen ihn. Die Anklage argumentierte, daß dies nur ein weiterer Beweis dafür war, was für ein gewalttätiger Mann er sei. Er hatte nicht mal die Chance gehabt, das gottverdammte Ding abzufeuern. Sie hatten sich auf ihn gestürzt wie Krähen auf ein frisch gesätes Feld, schrien ihm ins Ohr, drehten ihm die Arme auf den Rücken, und er hatte absolut keine Ahnung, was zum Teufel überhaupt los war.

Oh, es hatten noch eine ganze Menge Überraschungen auf ihn gewartet. Vielleicht auch wieder nicht so überraschend, wenn man genauer darüber nachdachte.

Diese Frauen, die in den Zeugenstand traten und aussagten, wie er sie verführt und betrogen hatte. Man könnte meinen, sie würden noch im letzten Jahrhundert leben, als die Frauen noch ihre Knöchel unter langen Röcken versteckten, nicht in Kneipen gingen und am Dreißigsten jedes Monats ihre Depressionen hatten. Um Himmels willen, sogar Charlotte trat in den Zeugenstand, die sich mindestens der Hälfte aller Männer nackt gezeigt hatte, die durch New Orleans kamen. Wer wußte schon, für wie viele sie auch die Beine breitgemacht hatte?

Und vielleicht war es auch nicht so überraschend, daß die einzige Sache, die Willard Everleigh einfiel, als er seine Aussage bezüglich seines Charakters zu jener Zeit machte, als sie noch Jungs in den Bergen Kentuckys waren, die war, daß Willard gesehen hatte, wie Inch im Alter von zehn oder elf Jahren Wildschweine abgeschlachtet hatte, so wie sein Daddy es ihm beigebracht hatte. Was ihn angeblich als einen Mann entlarven sollte, der auch fähig war, Frauen zu ermorden und abzuschlachten.

Dann war da noch die Sache mit den Schlangen. Hatte er mit Klapperschlangen und Vipern in den Händen getanzt? Hatte er solange getanzt, bis er vor Erschöpfung zusammenbrach? Tja, hatte er gesagt, den einzigen Tanz, den er während der letzten acht, zehn Jahre getanzt hätte, wäre Rock'n'Roll gewesen. Diese Bemerkung erntete allgemeines Gelächter, aber es war ihm todernst gewesen. Redete er wirres Zeug, wenn er sich in Raserei befand? Hatte er einmal behauptet, ein Wanderprediger zu sein, und war er durch den Südosten gezogen und hatte unschuldigen jungen Frauen erzählt, daß er von Gott geschickt sei, um ihnen den Schlüssel zum Himmel zu zeigen? Hatte er so vielen den Schlüssel gezeigt, daß überall von Atlanta bis New Orleans seine Bastarde herumliefen?

Er gab es nicht zu, aber er stritt es auch nicht ab. Die Frauen im Gerichtssaal und unter den Geschworenen hatten ihn auf diese hinterhältige Art angeglotzt, wie sie es immer taten, wenn sie über einen Mann grübelten, dem sie nur insofern nicht scheißegal waren, daß er einen Arsch fürs Bett wollte. Neugier und Spekulationen lockten mehr Frauen ins Bett als noch soviel honigsüßes Gerede an jedem Tag der Woche. Außer sonntags vielleicht.

Er war überrascht und auch wieder nicht, daß Faye ihn nie besucht hatte. Nur wenige Stunden nach seiner Verurteilung und dem Abtransport nach San Quentin hatte sie das Baby bekommen. Und dann die Zeit der Erholung danach. Und anschließend eine Menge Ärger und Schwierigkeiten für sie. Aber früher oder später hätte sie ihn doch besuchen sollen. Ihn ihr Gesicht sehen lassen. Denn wenn er jemals jemanden wirklich geliebt hatte, dann hatte er sie geliebt. Warum sonst hätte er sich die Mühe machen sollen, sie zu heiraten? Sie hatte kein nennenswertes Vermögen gehabt, und die Wahrscheinlichkeit, daß sie ein Filmstar wurde, war verschwindend gering gewesen. Zumindest hätte sie das Kind wenigstens einmal zu ihm bringen können, damit er sehen konnte, wie sein Sprößling sich entwickelte.

Zumindest hätte sie ihn doch mal anrufen oder ihm einen Brief schreiben können, damit er sich von der Welt und allem nicht ganz so abgeschnitten gefühlt hätte.

Keine Frau sollte so grausam zu dem Mann sein, mit dem sie geschlafen und dessen Kind sie ausgetragen hatte. Wenn eine Frau erst einmal das Kind eines Mannes auf die Welt gebracht hatte, waren sie mehr als einfach nur Mann und Frau. Sie waren eine Familie. Sie waren ein Blut. Und Blut sollte doch angeblich dicker sein als Wasser, und die stärkste Bindung zwischen zwei Menschen, die es überhaupt gab.

Tja, also würde er sie für immer und ewig dafür hassen, daß sie ihn verlassen und ihm niemals die Chance gegeben hatte, seinen eigenen Jungen zu sehen.

Was ihn aber am meisten überrascht hatte, wenn er jetzt daran zurückdachte, war die Tatsache, daß Paul Hobby ihn besucht hatte.

Er hatte den Mann kaum gekannt, hatte nichts mit ihm zu tun, außer daß er mal in seinem Strandhaus ein paar kleine Jobs für ihn erledigt hatte, die Ziegen für ein paar Braten geschlachtet und hin und wieder mal im *Buddy's* mit ihm und Bolivia Armdrücken gemacht hatte. Sich ein paarmal gründlich mit ihm hatte vollaufen lassen.

Er erinnerte sich, wie sie ihn mal gebeten hatten, für sie zu tanzen, so wie er zu Hause in seinen Bergen mit den Schlangen getanzt hatte. Unter den Gästen befand sich eine Frau in einem silbernen Kleid mit komischen schwarzen Symbolen auf dem Rücken. Darunter war sie nackt gewesen, und manchmal erinnerte er sich, in kurzen Gedächtnisfetzen, die Wirklichkeit gewesen sein können oder auch nicht, wie sie ihn splitternackt ausgezogen und ihn gezwungen hatten, sie zu bumsen, während sie mit dem Rücken über einem Felsblock auf dem Strand lag.

Trotzdem, als Hobby während der Besuchszeit auftauchte und sagte, wie leid ihm all die Schwierigkeiten täten, in denen Inch jetzt stecken würde, und daß er alles ihm mögliche tun würde, um Faye und das Baby im Auge zu behalten, war dies mehr an Freundschaft, und noch dazu von einem Fremden, als er von anderen Leuten jemals bekommen hatte, die behaupteten, seine Freunde zu sein.

Hobby sagte, daß er im Wissen, daß Younger ein selbständiger und unabhängiger Mann sei, ein stolzer Mann, der für Almosen nichts übrig hätte, ein Papier mitgebracht hätte, das er unterschreiben sollte und mit dem er Hobby das Recht zusprach, den Fall auf jede ihm mögliche Art wirtschaftlich zu nutzen, als Buch oder Film. Er würde Faye und das Baby aus den Erlösen unterstützen und den Rest für den Zeitpunkt auf einem Konto deponieren, falls und wenn Younger wieder aus dem Gefängnis kam.

Hobby sagte ihm, er sollte sich nicht um die Dinge scheren, die sie in den Zeitungen über ihn schrieben. Daß er bekannt wäre als gewalttätiger Mann mit einem unberechenbaren Wesen, geschickt mit dem Messer und vertraut im Umgang mit Schußwaffen, der sich heftig gegen die ihn festnehmenden Beamten zur Wehr gesetzt und sogar eine Waffe auf sie gerichtet hätte, während seine schwangere Frau genau in der Schußlinie gestanden hatte.

Ein Mann aus den Bergen mit einer beunruhigend starken Anziehungskraft auf die Ladies. Die Zeitungen schlachteten diese Sache richtig aus.

Irgend so ein Reporter schrieb, daß Inch Younger das schreckliche Gesicht Pans besäße, und er nannte ihn den Heidnischen Killer. Er beschrieb Youngers Haare als weich wie einen Fuchspelz, die von seinem Kopf abstanden und im Nacken länger waren.

Ein Kiefer wie die Klinge einer Axt. Praktisch keine Augenlider. Asiatische Augen, dunkle Augen mit einem eigentümlichen Schimmer, Augen, die in einem Gesicht wie aus gegerbtem Leder funkelten. Kleine Ohren mit angewachsenen Ohrläppchen, die dicht an seinem Kopf anliegen. Eine harte, gerade Oberlippe mit kleinen Einkerbungen unter der Nase und an den Mundwinkeln wie die Spitzen in einem Stück Stacheldraht, während die Unterlippe sanft und geschwungen aussieht wie der Mund einer Frau. Ein Mann, der aussieht wie ein Mann, der sich in ein Tier verwandelt oder wie ein Tier, das sich in einen Menschen verwandelt. Gefangen in diesem Übergangsstadium. Nicht sonderlich attraktiv, laut den weiblichen Zeugen, aber dennoch ein Mann, der eine unleugbare Faszination ausübt.

Hobby beauftragte den Reporter damit, ein Buch zu schreiben. Es ließ sich nicht bei einem New Yorker Verleger unterbringen und endete schließlich als Taschenbuch-Originalausgabe bei einem für Schnellschüsse bekannten Verlag aus dem San Fernando Valley. Der Titel lautete *Die Hog-Wallow-Morde.* Es ging spurlos unter. Vielleicht gab es zum damaligen Zeitpunkt zu viele ähnliche Geschichten in den Nachrichten. Vielleicht sah niemand darin den Stoff für einen Sonderbeitrag im Fernsehen. Hobby verlor das Interesse, einen Film darüber zu drehen.

Er ging Younger wieder besuchen und erzählte ihm, daß er

versucht hätte, Faye ausfindig zu machen, um ihr finanziell unter die Arme zu greifen. Sie wäre jedoch mit ihrem Säugling spurlos verschwunden.

Tja, dachte Younger damals, das konnte man glauben oder auch nicht. Es pielte keine große Rolle. Es war ihm gleichgültig, ob Faye überhaupt Geld hatte oder nicht, und seine eigenen Chancen, jemals wieder herauszukommen, waren sowieso praktisch gleich Null.

Das war das Letzte, was er von Hobby gesehen und gehört hatte.

Younger war langsam, aber nicht blöd. Kein Mensch machte irgendwas umsonst. Hobby wollte irgend etwas von ihm, aber es klappte nicht, also war das damit auch erledigt. Wahrscheinlich hatte er nie versucht, Faye zu finden. Es war die Art von Scheiße, wie Hollywood-Arschlöcher sie eben so losließen, weil es sie keinen Penny kostete.

Er dachte an das gottverdammte Teppichmesser. Das war das Beweisstück, das für die Geschworenen höchstwahrscheinlich den Ausschlag gegeben hatte, daß er diese drei Frauen umgebracht hatte. Auch wenn er ihnen sagte, daß er *meinte,* es ein paar Wochen vorher verloren zu haben, bevor die beiden Nutten ermordet und aufgeschlitzt worden waren. Die Antwort auf die Frage, wo, wann und wie er das Messer verloren hatte, kam ihm in seinen Träumen, aber er konnte sich nie mehr an die Einzelheiten erinnern, wenn er von dieser gottverdammten Glocke aus dem Schlaf gerissen wurde.

Er lag da und dachte über das alles nach. Es war, als würde er in einem großen Eintopf schwimmen. Er wußte, daß der New Yorker Spaghetti Macelli ihn beobachtete.

»Wieso glotzt du mich an, Macelli?« fragte er.

»Ich glotze dich nicht an.«

»Glaubst du, ich wüßte nicht, daß du mich anglotzt?«

»Ich habe nur gerade daran gedacht, daß du bald wieder draußen bist.«

Younger verzog sein Gesicht nicht zu einem Lächeln, aber als er »Yeah« sagte, konnte man hören, daß ein breites zufriedenes Lächeln auf seinem Gesicht stand.

»Was hast du vor, wenn du wieder draußen bist?«

»Ich werde mich schön an die Regeln halten. Ich werde in der Autowaschanlage arbeiten. Abends werde ich die Schule besuchen und meine Ausbildung zum Automechaniker machen. Ich werde etwas aus mir machen.«

»Und was wirst du *wirklich* tun?«

Schließlich drehte Younger seinen Kopf, so daß Macelli seinen Mund sehen konnte, als er mit Knast-Flüstern antwortete: »Zuerst werde ich eine Flasche Schnaps knacken und mich besaufen. Anschließend werde ich mir eine Frau besorgen und ihr den Verstand aus dem Hirn ficken. Danach werde ich meine Frau suchen und sie fragen, wieso sie mich kein einziges Mal besucht hat, wieso sie meinen Jungen kein einziges Mal zu mir gebracht hat, wieso sie mich gottverdammt noch mal im Stich gelassen hat. Und ich werde diese beschissenen Dreckskerle suchen, wegen denen ich hier reingekommen bin, und dann werde ich sie für fünfzehn Jahre bezahlen lassen.«

7

Sie lagen auf dem Bett, aber nicht im Bett, in Whistlers Schlafzimmer, in seinem baufälligen Haus, das auf Pfählen über den Cahuenga Pass gebaut war. Nicht unter den Laken. Nicht nackt. Sie lagen einfach auf dem Bett, abgesehen von den Schuhen vollständig bekleidet, die Köpfe auf den Kissen, starrten unter die Decke und flüsterten im rötlichen Halbdunkel der untergehenden Sonne miteinander.

»Wieso bist du nicht schon früher zurückgekommen?« fragte er.

Sie antwortete nicht.

»Wieso bist du nicht zurückgekommen, nachdem Younger in den Knast kam?«

»Ich hab's dir doch schon gesagt.«

»Dann sag's mir noch mal.«

»Die Stadt ödete mich an, oder ich ödete die Stadt an, wie auch immer.«

»Es war nicht wegen mir? Ich meine, wie ich dich im Gerichtssaal angesehen habe und nicht wußte, was ich sagen sollte?«

»Nein. Der Prozeß hat mich fertiggemacht. Zu wissen, mit wem ich zusammengelebt hatte, hat mich fertiggemacht. Genau deshalb konnte ich das Baby nicht lieben.«

»Weinst du schon wieder?« fragte er, auch wenn sie keinen Laut von sich gab. Auch wenn er ihr Gesicht in den Schatten des Zimmers kaum erkennen konnte. »Wenn du nicht darüber reden willst . . .«

»Ich kann nicht darüber reden«, sagte sie. »Wenn ich vielleicht darüber geredet hätte, als es passiert ist, vielleicht wäre ich dann nicht an die Flasche geraten.«

Er machte ein Geräusch, als hätte er einen Schlag in den Magen bekommen.

»Ich hatte keinen Menschen, mit dem ich reden konnte«, sagte sie, »also wurde ich Alkoholikerin. Ich hatte einen kleinen Jungen, der mich brauchte, und ich wurde Alkoholikerin.«

»Ich höre dich.«

»Ich wollte immer noch die ganze Geschichte erzählen, weil ich hoffte, jemand würde schlau daraus und mir alles erklären. Ich meine, ich bin voller großer Ideen hierhergekommen, voller wunderbarer Träume, und das alles habe ich dann für einen Bauernlümmel weggeworfen, genau das, was ich vorher verlassen hatte, einen Bauernlümmel mit merkwürdigen Augen.«

Er lag neben ihr, berührte sie kaum, wünschte sich mehr, als er es seit langem gewünscht hatte, eine Frau auszuziehen, Faye auszuziehen, und sie an sich zu drücken, um zu sehen, ob ihre Körper noch so zusammenpaßten, wie es vor langer Zeit einmal gewesen war. Er wollte sie berühren, seine Hand auf ihren Schenkel legen. Oder auf ihre Brust oder ihren Bauch, aber er wußte, sie würde es ihm übelnehmen, ja sogar wütend werden. Sie würde ihm vorwerfen, gefühllos zu sein – obwohl er spürte, daß sie ihn genausosehr berühren wollte wie er sie – und selbst nach all dieser Zeit an nichts anderem interessiert zu sein. Nach dieser seltsamen Wiederbegegnung. Dann konnte sie einen Teil ihrer Wut an ihm abreagieren, weil – wie Bosco oft sagte –, wenn man niemanden hatte, den man hassen konnte, dann bedeutete irgendwen zu hassen viel, selbst wenn es nur für einen flüchtigen Augenblick war, gerade lange genug, um ein bißchen von dem lange angestauten Schmerz und Kummer wegzubrennen.

»Du brauchts nichts zu sagen, wenn du nicht willst«, sagte er. »Willst du den Fünften mit mir nehmen?«

Sie drehte den Kopf auf dem Kissen, versuchte im Zwielicht sein Gesicht zu erkennen. Den *Fünften nehmen* war ein Ausdruck der AA. Er bedeutete, daß ein Alkoholiker einem anderen Alkoholiker zuhörte, wie er die schlimmsten Dinge erzählte. Keinen Kommentar dazu abzugeben. Keinen guten Rat zu geben. Nicht zu verzeihen. Einfach nur zuzuhören. Ein Ohr war beser als eine Wand.

»Gehörst du auch dazu?« fragte sie.

»Seit zehn Jahren trocken. Zehn Jahre ohne einen Drink.«

»Meine Güte, Sam, wir hatten beide unsere Probleme, was?«

Er rollte sich auf die Seite und küßte sie. Sie öffnete nicht ihren Mund oder gab ihm ihre Zunge. Es war vielmehr, als würden sie sich erinnern, wie es war, Geliebte zu sein, und wären traurig, weil sie vielleicht nie mehr Geliebte sein könnten.

»Ich werde dir von dieser Zeit erzählen«, sagte sie. »Die Zeit, von der ich dir fast schon im Restaurant erzählt hätte. Es war die Nacht, in der ich meinen absoluten Tiefpunkt erreichte. Eigentlich war es am Morgen des ersten Weihnachtstages.«

Es ist fast immer Weihnachten, dachte Whistler. Das war für aktive und trockene Alkoholiker die schlimmste Zeit des Jahres.

»Vor vier Jahren. Ich war ganz allein in dieser miesen Absteige von einem Hotel. Im Haus meines Vaters nicht willkommen. Getrennt von meinem Kind – ich wußte nicht mal, wo es war. Ich wog ungefähr achtzig Pfund. Ich sah aus wie ein Knochen mit einem Büschel Haare an einem Ende. Ich lag auf dem Bett und war so hungrig, daß ich am liebsten laut geweint hätte, lechzte nach einem Drink, war aber zu schwach, um aufzustehen und loszugehen, um das zu tun, was ich würde tun müssen, um einen zu kriegen. Ich schaffte es, meinen Arm auszustrecken und die Tür des Zimmers zu öffnen. Kein Mensch in der Nähe. Ich konnte spüren, daß das ganze Hotel praktisch leer und verlassen war. Panik stieg in mir auf. Ich dachte, ich wäre wirklich in einem Grab, glaubte, daß ich schon tot wäre. Ich war gestorben, und das hier würde meine Hölle sein. Ein schmutziges, leeres Hotel ohne einen einzigen Menschen, der mir einen Drink bringen konnte, und ohne die Kraft aufzustehen und jemanden zu suchen.

Ich war drauf und dran loszubrüllen, als ich hörte, wie den Gang hinunter eine Tür geöffnet und wieder geschlossen wurde. Ich streckte meine Hand aus und stieß die Tür ein Stückchen weiter auf. Ich sah den Mann auf mich zukommen, er zog gerade seinen Mantel an. Er trug einen Hut.«

Whistler fragte nicht, was all diese kleinen Details damit zu tun hatten. Er verstand, daß die Details jede Menge damit zu tun hatten, der Schrecken dieses Tagtraumes.

»Ich hustete, und er warf einen Blick zu mir rein. Er lächelte, ging aber weiter. Dann muß er wohl stehengeblieben und zurückgekommen sein, denn er schob seinen Kopf ein Stück durch die Tür.

›Ist irgendwas nicht in Ordnung?‹ fragte er. ›Fühlen Sie sich nicht gut?‹

Ich erzählte ihm, daß ich gerade erst aufgewacht wäre, nachdem ich mit dem Flugzeug aus Miami oder was weiß ich von wo angekommen sei, um meine Schwester zu Weihnachten zu überraschen, nur um dann zu entdecken, daß sie in ihre Hütte oben in den Bergen gefahren waren. Also, wenn ich mich der Sache gewachsen fühlte, würde ich wieder packen und mich anziehen und mit dem Bus in den Norden fahren, um den ersten Weihnachtstag bei meiner Familie zu verbringen.

Ich sagte, es wäre wirklich nett von ihm, daß er stehengeblieben wäre, um sich zu erkundigen, ob mit mir alles in Ordnung wäre. Er sagte, was kann ein anständiger Mann schon anderes tun, Weihnachten oder nicht. Aber ganz besonders zu Weihnachten sollten sich die Menschen umeinander kümmern. Er war auch nicht bei seiner Familie, und er verstand sehr gut, was für ein blödes Gefühl es war, allein zu sein. Kein Mensch, mit dem man lachen konnte, essen konnte, vielleicht ein Gläschen trinken konnte.

Wer machte hier wem was vor? Ich glaubte keine Sekunde, daß er eine Familie hatte, und er glaubte nicht, daß ich eine Familie hatte. Ich wußte, was er war, und er wußte, was ich war. Nur zwei Penner.

Ich sagte, ich würde ihm gern einen Weihnachtsdrink anbieten, wenn ich einen anzubieten hätte, und er sagte, er könnte unten eine Flasche kaufen. Also ging er fort und kam mit einem Flachmann zurück. Wir tranken einen. Allmählich ging es mir wieder besser. Ich spürte, wie wieder Farbe in mein Gesicht kam. Ich sagte ihm, er sollte seinen Kopf wegdrehen, während ich aufstand und ins Bad ging, um mir kurz das Gesicht zu waschen und die Haare zu kämmen. Als ich wieder herauskam, hatte er seinen Mantel und sein Sakko ausgezogen und saß auf dem Bett. Wir genehmigten uns noch ein Gläschen, und dann machten wir Sex. Er behielt seine Socken an. Es war ziemlich mies. Als es vorbei war, mußte er das Spiel nicht weiterspielen. Aber er war schon ein anständiger Bursche. Er ließ zurück, was noch in der Flasche war, und legte zwei Zehn-Dollar-Scheine auf die Kommode.«

Sie wurde sehr still, als sie sich an die Schande erinnerte. Whistler wußte, daß die Geschichte noch nicht zu Ende war. Die schreckliche Pointe kam noch.

»Und weißt du was?« fragte sie, bearbeitete ihn, wie eine Komikerin die Zuschauer eines Cabarets manipulierte. »Ich hielt so wenig von mir, von der Ware, die zu kaufen ich ihn überredet hatte, daß ich ihn zehn Dollar zurücknehmen ließ.«

»Weinst du?«

»Nicht wegen diesem einen Heiligabend. Über alle Heiligabende, die ich nicht mit meinem Jungen zusammen war. Es quält mich, daß ich es zugelassen habe, meinen Jungen zu verlieren«, sagte sie.

»Hast du je versucht, ihn zu finden?« fragte Whistler.

»Ja, ich habe ihn gesucht.«

»Wo hast du gesucht?«

»Der alte Younger hatte eine Streichholzschachtel aufgehoben, die er von den Leuten bekommen hatte, an die er John verkaufte.«

»Wie das?«

»Oben in den Bergen bekommt man Streichhölzer nicht mit dem Tabak. Man kann sie auch nicht überall mitnehmen wie in den Städten. Normalerweise steckt man sich seine Zigarette am Kaminfeuer oder an der Petroleumlampe an. Der alte Mann wollte Feuer für seine Pfeife, nehme ich an, und dieser Mann gab ihm die Schachtel Streichhölzer.«

»Und die hat er sechs Monate lang behalten?«

»Er gab sie Sue-Sue, diesem zwölfjährigen Mädchen – für irgendwelche kleinen Gefälligkeiten, nehme ich an –, und sie hat sie aufgehoben. Es war eine hübsche, mit Folie überzogene Streichholzschachtel. Sie bewahrte Nadeln und so weiter darin auf. So was machen Kinder, ganz besonders Kinder aus den Bergen, die nicht gerade viele hübsche Dinge besitzen.«

»Von wem stammten die Streichhölzer denn?«

»Vom *Motel Royal* in Johnson City. Ich bin dort gewesen, und genau dort endete auch mein Glück. Sie sagten, sie würden Meldekarten nicht länger als drei Monate aufbewahren. Ich blieb eine Weile in der Gegend, hoffte auf ich weiß nicht was, dann zog ich weiter.«

»Ich werde deinen Jungen suchen«, sagte er und küßte sie wieder. Diesmal öffnete sie den Mund.

»Wie kannst du das tun?« fragte sie. »Es ist schon so lange her.«

»Es gibt Dinge, die man tun kann, und Orte, an denen man suchen kann. Ich verspreche dir nichts, aber wenn ich kann, werde ich ihn auch finden.«

Er küßte sie wieder.

»Ich weiß, daß ich in deinem Bett liege, aber ich tu's nie beim ersten Mal«, sagte Faye und versuchte es lustig klingen zu lassen.

Er ließ seine Hand unter ihrem Rock hinaufgleiten.

»Ich habe nichts erwartet.«

»Und ob du hast«, sagte sie, »und ich genauso.«

Sie machten sich beim ersten Mal nicht mal die Mühe, sich auszuziehen.

8

Bosco hatte Dienst.

»Wo ist dein Morgen-Mann?« fragte Whistler.

»Er arbeitet nach dem Eisenbahn-Fahrplan. Ich sehe ihn nur, wenn der Zug aus Chicago einläuft. Ungefähr dreimal die Woche. Das ist ein kleiner Restaurant-Scherz. Haha. Ist mir egal. Was habe ich denn sonst schon groß zu tun? Willst du einen Kaffee?«

»Schinken und Eier und Kaffee.«

»Willst du irgendwohin?«

»Wie kommst du drauf?«

»Du frühstückst nie, es sei denn, du willst irgendwohin.«

»Ich versteh' dich einfach nicht«, sagte Whistler. »Bosco, der Wunder-Mann. Weiß alles. Sieht alles.«

»Sagt alles«, sagte Bosco.

»Wie meinst du das?«

»Tu's nicht«, sagte Bosco.

»Was soll ich nicht tun?«

»Jag nicht den Funken eines alten Feuers hinterher.«

»Ich wünschte mir, du würdest endlich mal aufhören, dauernd wie der typische freundliche Philosoph von der nächsten Straßenecke zu quatschen und es endlich klar und deutlich ausspucken.«

»Was du warst, ist nicht das, was du heute bist. Laß es dir von mir gesagt sein, wenn du diesem Burschen Sam heute zufällig auf der Straße begegnen würdest, du würdest ihn nicht mal wiedererkennen. Wahrscheinlich würdest du ihn nicht mal mögen. Das gleiche gilt für Faye.«

»He, Bosco, für so vernünftig solltest du mich doch eigentlich halten. Wenn ich Faye ansehe, dann sehe ich keine Achtzehnjährige, und sie sieht gottverdammt in mir auch keinen Fünfundzwanzigjährigen oder was auch immer.«

»Okay, also wo willst du hin?«

»Nach Kentucky.«

»Was gibt's in Kentucky?«

»Da hat Faye ihren Jungen verloren.«

»Wie lange ist das her?«

»Das letzte Mal hat sie ihn vor elf Jahren gesehen. Das letzte Mal, daß sonst jemand ihn gesehen hat, den sie kennt, war vor vier Jahren.«

»Ich will mich nur vergewissern, daß ich auch wirklich gerade gehört habe, was ich gehört zu haben glaube. Du machst dich auf die Suche nach einem Jungen, der vor vier Jahren verschwunden ist?«

»Stimmt.«

»Wie hoch schätzt du deine Chancen ein? Zwanzig Millionen zu eins? Hundert Millionen zu eins?«

Whistler drehte seinen Kopf fort und schaute durch die Glastür nach draußen.

»He, weichst du mir vielleicht aus?« sagte Bosco.

»Ich halte nach Faye Ausschau. Sie wird mich zum Flughafen fahren.«

»Sag bloß zweihunderttausend zu eins. Los, sag's. Ist dir die Quote gut genug, um kreuz und quer durchs Land zu fahren?«

»Hör mir mit deinen Quoten auf. Was bist du auf einmal, ein Buchmacher, oder was? Du hast doch sicher auch schon von Bruder und Schwester gelesen, die als Kinder getrennt wurden und sich dann nach vierzig Jahren wiederfinden. Du hast doch sicher auch schon von Müttern gelesen, die ihre Söhne und Töchter finden, und auch umgekehrt.«

»Es ist nicht alltäglich. Sag mir, daß du nicht meinst, es wäre alltäglich.«

»Dann ist es eben nicht alltäglich.«

»Okay, das muß ich dir lassen. Es passiert. Aber man kann verrückt dabei werden, wenn man ein verschwundenes Kind sucht.«

»Wenn du mir kein Frühstück machen willst, werde ich auf dem Flughafen frühstücken«, sagte Whistler.

Bosco ging, um zwei Eier und Speck zu braten. Kurze Zeit darauf kehrte er mit dem Frühstück und dem Kaffee zurück.

»Du tust ihr vielleicht unrecht, Whistler«, sagte er, als er alles auf den Tisch stellte.

»Wie das?«

»Indem du ihr Hoffnungen machst.«

»Da ist Faye«, sagte Whistler und rutschte aus der Nische.

»Soll ich mich um deinen Wagen und dein Haus kümmern?« fragte Bosco.

»Das erledigt Faye schon«, erwiderte Whistler und war durch die Tür und auf dem Bürgersteig, ging auf einen zerbeulten Chevy zu, der in der Obhut von jemand anderem am Bordstein wartete.

Bosco setzte sich und begann, Whistlers Frühstück zu essen.

»Kaum tauchen Frauen auf der Bildfläche auf«, brummte er leise vor sich hin, »und schon geht deine ganze Diät zum Teufel.«

9

Sie wollten ihn nicht Kentucky nennen, wie er es gern gehabt hätte. Sein Name war John, aber Kentucky gefiel ihm besser. Manchmal nannte er sich Dan. Namen besaßen eine gewisse Magie. Er sagte allen, sie sollten ihn Kentucky nennen, aber jeder nannte ihn nur Bitsy. Das war schon ein Wahnsinnsname für einen Anführer, einen Burschen, der sich um alles kümmerte.

Man mußte sich gottverdammt abrackern, um sich Autorität zu verschaffen, wenn man erst fünfzehn war, einssiebenundfünfzig groß, fünfzig Kilo leicht. Nicht, daß er der Boß sein wollte. Eigentlich wollte er wirklich nicht der Boß sein. Es wäre ihm erheblich lieber, wenn Hogan, der siebzehn, achtzehn, vielleicht sogar schon neunzehn war – wer wußte das schon? –, einsachtzig groß, achtundsechzig Kilo schwer, der Boß sein würde.

Als Hogan vor ein, zwei Monaten auftauchte, aus Idaho, Nebraska, von irgendwo aus dem Mittleren Westen, brauchte er nichts anderes zu sagen als ›Nennt mich Hogan‹, als er nach seinem Namen gefragt wurde, und alle nannten ihn Hogan. Bitsy glaubte nicht, daß das sein richtiger Name war. Kein Mensch benutzte auf der Straße seinen richtigen Namen. Man benutzte erfundene Namen, genau wie man auch erfundene Vergangenheiten benutzte.

Was zum Teufel war ein Hogan überhaupt? Was zum Henker dachte sich überhaupt jemand dabei, sich wie irgend so eine beschissene Figur aus einem John-Wayne-Western zu nennen? Wenn er schon John Wayne sein wollte, warum konnte er da nicht auch den Boß machen und Bitsy in Ruhe lassen?

Wieso blieb es ausgerechnet an ihm hängen? Und wenn's schon an ihm hängenblieb, wieso konnten sie ihn dann nicht Kentucky nennen, wie er es ihnen gesagt hatte?

Anführer zu sein, sich um eine gottverdammte Bande von

acht, zehn Kids jeden Alters, jeder Farbe, aller Glaubensrichtungen zu kümmern, bedeutete, daß er immer als letzter ins Bett kam, sich vergewissern mußte, daß frisches Wasser da war, falls jemand nachts Durst bekommen sollte, sich vergewissern mußte, daß das, was sie von den Lebensmitteln übriggelassen hatten, abgedeckt und in die mit Blech verkleidete Kiste verstaut wurde, damit keine Ratten angelockt wurden.

Er mußte morgens als erster aufstehen, sich vergewissern, daß während der Nacht keiner krank geworden war oder halb stoned, halb verpennt aufstand und einfach in die Ecke kackte, wo es Fliegen und anderes Ungeziefer anlocken würde.

Dipper vergaß es oft, weil Dipper nicht alle Tassen im Schrank hatte und wirklich besser in einem Heim aufgehoben wäre als auf der Straße. Nur daß es keine Heime für Leute wie Dipper gab. Dafür hatte irgend so ein Arschloch von einem Gouverneur schon vor langer Zeit gesorgt. Hatte alle aus den Heimen und Anstalten rausgelassen, alle Bekloppten, alle Schwachsinnigen, und hatte ihnen gesagt, sie müßten sich jetzt um sich selbst kümmern oder sich von den Leuten aus den Stadtteilen, aus denen sie kamen, versorgen lassen. Also kümmerten sich die Gemeinden nicht um sie. Die Stadt brachte ein paar von ihnen in Hotels unter, wo sie zusammengeschlagen wurden, wie der letzte Dreck behandelt wurden, von vorne bis hinten verschissen wurden.

Also hatte Bitsy auch noch einen von denen, Dipper nämlich, am Hals, außer solchen großen faulen Arschlöchern wie Hogan und Baby-Nutten wie Sissy und Mimi und Moo.

Bitsy fand Mimi unheimlich schön. Sie zog sich zerrissene Unterwäsche an, die sie Hemdkleider nannte, mit durchbrochener Spitze vorne, und darüber ein Bettjäckchen aus Satin und einen kurzen Rock, der an beiden Seiten aufgerissen war, und hochhackige Schuhe und Handschuhe ohne Finger. Sie legte immer ziemlich viel Make-up auf, und sie hatte kleine Korkenzieherlöckchen. Moo zog sich genauso an, und Bitsy fand auch sie ziemlich schön.

Sie wollten wie verlotterte Rock-Sängerinnen aussehen, und

Mimi sang ihm sogar manchmal einen der aktuellen Hits vor, wenn Bitsy sie oben auf dem Dach fand, die Ellbogen auf das vermoderte Holzgeländer gelehnt und über die Stadt hinaus starrend, dabei leise vor sich hin singend. Sie war keine besonders gute Sängerin – sogar Bitsy erkannte das –, aber sie machte dabei einen so wunderbaren Schmollmund mit ihren roten Lippen, daß Bitsy sich einfach nicht mehr auf das konzentrieren konnte, was er hörte.

Eins mochte er ganz besonders an ihr: Sie ging nicht mit jedem ins Bett, nicht mal mit Hogan, der immer so tat, als würde er einem Mädchen einen großen Gefallen tun, wenn er ihr das Höschen runterzog.

Er kriegte mit, wie sie zu Hogan sagte: »Zwanzig Dollar ist mein Preis für Freunde.«

»Das soll wohl ein Witz sein«, sagte Hogan. »Zwanzig ist doch schon das höchste der Gefühle, was du auf der Straße machen kannst.«

»Tja, dann sind das eben alles meine Freunde«, sagte sie.

»Ich kriege fünfzig für meinen Arsch«, prahlte Hogan und ging, streckte dabei seinen Hintern raus, als wäre er mit Rosinen gefüllt.

»Der bildet sich wohl ein, seine Scheiße würde nicht stinken«, meinte Mimi zu Bitsy. »Was er nicht weiß ist, daß ich's bei einem Freund schon für fünf Dollar mache. Für einen wirklich richtig guten Freund würde ich's sogar umsonst tun.«

Bitsy beschloß auf der Stelle, daß er sich irgendwie einen Fünfer zusammensparen und sie fragen würde, auf die scherzhafte Tour, ob sie wirklich meinte, was sie gesagt hatte, daher würden seine Gefühle nicht ganz so schlimm verletzt sein, falls sie sagte, sie würde es nicht für einen Fünfer tun – für was hielt er sie denn eigentlich, für eine billige Nutte, oder was?

Aber er kam nie dazu, seinen Fünfer zu sparen, weil er immer diesen schrecklichen Hunger hatte, der ihm keine Ruhe ließ, und jeder Dollar, den er in die Finger bekam, ging für Essen drauf.

Trotzdem, er hatte fest vor, sich eines Tages den Fünfer zur Seite zu legen, selbst wenn er im nächsten Augenblick, nachdem sie es gemacht hatten, vor Hunger sterben würde.

Er war allein in dem verlassenen, mit Brettern zugenagelten Gebäude. Das einzige, was er in dieser leeren Hülse hören konnte, war von irgendwo das Tropfen von Wasser und das vereinzelte Trippeln von Ratten und Mäusen. Ein Kerzenstummel flackerte in der Ecke, wo er auf einem Haufen alter Lumpen und Decken hockte. Nach Einbruch der Dunkelheit zogen alle los, um anschaffen zu gehen, auf die eine oder andere Art, die Augen reibend, die Bäuche reibend, bereit, durch die Gegend zu ziehen und die Augen nach potentiellen Opfern aufzuhalten, bereit zu tun, was für den Preis einer Mahlzeit, neuer Reeboks, ein bißchen Gras, ein Bröckchen Crack eben getan werden mußte.

Sissy und Mimi und Moo waren draußen auf dem Kiez und verkauften ihre zarten Ärsche. Hogan und Roach und Duckie wackelten mit ihren knackigen Hintern.

Mein Gott, was man nicht alles tun mußte, nur um die Nacht und den nächsten Tag zu überstehen. Begierden befriedigen. Perversen gefällig sein.

»Ich bin keine beschissene Schwuchtel«, sagte Hogan immer. »Ich laß mich nicht in den Arsch ficken. Ich fick' sie in den Arsch. Ich blase ihnen keinen. Ich lege mich einfach locker zurück und laß mir von ihnen einen blasen. Ich kann Schwule nicht ausstehen. Scheiß auf sie alle.«

Bitsy erinnerte sich an das erste Mal, als er genommen worden war, in einem Güterwaggon Richtung Westen. Der große beschissene Nigger hatte ihn vornüber gebeugt. Was gab's da schon groß zu sagen? Er war vergewaltigt worden. Deshalb war er noch lange keine Schwuchtel.

»Stell eine Kerze ins Fenster, Mutter. Ich komme nach Hause«, sagte er, grinste ironisch, grinste seine schmutzigen Hände an.

Er stand auf und löschte den Kerzenstummel. Verstaute ihn

in seiner Tasche. Holte seine Bleistift-Taschenlampe raus und verließ diese Ruine von einem Haus, ging raus auf die Straßen. Raus zu den Lichtern und den Menschen und dem Vergnügen.

10

Es wird nachts kalt in Glitzerland.

Faye hatte ein zusätzliches Paar Socken angezogen. Sie trug einen wattierten Anorak und behielt ihre Hände in den Taschen.

Jojo, ihr Partner an diesem Abend, blies sich von Zeit zu Zeit in die Hände, doch das, wußte sie, lag mehr an abgestorbenen Nervenenden durch exzessives Fixen in der Vergangenheit als am Wetter. Er war groß und schwarz und hatte eine ausgedehnte Narbenwucherung auf Wange und Hals von damals, als jemand ihn angesteckt hatte – er hatte gebrannt und es kaum gemerkt –, was jedem Angst einjagte, der ihn sah, bis man ihn etwas besser kennenlernte. Er war clean. Wiedergeboren in Jesus. War jetzt dort draußen, um zu helfen, wo er konnte.

Sie wußten, was nur wenige andere wußten. Am Rand der Gesellschaft zu leben, machte einen high, mit oder ohne Drogen. Gefahr bedeutete zu leben. Man mußte sein Leben aufs Spiel setzen.

Sie gingen davon aus, daß ein jugendlicher Streuner spätestens nach dreißig Tagen auf den Straßen welcher Stadt auch immer süchtig war. Süchtig nach Kokain oder Crack. Süchtig nach Speed oder Heroin. Süchtig nach dem Hochgefühl, von einem Tag zum anderen zu überleben. Draußen an den Straßenecken mit ihren Freunden verkauften sie ihre Körper, spritzten sich zwischen die Zehen, lutschten an Schwänzen, aßen Cheeseburger und Tacos und Pizza. Schlürften Cokes. Futterten Eisbecher. Lebten ›das Leben‹, das Leben auf dem Strich. Wieso zum Teufel sonst glaubte jeder, Nutten würden es ›das Leben‹ nennen? Weil es ihnen gefiel. Nicht immer. Nicht jede einzelne Stunde des Tages. Aber meistens mochten sie es.

Das war es, was Faye und Jojo wußten.

Sie wurden langsam bekannt auf dem Kiez in der Nähe der Kreuzung Hollywood und Vine.

Faye fragte sich, wie es kam, daß Sam sie nie bei dieser allabendlichen missionarischen Nummer gesehen hatte, wenn er regelmäßig dort im Fenster von *Gentry's* saß. Man mußte sich schon wundern. Gab es so etwas wie das Schicksal? Gab es so etwas wie einen Gott?

»Alles in Ordnung, Sissy?« fragte sie ein Kind mit bunten Haaren, einem Spitzenunterhemd unter einem unechten Pelzjäckchen und mit abgerissenen Jeans, die so eng waren, daß der Saum zwischen ihren Beinen tief einschnitt.

»Mir frieren die Titten ab«, sagte Sissy.

»Wieso ziehst du keinen BH an?«

Der Junge mit dem Namen Duckie, der die Insignien einer Gang aus einer weit entfernten Stadt trug und eine Baseballmütze mit einem orangefarbenen, aufgestickten ›Detroit Tigers‹ vorne drauf, lachte und sagte: »Sie hat nicht genug, um das sie sich Sorgen machen müßte.« Er nagte den letzten Bissen von einem Eis am Stiel und warf das Hölzchen dann in den Rinnstein.

»Sie redet davon, daß mir nicht kalt wird, nicht davon, die Ware zu dekorieren, du bescheuerter Mistkerl«, sagte Sissy, lachte und schlug nach ihm. Kleine Hunde beim Spiel.

»Wie wär's dann wenigstens mit etwas wärmerer Unterwäsche?« sagte Faye sehr ernst, als wäre sie ein Arzt, der einem Patienten ein Rezept schrieb. »Wenn du's hier in Südkalifornien an den Bronchien kriegst, kannst das mindestens einen Monat dauern.«

»Was soll das? Bist du vielleicht ihre Mutter, oder was?« fragte Duckie, urplötzlich streitlustig, weil Sissy ihn einen Mistkerl genannt hatte.

»He, was hast du denn, Duckie?« fragte Faye. »Bist du mit dem falschen Bein aufgestanden?«

»Richtig empfindlich, der Kleine«, meinte Sissy, stichelte weiter.

»Ich sollte dir eins auf dein vorlautes Maul geben!« brüllte Duckie wütend.

»He, he«, brummte Jojo.

Duckie hob seinen Arm. »Dir einfach eins auf dein beschissenes Maul geben!«

»Tja, entschuldige bitte. Was hast du gegessen, daß du so roh und gemein bist?« sagte Sissy. Aber sie rührte sich keinen Zentimeter.

Mimi und Moo kamen von der Seite des Gebäudes rüber, wo sie im Schimmer einer Neonreklame ihre Ware präsentierten, angelockt von dem Krawall. Es gab was zu sehen. Was zu tun.

»Was ist los, Sissy?«

»Nichts. Duckie ist heute ein bißchen empfindlich . . .«

»Ich warne dich. Ich knall dir gleich eine«, sagte Duckie und streckte seine Hand aus, um Sissys unechten Pelz zu packen.

»Finger weg«, sagte sie, machte einen Satz zurück. »Du hast klebrige Eis-Finger.«

Eines der Mädchen mischte sich ein und packte ihn am Arm, zog ihn weg. Als er ihr mit einer gehobenen Faust drohte, drehte sie sich blitzschnell um und lachte.

»Wenn du nicht verdammt gut aufpaßt, kriegst du ein Ding aufs Maul, Mimi«, zischte er.

»Ich hab' ein paar schöne warme Unterhemden drüben im Magdalene House«, sagte Faye.

»Warme Unterhemden?« brüllte Duckie. Er begann wie verrückt zu lachen, schlug sich auf die Beine und ging die Straße ein Stück runter und wieder rauf, einen Fuß auf dem Bürgersteig, den anderen im Rinnstein. »Das möchte ich sehen. Sissy in langen Unterhosen, das möchte ich wirklich sehen.«

»Es sind keine langen Unterhosen«, sagte Faye und ignorierte Duckie. »Es sind Unterhemden mit kurzen Ärmeln und einer Einfassung aus hübscher Spitze.«

»Sie will dich doch nur da reinlocken, dann die Tür abschließen und eine Nonne aus dir machen«, sagte Duckie.

»Duckie«, sagte Faye und wurde schließlich doch noch sauer, »wieso suchst du dir nicht irgendwo ein Plätzchen und setzt dich was hin? Laß uns in Ruhe.«

»Wieso suchst du dir nicht ein Plätzchen zum Scheißen?« brüllte Duckie, als hätte er damit ganz besonders clever reagiert.

»Duckie macht überhaupt nichts, solange du ihm nicht irgendwas Süßes gibst«, sagte Mimi.

Jojo kramte in seiner Tasche und fand schließlich einen Schokoriegel. Er brach ihn in der Mitte durch, gab eine Hälfte Duckie, behielt die andere für sich selbst.

»Toll«, meinte Duckie, stopfte sich die Süßigkeit in den Mund.

»So, und jetzt verschwinde mal eine Minute«, sagte Jojo. Seine Stimme war tief und dunkel wie ein Fluß aus Schokolade.

Duckie entfernte sich, kaute seinen Schokoriegel, hob sich mit jedem Schritt auf seine Zehenspitzen, wie ein Kind, das ein Spiel gewonnen hatte.

»Du könntest rüberkommen und dir ein paar von diesen Unterhemden abholen«, sagte Faye.

»Ich auch?« fragte Moo.

»Du auch, Moo«, sagte Faye.

Die Mädchen begannen zu lachen.

»Vielleicht könntest du dich auch was setzen«, sagte Faye.

»Du auch, Moo«, sagte Mimi.

»Und was essen.«

»Wer? Du, Moo?«

»Vielleicht sogar über Nacht bleiben.«

»Bist du traurig, Moo?«

»Morgen früh kommt dann der Arzt«, sagte Faye, wußte, daß sie gegen die Albernheit der Mädchen den kürzeren zog.

»Wieso bist du denn traurig, Moo?« kreischte Mimi.

»Tja, falls ihr's euch noch anders überlegt«, sagte Faye.

Faye und Jojo gingen. Hinter ihren Rücken kreischten und lachten die Kinder.

»Jetzt in zwanzig Minuten wird eines dieser Mädchen oder Jungs auf dem Rücksitz irgendeines Autos hocken und sich seine Brötchen verdienen«, sagte Faye.

»Versuchen. Wir können es nur versuchen«, erwiderte Jojo mit seiner Zartbitter-Schokoladen-Stimme.

11

Die Junggesellenparty wurde in Hobbys Haus in Malibu gefeiert, da Sharon Allagash, seine Zukünftige, bereits in die Brentwood-Villa eingezogen war.

Bolivia, Hobbys Agent Ira Konski und sein Anwalt Melvin Yibna, die Freunde, die sich angeboten hatten, die Fete zu organisieren, beklagten sich, daß sie nicht jeden lieben guten Freund hatten einladen können, den Hobby hatte. Dann hätten sie nämlich gleich das Convention Center anmieten müssen. Also würde er sich eben einfach mit hundertzwanzig seiner besten und intimsten Freunde begnügen müssen.

Eine bessere Auswahl gerissener Barrakudas, blutsaugender Neunaugen und ausgemachter Haie war nirgendwo zu finden, außer vielleicht auf einer Tagung evangelischer Pfarrer.

Nun waren aber in Wirklichkeit einhundertzehn von denen, die sich am Rande des wunderschönen Pazifiks versammelt hatten, nicht mehr als Geschäftsfreunde oder flüchtige Bekannte. Der Status der Freundschaft eines halben Dutzend weiterer war zweifelhaft. Die Wahrheit war, wenn ausschließlich wirkliche Freunde eingeladen worden wären, dann hätten sie die Party in einer Telefonzelle veranstalten können.

Der Trick bestand nun darin herauszufinden, welcher der

vier verbleibenden sich, ohne jede Vorbehalte, als Hobbys Busenfreund bezeichnen würde.

Ira Konski kümmerte sich um die Erfrischungen, das Chili kam von *Chasen's*, Aufschnitt, Käse und Salate waren von *Cantor's* auf der Fairfax, und die stärkeren Alkoholika stammten aus dem *Liquor Barn*, mit einem Rabatt von zwanzig Cents auf den Dollar.

Melvin Yibna hatte, da er Anwalt war und gute Verbindungen besaß, für die Unterhaltung gesorgt – indizierte Videos, die nonstop auf der 100-cm-Projektionsleinwand liefen, und eine Live-Nummer mit einer jungen Frau, die tagsüber die Kranken pflegte und nachts ihr GT zur Schau stellte.

Bolivia, ein Mann, der organisieren konnte – und das war allgemein bekannt –, hatte zwanzig Nutten rekrutiert, die sich auf höchst dramatische Art und Weise im geeigneten Moment präsentieren würden.

Auf den Einladungen war vermerkt worden, daß keine besondere Kleidung erwartet wurde, daher waren dort einhundertneunzehn Männer und eine Frau versammelt – Hobby würde sich später rühmen, daß alle geladenen Gäste erschienen waren –, die alles von Leder über Jeans zu Geschäftsanzügen und Smoking trugen.

Monsignore Terence Aloysius Moynihan, der Show-Business-Geistliche, trug eine Zweihundert-Dollar-Hose, italienische Wanderschuhe ohne Socken, ein Seidenhemd und eine Strickjacke statt seiner förmlichen schwarzen Kleidung mit dem kleinen in Purpur eingefaßten Cape und der gleichfarbigen Schärpe.

Der Anwalt, Frank Menafee, sah gar nicht besonders gut aus. Es wurde getuschelt, daß er Krebs habe. Aus professioneller Höflichkeit und der guten alten Zeiten wegen sagte Yibna der Tänzerin, sie sollte dem alten Anwalt ihre besondere Aufmerksamkeit schenken.

Pig-Nose Dooley, angeblich ein Profi-Killer, trug eine Smokingjacke aus Leinen, die jedem in den Augen wehtat, der sie sah.

Die einzige anwesende Frau trug ein Abendkleid, das wie eine zitronengrüne zweite Haut wirkte, mit tödlichem Griff jede Kurve und jedes Grübchen umklammerte, mit langen Schlitzen an den Beinen bis zu den Stellen, an denen ihre Hüften begannen, mit einem Oberteil, das so weit geschnitten war, daß ihre Titten achtzig Prozent der Zeit entblößt waren – eine sehr frustrierende Sache für fast jeden Mann im Raum.

Eve Choyren, falsche russische Gräfin und praktizierende Satanistin, hatte für die meisten Männer keine andere Verwendung außer vielleicht als Kumpel, war glücklich, dazuzugehören, aber nicht willens, mit jedem – abgesehen von ein paar Auserwählten – ins Bett zu hüpfen, zog statt dessen die Freuden vor, die Frauen geben konnten.

Sie war anwesend, weil sie Hobby ungefähr genauso lange kannte wie jeder andere, weil sie den Einfluß besaß, der Hobby seinen Stern im *Walk of Fame* auf dem Hollywood Boulevard eingebracht hatte, und weil man sich darauf verlassen konnte, daß sie mit einer der Nutten oder der Tänzerin eine lesbische Nummer machte, wenn die Zeit gekommen war.

Hobby hatte sich in Jeans und Jeanshemd aufgebaut, ein Taschentuch zwischen den Beinen, das Hemd bis zum Nabel geöffnet und jede Menge Brustbehaarung und Goldketten zeigend, und ungefähr eine Stunde lang die eintreffenden Gäste begrüßt. Aber jetzt saß er mit Monsignore Moynihan, Bolivia, Pig-Nose, Eve, Yibna und Konski – vier davon waren vielleicht die wahren Freunde – sowie einem Drehbuchautor namens Jack Tensas zusammen, der, so ging das Gerücht, in letzter Zeit ein Gewissen bekommen hatte. Sie saßen auf einer Ziegenledercouch vor dem Kaminfeuer und plauderten. Manche aßen von Tellern, andere nicht. Manche tranken und andere nicht.

»Du willst mein Angebot ausschlagen, schön, nur zu, schlag's aus«, sagte Hobby gerade. »Du hast das Recht dazu. Du willst keinen kleinen Horror-Film mit mir machen . . .«

»Wenn's ein Klassiker wäre, Paul . . .«

». . . okay, von mir aus . . .«

». . . würde ich vielleicht anders dazu stehen, aber . . .«

». . . Ich werde mir eben einen anderen suchen. Einen jüngeren. Jemand billigeren.«

». . . aber du willst nur wieder die gleiche alte Scheiße machen, schreiende Mädchen zerstückeln.«

»Ich wollte dir nur einen Gefallen tun, Jack, weil man sich nämlich erzählt, du würdest in finanziellen Schwierigkeiten stecken.«

»Ich hatte gewisse Ausgaben.«

»Ich denke, ja, du hast wahrscheinlich recht, Jack«, sagte Eve.

»Recht in bezug auf was?« fragte Hobby. »Darüber, daß er Ausgaben machte? Darüber, daß ich immer wieder die gleiche alte Scheiße mache?«

»Willst du vielleicht wieder einen dieser ekelhaften Filme machen, mit denen du das Kino in eine Schlachterei verwandelst?« wollte sie wissen. »Wenn dem so ist, dann denke ich, hat Jack wohl recht. Wieso schlachtest du nicht ab und zu mal ein paar Männer ab?«

»Mache ich doch. Um Himmels willen, Eve, du weißt genau, daß ich immer fair bin. Ich bin weiß Gott nicht darauf aus, auf den Frauen herumzutrampeln. Ich hacke auch Männer klein. Du mußt das verstehen, was ich in diesen Filmen mache, steht in der besten Tradition des Grand Guignol.«

»Was ist das denn?« brummte Pig-Nose Yibna zu, der direkt neben ihm saß.

»Ein französisches Kabarett des Schreckens, der Gewalttätigkeit und des Sadismus, im neunzehnten Jahrhundert ziemlich beliebt«, brummte Yibna zurück.

»So wie die Streifen, die Hobby macht?«

»Ja, genauso.«

»Das kannst du dir in deinen großen Allerwertesten schieben, Paul«, sagte Eve. »Jetzt mach aber mal einen Punkt. Du machst überhaupt nichts in irgendeiner Tradition, außer der Tradition, soviel Geld wie möglich zu verdienen, während du alles mögliche tust und dabei auch noch deinen Spaß hast.«

»Was sollte ich denn deiner Meinung nach tun? Soll ich vielleicht die Bobbsey Twins machen? Willst du, daß ich Dokumentarfilme für lau mache? Willst du, daß ich pleite gehe?«

»Das wäre nett«, sagte Monsignore Moynihan. »Ich meine nicht, daß Sie pleite gehen sollten, Paul. Ich meine, es wäre nett, wenn Sie von Zeit zu Zeit Ihre beträchtlichen Talente und Fähigkeiten in den Dienst einer höheren Sache stellen würden.«

»Wie zum Beispiel der Mutter Kirche?«

»Wir haben sonntags einen Theaterkreis, der Ihre Hilfe durchaus gebrauchen könnte.«

»Ich bin noch nicht mal katholisch.«

Monsignore Moynihan lächelte das Lächeln, das eine Menge Frauenherzen in der Stadt in Unruhe versetzte, und auch ein paar, die zwar Männern gehörten, lieber aber Frauen wären. »Ich habe Zeit, Sie in den Glauben einzuführen, wann immer Sie sich bekehren lassen wollen.«

»Bekehren von was? Ich bin überhaupt nichts.«

»Wir alle sind doch irgend etwas, Paul, selbst wenn wir es vielleicht gar nicht wissen.«

»Okay, sagen wir, ich tue ein bißchen für die Kirche. Keine Gewalt. Kein Blut. Keine Folter. Richtig?«

»Ich denke, wir würden darauf verzichten können.«

»Ich meine, Ihre Show wäre für ein Familienpublikum, richtig?«

»Absolut korrekt.«

»Kleine Kinder schauen zu?«

»Ja.«

»Deshalb möchten wir nichts bringen, daß den lieben Kleinen böse Träume machen könnte, oder? Wie zum Beispiel ein blutendes Herz, um das sich dornige Ranken winden, tropfendes Blut? Oder wie zum Beispiel irgend so einen halbnackten Knaben, der an einen Pfahl gefesselt ist und in dessen Körper Pfeile stecken?«

»Sie machen . . .«

»Wie die Dinge nun mal liegen, wir wollen kein armes Schwein zeigen, das an seinen Händen und Füßen an ein Kreuz genagelt ist, der eine Speerwunde in seiner Seite hat, oder? So was wollen wir nicht?«

»He, Paul, das kannst du nicht vergleichen«, sagte Bolivia, während er Monsignore nervöse Blicke zuwarf und sich weit vorbeugte, so daß das Kreuz um seinen Hals herabbaumelte und deutlich zu sehen war.

Dieser beschissene, na, wie nennt man die noch gleich, *hungan*, aus dem beschissenen Dschungel, noch gar nicht so lange her, da ist er noch mit seinem beschissenen Ding aus der Hose hängend herumgetanzt, und jetzt, urplötzlich, ist er auf einmal Katholik, ist er fromm. Hobby funkelte ihn böse an. Aber er hatte keine Zeit, Bolivia vor Augen zu halten, daß es schon ein weiter Weg war vom Abschlachten von Nutten zum Tragen eines Kreuzes um den Hals mit der richtigen Seite nach oben. Er mußte sich um wichtigere Sachen kümmern. Er war richtig in Fahrt, er würde es dem Monsignore einhämmern.

»Ich kann's sehr wohl vergleichen«, fuhr er fort. »Ich mache Filme – andere Leute machen Filme –, wegen denen man dauernd kritisiert wird. Moralapostel aller Couleur wetzen ihre Messer gegen mich. Wieso machen wir kleinen Kindern Angst? Also, was ich jetzt von dem Monsignore wissen will, ist, wieso sollen kleine Kinder keine Angst kriegen, wenn sie einen Mann an einem Kreuz hängen sehen, und ein Gesicht, aus dem von einer Dornenkrone Blut tropft, und von einem blutenden Herzen, das an einer Wand hängt?«

»Das sind die Symbole des Glaubens. Die Offenbarung des Leidens Christi ist eine Botschaft der Liebe, Freude und Erlösung«, sagte Monsignore Moynihan.

»Wie denn das? Weil Ihr Jesus Christus angeblich aus dem Grab auferstanden ist?«

»Er bringt uns die Botschaft der Auferstehung und des ewigen Lebens.«

»Schön, in drei meiner letzten sechs Filme wird Sally Bothner zu Hackfleisch verarbeitet. Im nächsten Film ist sie wieder gesund und munter dabei, so gut wie neu. Wenn das keine Auferstehung ist, was zum Teufel ist es dann?«

»Du regst dich wegen nichts künstlich auf«, sagte Konski.

»Wo wir gerade so schön dabei sind, Ira, werfen wir doch mal einen kurzen Blick auf den Gott der Juden. Was ist er doch für ein Prachtexemplar, wenn man über Blut und Sadismus reden will. Verwandelt die Frau von diesem Lot in eine Schachtel *Morton's* – ›Wenn es regnet, gießt es gleich‹ –, und das nur, weil sich dieser arme Trottel umgedreht und mal einen kurzen Blick riskiert hat, um zu sehen, ob sie dort stand. Bat diesen anderen Knaben, seinen Sohn zu opfern. Hat Noah völlig besoffen gemacht, damit er mit seinen Töchtern rumbumsen konnte. Dieser Bandit, Jephthah, hat einen Deal mit Gott gemacht, den ersten besten umzulegen, der ihm aus seinem Haus entgegentritt, nachdem er den Ammoniten die Scheiße aus dem Leib geprügelt hat.«

»Woher weißt du das alles?« fragte Konski, aufrichtig erstaunt und verblüfft.

»Was denkst du? Du kennst mich schon all diese Jahre, und du hältst mich immer noch für ungebildet, verdammt noch mal? Also, wer ist der erste, der aus seinem Haus kommt? Sein einziges Kind, seine Tochter. Und was macht er? Er legt sie um. Er bringt sein eigenes Kind um, weil er einen beschissenen Deal mit Gott gemacht hat. Tolles Zeug, um es kleinen Kindern beizubringen.«

»Das alles sind Geschichten, die eine Lektion erteilen sollen«, sagte Yibna. »Parabeln und moralische Fabeln.«

»Woher weißt du, daß es nicht genau das ist, was ich auch mache?«

»Tja, also, Paul . . .« setzte Konski an, während ein süffisantes Grinsen um seinen Mund spielte.

»Also, Paul, was? Gottverdammtnochmal was? Ihr Leute. Jeder einzelne von euch ist heiliger als der beschissene andere. Aber kommt nur erst mal in kleine Geldschwierigkeiten und wartet ab, wie gottverdammt schnell ihr euren eigenen Arsch verkauft, mir eine Szene schreibt, in der Katzen die Bäuche von

Babys zerfleischen und sie auffressen. Oder dreht wenigstens eure Gesichter in die andere Richtung, wenn ein anderer es macht.«

»Absolut richtig«, sagte Pig-Nose.

»Das hier ist eine Junggesellen-Party, um Himmels willen«, sagte Bolivia. »Wir sollten eigentlich nicht mal über solche ernsten Sachen reden. Wir sollten vielmehr über all die süßen Ladies quatschen, die du vermissen wirst, sobald Sharon dir erst ein Halsband umgelegt hat.«

Alle lachten und machten »Ho!«, versuchten die Atmosphäre zu entspannen und das Thema zu wechseln.

Dann kam die Tänzerin, die in Begleitung ihres Beschützers eingetroffen war – aber was zum Teufel, fragten sich alle, konnte dieses magere Arschloch schon gegen einhundertzwanzig Leute ausrichten, falls sie beschlossen, seinen Schützling einer nach dem anderen zu vergewaltigen –, unbemerkt von den Teilnehmern des Gespräches, auf Zehenspitzen auf den hölzernen Boden herausgetrippelt. Irgendwer hatte den Zehntausend-Dollar-Teppich eingerollt und zur Seite geschoben, damit sie steppen konnte.

»Ich heiße Bebe«, verkündete sie, herausgeputzt in knappen schwarzen Shorts mit weißer ärmelloser Hemdbrust, Fliege und Zylinder sowie Tanzschuhen mit Schleifen auf den Spitzen.

Monsignore Moynihan erhob sich anmutig und bot Hobby die Hand an. »Ich denke, es ist Zeit für mich zu gehen«, sagte er. »Meinen Segen für Ihre bevorstehende Ehe und die besten Wünsche für vollkommenes Glück und Harmonie.«

Es dauerte nicht lange, bis Bebes Hut zur Seite geworfen, ihre Shorts im Schritt geöffnet wurden und sich die Hemdbrust teilte, um alles zu zeigen, was sie hatte. Sie steppte auch nicht mehr, sondern wirbelte barfuß herum, bis sie Menafee allein auf einem großen Clubsessel entdeckte und hinüberging, um seine Beine hochzukriechen und ihren Schatz in sein Gesicht zu drücken.

Während sich alle blendend darüber amüsierten, und Bebe

sich an Menafees Reißverschluß zu schaffen machte, stieß Bolivia einen Schrei aus und lenkte die Aufmerksamkeit auf den Pool zwischen Haus und Strand, wo er ganze Scheinwerferbänke aufgebaut hatte, die plötzlich und spektakulär alle gleichzeitig aufflammten. Aus der Mitte des Pools brachen Flammen hervor, donnerten aus versteckten Gasdüsen in die Nacht. Dann materialisierten sich plötzlich wie die Sukkubi aus den Träumen von überallher nackte Frauen, schmale Goldkettchen glitzerten an ihren Taillen und Sklavenfußreife an ihren Knöcheln. Schamhaare mit Glitzerstaub bestreut, Brustwarzen mit Lippenstift nachgezeichnet, die Haare unter mit Pailetten besetzten Badehauben. Sie sprangen alle gleichzeitig in den Pool. Zwanzig erstklassige Nutten tauchten aus dem Wasser auf, ihre nackten Körper schimmerten silbrig wie riesige Fische.

Eve Choyren zog ihr Kleid aus, suchte sich eine vielversprechende Rothaarige aus und legte sich mit ihr unter einem violetten Scheinwerfer auf eine Pool-Liege.

Bolivia stellte sich hinter Hobby und beugte sich vor, um ihm ins Ohr zu flüstern. »Bei solchen Gelegenheiten solltest du nicht das Thema Religion anschneiden«, sagte er.

12

Am schwierigsten war es, eine heiße Dusche zu finden, wenn man dort draußen auf den Straßen lebte. Die Jungs und Mädchen, die ihre Ärsche verkauften, schafften es, nach jeder Nummer zu duschen, wenn sie es nicht gerade in irgendeiner Gasse, einem leeren Hauseingang oder dem Rücksitz eines Autos machen mußten.

Bitsy bekam nicht besonders viele Freier auf dem Kiez. Er war mager, und er lächelte nicht reizend genug. Es gab ein paar Schwule, die Jungs mochten, die jünger aussahen, als sie waren, statt solcher Hengste wie Hogan, und Bitsy, der wie neun oder zehn aussah, entsprach genau ihren Vorstellungen. Aber es gab auch echte neun- oder zehnjährige Stricher, und es war nicht leicht, einen Freier zu finden.

Tankstellen und Restaurants waren für Leute von der Straße da, um sich eine Tasse Kaffee zu gönnen und dann eine halbe Stunde auf dem Scheißhaus zu verschwinden, vielleicht auch noch länger, wo sie Katzenwäsche im Waschbecken machen konnten, das ganze heiße Wasser aufbrauchten und mit ihren nackten Ärschen Anstoß erregten, wenn Kunden hereinkamen, um ihr Geschäft zu verrichten.

Bitsy hatte ein festes morgendliches Programm, das begann, wann immer er beschloß aufzustehen – das konnte um elf Uhr sein, das konnte um zwei Uhr morgens sein, aber auch um zwölf Uhr mittags.

Es war Mitternacht.

Er ging zur Shell-Tankstelle und verschwand auf der Herrentoilette, benutzte dazu einen Schlüssel, den er irgendeinem Typen vor einem Monat abgeluchst hatte.

Sie hatten flüssige Seife in einem Spender über dem Waschbecken. Bitsy benutzte sie, um sich mit dem Waschlappen, den er eingerollt in einem Handtuch dabei hatte, die Füße und zwischen den Beinen zu waschen. Dann wusch er seine Socken aus und rollte sie in das trockene Ende seines Handtuches ein, während er den Waschlappen am anderen Ende verstaute, so daß er, nachdem er den ganzen Tag in der Gegend herumgelaufen war und aussah wie ein Junge, der zum Strand unterwegs war, ein Paar saubere Socken für den kommenden Tag hatte. Er zog die Socken von gestern an und dann seine Reeboks.

Vielleicht einmal die Woche, wenn das Wetter gut war, trampte er runter zum Santa Monica Beach und wusch dort in der Brandung seine Jeans mit einem Stück Salzwasser-Seife. Anschließend legte er sie auf den Sand zum Trocknen und saß dann dort in seinen Shorts – von denen man denken konnte, es wäre eine Badehose – und schaute zu, wie die Typen ihren

Hunden Frisbees warfen und die Mädchen sich von oben bis unten einölten.

Er hatte die besten ausgewaschenen Jeans. Das sagte jeder.

Er verließ die Toilette und ging über die Straße zum *International House of Pancakes,* wo er seine Tasse Kaffee zum Wachwerden trank. Die Kellnerin musterte ihn schräg von der Seite, und im ersten Moment dachte er schon, sie würde sagen, er sollte sich verpissen, doch statt dessen fragte sie, ob er vielleicht auf Kosten des Hauses etwas Gebäck von gestern haben wollte. Also war's gar kein so übler Tagesanfang.

Den Kaffee bezahlte er von dem Kleingeld in seiner Tasche und ließ der Kellnerin auch noch einen Dime Trinkgeld liegen. Dann ging er auf die Toilette, um ein Ei zu legen, da es hier sauberer war als drüben in der Tankstelle.

Während er auf der Toilette saß, checkte er sein Bares, das er unter einer Lage Streichhölzer versteckt in einer Streichholzschachtel bei sich trug. Falls irgendwelche Typen versuchten, ihn auszurauben, würden sie nichts anderes finden als nur ein bißchen Kleingeld und Feuer für seine Zigaretten. Normalerweise konnte er seine Streichhölzer behalten, wo er vielleicht einen Zweier, vielleicht einen Fünfer versteckt hatte. Wenn er nicht die paar Bucks hatte, konnte er so hungrig werden, daß ihm flau wurde und er einfach umkippte, während er noch in der Gegend herumlatschte. Es machte ihn krank. Dann bekam er ganz verrückte Ideen. Er bekam Visionen, die fast real waren. Er saß da und rieb mit seinem Daumen über die geprägte Folie auf der Oberseite der Streichhölzer. Die Prägung war schon fast ganz platt gedrückt, so lange hatte er die Streichhölzer schon dabei und sie immer wieder gerieben, und die leuchtenden metallischen Farben waren fast ganz abgewetzt.

Jetzt fühlte er sich rundherum gut, also ging er zur Kreuzung Hollywood und Vine rüber und übte den lockeren Zuhältergang, der die schwarzen Typen so cool aussehen ließ.

Hogan war bereits dort, paradierte die Straße rauf und runter, fünf Schritte in die eine Richtung und fünf in die andere, die Hände auf den Hüften, das Hemd aufgeknöpft, das blonde Haar an den Seiten hochgekämmt. Moo und Mimi standen am Bordstein, Moo lehnte sich gegen Mimi, als wäre sie noch nicht richtig wach.

»*Uppa,* Bitsy«, sagte Hogan.

»Was?« sagte Bitsy.

»*Dibba-dobba,* Bitsy.«

»Ich versteh' dich nicht.«

Mimi und Moo fingen an zu kichern.

»*Ungowa-buttawa,* Bitsy-Itsy«, sagte Hogan.

»Was ist mit dir los? Bist du krank? Bist du verrückt?«

Mimi und Moo brachen lachend zusammen. Als Bitsy sie wütend anfunkelte, verwandelten sich ihre Münder in zwei große O's, und sie legten ihre Hände darüber.

»*Shubba, shubba, shubba*«, sagte Hogan.

»Du bist ein Arschloch«, sagte Bitsy.

Hogan hörte auf zu grinsen. Er hörte auf zu stolzieren. Die Mädchen stampften vergnügt mit den Füßen auf und wirbelten umeinander. Hogan kam herüber und drang in Bitsys Bereich ein.

»Verpiß dich«, sagte Bitsy.

»Was meinst du damit, verpiß dich?«

»Genau, was ich gesagt habe.«

»Du nennst mich ein Arschloch? Habe ich gerade gehört, wie du mich Arschloch genannt hast?«

Mimi und Moo hörten auf zu lachen. Sie standen einfach nur noch da und beobachteten, wie Hogan Bitsy tyrannisierte, ihn fertigmachte, ihm einen Dämpfer verpaßte. Zuerst waren sie amüsiert gewesen, und jetzt brannten sie darauf zu sehen, wie jemand gedemütigt wurde. Bitsy wäre schon in Ordnung.

»Ich habe gesagt, du *benimmst* dich wie ein Arschloch.«

»Nein, du hast gesagt, ich *wär'* ein Arschloch. Mimi? Hat diese Warze hier mich ein Arschloch genannt, hat er mich nicht Arschloch genannt?«

»Er hat dich einen Furz genannt«, sagte sie.

»Hab' ich nicht. Um Himmels willen, das hab' ich nie

gemacht«, sagte Bitsy. Er spürte, wie ihm die Tränen aufstiegen. Sie stellten ihn auf die Probe. Stellten seinen Status als Anführer auf die Probe. Jeder, der auch nur ein bißchen von der Natur des Menschen verstand, wußte das.

Eine Menge von Schaulustigen versammelte sich um sie.

Wenn es nichts zu tun gibt, dann ist irgendwas zu tun wenigstens etwas zu tun. Wenn es nichts zu sehen gibt, dann ist irgend etwas wenigstens etwas zu sehen.

Bitsy hoffte, daß irgendwo in der Nähe ein Cop war. Jemand in einem lilafarbenen Netzhemd oder einer Lederweste, der auf der Suche nach frühmorgendlicher Action die Straßen abgraste, bereit, sofort einzugreifen und ihn zu retten, falls Hogan anfangen sollte, auf ihn einzuschlagen.

»Dann wird's also immer schlimmer, he?« sagte Hogan. »Ich weiß wirklich nicht, ob ich einfach so hier stehen und mir deine Beleidigungen noch länger gefallen lassen soll.«

»Hör jetzt auf, okay? Hör einfach auf«, sagte Bitsy, lächelte sein dünnes nervöses Lächeln. »Ich bin nicht in der Stimmung, als erstes am Morgen rumzualbern.«

»Ach, Scheiße«, sagte Hogan, drehte sich um, verlor plötzlich das Interesse an der kleinen Quälerei. Dann wirbelte er unvermittelt wieder herum und legte seinen Arm um Bitsys Hals, ließ es liebevoll aussehen. Aber mit Bitsys Hals in seiner Armbeuge drückte er leicht zu, ließ Bitsy wissen, daß er ihm wirklich richtig weh tun konnte, wenn er nur wollte.

»Wo ist Dipper?« fragte Bitsy.

»Woher zum Henker soll ich denn wissen, wo Dipper ist?« erwiderte Hogan, ließ aber los.

Mimi und Moo standen wieder an ihrer Straßenlaterne, zappelten herum, als könnten sie keine Minute stillstehen.

»Habt ihr Dipper gesehen?« fragte Bitsy.

»Was bist du, seine Mutter?« fragte Mimi.

Sie lachte, als hätte sie gerade etwas sehr Komisches gesagt. Außer Moo lachte niemand, und selbst sie lachte nicht besondes laut.

»Ich wette, er ist immer noch im Haus«, sagte sie. Mitleid mit Bitsy.

»Will irgendwer runter zum Strand?« erkundigte sich Bitsy.

»Es ist mitten in der Nacht«, sagte Mimi, als wäre sie nicht ganz sicher, ob Bitsy noch klar im Kopf war.

»Ich muß Frühstückspause machen«, sagte Hogan.

»Warum sagst du das nicht gleich? Ich übernehm' das Frühstück.«

»Tja, oooo-kay«, sagte Hogan, »gehen wir und machen Frühstückspause, und dann machen wir Kaka und danach gehen wir zum Stra-a-and.«

Mimi und Moo schüttelten sich vor Lachen, daß sie fast in den Rinnstein gefallen wären.

Bei manchen Leuten ist wirklich nicht viel nötig, dachte Bitsy, daß sie ihren Verstand verlieren.

Hogan ging mit ihm über die Straße, wieder den Arm um seine Schultern gelegt. Nur zwei Kumpel, die auf ein paar Eier und Schinken rüber ins Café gingen, auf ein Stück Kuchen, eine Tasse Kaffee. Mädchen nicht erlaubt.

Eins gefiel ihm nicht daran, so klein zu sein: Selbst wenn man der Anführer war, sah es immer, wenn jemand, der größer war als man selbst, seinen Arm um deine Schulter legte, gleich so aus, als würde er dich herumschubsen und mit dir machen, was er wollte.

Mit seiner freien Hand wühlte er in seiner Tasche, wollte nachsehen, ob er genug Geld für zwei Mahlzeiten hatte. Mistkerl. Er würde seine eiserne Reserve anbrechen müssen. Er würde den Zehner rausnehmen müssen, der unter den Streichhölzern lag, und jeder würde sein geheimes Versteck sehen. Er fummelte so lange herum, bis er die Streichholzschachtel in der Hosentasche offen hatte, und schälte dann den Zehner raus, ohne es die anderen mitkriegen zu lassen.

»He, was zum Henker machst du da?« fragte Hogan. »Spielst du an dir rum? Spielst du Taschenbillard, oder was?«

Er lachte wieder. Bitsy lachte auch, denn andernfalls würde es so aussehen, als würde Hogan sich schon wieder über ihn lustig machen.

13

Die 7-Uhr-30-Maschine nach Atlanta landete nur mit einer Dreiviertelstunde Verspätung, wodurch Whistler noch neunzehn Minuten Zeit hatte, die Maschine nach Tri-City zu erreichen.

Eine Stunde später war er wieder auf dem Boden, spürte immer noch jede einzelne Meile der Reise auf seiner Haut und in seinen Knochen. Da sie während ihres Fluges von Westen nach Osten drei Zeitzonen durchquert hatten, war es jetzt halb fünf nachmittags, und er hatte noch vielleicht eine weitere halbe Stunde, zehn Meilen, auf dem Boden bis nach Johnson City vor sich.

Der Tri-Cities Regional Airport fungierte als Flughafen für Johnson City und Kingsport in Tennessee und Bristol in Virginia. Keine dieser Städte war direkt eine Metropole, es gab Busverbindungen, aber nicht gerade besonders viele Taxen warteten auf den Ansturm der Fluggäste.

Whistler sah sich die drei Cabs an, die dort warteten, als er vom Terminal zum Bordstein ging, und entschied sich für dasjenige, das am saubersten war.

Der Fahrer, er lehnte lässig gegen den Kotflügel und hatte einen Zahnstocher im Mund, sah wie einer der Freiwilligen aus, die sich jede Woche die *Grand Ole Opry* anschauten und davon träumten, der Star-Komiker der Show zu werden. Er war alt genug, um die eine oder andere Geschichte zu kennen, und jung genug, es noch nicht leid zu sein, sie ewig zu wiederholen.

Die beiden anderen Fahrer waren drauf und dran, sich auf

ihn zu stürzen, als Whistler die hintere Tür der Taxe öffnete, die er sich ausgesucht hatte, und seine Tasche auf den Rücksitz warf.

»Johnson City«, sagte er.

Der Fahrer marschierte auf die linke Seite und rutschte hinter das Steuer, während Whistler sich im Fond niederließ und sich den Namen auf der Lizenz hinter der Plastikhülle anschaute.

»Sie kennen das Motel Royal, Doke?«

»Sie verstehen es wirklich, erstklassig abzusteigen, was? Und es heißt Hoke, nicht Doke. Mein Junge hat mit der Lizenz rumgespielt und sie mit seinen kleinen Fingern verschmiert.«

»Höre ich da eine Spur von Verachtung für die Unterkunft, die ich gerade genannt habe?«

»Es würde eine nette Hütte für Ihren Hund abgeben, falls Sie Ihren Hund hassen.«

»Tja, ich kenne den Laden weder aus eigener Erfahrung noch habe ich je von ihm gehört.«

»Woher kennen Sie ihn dann?«

Hokes Augen wanderten immer wieder zum Rückspiegel, musterten Whistler, seine Kleidung, seine Frisur, wie er lächelte und wann.

»Ich kenne ihn nur von den Streichhölzern, die sie mal unters Volk gebracht haben.«

»Ach, die.«

»Ist das so was wie ein Witz hier in der Gegend?«

»Ja, war mal, als Millie und Wendell einem Reklamefritzen fünftausend von den Dingern abgekauft haben. Der Bursche war auf dem Weg nach Knoxville. Es ist eine Sache, zu versuchen, aus einem Schweineohr eine Seidenhandtasche zu machen, aber es ist eine ganz andere, ein Schwein weiß anzustreichen und es dann als Albino-Stute zu verkaufen.«

»Versuchen die immer noch, des Guten zuviel zu tun?«

»Verdammt, nein. Als die fünftausend ausgingen, stellten sie wieder die alte Schachtel mit Küchenhölzern auf die Rezeption und nannten das dann ›Dienst am Gast‹. Das war – Jesus – muß schon ein Jahr her sein.«

»Die haben aber lange gereicht.«

Hoke warf ihm einen weiteren prüfenden Blick zu, fragte sich, wieso dieser Fremde wußte, daß fünftausend Streichholzdöschen drei, dreieinhalb Jahre gereicht hatten. »Sie haben sie nicht jedem gegeben.«

»Millie und Wendell besitzen das Royal immer noch?«

»Also, gehören tut's ihnen beiden, aber Millie ist diejenige, die's leitet. Sie haben sich letztes Jahr getrennt, und keiner wollte an den anderen verkaufen. Also hat Wendell gesagt, okay, soll Millie die Managerwohnung behalten, und sie kann auch den verdammten Laden führen und ihn betrügen, wenn sie wollte. Er nahm sich ein Zimmer über dem Haushaltswarenladen an der Main Street und stattet dem Motel jede Menge Überraschungsbesuche ab, nur damit sie auch ja immer hübsch ehrlich bleibt.«

Sie fuhren schweigend ein paar Minuten, und dann fragte Hoke: »Wollen Sie immer noch ins Royal? Ich will Millie ja nicht um ihre Einnahmen bringen, aber ich könnte Ihnen was Besseres empfehlen.«

»Da bin ich sicher, Hoke, aber ich denke, ich werde wohl das Royal nehmen.«

»Klingt so, als hätten Sie geschäftlich da zu tun.«

»Tja, genau deswegen bin ich hier.«

»In welcher Branche sind Sie denn?«

»Ich suche jemanden, der vor ungefähr sieben Jahren hier aus der Gegend verschwunden ist.«

»Oh, von der Sorte haben wir eine Menge.«

»Vermißte?«

»Vermißte. Ausreißer. So, da wären wir.«

Als sie in die Zufahrt fuhren und vor dem Büro hielten, sah Whistler, daß das Royal genauso heruntergekommen war, wie Hoke es beschrieben hatte.

»Warten Sie hier«, sagte Whistler.

»Die Uhr läuft.«

»Anders sollte es auch nicht sein.«

»Lassen Sie sich ruhig Zeit. He, was dagegen, wenn ich mit reinkomme und Millie kurz hallo sage?«

»Von mir aus gerne. Je mehr Leute die Fragen hören, die ich zu stellen habe, desto besser.«

Hoke folgte Whistler durch die Glastür, die eine stumpf gewordene, selbstklebende Krone nicht ganz exakt in der Mitte zierte, ins Büro. Die etwa anderhalb Meter lange Rezeptionstheke war aus dreilagigem Sperrholz. Die Kanten waren nicht lackiert worden, und es gab Tropfnasen von Kleber, der hier und da aus dem Holz ausgetreten war. Ein Prospekthalter, auf dem Werbung für *Hamm's Beer* gemacht wurde, war halb gefüllt mit Reisebroschüren, in denen die Schönheit der Appalachen angepriesen wurde, und einigen Fahrplänen für den Greyhound und vom Tri-City-Airport. Dann waren da noch eine Glocke und die offene Schachtel mit Küchenstreichhölzern, genau wie Hoke gesagt hatte.

Ein kleiner Farbfernseher unter der Decke lief, aber der Ton war abgedreht. Jeder, der auf dem einzigen Sessel aus Chrom und Plastik saß und wartete, würde einen ausgesprochen schlechten Blick auf den Bildschirm haben. Er war so aufgestellt, daß nur derjenige hinter der Theke gut sehen konnte.

An den sperrholzgetäfelten Wänden hingen vielleicht fünfzig, vielleicht auch hundert kleine schwarze Bilderrahmen mit Anmeldekarten. Whistler erkannte die Unterschriften einiger Südstaaten-Gouverneure, einiger Football- und Baseballspieler und sogar von dem einen oder anderen Film- und Fernsehstar. Aber er bezweifelte ganz stark, daß Jack Nicholson oder Robert De Niro jemals eine Nacht im Motel Royal verbracht hatten. Wahrscheinlicher waren es die Meldekarten von Leuten mit den gleichen Namen, die vielleicht sogar ein zweites Mal hier absteigen würden, nur um ihre gerahmten Unterschriften an der Wand hängen zu sehen, um sich ein wenig von dem Ruhm ihrer Namensvettern auszuleihen, wie die Leute es manchmal eben tun.

Eine Tür in der hinteren Wand stand offen, führte in die Wohnung des Managers. Ein Stück des Wohnzimmers war zu sehen – rote Vorhänge und die Hälfte eines unechten Kaminsimses mit einer dieser Statuen eines nackten Sklavenmädchens, das einen Leoparden an der Leine führte. Irgendwo spielte ein Radio Country and Western.

Whistler schlug auf die Klingel. Es klang stumpf. Er schlug noch einmal.

Irgendwo in den Tiefen der Wohnung hörte er jemanden ächzen und sich beschweren und dann das Geräusch schlurfender Schritte. Nicht lange, und eine Frau in einem Wickelkleid von der Sorte, wie es seine Tante vor Jahren immer getragen hatte, kam über den derben Linoleumboden herangeschlurft.

Sie war fünfzig, vielleicht fünfundfünfzig und besaß noch genügend Koketterie, um das Vorderteil ihres Hauskleides zuzuziehen und kurz ihre Haare zu berühren, als sie einen so vielversprechenden Mann wie Whistler vor der Rezeption stehen sah. Sie warf Hoke mit ihren blauen Augen einen kurzen Blick zu, und es war ganz offensichtlich, daß sie nicht gerade eine herzliche Freundschaft verband, auch wenn sie sich anlächelten und schnurrende Geräusche von sich gaben, wie Katzen es machen.

Whistler vermutete, daß Millie sauer auf Hoke war, weil er Reisenden nicht das Royal empfahl, und Hoke war sauer auf sie, weil sie ihm wahrscheinlich keine Provision zahlte, und hier war er und brachte ihr einen Gast, nur um ihr zu beweisen, daß er nicht so kleinlich und knickrig war wie sie.

»Ein Zimmer?« trällerte Millie.

»Bitte. Das beste, das Sie haben.«

»Das mit dem Ausblick auf den Fischteich«, sagte Hoke verschlagen und ironisch.

Millie drehte das Klemmbrett aus Lederimitat zu Whistler und reichte ihm einen Kugelschreiber, der mit einer Kette an der Theke befestigt war.

Er unterschrieb und drehte die Karte wieder um.

»Gary Cooper?« sagte sie. »Das ist ja mal ein Ding. Sie waren mein Lieblingsschauspieler, bevor Sie gestorben sind.«

»*Der* Gary Cooper bin ich nicht«, sagte Whistler und schenkte ihr ein schiefes Lächeln, von dem er glaubte, es erinnerte ein bißchen an Cooper.

Millie errötete und sagte: »Tja, das weiß ich auch. Glauben Sie vielleicht, das wüßte ich nicht? Aber ist doch schon was, wenn man wie ein Filmstar heißt, oder?«

»Mir würd's noch besser gefallen, wenn ich dadurch Geld sparen würde, so wie's ihm auch Geld gespart hat.«

»Was meinen Sie damit?«

»Coops' Geschäftsführer hat all diese großen Schecks unterschrieben, damit Coops sich die Mühe nicht machen mußte. Aber Coops hat die kleinen – also alles unter hundert Dollar – persönlich ausgestellt.«

»Wieso hat er das denn gemacht?« fragte Hoke, ebenso an der Geschichte interessiert wie Millie.

»Nun, eine Menge Leute, die einen Scheck von Coops persönlich erhielten, haben das Ding natürlich als Erinnerungsstück aufgehoben und ihn nie eingelöst. Man hat sich erzählt, daß er auf diese Weise zehn, vielleicht sogar fünfzehntausend Dollar pro Jahr gespart hat.«

Millie sah Whistler mit ihren blauen Augen schräg von der Seite an und lächelte kokett. »Sie wollen doch wohl nicht auch Ihr Zimmer mit einem Scheck bezahlen, oder?«

»Cash«, sagte Whistler.

»Tja, ich hab' mich nur so gefragt. Weil ich Ihnen nämlich gleich sagen will, daß ich den Scheck einlösen würde, mit oder ohne Gary Coopers Namen drauf.«

Whistler zog sein Geldbündel aus der Tasche. Es war dünn, aber oben drauf hatte er immer einen Fünfziger.

»Zweiunddreißigfünfzig die Nacht«, sagte Millie. »Wie viele Nächte bleiben Sie?«

»Solange ich brauche, um das zu erledigen, was ich hier erledigen muß.«

»Nichts Unanständiges, will ich doch hoffen?«

»Also, falls mir irgendwas Unanständiges einfallen sollte, werde ich es Sie als erste wissen lassen.«

Millie errötete wieder, genoß jede einzelne Sekunde dieser Unterhaltung.

Hoke sah ihn scharf an, fragte sich, wieso zum Teufel ein attraktiver Mann aus der Stadt der alten Millie so um den Bart ging.

»Dann möchten Sie also jeweils für die kommende Nacht zahlen?« erkundigte sich Millie.

Whistler legte einen Zwanziger, einen Zehner und einen Fünfer auf die Rezeption. Sie gab ihm das Wechselgeld und den Zimmerschlüssel.

»Die letzte Suite auf der rechten Seite. Eismaschine und Getränkeautomat sind direkt um die Ecke.«

»Ach, übrigens«, sagte Whistler. »Sind diese Berühmtheiten alle hier abgestiegen, oder sind das nur Namensvettern?«

Millie winkte lässig ab. »Das war nur eins der Hobbys von meinem Mann. Ich fand's schon immer albern. Aber von Zeit zu Zeit ist er die Meldekarten durchgegangen und hat nach solchen komischen Sachen gesucht.«

Sie winkte Whistler noch einmal zu, als er und Hoke das Büro verließen.

Als Hoke Whistlers Tasche aus dem Taxi holte, sagte er: »Tatsache ist, daß die Meldekarten die einzige Sache sind, die der alte Wendell aus der Scheidung bekommen hat. Er hat ein ganzes Zimmer voll von den Dingern.«

»Wieso hebt er sie auf?« fragte Whistler und griff nach seiner Tasche.

Hoke zog sie zurück und behielt sie in der Hand. Sie machten sich auf den Weg zu Whistlers Zimmer.

»Er sagt, man kann nie wissen, wann irgendwer mal berühmt wird, und dann hat er eine Karte mit dem Namen drauf«, sagte Hoke.

»Ein Freund sagte mir, daß sie die Karten lediglich drei Monate aufbewahrt haben.«

»Das ist auch schon alles, was Ihr Freund weiß. Das wird wahrscheinlich Millie Ihrem Freund gesagt haben. Wenn sie eine Möglichkeit sieht, Wendell auch nur ein bißchen den Spaß zu verderben, dann tut sie das auch.«

Sie erreichten die Unterkunft, die Millie eine Suite genannt hatte, was ganz sicher dem Royal ohne Extra-Kosten einen Hauch von Klasse verleihen sollte. Hoke stand da und wartete drauf, daß Whistler die Tür öffnete.

Das Zimmer war so übel gar nicht. Einfach gebaut, mit billigen Vorhängen und Bildern einer viktorianischen Lady und einem röhrenden Hirsch in Rahmen, die an die Wand geschraubt waren, aber ein Hauch bessser als manche der Zimmer, in denen er schon geschlafen hatte.

Während er einen Blick ins Bad warf, stellte Hoke den Koffer auf die Gepäckablage und blieb dort stehen, beäugte mit halbgeschlossenen Augen und leicht zur Seite geneigtem Kopf den Druck mit dem Hirsch.

»Meinen Sie, Millie und Wendell hätten wirklich gedacht, daß jemand dieses verdammte Ding da klaut?« fragte er, als Whistler wieder ins Zimmer kam.

»Menschen haben schon Schlimmeres mitgehen lassen, nehme ich an. Was muß ich zahlen?«

»Achtzehn Dollar und vierzig Cents. Zehn Dollar Aufschlag für die Fahrt vom Flughafen.«

»Preise wie in L.A.«, sagte Whistler.

»Angebot und Nachfrage.«

»Wieviel würden Sie mir für einen ganzen Tag berechnen?«

»Hundert Dollar plus Sprit«, sagte Hoke, ohne auch nur eine Sekunde zu zögern.

»Hundert, und Sie zahlen den Sprit.«

»Wo wollen Sie denn hin?«

»Rauf in die Kentucky Hills. Zu einem Ort namens Dog Trot. Kennen Sie den?«

»Ich würde nicht sagen, daß ich den kenne. Hier in der Gegend wissen wir von Dog Trot, weil man sich über das Kaff schieflacht, und weil dieser Killer – hat seine Schweinereien übrigens in Ihrer Stadt gemacht – aus Dog Trot stammte.«

»Orte werden wegen der beschissensten Sachen berühmt, genau wie Menschen.«

»Wie zum Beispiel den Namen eines Filmstars zu haben?« sagte Hoke mit einem Ausdruck in den Augen, der Whistler verriet, daß er die Scheiße nicht glaubte, daß Whistler Gary Cooper hieß.

»Zum Beispiel«, erwiderte Whistler sofort.

»Dieser Killer hat eine Weile hier in Johnson City gelebt. Ich kannte ihn. Inch Younger hat er sich immer genannt.«

»Wie gut kannten Sie ihn?«

»Nicht besonders. Ich habe ihn gerade so gut gekannt, daß wir das eine oder andere Mal ein Bier zusammen getrunken haben. Sind Sie wegen Inch Younger hier?«

»Ich bin wegen seinem Jungen hier.«

»Wußte gar nicht, daß er einen Sohn hatte.«

»Er war bis vor vier Jahren oben in Dog Trot bei seinem Grandpa.«

»Und wo genau ist er dann hin?«

»Genau das will ich herausfinden.«

»Wie alt ist der Junge?«

»Dürfte jetzt ungefähr fünfzehn sein. Damals war er elf.«

»Sind Sie Detektiv?«

»Wie kommen Sie drauf?«

»Ach, ich hab' ein Auge für so was. Haben die Eltern Sie engagiert, um diesen kleinen Ausreißer zu finden?«

»Die Mutter.«

»Wenn ein elfjähriges Kind ausreißt, dann muß es verdammt gute Gründe haben. Ich glaube nicht, daß Sie eine besonders große Chance haben, ihn zu finden.«

»Er ist nicht direkt weggelaufen. Er wurde mitgenommen.«

»Von wem?«

»Genau das weiß ich nicht.«

»Eine vier Jahre alte Entführung . . . Welche Chance haben Sie da?«

»Ich muß es versuchen.«

»Tja, klar, man muß schließlich leben.«

»Also, können Sie mich nach Dog Trot fahren?«

»Nicht mit meinem Cab. Das sind vierzig Meilen, dann noch mal vierzig rauf in die Berge.«

»Ich hab's mir schon auf der Karte angesehen.«

»Ein Wunder, daß Dog Trot überhaupt drauf war.«

»Hartes Land?«

»Sehr hart – und harte Menschen. Die man besser nicht schubsen oder stoßen sollte, Sie verstehen, was ich meine?«

»Flußfahrt-Land?«

»Was meinen Sie damit, Flußfahrt-Land?«

»Kennen Sie diesen Film mit Burt Reynolds?«

»Oh, klar, den hab' ich gesehen.« Er lachte. »Ich weiß nicht, ob Dog Trot zu der Sorte gehört. Die haben ganz sicher ihren Anteil an Inzest-Schwachköpfen, und ich nehme an, da oben gibt es mehr als einen Schlingel, der jeden in den Arsch ficken würde, Frau, Mann, Junge oder Ziege. Ich schätze, es gibt sicher sogar ein paar, die Sie für Ihre Schuhe erschießen würden, aber, verdammt, mit mir werden Sie sicher sein.«

»Was haben Sie da vorhin über Ihr Taxi gesagt?«

»Ach, ich meinte nur, das Cab würde es auf den Straßen da oben nicht schaffen. Wir werden in meinem Four-Wheeler fahren müssen. Der schluckt Sprit wie nichts, dieser Four-Wheeler, also, warum sagen wir nicht gleich, hundert plus Sprit?«

»Sie werden aber einen Scheck nehmen müssen«, sagte Whistler.

»Tja, solange Sie nicht mit Gary Cooper unterschreiben.«

14

So wie man es manchmal in Filmen sieht, werden Sträflinge immer am frühen Morgen aus dem Gefängnis entlassen. Manchmal hat der Schauspieler dann ein in braunes Papier gewickeltes und mit Kordel verschnürtes Bündel in der Hand. Manchmal hat er einen Papp-Koffer. Er hat einen Bürstenschnitt und trägt einen Fedora, der nicht sitzt.

Häftlinge kommen nachmittags raus. Manchmal sehr spät nachmittags. Es gibt eine Menge Verwaltungskram, eine Menge Papierkram, und alle springen herum, frühstücken, gehen aufs Klo, tun, was sie früh morgens eben zu tun haben, und jeder ist schon zwei Stunden zu spät dran, wenn es auf zehn Uhr zugeht.

Younger verbrachte den Morgen damit, seine Sachen zu verteilen. Dinge, die er gesammelt hatte. Eine Kinderpuppe, die er mit dem Dorn seiner Gürtelschnalle aus Holz geschnitzt hatte, einige kleine Tiere aus bemaltem Brotteig.

Der Wächter gab ihm eine Rasierklinge für seinen Rasierapparat, auch wenn es erst Mitte der Woche war und man normalerweise die neue Klinge erst sonntags erhielt. Man gab sie zurück, wenn man fertig war, und erhielt sie am folgenden Morgen wieder. Meistens erhielt man seine eigene Klinge zurück, weil die Verwaltung Angst hatte, irgendwelche Hautkrankheiten unter den Insassen zu verbreiten. Man benutzte die eine Klinge die ganze Woche, und erhielt am nächsten Sonntag eine neue. Aber an diesem Donnerstag brachte der Wächter ihm eine frische Klinge und sagte: »Werd' dich vermissen, Younger. Du hast deine Zeit anständig abgesessen.«

Younger sagte kein Wort. Er sagte auch nicht den ganzen Morgen ›Scheiß drauf‹. Er ging nicht mal zum Frühstück. Niemand fragte ihn, warum. Jeder wußte, warum. Es gab Bastarde drinnen, die einen auf den Tod nicht ausstehen konnten, und man wußte es nicht mal. Sie würden Streit mit einem Mann anfangen, der auf seine Entlassung wartete. Würden einen richtig üblen Streit anzetteln. Falls die Verwaltung in schlechter Laune war, landete man dafür am Ende in Einzelhaft, und die Bewährung wurde widerrufen. Es passiert nicht oft, aber man hört davon. Vielleicht sind das alles auch nur Lügen, aber wieso das Risiko eingehen?

Er lehnte einen Haarschnitt ab, und der Wächter sagte: »Schon in Ordnung.«

Kein Gespräch mehr mit dem Gefängnisdirektor. Der Gefängnisdirektor war oben in Sacramento, stritt sich um dieses oder jenes. Der stellvertretende Direktor war nirgendwo zu finden. Der Captain der Aufseher schüttelte nur seinen Kopf und sagte: »Du kommst draußen klar?«

»Ich will's hoffen.«

»Haben sie dir einen Job besorgt?«

»Ich fange Montagmorgen in einer Autowaschanlage an.«

»Kannst du bei deiner Familie unterkommen?«

»Meine Familie wohnt draußen in den Bergen.«

»Wo, in den Sierras?«

»In den Appalachen.«

»Wirst du nach Hause gehen?«

»Wenn's soweit ist. Wenn ich kann.«

»Dann hast du hier also keine Familie?«

»Nein, niemanden.«

»Aber ein Zimmer hast du doch?«

»Sie haben mir ein Zimmer in diesem Hotel besorgt.«

»Das ist gut.«

»Ich will's hoffen.«

»Du kommst klar?«

»Ich hoffe es, Captain.«

»Guter Junge.«

Er stieg in einen Bus und fuhr mit zwei Gefangenen zur Vorführung zum Los Angeles County, schaute durch das Gitter vor den Fenstern auf eine Welt hinaus, die so schön war, daß er es kaum aushalten konnte.

Mit einem neuen Anzug, einem Paar Adidas-Turnschuhen, einer Jeans, einem Arbeitshemd, zusätzlicher Unterwäsche und Socken in einer Leinen-Reisetasche und dazu achtzig Dollar in Bargeld ließen sie ihn vor dem Park Center raus.

Er ging zur Bushaltestelle und wartete auf den ersten der drei Busse, die ihn zu dem Hotel an der Western Avenue bringen würden.

15

Hoke sah hinter dem Steuer seines Four-Wheelers wie ein anderer Mensch aus. Stärker, massiger, kräftiger in jeder Hinsicht, gerade so, als würde er Kraft aus der Schrotflinte und dem Gewehr hinter seinem Kopf ziehen.

»Erwarten wir Schwierigkeiten?« fragte Whistler und deutete dabei mit einer knappen Handbewegung auf die Waffen.

»In diesem Teil des Landes, in den wir fahren, reist jeder mit ein oder zwei Kanonen«, sagte Hoke. »Besteht immer die Möglichkeit, daß uns ein Reh vor die Flinte kommt.«

»Ist jetzt Jagdzeit?«

»Jagdzeit? Hier oben schert sich kein Mensch um die Jagdzeit. Wer soll's denn auch überprüfen? Jagdaufseher schnüffeln in diesen Bergen nicht besonders oft herum.«

»Flußfahrt-Land.«

Hoke lachte und schlug mit der Hand auf das Lenkrad; ihm gefiel die Vorstellung, daß der Stadtpinkel glaubte, hinter jedem Baum und in jeder Senke würde echte Gefahr lauern.

Er bog von der zweispurigen Asphaltstraße auf einen festgefahrenen Feldweg ab, der zu einem weit entfernten Bergkamm hin anstieg.

»Wie weit noch?« fragte Whistler.

»Wir müssen drei von den Hügelketten wie die da vorne rauf und wieder runter.«

Nach einer Weile verschwand sogar der gut festgefahrene Belag des Feldweges, und es blieb nichts als ein schmaler Weg, der sich in die Flanken des Berges grub, sandig an manchen Stellen, gefährlich mit angeschwemmten Steinen an anderen.

Einmal scheuchten sie einen Fasan unmittelbar vor ihnen auf, und Hoke sagte: »Verdammt.«

Als sie schließlich die einzige Tankstelle mit Laden erreichten, neben einer kleinen Ansammlung von Hütten, die verstreut an einem anderen Weg lagen, der sich in dem Kieferndickicht weiter oben zu verlieren schien, taten Whistler nach all der Rüttelei und Schaukelei höllisch die Nieren weh.

Zwei ältere und ein jüngerer Mann saßen auf einer Veranda, die ein deutliches Ungleichgewicht zu einer Seite hatte, als würde sie jeden Augenblick zusammenbrechen. Sie kauten Tabak und spuckten von Zeit zu Zeit den scharfen Saft aus, malten Muster in den Staub.

Es gab kein Kind mit leerem Blick, das auf einem Banjo klimperte, wie es in dem Film gewesen war. Was Whistler einen unerwarteten, merkwürdigen Stich der Enttäuschung versetzte.

Der jüngere Mann trug eine Schürze, die ihn als Besitzer auswies.

»Hallo, ich heiße Hoke. Komme aus Johnson City«, sagte Hoke, während er aus seinem Four-Wheeler stieg. »Das hier ist ein Freund von mir aus Los Angeles, der sich hier ein bißchen umsehen will.«

»Jagen?« fragte der Ladenbesitzer.

»Nee.«

»Kunsthandwerk?«

»Nee.«

»Was dann?«

»Alte Geschichten.«

Was für jeden in Ordnung zu sein schien, denn alle nickten.

Whistler setzte einen Fuß auf die Stufe zur Veranda. »Dürfte ich vielleicht Ihre Toilette benutzen?« fragte er.

»Meine was?«

»Haben Sie eine öffentliche Toilette?«

»Wenn Sie kacken müssen – auf der anderen Seite des Baches steht ein Plumsklo. Wenn Sie pissen müssen, können Sie das direkt drüben an dem Baum da machen. Das erspart Ihnen den Weg.«

Der Ladenbesitzer und die alten Männer starrten ihn an, als würden sie ihn auf die Probe stellen.

Er ging zu dem Baum und zog seinen Reißverschluß herunter. Was alle davon zu überzeugen schien, daß er in Ordnung war. Während er dort stand und die Erleichterung des Strahles genoß, der in einem Haufen Blätter und Pilze am Fuß des Baumes versickerte, hörte er eine Fliegentür zuschlagen. Er warf einen Blick über seine Schulter und sah ein Mädchen in Jeans und Flanellhemd, das ihn beobachtete und lächelte.

Er hielt die Luft an und unterbrach den Strahl einen Augenblick, dann ließ er wieder laufen und beendete sein Geschäft, fragte sich, warum ein Mann sich in Anwesenheit eines hübschen Mädchens mehr Gedanken um seine Würde machte als in Gegenwart eines hausbackenen.

Er zog seinen Reißverschluß wieder zu und kehrte zur Veranda zurück, schaute zu dem Mädchen auf und lächelte sie an.

Aus der Nähe betrachtet, war sie nicht so hübsch, wie es zuerst den Anschein gehabt hatte. Da war eine Narbe auf ihrer Oberlippe, die sie ein wenig nach oben zog und dabei ein Stücken Zahn entblößte, so daß es wie bei einem Hund wirkte, der drohend seine Zähne fletschte.

Aber sie hatte einen Körper, der einen Mann durchaus in seinen Träumen beschäftigen konnte.

»Das ist Sue-Sue«, sagte der Ladenbesitzer, als würde er die Wirkung kennen, die das Mädchen auf Männer hatte, und wäre darüber amüsiert.

»Hast du die Streichholzdose immer noch, Sue-Sue?« fragte Whistler.

»Woher wissen Sie von meiner Streichholzdose?« sagte sie, wobei sie die letzten beiden Silben des Wortes ganz besonders betonte, was ihr Gekicher der Männer einbrachte. Selbst Hoke hatte seinen Spaß daran, wie Sue-Sue mit dem Fremden aus der großen Stadt spielte.

»Deine Streichholzdose ist berühmt«, sagte Whistler, zahlte mit gleicher Münze heim. »Deine Streichholzdose kennt man sogar in Hollywood, California.«

»Sie kommen aus Hollywood?« fragte Sue-Sue, wobei sich der Ausdruck in ihren Augen veränderte, ihr Verhalten änderte. Sie war jetzt darauf aus, einen guten Eindruck bei diesem Mann zu hinterlassen, der von einem solch magischen Ort kam.

Sie befingerte ihre Lippe, und Whistler konnte praktisch in ihren Gedanken lesen, als sie einen alten Traum träumte, sie richten zu lassen, damit sie so hübsch war, wie sie sein zu können glaubte, wenn sie nur die Chance dazu hätte.

»Ich habe gelesen, wie man drüben in Hollywood Sachen an einem richten lassen kann.«

»Man kann auch in Knoxville oder Nashville oder Chattanooga Sachen an einem richten lassen, was das betrifft«, sagte Whistler. »Aber ich schätze, du hast wahrscheinlich recht. Die Besten sind wahrscheinlich da, wo auch das große Geld sitzt, in New York oder bei uns an der Küste. Ich kann dir meine Karte dalassen. Falls und wenn du jemals dort landen solltest, könnte ich dir vielleicht helfen, denjenigen zu finden, der am besten Sachen an einem richten kann.«

Was dem Ladenbesitzer offenbar ganz und gar nicht gefiel. »Ich glaub' nicht, daß Sue-Sue in nächster Zeit besonders viel in der Gegend rumreist.«

»Ich hab' ja auch nichts von bald gesagt. Ich sagte, falls und wenn. Wenn ich ein Versprechen mache oder eine Gefälligkeit anbiete, dann ist das nie zeitlich begrenzt.«

Sue-Sue war schlau genau, den Mann nicht weiter zu

beunruhigen, der vielleicht ein Verwandter oder vielleicht auch ihr Mann sein konnte.

»Tja, Sie brauchen jedenfalls nicht die Luft anhalten, während Sie auf einen Anruf von mir warten«, sagte sie, lächelte aber auf eine Art, die Whistler deutlich zu verstehen gab, daß sie ihm dankbar war und daß er – falls und wenn – nicht weiter überrascht sein sollte, wenn er von ihr hörte.

Der Ladenbesitzer war kein Dummkopf – er verstand einen Teil der Botschaft –, aber er beschloß, besonders da Hoke als Zeuge dabei war, es nicht weiter zu treiben.

»Dann hast du die Streichholzdose also immer noch?« fragte Whistler.

Sie hob einen Finger und ging in den Laden. Die Fliegentür knallte hinter ihr zu.

»Gehen Sie auch auf diese Parties bei euch in Hollywood?« wollte einer der alten Männer wissen.

»Welche Parties meinen Sie?« erwiderte Whistler.

»Die, wo Filmschauspielerinnen mit nacktem Hintern rumlaufen und mit jedem bumsen und ihm einen runterholen.«

»Ich hab' schon Gerüchte von solchen Parties gehört«, sagte Whistler, »aber das ist auch schon eine ganze Weile her. In letzter Zeit höre ich nicht mehr viel von solchen Sachen.«

»Tja, ich hab' aber gefragt, ob Sie auch schon mal auf so einer waren?«

»Bin nie eingeladen gewesen.«

Der alte Mann wandte sich enttäuscht ab und spuckte wieder eine ordentliche Ladung Tabaksaft in den Staub.

Whistler kam sich vor, als wäre er in die Dreharbeiten zu einem Film gelatscht, in dem ein Haufen Charakterdarsteller eine ziemlich schlechte Vorstellung gaben.

Die Fliegentür knallte wieder hinter Sue-Sue zu, als sie mit einer kleinen, mit Folie überzogenen Streichholzschachtel in der Hand zurückkehrte. Sie gab sie Whistler. Die Folie war über die Jahre stumpf geworden, und die eingeprägte Krone und die Worte ›Motel Royal‹ waren nahezu flachgedrückt, so, als hätte

Sue-Sue immer und immer wieder mit ihrem Daumen darüber gerieben.

Whistler hatte so eine Ahnung, daß die glitzernde kleine Streichholzschachtel irgenwann mal so was wie ein Wunschstein für ein kleines Mädchen gewesen war.

»Die können Sie aber nicht haben«, sagte sie.

»Ich wollte auch gar nicht darum bitten. Ich habe mich nur gerade gefragt, wo du sie herhast.«

»Wissen Sie das denn nicht? Ich meine, wer auch immer Ihnen drüben bei euch in Hollywood davon erzählt hat, muß Ihnen doch auch gesagt haben, wer sie mir gegeben hat.«

»Younger?«

»Stimmt, der alte Younger.«

»Matt Younger hat sie ihr gegeben«, sagte der Ladenbesitzer.

»Erinnerst du dich noch, woher er sie hatte?«

»Von Verwandten, die kurz durchgekommen sind«, sagte Sue-Sue.

»Woher weißt du, daß sie zur Familie gehörten?«

»Also, der alte Herr hat ihnen doch Inchs Jungen mitgegeben, John, oder nicht?«

»Das wußtest du?«

»Jeder wußte das«, sagte der Ladenbesitzer. Er schaute sich um. »Sehen Sie hier irgendwelche Menschenmassen? Was einer weiß, wissen alle.«

Einer der alten Männer warf dem Ladenbesitzer und Sue-Sue einen schrägen Blick zu und sagte: »Wir haben hier oben keine Geheimnisse. Wir sind ein offenes Buch.«

»Was einer weiß, wissen alle«, sagte der andere alte Mann; er wiederholte die Worte des Ladenbesitzers.

»Ich versteh' schon, daß Sie natürlich denken, sie würden zur Familie gehören, wenn jemand ein Kind an einen anderen abgibt«, sagte Whistler, »aber haben Sie auch irgendeinen Grund, daß Sie sich da so sicher sind?«

Sie sahen sich an, als würde er eine Frage stellen, die einfach zu schwierig für sie war, um sie verstehen zu können.

Der Ladenbesitzer zuckte mit den Achseln.

Sue-Sue lächelte mit ihrem kleinen Hundeknurren und sagte: »Sie hießen Bosley.«

»Woher weißt du das denn?«

»Ich hab' gehört, wie der alte Younger den Mann Mr. Bosley genannt hat.«

»Wohnen hier in der Gegend irgendwelche Bosleys?«

»Nicht, daß ich schon von ihnen gehört hätte«, meinte der alte Mann, der sich für die Vergnügungen Hollywoods interessiert hatte.

»War nicht aus der Gegend. Kam aus dem Pickett County«, sagte Sue-Sue.

Als alle sie anstarrten, als würden sie diesen Informationsfetzen bezweifeln, sagte sie: »Ich hab's auf einem Aufkleber gelesen. Auf der Heckscheibe von ihrem Wagen. ›Pickett County Fair‹ stand da drauf.«

»Könnte sein, daß sie die Fair nur besucht haben.«

»Könnte sein«, stimmte sie zu.

»Kannst du dich an sonst noch was erinnern? An das Fabrikat des Autos? An das Nummernschild? Irgend so was?«

»Sie machen wohl Witze«, sagte der Ladenbesitzer. »Das ist vier Jahre her. Sie war damals zwölf. Ist schon ein Wunder, daß sie sich überhaupt an die Sachen erinnert, die sie Ihnen schon gesagt hat. Falls sie sich wirklich daran erinnert.«

Sue-Sue warf ihm einen verächtlichen Blick zu, protestierte aber nicht. Dann schaute sie Whistler wieder an, und er konnte so klar und deutlich hören, als hätte sie es laut gesagt, daß ein zwölfjähriges Mädchen sich an jede kleinste Kleinigkeit erinnern kann, die sie in diesem gottverlassenen Kaff erlebt hatte. Sie würde sich an die Namen von durchreisenden Fremden erinnern und an Aufkleber auf Autofenstern, und sie würde eine kleine Streichholzschachtel, eingewickelt in farbige Folie, aus Mangel an anderen Dingen wie einen Schatz hüten.

»Das Auto war eine braune Limousine«, sagte sie. »Die Frau war ziemlich fett und hatte ein lahmes Bein.«

»Woher zum Teufel willst du so was denn schon wieder wissen?« fragte der Ladenbesitzer.

»Als du mit dem Mann und dem alten Younger drinnen gewesen bist und ihr Bier getrunken habt, hat die Lady mich gefragt, ob wir eine Toilette hätten, und dann hab' ich ihr gezeigt, wo sie pinkeln gehen konnte. Die ist fast auf den Steinen über dem Bach ausgerutscht, weil sie diese Metallspangen an den Beinen hatte.«

Sue-Sue sah sie triumphierend an.

»Hat irgendwer Faye Younger was davon erzählt?«

Die Gesichter der Männer wurden sofort verschlossen, und Sue-Sue wich einen Schritt zurück, als wollte sie nicht hören, was sie zu sagen haben würden.

»Faye Younger war eine Nutte, auch wenn sie hier in der Gegend nicht rumgehurt hat. Die ist unten in Johnson City auf den Strich gegangen. Hat ihren gottverdammten Balg einfach vor Matt Youngers Tür liegenlassen, dann ist sie wieder verduftet und hat ihren Spaß gesucht. Der Mann leidet im Gefängnis, aber ihr war's scheißegal. Kommt dann fünf Jahre später zurück und erwartet, daß ihr Kind geschrubbt und mit glänzendem Gesicht vor ihr steht? Schei-ße! Die taugt nichts. Ein Stadt-Flittchen. Hätte Inch Younger nie heiraten sollen. Er war ein Mann aus den Bergen.«

Faye mußte jede einzelne Seele in Dog Trot beleidigt haben, so wie die alten Männer jetzt aussahen, wie Sue-Sue den Kopf einzog und wie der Ladenbesitzer redete.

Sue-Sue streckte ihre Hand aus und nahm Whistler die Streichholzschachtel wieder ab.

»John Boy hat auch so eine. Suchen Sie den doch und fragen ihn, ob Sie sie haben können.«

16

Es war Boscos freier Tag. Und es war auch Isaac Canaans freier Tag. Sie hätten in den Zoo gehen können, runter an einen der Strände, raus in den Griffith Park zum Reiten, rauf in den Angeles Forest, um ein bißchen frische Waldluft zu schnuppern. Sie hätten sich auch in der Polo Lounge des Beverly Hills Hotel rumlümmeln können.

Aber sie hätten sich an keinem dieser Orte wohl gefühlt, Fremde, ausgesetzt in fremden Welten.

Also saßen sie in einer Nische im *Gentry's*. Canaan trug eine weiße Sommerhose und leichte Leinenschuhe mit Gummisohlen, ein kurzärmeliges Hemd mit einem toten Krokodil auf der Brust und ein Halstuch. Seinen alten Filz-Fedora hatte er auch jetzt noch auf.

Bosco trug eine Stoffhose und ein weißes Hemd, dessen einer Ärmel hochgesteckt war.

Vor beiden stand eine Tasse Kaffee. Beide lasen die Tageszeitung. Neben Bosco lag in greifbarer Nähe auch noch eine Ausgabe des *Magister Ludi*.

»Was, zum Teufel, ist das wieder?« fragte Bosco.

»Was?«

»Das hier mit diesem Killer, der heute auf Bewährung rauskommt.«

»Wo hast du das gesehen?«

Bosco nannte die Seite und tippte, als Canaan sie aufgeschlagen hatte, mit dem Finger auf die beiden Spalten oberhalb der Mittelfalz mit einem Bild von Younger.

Canaan las den Artikel, wobei sich seine Lippen leicht bewegten. »Dieser gottverdammte Dreckskerl«, sagte er.

»Du kennst den Burschen? Hast du irgendwas mit ihm zu tun?«

»Nur am Rande. Ich war damals, als es passierte, bei der Sitte unten in Venice. Ich mußte graben.«

»Ja, ja, die Welt ist klein«, sagte Bosco. »Wie war's denn so?«

»Wie war was?«

»Was du gefunden hast, als du gegraben hast.«

Canaans Kinn zuckte, was bei ihm ein eindeutiger Ausdruck größten Mißfallens war.

»Hier steht, daß Younger Mitglied irgendeiner satanistischen Sekte gewesen sein soll«, sagte Bosco.

»Tja, die Leichen trugen Male.«

»Was für Male?«

»Drei Sechsen.«

»Klar.« Bosco schloß seine Augen und rezitierte: »›Wer Verstand hat, der überlege die Zahl des Tieres; denn es ist eines Menschen Zahl, und seine Zahl ist sechshundertsechsundsechzig.‹«

»Wie machst du das?« fragte Canaan, was das Äußerste an Bewunderung war, zu der er fähig war.

»Was machen?«

»Solche Dinge zu zitieren?«

»Ich lese viel.«

»Ich lese auch, aber ich kann mich nicht an alles so erinnern wie du.«

»Manche Sachen bleiben eben kleben«, sagte Bosco in aller Bescheidenheit. »Und was noch?«

Canaan starrte Bosco einen Augenblick an, als würde er darüber nachdenken, ob er diese Unterhaltung fortsetzen wollte oder nicht. Vielleicht versuchte er auch nur, sich zu erinnern. Er schloß genau wie Bosco seine Augen, nahm einen Filzstift aus seiner Brusttasche und riß eine Serviette aus dem Spender.

»Es war so«, sagte er und malte ein Diagramm, während er sprach. »Der Coroner erwähnte in seinem Bericht sieben oder acht Schnittwunden – genau erinnere ich mich nicht mehr – auf den Brüsten und dem Bauch von Carla Pointer. Plus die sechssechsundsechzig und etwas wie das hier, einen Stern, der direkt neben der Zahl eingeritzt worden war.«

»Ein Pentagramm«, sagte Bosco.

»Richtig. So hat es irgendwer genannt. Die andere Frau – Janet Strum – hatte etwas ungefähr wie das hier in die Brust geritzt.«

Er zeichnete ein Muster, das wie ein Pentagramm aussah, nur daß die Zacken des Sternes mit Linien verbunden waren, so daß es wie fünf ineinander verwobene A's aussah.

»Ungefähr so«, sagte er.

»Ein Pentalpha«, sagte Bosco. »Wird zum Wahrsagen und Beschwören von Geistern benutzt.«

»Also«, sagte Canaan und widmete sich wieder seiner Zeichnung, »einer sind beide Arme abgeschnitten und anschließend so über ihre gespreizten Beine gelegt worden.« Die Zeichnung der abgetrennten und neu arrangierten Gliedmaßen ergaben einen Rhombus. »Der Kopf war abgetrennt. Die andere – Janet Strum – war mit BH und Schlüpfer bekleidet. Sie hatte etwa fünfundzwanzig Schnittwunden an Händen und Armen, die durch ihre Gegenwehr verursacht worden sein mußten. Zwei Schnittwunden am Hals. Ein Finger war abgetrennt worden. Man fand ihn gut einen Meter entfernt auf einem Felsvorsprung. Beide Beine waren unterhalb der Knie teilweise durchtrennt. Das linke Bein war an der Hüfte durchtrennt, aber immer noch mit dem Körper verbunden. Ferner war versucht worden, auch ihren Kopf zu entfernen, doch der Versuch wurde nicht zu Ende geführt.«

»Irgend etwas hat ihn unterbrochen.«

»So hat es ausgesehen, ja.«

»Hier steht, es gab drei Leichen«, sagte Bosco.

»Die dritte war die Bardame. Sie war vollständig bekleidet. Was von ihren Kleidern noch übrig war. Jemand hat ihr die Kehle durchgeschnitten, doch es fanden sich keinerlei Hinweise darauf, das versucht wurde, sie zu zerteilen oder ihren Körper auf irgendeine Weise mit Malen zu versehen. Allerdings hatte auch sie mehrere Schnittwunden an Händen und Armen.« Er schob die Serviette zu Bosco. »Und so haben die drei gelegen. Die Bardame, Gladys Trainor, war die letzte, die verscharrt wurde.«

Er hatte drei Papierpuppen gezeichnet, die sich an den Händen zu halten und in einem Tanz herumzuwirbeln schienen, der von einem Windstoß verursacht worden war, wobei ihre papiernen Arme und Köpfe und Beine von ihren Körpern gerissen waren und ihre Einzelteile sich an manchen Stellen überdeckten.

»Du sagst immer wieder Schnittwunden, Isaac. Warum?« fragte Bosco.

»Weil die Waffe, mit der ihnen die Wunden beigebracht worden waren, offensichtlich keine Stichwaffe war. Man fand ein Teppichmesser mit getrocknetem Blut. Du kennst die Sorte? Ungefähr zwölf Zentimeter lang, leicht gebogen. Genau das war es letzten Endes, was Younger ins Gefängis brachte. Es war sein Messer. Es trug die Initialien *IY*, die mit einem heißen Nagel in das Heft eingebrannt worden waren. Er sagte, er hätte es bei einem Gelegenheitsjob für irgendwen verloren, doch er konnte sich nicht mehr erinnern, für wen er gearbeitet hatte. Das hat er wenigstens behauptet, aber man hat ihm nicht geglaubt.«

»Fünfzehn Jahre. Wie kannst du dich nach fünfzehn Jahren an all das noch erinnern?«

»Manche Sachen bleiben eben kleben«, sagte Canaan.

17

Granny Hours hätte leicht hundert sein können. Ganz sicher war sie älter als achtzig. Die Jahre in den Bergen, von denen manche behaupteten, sie wären anders als andere Jahre, hatten auf ihrem Gesicht und Körper deutliche Spuren hinterlassen. Sie sah aus, als könnte sie in den Bergen wandern und einen Städter wie ihn mühelos abhängen, dachte Whistler. Morgens ein Wildschwein erlegen und kochfertig machen. Vormittags die Wäsche einer ganzen Familie von Hand waschen. Nach dem Mittagessen drei Festmeter Feuerholz hacken. Vor Einbruch der Dunkelheit die Wände ihrer Blockhütte kälken und vierzig Gläser Eingemachtes füllen, und dann las sie noch ein Kapitel aus der Bibel, bevor sie schließlich zu Bett ging.

Sie rauchte eine Pfeife – keine Maiskolbenpfeife, sondern eine richtige Bruyére mit einem Hartgummimundstück, das sie mit den vier in ihrem Mund noch verbliebenen Zähnen fast schon durchgekaut hatte.

Unter den gefleckten Schatten, die von den Bäumen über ihrer Hütte geworfen wurden, erinnerte sie Whistler, wenn sie ihren Kopf nur ein wenig drehte, an Fotos der Schriftstellerin Isak Dinesen, die er irgendwann einmal gesehen hatte. Edle Gesichter begegneten einem an den merkwürdigsten Orten.

Als Whistler und Hoke sich ihrer Tür genähert hatten, saß sie auf einem Schemel unmittelbar daneben, rauchte ihre Pfeife und genoß die Sonne. Sie ließ sie erst die Hälfte des Weges heraufkommen, bevor sie eine klauenähnliche Hand ausstreckte, einen Finger auf Whistler richtete und sagte: »Nur du.«

Hoke fühlte sich nicht beleidigt, sondern machte einfach kehrt und setzte sich zum Warten auf einen Baumstumpf neben der Straße.

»Wieso wollen Sie meinen Fahrer nicht mit raufkommen lassen?« fragte Whistler.

»Den Mann aus Johnson City? Gibt keinen besonderen Grund, außer daß Sie was von mir wollen und nicht er. Kann ja sein, daß Sie vielleicht alles, was Sie wissen, mit jeder Menschenseele auf der großen weiten Welt teilen wollen, ich jedenfalls will's nicht.«

»Ist es in Ordnung, wenn ich Ihnen ein paar Fragen stelle?«

»Wenn Sie mehr als drei haben, können Sie sich genausogut setzen! Greifen Sie rein. Direkt hinter der Tür steht ein Stuhl.«

Whistler holte den hölzernen Stuhl mit der geraden Rückenlehne und stellte ihn neben Granny Hours Schemel.

»Sie waren befreundet mit Matt Younger und seinem Sohn Inch?«

»Dan'l. Er hieß Dan'l, bevor er seinen Namen änderte. Ein Mann sollte so was nicht tun. Damit handelt er sich nur Schmerzen ein.«

»Ja, ich schätze, das wird wohl so sein.«

»Wir waren schon Nachbarn – könnten sogar entfernte Verwandte gewesen sein – solange ich zurückdenken kann.«

»Keine Freunde?«

»Nachbarn ist eine Sache, Freunde eine andere. Ich habe Matt Younger nie gemocht. Er war ein bösartiger Mann, der für meinen Geschmack zu gerne Geschöpfe quälte, die sich nicht wehren konnten. Hat Sara und die Kinder immer geschlagen, jedes einzelne. Dan'l hat er am meisten von allen geschlagen, bis der Junge schließlich genauso groß war wie er und dem alten Herren eines Tages beim Abendbrot einen Kanincheneintopf ins Gesicht geschüttet hat.«

Bei dem Gedanken daran mußte sie lachen, eine kleine Freude aus der Vergangenheit.

»Mochten Sie Daniel Youngers Frau?«

»Was ich von ihr gesehen habe, war nicht besonders gut. Sogar eine Jagdhündin wird ihre Welpen lecken und wärmen, solange sie nicht verrückt ist oder bösartig. Aber ich schätze, sie wird schon ihre Ängste und Gründe gehabt haben.«

»Was ist mit ihrem Jungen? Hatten Sie viel mit John zu tun?«

»Ein Kind mit einem düsteren Schicksal, voller Schmerz und Leid, der Junge, im Augenblick seiner Geburt schon verdreht wie ein gebrochenes Bein, das nicht geschient wurde. Ich hab's in seinem Gesicht gesehen.«

»Was haben Sie gesehen?«

»Sein Schicksal. Ich konnte sehen, daß er entweder ermordet oder selbst zum Mörder wird. Von seinem Vater hat er das Blut, seine Mutter hat ihn achtlos weggeworfen und sein Grandpa, Matt Younger, hat das Mal tief eingebrannt.«

»Wie hat er das gemacht?«

»Er war stolz auf seinen Jungen, auf Inch, meine ich. Stolz, daß er es in die große Stadt geschafft hatte. Stolz, daß er in den Zeitungen gestanden hatte.«

»Wegen dem Mord an diesen drei Frauen?«

»Warum einer berühmt ist, spielt für manche Leute keine große Rolle. Es geht einfach nur darum, ein Jemand zu sein, statt nur irgendeiner aus der Masse.«

Whistler wußte, daß das stimmte. Er konnte sich sehr gut vorstellen, daß Hunderte von Menschen Charlie Manson vor dem Gefängnis mit seinem Foto in der Hand erwarten würden, falls er je entlassen werden sollte, um ihn dann um ein Autogramm zu bitten.

»Inch Younger hatte sein Gesicht in der Wochenendbeilage«, sagte Granny Hours. »Ein Schriftsteller hat sogar ein Buch über ihn geschrieben. Ein Buch mit Bildern. Irgendwer drüben aus Kalifornien hat Matt ein Exemplar geschickt. Er hat zurückgeschrieben, Geld beigelegt und noch zehn Exemplare bestellt. Eins davon hat er dem Jungen als Schatz gegeben. Sehr stolz war er.«

»Der Junge?«

»Ich meine Matt Younger, aber der Junge war auch stolz, ja. Hat dieses Buch überall mit sich herumgeschleppt. Hat's studiert, als wär's die Bibel.«

»Wenn Matt Younger stolz auf seinen Sohn war, war er dann auch stolz auf seinen Enkel?«

»Besonders stolz kann er nicht gewesen sein. Konnte den Jungen nicht sehr gemocht haben, wo er ihn doch verkauft hat, so wie er's getan hat.«

»Warum hat er das gemacht?«

»Der Junge fiel ihm zur Last, und Matt Younger wußte, daß er eher früher als später sowieso weglaufen würde. Also, wieso nicht das Geld für ein bißchen Tabak und Whiskey aus der Sache schlagen, solange er noch die Gelegenheit dazu hatte?«

»Sie wissen, wer den Jungen gekauft hat?«

»Das waren Fremde für mich.«

»Sue-Sue sagt, es hätten Verwandte der Youngers gewesen sein können.«

»Kann sein. Ich könnt's nicht sagen.«

Der Zeitpunkt des Verhandelns war gekommen, und Whistler wußte es.

Er griff in seine Tasche und nahm seinen Geldclip heraus. Er schälte einen Zwanzig-Dollar-Schein ab.

»Die Leute sagen, Sie wüßten praktisch alles«, sagte er.

Ihre Augen wanderten zu seinen Händen hinunter. Er schälte einen weiteren Zwanziger ab.

»Sie glauben, mit Geld könnte man alles kaufen, stimmt's?« sagte sie.

Er schälte einen dritten Zwanziger ab. »Ich denke, man könnte sich damit ein bißchen Bequemlichkeit kaufen, ohne daß es jemandem weh tut.«

Sie drehte ihren Kopf und sah wieder aus wie Isak Dinesen – distanziert, weise und stolz.

Er wußte, daß sie sich stur stellte, weil es ihr mehr Vergnügen bereitete, so zu tun, als wäre sie einerseits drauf und dran, dem Fremden zu helfen, andererseits aber genauso geneigt, ihn mit leeren Händen fortzuschicken, statt einfach und schnell in den Handel einzuschlagen.

Er faltete die sechzig Dollar zusammen und steckte den Rest wieder fort. Dann faltete er das Geld noch zweimal und legte den schmalen Papierstreifen in ihre unermüdliche Hand.

»Sue-Sue hat gesagt, sie hätte gehört, wie der Mann Mr. Bosley genannt wurde«, sagte er.

»Der Vorname war Bosley«, sagte Granny Hours. »Der Nachname war Trencher. Bosley Trencher, und seine Frau hieß Kate.«

»Sie kennen sie?«

»Genausogut oder schlecht, wie ich Ihnen gesagt habe.«

»Wie kommt's, daß Sie soviel wissen?«

»Younger hat's mir einmal erzählt, als er irgendwas von mir wollte.«

»Sie haben etwas für eine Information eingetauscht, für die Sie keine Verwendung hatten?«

Sie grinste und öffnete ihre Hand, zeigte die sechzig Dollar.

»Informationen sind wie Nüsse und Getreide. Man kann sie lagern, bis man sie braucht.«

Hier war er, dachte Whistler, saß in den Bergen der Appalachen vor einer Blockhütte mit einem einzigen Zimmer, unterhielt sich mit einer Frau, die in ihrem ganzen Leben wahrscheinlich nie weiter als bis nach Johnson City gekommen war – und der selbst das nicht besonders gefallen hatte –, und sie redete, dachte und handelte wie ein Großstadt-Politiker oder ein Ganove von der Straße.

»Gefälligkeit um Gefälligkeit?« sagte er.

»Darum dreht sich letzten Endes doch alles«, sagte sie.

»Wissen Sie zufälligerweise auch, wo Bosley Trencher und seine Frau wohnen?«

»Das könnte ich Ihnen wirklich nicht sagen«, sagte Granny Hours.

18

Sharon Allagash würde niemals nackt auftreten, würde niemals absichtlich und bewußt aufreizend Stück für Stück ihre Kleidung für einen Haufen Männer oder auch nur für einen ihr unbekannten Mann ablegen.

Sie wußte alles über Bebe, mit den kleinen Lackleder-Steppschuhen und ihrem sich zwischen den Beinen öffnenden Slip, den zwanzig Nutten, rasiert und geölt, der lesbischen Show, veranstaltet von einer der namenlosen Nutten und Eve Choyren, der verrufensten Sensationshändlerin der Stadt. Es war in Ordnung für sie, daß Hobby sich noch einmal in dem Gestank und Schweiß der Raserei suhlte, bevor er zur Ruhe kam.

Aber Mae Swift – sie wußte alles über Mae Swift – kam nicht in Frage. Sie hatte sie sich in ihrem Tagesplaner notiert, ein

Punkt auf ihrem Programm. Dinge, die noch erledigt werden mußten. Dinge, die man sich noch vom Hals schaffen mußte. Mae Swift mußte verschwinden. Sharon würde auf keinen Fall zulassen, daß irgend so ein professionelles Flittchen ihren Mann mit ihrer Zunge badete, in schwarzen Strümpfen und Strumpfhalter einen Bauchtanz auf der Tischplatte veranstaltete, seinen Appetit auf absonderliche und akrobatische Zeitvertreibe stillte.

Er würde sich gesündere Wege einfallen lassen müssen. Sie dachte ja gar nicht daran, die Dritte bei einem Fall von AIDS zu werden.

Er nannte sie gerne die Jungfrau aus Eis, mitten in der Nacht, wenn sie absolut bewegungslos unter seinem haarigen Körper lag und ihrem makellosen, kühlen, wunderbaren Fleisch erlaubte, von diesem Tier geschändet zu werden.

Es war durchaus nicht so, daß sie zu schüchtern oder zu prüde war, um sich vor seinen Augen auszuziehen. Sie verleugnete ganz einfach jede Absicht, ihn aufzureizen oder zu erregen. Es war ein Spiel, das sie mit ihm und auch mit sich selbst spielte. Eine beiläufige Verstellung. Sie war sich sehr wohl der Tatsache bewußt, daß ihre beiläufige Art, sich auszuziehen, ihn erheblich mehr erregte, als es jeder Striptease hätte tun können.

Mit ihm zugewandten Rücken zog sie, während er auf dem Bett saß, einen nach dem anderen ihrer Schuhe aus, beugte jedes Bein einzeln und griff hinab, um den Schuh abzustreifen, übertrieb es nur eine Spur, indem sie dabei ihren Hintern herausstreckte.

Der Reißverschluß ihres Rockes machte ein Geräusch wie zerreißendes Papier. Sie stieg aus dem Rock und hängte ihn gelassen auf den Bügel. Dann entfernte sie ihren Halbunterrock und stand dort in Bluse, Krawatte, Weste, Kostümjacke, Strümpfen und Slip vor ihm.

Manchmal, wenn er in neckischer Laune war, sagte er dann etwas wie ›Zeig mir deinen Slip‹, und wenn sie so tat, als würde sie nicht verstehen, dann sagte er: ›Nur ein kleiner Scherz. Du hast schon verstanden.‹

Sie hatte sich manchmal schon gefragt, wie ein so dummer Mann so viel Geld hatte machen können, bis sie es sich gründlich hatte durch den Kopf gehen lassen und zu dem Schluß gelangt war, daß ein dummer Mann in einer Welt voller dummer Menschen viel wahrscheinlicher als andere erfolgreich sein würde. Es stimmte nicht, daß ein einäugiger Mann in einem Land voller Blinder König sein würde. Man würde ihm auf die Schliche kommen und ihn wegen der schrecklichen Bedrohung, die er darstellte, umbringen. Wie könnte es anders sein?

Sie zog ihren Slip aus, ein Hauch aus Seide, nicht größer als zwei Ahornblätter, rollte ihn zu einem kleinen Ball zusammen und legte ihn dann auf die Kommode.

Er verdiente so viel mehr Geld als sie, daß sie darüber frustriert und wütend geworden war, als sie sich das erste Mal begegnet waren. Er hatte sie gefragt, wieviel sie im Jahr verdiente, und als sie ihm antwortete: hundertfünfzigtausend, da hatte er nur gelächelt und gemeint, das wäre ja schon ganz schön, so als würde er überhaupt nicht finden, daß das so besonders gut war. Sie wußte, daß sie noch so weit in ihrem Beruf aufsteigen konnte, und doch würde er immer noch ein höheres Einkommen haben als sie. Es konnte sogar sein, daß sie am Ende als gedungener juristischer Pistolero für ihn arbeitete.

Sie knöpfte den einzelnen Knopf der streng geschnittenen Kostümjacke auf, zog sie aus und hängte sie über ihren Rock auf den Bügel. Manchmal nahm er ihn ihr auch ab und hängte ihn in den Schrank, spielte ihre Zofe. Aber jetzt lag er einfach nur dort auf dem Bett, starrte sie an, als würde er sie kaum erkennen.

Immer noch erschöpft von der Orgie der vergangenen Nacht, dachte sie, ein wenig belustigt über solch kindische Exzesse.

Sie trat in den begehbaren Wandschrank und hängte das Kostüm selbst auf.

Die meisten ihrer Kleider befanden sich immer noch in ihrer Eigentumswohnung.

In dem Haus in Brentwood hingen sechs Kostüme, eines für jeden Arbeitstag und ein weiteres für den Fall, daß sie samstags noch einen Geschäftstermin hatte. Alle hintereinander auf der Stange, nacheinander getragen, bis sie – falls nichts Unvorhergesehenes passierte, was sie allerdings nur höchst selten zuließ – alle sechs Wochen in die Reinigung geschickt wurden und dann sechs weitere Kostüme getragen wurden.

Sie kehrte ins Schlafzimmer zurück, um mit der Show fortzufahren.

Die Weste ging schnell, für die Strümpfe brauchte sie eine Weile.

Ihre Krawatte, bei Brooks Brothers direkt aus dem Schaufenster gekauft, zweiundfünfzig Dollar, glitt wie eine Schlange von ihrem Hals. Hobby hatte sich keinen Zentimeter bewegt, obwohl seine Augen sich zu dem blassen Büschel feiner Haare zwischen ihren Beinen gesenkt hatten. Sie tat, als würde sie es nicht bemerken, sah auf ihre Finger, während sie ihre Bluse aufknöpfte und sie von ihren Schultern abstreifte, stand schließlich völlig nackt vor ihm, trug keinen BH, weil sie nicht so viel hatte, das gestützt werden mußte. Ihr Körper war so glatt wie Alabaster. Das perfekte Opferlamm, hatte Eve Choyren sie einmal genannt.

Der einzige Weg, an eine ganze Menge Geld zu kommen, hatte Sharon schließlich beschlossen, war, es zu heiraten. Es würde die Zeit, die sie benötigte, um die Dinge zu bekommen, die sie begehrte, um mindestens zwanzig Jahre verkürzen.

Sie ging ins Bett.

Schließlich schien er sich ihrer Gegenwart bewußt zu werden. »Hattest du einen schweren Tag?«

Ihr Blick wanderte zwischen seine Beine, wo sein Ding schlaff baumelte. »Nein, aber wie ich sehe, hattest du eine harte Nacht.

»Alledem ein dreifaches Lebewohl.« Er versuchte zu lächeln.

Sie schob die Zeitung vom Bett. Sie landete mit der

Geschichte von Youngers Entlassung nach oben auf dem Boden.

»Willst du Mommy nicht erzählen, was du hast, Babe?«

19

Whistler verstand erheblich besser, warum die Meldekarten aufgehoben worden waren, als er Wendell kennenlernte, früher der Mitbesitzer eines drittklassigen Motels auf halbem Weg nach Nirgendwo, Ehemann einer Frau, die ziemlich ähnlich beschrieben werden konnte.

Er und Hoke fanden Wendell auf einem heruntergekommenen Sessel mit kaputten Sitzfedern, der von irgendeiner Müllkippe gerettet worden war, vor einem baufälligen Haus an der Landstraße sitzen und den Autos von Zeit zu Zeit zuwinken. Hier und da kam das Polstermaterial des Sessels heraus, genau wie die Haarbüschel unter Wendells Mütze und die Brustbehaarung aus seinem Hemdkragen herauslugten und sein Bauch zwischen dem Saum seines Hemdes und dem Bund seiner Levi's vorragte.

Der Hof stand voller alter Maschinen, Geräte, nutzloser Dinge, Pressen, Massenprodukte, Lumpen und Fetzen, die aus einer Zivilisation geborgen werden konnten, die Dinge fortwarf, bevor sie wirklich unbrauchbar geworden waren. Das Zeug schien aus jeder einzelnen Tür und jedem Fenster zu purzeln, obwohl Wendell Tunnel durch den Berg aller möglichen Dinge angelegt hatte, so daß er wenigstens in das Haus und unter ein Dach kommen konnte, falls es regnete.

»Wie geht's dir, Hoke? Lange nicht gesehen«, sagte Wendell.

»Ja, ist schon eine Weile her«, stimmte Hoke zu. »Ich möchte dir einen Freund vorstellen, Wendell. Das hier ist Whistler. Kommt aus Kalifornien.«

»Wie geht's?« sagte Wendell, sah an Whistler vorbei und winkte einem vorbeifahrenden Lastwagen zu, der den Gruß mit einem Hupen erwiderte. »Können wir uns setzen?« fragte Whistler.

»Sie können sich setzen, solange Sie mir irgendwas Interessantes zu erzählen haben. Oder Sie können sich auch hinsetzen und tun, was ich tue.«

»Was denn?« fragte Whistler, während er sich auf einem dreibeinigen Küchenschemel niederließ, dessen eines Bein auf einem Ziegel stand, um den unebenen Boden auszugleichen. Hoke nahm sich einen anderen Stuhl.

»Sie können einfach winken und lächeln, wie ich's auch mache, wenn die Leute hier vorbeifahren.«

Auf dieser Straße kam alle zehn Minuten höchstens ein Wagen oder Truck vorbei.

»Im Sommer ist hier mehr Verkehr, wenn die Städter rauskommen, um sich den Arsch was abzukühlen«, sagte Wendell einmal.

Ansonsten schwiegen alle, bis Wendell schließlich wieder etwas sagte. »So, nachdem wir uns jetzt ein bißchen besser kennengelernt haben, weswegen sind Sie zu mir gekommen?«

»Ich sehe hier eine ganze Menge, was ich gern kaufen und besitzen würde«, sagte Whistler, »aber ich bezweifle, daß ich es mitnehmen könnte.«

»Tja, der Transport kann ein Problem sein, und ich versende nichts«, sagte Wendell.

»Aber vielleicht haben Sie eine Kleinigkeit, die ich in meine Tasche stecken könnte«, sagte Whistler, griff in seine Tasche und nahm einen Fünf-Dollar-Schein heraus.

»Dafür kriegen Sie schon was Größeres als eine Kleinigkeit. An was denken Sie denn?«

»Erinnern Sie sich an einen Mann und eine Frau, sind im Royal abgestiegen, hießen Trencher?«

»Sie müssen mich auf den Arm nehmen.«

»Der Vorname des Mannes war Bosley.«

»Bosley Trencher. Das hat was, oder? Tja, ich erinnere mich

nicht, aber falls Sie den Monat wissen, in dem die hier waren, dürfte es kein Problem sein, es herauszufinden.«

»Den Monat weiß ich nicht.«

»Wie wär's dann mit dem Jahr?«

»Vor vier, vielleicht viereinhalb Jahren.«

»Kein Problem.«

»Wieso?«

»Ich hab' die ganzen Meldekarten nach Jahr, Monat und Anfangsbuchstabe des Nachnamens sortiert.«

»Könnten Sie mal nachsehen?«

»Da müßte ich erst aufstehen und ins Haus gehen.«

»Könnten Sie das machen?«

»Es ist ein ziemlich weiter Weg, und es ist auch nicht einfach für mich, aus diesem Sessel hochzukommen, wenn ich erst mal drinsitze.«

»Aber ab und zu wirst du doch wohl mal aufstehen müssen, um zu pinkeln, Wendell, oder?« sagte Hoke.

»Klar muß ich das. Aber im Moment muß ich nicht pinkeln.«

»Haben Sie zufälligerweise noch welche von diesen Streichholzdosen mit der farbigen Folie?«

»Haben eine von den Schachteln gesehen, hä?« sagte Wendell offensichtlich zufrieden.

»Ja, hab' ich.«

»Bei euch drüben in Kalifornien?«

»Genau.«

»Hab' damals nur fünftausend von den Dingern gekauft, wissen Sie.«

»Ich will ja auch nur eine einzige.« Whistler nahm einen weiteren Fünfer heraus.

»Ich hab' schon immer gesagt, diese Streichholzschachteln bringen uns einen guten Profit«, sagte Wendell, während er den Schein aus Whistlers Fingern riß. »Könnte gut sein, daß ich noch irgendwo eine hab'.«

»Warum siehst du dann nicht mal zu, ob du nicht vielleicht doch pinkeln mußt, und wir kümmern uns solange um den

Laden, während du findest, was mein Freund hier sucht?« sagte Hoke.

Wendell dachte darüber nach und bat dann um Hilfe aus seinem Sessel. Er stapfte auf einem Weg durch das Gerümpel, der mit rostigen Federkernen und kaputten Spalieren gesäumt war, blieb auf halber Strecke stehen, um sich umzudrehen und zu brüllen: »Und nicht vergessen zu lächeln, wenn ihr winkt!«

Sie winkten und lächelten ungefähr eine halbe Stunde, bis Wendell mit einer weißen Karte in der Hand zurückgewalzt kam. Bevor er sich setzte, gab er sie Whistler.

»Die Leute kommen aus Moodyville«, sagte er.

Nur das stand auf der Karte.

»Was ist mit meinen Streichhölzern?« fragte Whistler.

Wendell nahm die kleine Schachtel aus einer Tasche und reichte sie zwischen Daumen und Zeigefinger rüber, als wäre es ein kostbares Juwel.

Sie lag wie ein gutes Omen auf Whistlers Handfläche, bunt und schillernd, die Folie nur ganz wenig stumpf geworden.

20

Wenn man nicht genau aufpaßt, kann das Erretten von Seelen zu nichts anderem als einem Job werden. Frag irgendeinen x-beliebigen Priester oder Pfarrer.

Tag für Tag übernahm Faye ihre Schicht, den Alltag des Magdalene House zu leiten, kümmerte sich darum, daß die Wäsche erledigt wurde, daß Lebensmittelspenden hereinkamen, die Mahlzeiten gekocht, die Teppiche gesaugt und der Müll zum Zweihundert-Liter-Container rausgebracht wurde.

Warf verschlafene Mädchen aus dem Bett, als wären sie Faulpelze von Teenager-Töchtern und sie ihre Mutter.

Nur daß es nicht ihre Töchter waren, es waren die Töchter

von jemand anderem. Und sie waren rausgeworfen, abgeschoben, weggejagt, durch Belästigungen ihrer Väter verjagt worden oder hatten sich einfach aus schlechten Verhältnissen verpißt, weil sie rastloser waren, als für sie gut war. Sie sahen aus wie junge Frauen, aber sie hatten nicht den Verstand von jungen Frauen. Ihre Köpfe trugen mehr Schmerz und Leid, als die meisten Menschen ihr ganzes Leben erleiden mußten. Und ihre Körper paßten dazu. Erschöpft. Verbraucht. Ausgelaugt. Ausgebrannt.

Für Faye waren die Arbeiten und Pflichten des Tages ihr Job.

Die Nächte auf den Straßen waren ihre Berufung.

Das war noch nicht zu einem Job geworden. Weder für sie noch für Jojo. Die Arbeitszeit war lang, der Erfolg nur gering, aber trotzdem fiel es ihnen noch nicht schwer, die Gossen entlang und durch die dunklen Gassen zu gehen, hinein in abbruchreife Häuser, wo Ratten über ihren Köpfen Tänze veranstalteten und wo mit Drogen vollgepumpte Kinder in ihren unruhigen Träumen aufschrien. Dem gelben Strahl der starken Taschenlampen an Orte der Traurigkeit folgend, wie Dorothy und die Vogelscheuche die gelbe Backsteinstraße entlanghüpfen.

»Ich glaube, wir haben eine Chance bei der, die sich Sissy nennt«, bemerkte Faye.

»Wie kommst du darauf?« fragte Joho.

»Instinkt.«

»Als ich das letzte Mal einen Instinkt hatte, bin ich ganz allein in einen Keller gegangen, um nachzusehen, ob sich dort ein Kid verkrochen hatte. Was ich von meinem Instinkt hatte, war, daß ich mitten in einen Crack-Deal reinstolperte und sie mich für einen Cop gehalten haben. Hab' ein Messer in den Arm gekriegt.«

»Trotzdem, ich hab' so ein Gefühl, was Sissy betrifft.«

Mimi und Moo lungerten etwa in der Mitte des Blocks herum, ein Stück unterhalb der Buchhandlung, lachten und kicherten und wackelten mit ihren Hintern. Hogan stolzierte um sie herum, seinen Schuljungenarsch in knappen Jeans, seine blonden Haare hübscher als die eines Mädchens. Bitsy lehnte an einem Schaufenster, seine bleiche Haut blau unter dem Licht einer Neonreklame, sah aus wie eine Leiche, die man dort abgestellt hatte, funkelte Hogan und die Mädchen neidisch an.

Faye und Jojo kamen in ihren zwei Paar Socken und Schuhen und Pullovern und Anoraks, die Taschenlampen unter den einen Arm, Thermoskannen mit heißer Schokolade unter den anderen geklemmt, auf sie zumarschiert.

»Hi«, sagte Faye. »Eine kalte, kalte Nacht.«

»Beschissen kalt«, sagte Hogan.

»Wenig los.«

»Tja, du weißt ja, was der Mann gesagt hat, der den spezialangefertigen Rolls für eine Million Dollar gebaut hat.«

»Was denn?«

»Ich brauche nur einen einzigen Kunden.«

Alle lachten. Man hätte meinen können, sie wären Freunde, die sich zufällig bei einem Spaziergang durch den Park begegnet waren, nur daß es eben ein Uhr morgens war.

Faye richtete ihre Aufmerksamkeit auf Mimi und Moo. »Euch muß doch ganz schön kalt sein in diesen kurzen Röckchen. Ich meine, ihr könnt mir nicht erzählen, euch wäre nicht kalt.«

»Nur wenn der Wind durch ihr Möse pfeift«, sagte Hogan.

»Achte nicht auf den, Faye, er macht nur Witze.«

»Er *meint*, er wäre komisch«, sagte Bitsy von der Stelle, wo er gegen das Schaufenster lehnte. Auf Horchposten. Hörte jedes einzelne Wort, das gesprochen wurde. Der Überwacher der Straße. Dipper lachte, als hätte Bitsy was Urkomisches gesagt.

Faye warf ihm einen Blick zu.

Bitsy ging in den Eingang der Buchhandlung, und Dipper drängte sich neben ihn.

»Wer ist das?«

»Das ist Bitsy.«

»Ist er neu?«

»Oh, nein. Er ist schon fünf, sechs Monate hier.«

Bitsy kramte ein Taschenbuch heraus, hockte sich hin und tat, als würde er lesen. Dipper äffte ihn nach, auch wenn er kein Buch hatte.

»Wer ist der Junge neben ihm?«

»Wir nennen ihn Dipper.«

»Er hat nicht alle Tassen im Schrank«, steuerte Hogan bei.

»Dann sollte er nicht hier draußen auf der Straße sein.«

»Wo sollte er denn sonst sein?« sagte Bitsy aus dem Eingang, brüllte es praktisch heraus.

»Wieso gehst du gottverdammt nicht einfach wieder nach Hause?« brüllte Hogan zurück.

»Scheiße auch!« schrie Bitsy.

»Bist du eigentlich bescheuert, hier so rumzubrüllen?« bellte Hogan ihn an. »Eh du dich versiehst, sind die Bullen hier und lochen uns wegen Ruhestörung ein.«

»Einmal haben wir versucht, Dipper zu helfen. Sie haben ihn drei Tage behalten und dann wieder rausgelassen. Sagten, er wäre nicht funktionell beeinträchtigt«, sagte Mimi, stolperte über die letzten beiden Worte.

Faye warf Jojo einen Seitenblick zu. Er ging hinüber, um zu sehen, ob er Dipper und den anderen Jungen nicht überreden konnte, vielleicht in eines der Heime zu gehen. Es gab ein paar Kirchen und Gewerkschaftsräume, die die Obdachlosen für die Nacht aufnahmen. Bevor er bei ihnen war, standen Bitsy und Dipper auf und liefen in östlicher Richtung den Boulevard hinunter, lachten laut dabei.

»Ist der andere Junge auch zurückgeblieben?« fragte Faye.

»Bitsy?«

»Ja, Bitsy.«

»Bitsy ist ein Arschloch, aber bescheuert ist er nicht«, sagte Hogan.

»Bitsy ist schon in Ordnung«, sagte Mimi. »Er hält sich nur für unsere Mutter.«

»Hat er im Moment irgendwas genommen?«

»Oh, ja klar. Ich glaube, er hat etwas Crack in die Finger gekriegt.«

»Hängt er an der Nadel?«

»Ich glaub' nicht, daß er auf Heroin ist. Nimmt Bitsy Heroin, Hogan?«

»Keine Ahnung. Vielleicht ein bißchen Speed.«

»Glaub' ich nicht«, sagte Moo. »Er hat Angst vor Nadeln. Das hat er mir mal erzählt.«

Faye schaute den beiden Gestalten nach, die schnell kleiner und kleiner wurden, jetzt mitten auf der Straße liefen, dem Verkehr auswichen, der für diese Uhrzeit erstaunlich dicht war.

»Wo läuft er hin?«

»Nach Hause.«

»Wo ist zu Hause?«

»Wir haben ein Haus unten am Ende der Sunset.«

»Wie ist die Adresse?«

»Vergiß es«, sagte Mimi und lächelte.

»Ist Sissy irgendwo in der Nähe?« fragte Faye.

»Hab' sie heute noch nicht gesehen«, sagte Mimi.

»Ich hab' gehört, sie ist von so einem reichen Pinkel in einer dicken Limousine abgeschleppt worden. Sie ist auf einer längeren Party«, sagte Hogan.

»Ich hab' gehört, sie hat die Stadt verlassen«, sagte Moo kleinlaut.

Faye warf Jojo wieder einen kurzen Blick zu, und er zuckte mit den Achseln, weil sie beide wußten, das konnte leicht bedeuten, daß Sissy in ernsten Schwierigkeiten mit irgendeinem verrückten Perversen steckte oder krank auf irgendeinem Haufen lag oder schon tot auf irgendeinem Dach.

Praktisch jede Nacht sammelten Teams vom Leichenschauhaus Leichen von den Dächern und aus den Gassen ein, mit durchgeschnittenen Kehlen, eingeschlagenen Schädeln oder von Dumdum-Geschossen weggefetzten Herzen.

»Wieso machst du für heute nicht einfach Schluß, Mimi?« sagte Faye. »Komm mit uns ins Magdalene House. Ich kann dir ein Bett besorgen. Dir was Warmes zu essen und zu trinken geben.«

»Ach, nee«, sagte Mimi. »Ich brauch' noch was Taschengeld.«

»Wie steht's mit dir, Moo? Willst du heute nacht nicht im Warmen schlafen? Muß ja nicht für immer sein, weißt du. Wenn's dir nicht gefällt, ist's nur für diese eine Nacht.«

»Nein, ich glaube, lieber nicht, vielen Dank.«

Alles schien so völlig normal zu sein. Ein älterer Mensch schien ein paar jüngere Leute zu fragen, ob sie mit ihm nach Hause kommen und was essen und über Nacht bleiben wollten.

»Ich hoffe, du bist nicht beleidigt, Faye – und es ist auch nett, daß du vorbeischaust und uns einlädst –, aber wenn du und Jojo noch lange hier rumstehen, versaut ihr uns noch jede Chance, heute nacht einen Freier zu finden. Ihr seht aus wie zwei Cops, und die Freier fahren einfach vorbei«, sagte Mimi.

Hogan hob seine Faust und brüllte: »Hupt, wenn ihr gefickt werden wollt.«

Jojo schüttelte den Kopf.

»Falls ihr's euch noch anders überlegen solltet«, sagte Faye.

Sie kehrten zu dem Van zurück, fuhren ein paar Blocks weiter, parkten und machten sich auf die Suche nach anderen Kids, die gerettet werden mußten.

So ging es bis halb vier morgens weiter. Sie stöberten um Müllcontainer und Pappkartons herum, verteilten Kondome und Tassen mit heißem Kakao. Sie arbeiteten sich die Boulevards hinunter vor, bis sie zu dem heruntergekommenen Gebäude kamen, zu dem Bitsy und Dipper geflohen waren.

Sie richteten ihre Taschenlampen durch die halb mit Brettern vernagelte Tür. Jojo fand den Kniff heraus und schob ein Brett zur Seite, das losgehebelt worden war, so daß man das Hindernis zur Seite schwingen konnte, als gäbe es ein Scharnier.

»Sollen wir für heute Schluß machen?« fragte er.

»Das hier noch, und dann hören wir auf«, sagte Faye.

Sie suchten sich ihren Weg durch versteinerte Hundescheiße und alte Plastikverpackungen von McDonalds und zerbrochene Spritzen, durch den Müll, der die Stadt zu ersticken drohte. Sie fanden die Treppe und stiegen bis ganz nach oben, warfen lange Lichtkeile in diesen und jenen Raum. Verbeulte und rostende Aktenschränke. Ein kaputter Stuhl. Eingestürzte Wände und Putz von zusammengebrochenen Decken. Glitzernde Flächen zerbrochenen Glases. Spuren von Feuer. Überall weitere Fast-food-Verpackungen und Aluminiumdosen.

In einem Zimmer sahen sie in einer Ecke nichts außer Haufen alter Lumpen und Decken, der Rest des Bodens sah beinahe aus als wäre gekehrt worden.

»Hier schläft jemand«, flüsterte Faye.

Auf Zehenspitzen schlichen sie zu dem Bau hinüber.

Faye hockte sich hin und zog die Ecke einer alten Decke von Dippers Gesicht.

Sie schaute zu Jojo auf und flüsterte: »Es ist der zurückgebliebene Junge.«

»Dipper«, sagte er, und seine Stimme, obwohl leise, schien in dem leeren Raum laut nachzuhallen.

Ein weiterer Körper in dem Haufen alter Lumpen und Decken bewegte sich. Die Stimme eines verschlafenen Kindes sagte: »Hör auf damit. Geh schlafen.«

Faye rutschte zu der Stelle, wo Bitsy schlief. Sie schirmte das Licht der Taschenlampe mit einer Hand ab und richtete sie dann auf Bitsys Gesicht.

Es sieht aus wie das Gesicht eines Fuchses, dachte sie. Spitzes Kinn, weicher Mund, große tiefe Augenhöhlen. Die Lider im Schlaf geschlossen, so blaß wie Alabaster, beinahe durchsichtig. Sein dünnes braunes Haar klebte an seiner Stirn. Es sah feucht aus.

Irgend etwas regte sich in ihr. Erinnerungen an ein vierjähriges Kind, das ein wenig wie dieser Junge hier ausgesehen hatte, hilflos in seinem Schlaf, ungeschützt allem ausgesetzt, das ihm weh tun könnte.

Sie streckte ihre Hand aus und berührte mit dem Handrükken seine Wange, dann legte sie ihre Handfläche auf seine Stirn.

Bitsy zuckte zusammen, als hätte sie ihn gestochen. Er richtete sich kerzengerade auf und schrie los, stieß ihre Hand fort, wich aus dem Licht zurück, riß seine Hände hoch, bereit zu kämpfen.

»Wir sind's nur«, sagte sie schnell. »Die Leute aus dem Magdalene.«

»Was schnüffelt ihr verdammt noch mal hier rum, knallt einem eure Scheiß-Taschenlampen unter die Nase, weckt einen auf?«

»Du hast Fieber. Fühlst du dich gut?«

»Ich fühle mich bestens.«

»Ich dachte nur, du würdest vielleicht gern mit uns kommen. Wir könnten dich in eine Unfallambulanz fahren. Könnten dir was gegen dein Fieber besorgen.«

»Ich will nichts. Ich will nur, daß ihr mich endlich in Ruhe laßt.«

»Bitte, laß uns dir doch helfen.«

»Ich will keine Hilfe, Lady. Tun Sie mir einen Gefallen, wenn Sie mir wirklich einen Gefallen tun wollen, dann verschwinden Sie und lassen mich was schlafen.«

»Wie wär's dann wenigstens mit einer Tasse heißer Schokolade?«

»Verpißt euch, hört ihr?«

»Okay«, sagte Faye, rappelte sich wieder auf, war bereit nachzugeben, wollte aber noch nicht gehen. Konnte die Gefühle alter Freude und neuen Schmerzes nicht abschütteln. Konnte nicht vergessen, wie sie nachts zu dem kleinen John gegangen war, seine verschwitzten Haare auf seiner Stirn kleben sah. Wie sie ihn – um zu sehen, ob er Fieber hatte – in den frühen Morgenstunden berührt hatte.

21

Whistler saß neben Hoke auf dem Beifahrersitz des Four-Wheelers.

»Sie wären billiger weggekommen, wenn Sie sich in Johnson City einen Wagen gemietet hätten, statt sich von mir den ganzen Weg bis raus nach Moodyville fahren zu lassen«, sagte Hoke. »Ihr Stadtleute habt anscheinend zuviel Geld.«

»Sie sind mein Glücksbringer, Hoke«, erwiderte Whistler. »Sie sind mein Talisman. Ich komme als Fremder in die Berge, und dann sehen sie Sie bei mir, und schon öffnen sich alle Türen.«

»Sie waren ein Mordsspaß für die.«

»Na und? Ich bin nicht reich, aber Sie sind mein Mann und jeden einzelnen Penny wert, den es mich kosten wird.«

Whistler schob seinen Kopf halb aus dem Seitenfenster, fühlte sich bei dem Wind auf seinem Gesicht glücklich wie ein junger Hund, aus keinem besonderen Grund, den er benennen konnte, außer daß es aussah, als könnte er etwas für Faye tun. Für seine Geliebte. Für sein bestes Mädchen. Seine alte Flamme. Number-One-Lover, wie die Kids auf dem Kiez sagen würden.

Es würde funktionieren. Er würde den Jungen finden und ihn Faye zurückbringen, und sie würden sich besser kennenlernen, und nach einer Weile würden Faye und er heiraten. An Samstagnachmittagen würde er mit John rüber in den Griffith Park gehen und mit ihm Softball spielen. An Sonntagen würde Faye ein Hühnchen grillen oder einen Braten machen. Er würde sich einen normalen Job suchen, einen neuen beruflichen Anfang machen. Sie würden sich vielleicht irgendwo draußen in der Nähe von Woodland Hills oder Thousand Oaks ein Haus kaufen. Er würde jeden Tag zur Arbeit in die Stadt fahren und abends wieder zurück zu seiner Familie.

Er würde nicht Nacht für Nacht im Fenster von *Gentry's* sitzen und die ganze gottverdammte Welt bemitleiden.

Nach einer Weile zog er sein Gesicht wieder rein.

Moodyville war nicht größer als fünf Dog Trots zusammengenommen, vielleicht sechs- oder siebenhundert Einwohner. Hoke hielt im Zentrum der Stadt.

Die Post befand sich in dem Lebensmittelgeschäft. Die Frau hinter der Theke musterte ihn mißtrauisch, als Whistler in Anzug und Krawatte hereinkam.

Er kaufte für sich und Hoke kalte Limonade, nahm sie aus einer alten, mit Eis gefüllten Truhe.

»Ich war gerade drüben in Dog Trot, wo ich ein paar Verwandte besucht hab'«, sagte Whistler, täuschte nur den Hauch eines akzeptablen schleppenden Akzentes vor, der zu einem Mann aus den Bergen passen würde, der vor Jahren seine Heimat verlassen und städtische Umgangsformen angenommen hatte.

»Kenn' ich nicht.«

»Drüben bei Johnson City.«

»Ganz schön weit weg. Haben mir aber immer noch nicht gesagt, was Sie herführt.«

»Ich bin der Freund eines Freundes, der mit einer Familie drüben in Dog Trot befreundet war.«

Ihr Mund zuckte, als würde sie das, was er gesagt hatte, oder wie er es gesagt hatte, amüsieren.

»Ich bin sowieso hier in der Gegend, und man hat mich gebeten, dieses Kind von diesem Freund von mir zu besuchen«, fuhr er fort.

»Na und?«

»Das Kind lebte bei seinem Großvater, aber der alte Mann wurde langsam zu alt, um noch einen Jungen in seinem Haus wohnen zu haben – oder das hat man mir wenigstens erzählt. Jedenfalls, der alte Herr ist jetzt tot, also kann er nichts anderes mehr sagen. Der Großvater hat den Jungen jedenfalls den Trenchers anvertraut. Kennen Sie die zufällig?«

»Bosley und Kate Trencher? Die kenne ich.«

»Wohnen die immer noch hier in der Gegend?«

»Kate, ja.«

»Bosley ist verstorben?«

Sie sah verschmitzt aus, offensichtlich amüsiert wegen des besonderen Wissens, das der Fremde nicht hatte. Sie sprudelte beinahe über davon. Dann ließ sie es heraus.

»Bosley ist mit Kates Schwester Charlotte und dem Jungen durchgebrannt. Taugte sowieso nichts. War noch nie anders. Charlotte, meine ich. Hat unten in Memphis und New Orleans ohne einen Fetzen am Leib getanzt. Wenigstens erzählt man sich das so. Deshalb *hat* Bosley auch mit Kate zusammengelebt. Ist dann aber mit Charlotte und dem Jungen durchgebrannt.«

»Wem gehörte der Junge denn?«

»Schätze, es war wohl Charlottes Kind. Ein Bastard. Bosleys Kind . . . sagen manche. Hat Kate allein dort draußen in all dem Dreck sitzenlassen. Die arme behinderte Frau. Ist nicht leicht für sie. Besonders schwer für sie, das Haus da draußen an der Schotterstraße in Ordnung zu halten, wo der Staub jedesmal aufgewirbelt wird, sobald mal ein Lüftchen geht. Und wenn's regnet, steckt sie gleich immer im Matsch fest.«

»Sind das Farmer?« fragte Whistler.

»Ja, früher mal. Ist schon lange her. Ausgetrocknet, verdörrt, vom Wind verweht. Bosley hat mal drüben bei Harriman im Haushaltswarenladen gearbeitet.«

»Wie weit ist das?«

»Vierzig Meilen. Selbst damals war's schon ziemlich schwer für Kate. Bosley den ganzen Tag über weg. Raus bei Sonnenaufgang, zurück erst nach Einbruch der Dunkelheit. Es war nicht so schlimm, als ihre Schwester und der Junge noch da waren. Aber das ging nicht besonders lange gut. Ich hätte ihr gleich sagen können, was passieren würde. Wissen Sie, ihre Schwester hatte nämlich ihre Figur behalten.«

»Wie lange ist das alles schon her?«

»Etwas mehr als zwei Jahre vielleicht, seit sie weg sind – der Junge war ungefähr zwei Jahre vorher hergekommen. Charlotte war vielleicht gerade mal sechs Monate hier. Jedenfalls, jetzt sind sie weg. Ich hätte Kate sagen können, was mit dieser Schwester passieren würde, die ohne einen Fetzen am Leib getanzt hat und die ihre Figur behalten hat.«

»Meinen Sie, Kate Trencher wüßte, wohin sie gegangen sind?«

»Das bezweifle ich.«

»Vielleicht könnte ich sie das persönlich fragen?«

Sie sagte ihm ein wenig widerwillig, wie er zum Haus der Trenchers kommen konnte, war plötzlich geheimnistuerisch und besorgt.

»Kommen Sie noch mal auf einen Sprung rein, wenn Sie bei ihr gewesen sind, hören Sie?« sagte sie, während sie ihn aus der Tür hinauskomplimentierte; offensichtlich wollte sie wissen, was er womöglich erfuhr.

Draußen auf der staubigen Straße beschwerte Hoke sich über die Hitze und die sengende Sonne.

»Wenn Sie mir Ihr Fahrzeug anvertrauen, könnte ich allein rausfahren«, sagte Whistler. »Dürfte kaum länger als ein paar Stunden dauern. Sie könnten im Schatten im Laden bleiben und weiter Limonade trinken, bis ich zurückkomme.«

Hoke sah ihn schräg von der Seite an und gab Whistler dann den Zündschlüssel.

Das Anwesen der Trenchers lag etwa zehn Meilen außerhalb der Stadt, nichts als ein vor Alter und Vernachlässigung grau gewordenes Haus auf einem öden Stück Land. Die Vorderseite des Grundstückes war mit Maschendraht an Metallpfosten eingezäunt, die Seiten jedoch nicht. Entweder war der Zaun dort umgestürzt oder aber nie errichtet worden. Der Zaun besaß ein Tor, obwohl man nichts anderes tun mußte, als sechs Meter in die eine oder andere Richtung zu gehen, um ohne das Tor bemühen zu müssen auf das Grundstück zu gelangen.

Whistler verstand den Sinn der ganzen Sache. Der Zaun markierte das Stück Land, das sie besaßen, und bei regnerischem Wetter kennzeichnete das Tor die Stelle, an der man über den mit Platten ausgelegten Weg zur Haustür gelangen konnte.

Es gab eine Veranda mit verfallenden Stufen. Zwei Korb-Schaukelstühle waren in der viel zu heißen Luft der Selbstzerstörung ausgesetzt. Die Fliegentür, zerrissen in einer Ecke, war wie ein schwarzer Mund, der bewies, daß die Haustür offen stand, und versprach ein wenig kühle Luft im Inneren.

Als Whistler seinen Fuß auf die erste Stufe setzte, kam ein grauer Kater durch das Loch in der Fliegentür gestürmt und baute sich mit zurückgelegten Ohren vor ihm auf, bereit zum Angriff. Im Haus selbst fing ein Hund ein fürchterliches Gekläff an.

Der Körper und Kopf einer Bulldogge tauchten hinter der Fliegentür auf. Nachdem er Warnlaut gegeben hatte, war der Hund jetzt still und starrte Whistler ernst und durchdringend an.

»Wer ist da? Wer ist da?« rief eine dünne, klagende Stimme tief aus dem Inneren des Hauses.

»Ich komme gerade zufällig vorbei und dachte, ich würde mal auf einen kleinen Besuch reinschauen!« brüllte Whistler zurück.

Er wartete, fürchtete, daß seine Stimme von der Hitze und Leere einfach verschluckt worden war. Er konnte sich keine so vollkommene Stille vorstellen wie die, die dieses leere Haus mitten im Nirgendwo umgab.

»Wer sind Sie?« rief die Stimme schließlich, inzwischen ein wenig nähergekommen. »Kenne ich Sie?«

»Ich kenne die Youngers drüben in Dog Trot.«

Dieses Mal herrschte die Stille noch länger. Dann hörte er ein leises Flüstern und ein Schlurfen und das Geräusch, wie keuchend jemand tief Luft holte und sie mit großer Anstrengung wieder ausstieß.

Ein Schatten baute sich hinter der Fliegentür auf, hinter dem Hund, und blieb stehen.

Whistler spürte deutlich, wie jemand ihn anstarrte, versuchte herauszufinden, ob er eine Gefahr darstellte.

Dann tauchte eine Hand wie ein Seestern auf der Fliegentür auf. Sie drückte die Tür auf. Ein Berg von einer Frau stand dort, eine Aluminium-Krücke baumelte von ihrem Unterarm, die andere war fest auf den Boden gestellt. Eine Handtasche so groß wie ein Schulranzen hing über ihrer Schulter.

»Woher kennen Sie die Youngers? Welchen kennen Sie überhaupt?«

»Inch Younger«, log Whistler.

»Kommen Sie vom Gefängnis?«

»Lady«, sagte Whistler, als wollte er sie vor weiteren solchen Fragen warnen.

»Wen haben Sie denn oben in Dog Trot besucht?«

Whistler wußte, daß sie darauf wartete, daß er den Jungen erwähnte. Dann hätte sie nämlich etwas erfahren, mit dem sie was anfangen konnte.

»Den alten Herrn.«

»Der ist tot.«

»Das habe ich auch herausgefunden.«

»Wieso haben Sie denn nicht gewußt, daß er tot war?«

»Inch hat es nie erwähnt.«

»Tja, das könnte schon sein. Konnten sich nicht ausstehen, die zwei. Vielleicht wußte Inch es ja nicht mal.«

»Er hat mich gebeten, mal in Dog Trot vorbeizufahren und zu sehen, wie's seinem Jungen geht. Als ich ihn da oben nicht gefunden habe, bin ich hierhergekommen.«

»Wer hat Ihnen gesagt, daß Sie hier nach ihm suchen sollten?«

»Die Leute, denen das Motel Royal gehörte. Der Mann sammelt alte Meldekarten.«

Kate Trencher stöhnte, als könne sie ihr eigenes Gewicht nicht mehr länger tragen.

»Ich komme raus auf die Veranda und setze mich was hin«, sagte sie.

Whistler begann die restlichen Stufen hinaufzugehen.

»Nein, Sie bleiben, wo Sie sind, bis ich es Ihnen sage. Der

Hund wird sofort auf Sie losgehen, wenn Sie mir zu nahe kommen.«

»Ganz wie Sie wollen. Wir können die ganze Sache auch einfach wieder vergessen, wenn ich Ihnen Schwierigkeiten bereite.«

»Oh, nein, oh, nein«, sagte sie schnell, und Whistler erkannte, daß sie trotz all ihres mürrischen Mißtrauens auf etwas Gesellschaft und ein bißchen Unterhaltung brannte.

Sie packte die zweite Krücke wieder richtig und schob sich seitlich durch die Fliegentür, humpelte über die Türschwelle und dann wie ein gigantischer Krebs Schritt für Schritt über die Veranda, die unter ihrem Gewicht knarrte, bis sie schließlich einen der Korbstühle erreichte, der sofort wie ein verwundetes Tier aufschrie, als sie ihr Gewicht darauf niederließ und dabei ihre Beine in ihren stählernen Spangen vor sich ausstreckte. Sie mühte sich zuerst auf die eine und dann auf die andere Seite und löste die Arretierungen. Sie schüttelte die Krücken ab und legte die Schultertasche auf ihren Schoß.

Die Katze kauerte immer noch auf der Veranda, aber der Hund blieb im Haus.

»Ich habe nicht besonders oft Grund, hier rauszukommen und mich hinzusetzen«, sagte sie. »Der Sessel ist mich gewöhnt, aber eines Tages wird er einfach zusammenbrechen, wenn ich gerade auf ihm sitze, und ich knalle dann auf meinen Hintern. Und dann werde ich einfach hier sitzen und beten müssen, daß irgend jemand vorbeikommt und mich findet. Ich kriege nicht viel Post, und es kommt auch praktisch nie jemand vorbei, deshalb könnte das schon eine Weile dauern. Könnte gut sein, daß sie mich dann tot hier finden.«

»Zu dumm, daß sie den Jungen nicht hiergelassen haben.«

»Wozu?«

»Hätte Ihnen helfen können. Sich um Sie kümmern können.«

»Wahrscheinlich hätte er mich eher umgebracht, als daß er mir geholfen hätte. Mürrischer kleiner Bastard. Zum Mörder geboren. Tja, was kann man auch schon erwarten bei so einer Mutter, die ihn einfach zum alten Matt abgeschoben hat.«

»Ich schätze, sie wird wohl ihre eigenen Probleme gehabt haben.«

»Oh, ja, wir alle haben unsere Probleme.«

»Ist es okay, wenn ich mich hier auf die Stufen setze?«

»Das ist schon in Ordnung.«

Whistler machte es sich auf der obersten Stufe bequem. Die Sonne brannte schräg vom Himmel, warf Schatten, und vom Boden wehte eine leichte Kühle zu ihm herauf.

»Wieso hat Ihre Schwester Charlotte ihn überhaupt vom alten Younger bekommen?«

»Sie wußte, daß Younger auf Bewährung rauskommen würde. Sie dachte, sie würde ihn überraschen und den Jungen zu ihm bringen. Seine leibliche Mutter hat Younger kein einziges Mal mit dem Jungen im Gefängnis besucht, müssen Sie wissen. So was macht man doch nicht, einen Jungen daran hindern, seinen eigenen Vater zu sehen, egal, was auch immer der Vater getan hat.«

»Ihre Schwester hat damit gerechnet, daß Younger sich mit ihr in Verbindung setzen würde?«

»Tja, wenn er sich nicht mit ihr in Verbindung setzte, dann würde sie sich eben mit ihm in Verbindung setzen.«

»Vielleicht hat sie den Jungen deswegen mitgenommen, damit sie einen guten Grund hatte, sich mit Inch in Verbindung zu setzen.«

»Sie hat mal mit ihm zusammengelebt. Ist ihm nach Kalifornien gefolgt. Und dann hat er sich mit dieser anderen Frau angefreundet.«

»Mit der, die er dann geheiratet hat?«

»Ja, mit der. Hat aber nicht funktioniert, was?«

Sie sah selbstzufrieden aus. Auch wenn ihre Schwester mit ihrem eigenen Mann durchgebrannt war, war Blut letzten Endes doch dicker als Wasser.

»Wenn sie mit Younger wieder was anfangen wollte, wieso ist Bosley dann mit Charlotte weggegangen?«

»Sie wissen verdammt viel, was?«

»Sie müssen nichts sagen. Ich verstehe das schon.«

»Tja, also, Sie wissen jedenfalls nicht soviel, wie Sie glauben zu wissen. Mein Mann hat ihr einfach den Gefallen getan und sie und den Jungen wieder nach Kalifornien gefahren, weil sie das Fahrgeld sparen wollten.«

»Das war vor zweieinhalb Jahren, und er ist immer noch nicht wieder zurück?«

Einen Augenblick lang sah sie aus, als würde sie zu weinen beginnen. Ihr Gesicht verfärbte sich, und ihre Züge wurden schlaff, aber dann schüttelte sie sich wie ein Hund und sagte: »Geht Sie nichts an.«

»Ich fahre wieder zurück. Soll ich für Sie bei Charlotte vorbeigehen? Mal hören, ob sie weiß, was aus Bosley geworden ist?«

Die Versuchung war zu groß für sie.

»Wenn Sie mir die Adresse Ihrer Schwester geben. Falls Sie sie kennen?«

»Oh, und ob ich die weiß.«

Sie wühlte in der Tasche und kramte ein Stück Papier und einen Bleistiftstummel heraus. Sie schrieb eine Adresse auf, wobei die Zungenspitze zwischen ihren Lippen hervorschaute, während sie sich wie ein Kind konzentrierte.

»Bitten Sie sie, mir doch mal zu schreiben, hören Sie?« fragte sie, als sie ihm das Blatt reichte. »Sagen Sie Charlotte, oder Bosley, falls er noch bei ihr ist, ich nehme ihnen nichts übel. Sagen Sie einfach nur dem einen oder anderen, daß er schreiben und mich wissen lassen soll, was los ist, damit der Briefträger mal einen Grund hat, bei mir vorbeizukommen.«

»Was können Sie mir noch über den Jungen erzählen?«

»Er hat immer über seinen Vater gegrübelt. Hat immer dieses Buch mit sich herumgeschleppt, das irgendwer über Inch geschrieben hat. Es waren auch Bilder drin. Er hat sich die Bilder immer und immer wieder angesehen, hat gefragt, ob er seinem Pa ähnlich sehen würde.«

»Hat er Inch ähnlich gesehen?«

»Nein, überhaupt nicht. Also, ja, vielleicht ein bißchen um die Augen herum. Inch hatte komische Augen, wissen Sie?«

»Ja, ich weiß. Wie die von einem wilden Tier.«

»Genau«, sagte sie, lehnte sich zurück, war schließlich bereit für ein echtes Schwätzchen.

Sie nahm ein Päckchen Zigaretten und ein Wegwerffeuerzeug aus der riesigen Handtasche, klopfte eine heraus und steckte sie sich an, ohne Whistler die Packung angeboten zu haben. Der erste Zug ging bis in ihre Zehenspitzen.

»Tja, durch Inch ist der Junge für sein Leben gezeichnet, oder? Einen Mörder zum Vater zu haben ist nichts, was man wie einen alten Pullover einfach so abstreifen kann. Irgendwie kommt's durch«, sagte sie.

Sie wühlte in der Handtasche und kramte eine Tüte Bonbons hervor, dann steckte sie sich eines in den Mund und starrte Whistler an, als überlegte sie, ob sie ihm auch eins anbieten sollte. Sie entschied sich dagegen.

»Sie haben nicht zufälligerweise ein Foto von dem Jungen?« fragte er.

»Klar hab' ich das. Wir haben Ausflüge mit ihm gemacht, wissen Sie?« sagte sie, wühlte wieder in ihrer Tasche, als würde mit einem Jungen Ausflüge zu machen auch automatisch bedeuten, Fotos zu schießen – der unwiderlegbare Beweis dafür, wie gut sie zu dem Jungen gewesen waren.

Sie fand, wonach sie suchte, und gab Whistler ein Foto. Es war auf der County Fair geschossen worden und steckte in einer Plastikhülle.

Es war ein gutes Foto, die Gesichter zwar klein, aber sehr klar und scharf. Kate Trencher saß in ihrem Rollstuhl, den Arm um einen kleinen zarten Jungen gelegt, dessen Gesicht älter und dessen Körper jünger wirkte, als er tatsächlich war. Er beugte sich seitlich fort, gerade so, als gefiele ihm die Umarmung nicht, doch er wußte, daß er sich damit abfinden mußte. Ein Mann hatte sich dicht zu Kate herabgebeugt. Es sah aus, als wäre die Anstrengung zu lächeln beinahe mehr, als er ertragen konnte. Die andere Frau, Charlotte, hatte eine gute Figur, genau wie die Posthalterin gesagt hatte. Sie sah beherrscht, aber auch schmerzerfüllt aus, wie jemand, der gezwungen war, an einer Beerdigung von jemandem teilzunehmen, der noch nicht mal ein Verwandter war.

Whistler hielt das Foto dichter vor seine Augen.

Er hatte das Gefühl, den Jungen auf dem Foto zu kennen. Er hatte ihn schon auf dem Kiez gesehen, einer aus einer ganzen Armee von Ausreißern und Abgeschobenen. Er kannte das Gesicht, herausgerissen aus hundert anderen. Kein besonderer Trick. Er sah sie Tag für Tag. Canaan würde den Jungen unter einer Million wiedererkennen. Und er würde auch seinen Namen kennen und ebenfalls seine Polizeiakte. Whistler tastete nach dem Namen, konnte ihn aber nicht greifen. Trotzdem war er sicher, daß dieser Junge auf dem Foto und das Kid, das er schon oft auf dem Kiez gesehen hatte, ein und derselbe war.

Er glaubte auch, daß Charlotte ihm irgendwie bekannt vorkam, wußte aber, daß es immer so anfing: Man meint, ein Gesicht auf einem Foto wiederzuerkennen, und dann glaubt man sofort, auch die anderen wiederzuerkennen.

»Darf ich das Foto mitnehmen?«

»Wozu?«

»Um es seinem Vater zu zeigen.«

»Tja, in Ordnung«, sagte sie widerwillig, gab nur äußerst ungern auch nur die kleinste Kleinigkeit auf, die ihr gehörte. »Ich hab' noch andere.«

Whistler stand auf und steckte das Foto in seine Tasche.

»Gehen Sie noch nicht«, sagte sie. »Sie dürfen sich jetzt auch auf den Stuhl neben mich setzen. Dem Hund wird's nichts ausmachen.«

»Ich hab' noch eine lange Fahrt vor mir.«

»Ach, nur noch fünf Minuten«, bettelte sie. »Ich kann Ihnen noch was erzählen, das Sie vielleicht interessiert.«

Sie spielte die Kokette. Es war grotesk und mitleiderregend, und doch war da eine Sehnsucht nach menschlichem Kontakt in ihrem Gesicht, die so stark war, daß es fast wie ein Schrei wirkte.

Whistler setzte sich auf fünf Minuten hin, während die Sonne über den Himmel glitt.

Nach einer Weile sagte sie: »Der Junge hatte ein Teufelsmal.«
»Ein Teufelsmal?«
»Geformt wie ein Krötenfuß.«
»Wo hatte er das denn?«
»Sie sind immer an versteckten Stellen. Bei Männern und Jungen normalerweise immer unter ihren Lidern oder zwischen ihren Beinen. Der Junge hatte seines unter der Achselhöhle.«

22

Younger war keiner von der Sorte, die Angst vor Arbeit hatten. Er arbeitete schon seit seinem sechsten Lebensjahr, auf die eine oder andere Art. Aber als er sich die anderen anschaute, die außer ihm noch in der Waschanlage arbeiteten, kam er sich klein vor. Es waren alles Schwarze und Chicanos und Frauen und Drogenfreaks mit Haaren bis zum Hintern.
»Ich setze große Hoffnung auf dich«, hatte der Manager morgens zu ihm gesagt, als Younger sich zur Arbeit meldete.
»Wieso?«
»Sieh dich doch mal um. Sechzehn Leute arbeiten hier für mich, außer dem Kontrolleur und dem Kassierer. Sechzehn Leute an der Waschstraße. Wenn der Tag zu Ende geht, könnte ich schon einen oder zwei verloren haben. Ende der Woche vielleicht vier. Wer weiß? Aber eines kann ich dir sicher sagen. Mindestens die Hälfte von denen, die du hier siehst, werden am Monatsende nicht mehr hier sein. Sie kommen, und sie gehen. Der dauernde Personalwechsel bricht mir noch das Rückgrat, du verstehst, was ich meine? Die halbe Zeit verbringe ich damit, neuen Leuten zu zeigen, wie sie die Autos richtig auf das Transportband zu fahren haben. Wie die Lappen ausgewaschen werden. Wie Wachs in den Vorratsbehälter nachgefüllt wird, wenn es zu Ende geht. Du verstehst, was ich meine? Ich

setze verdammt großes Vertrauen in dich. Der Besitzer will keinen Knacki einstellen. Er sagt: ›Was ist, wenn du dir irgend so einen Dreckskerl einhandelst, den auf einmal der Hafer sticht, daß er mit einem flammneuen Mercedes abdüst, einem Beamer, vielleicht sogar einem Maserati? Was macht die Versicherung bei so was?‹ Ich sage: ›Das ist kein Autodieb, dem wir hier eine Chance geben. Das ist kein Eierdieb, der Handtaschen klaut und Banken überfällt. Das hier ist ein Mörder‹.«

Younger starrte auf einen Punkt genau zwischen den Augen des Managers, aber es nutzte überhaupt nichts, er quasselte einfach immer weiter.

»›Informieren Sie sich doch mal über Verbrechen und Bestrafung, und Sie werden feststellen, daß Mörder sehr zuverlässig sind. Wärter benutzen sie zu Hause bei ihren Frauen und Kindern als Dienstboten‹, sage ich. ›Mörder sind vertrauenswürdig‹, sage ich. Also hängt jetzt mein guter Ruf von dir ab. Du verstehst doch, was ich da sage, ja? Okay, eine Sache noch, du redest nicht besonders viel. Komm schon, ich zeig' dir jetzt, wie man die Lappen auswäscht.«

Den ganzen Tag über lederte Younger die Autos ab, wenn sie aus der Waschstraße kamen. Den ganzen Tag sprang er in Autos hinein und wieder hinaus, kletterte mit einer Flasche Fensterspray und einem Lappen in den Fond, putzte die Scheiben von innen. Den ganzen Tag trocknete er Zierleisten und Motorhauben und Felgen ab.

Es tat gut, sich zu beugen und zu strecken. Ein- und auszusteigen. Den Lappen hochzuheben, wenn der Wagen fertig war, dem Kunden ein Zeichen zu machen, die Antenne in der Hoffnung auf ein Extra-Trinkgeld wieder auszuziehen. Den Seitenspiegel einzustellen, wenn der Fahrer sich hinter das Lenkrad setzte. Nichts zu sagen außer ›Vielen Dank, Sir‹ oder ›Madam‹. Überhaupt nichts zu tun, wenn sie ihn anstarrten, als wüßten sie Bescheid. Einfach nur mit den Achseln zucken, wenn einer von ihnen fragte: ›Kenne ich Sie irgendwoher?‹, während die Zeitung mit seinem Bild manchmal direkt neben ihnen auf dem Beifahrersitz lag.

Der Schwarze, mit dem er zusammenarbeitete, war genauso mundfaul wie er selbst. Es war schwer, sein Alter zu schätzen. Aber auf seinem Kopf waren schon die ersten grauen Haare zu sehen, und seine Augen sahen eher traurig als wütend aus. Er hatte *Hallo* und *Wie geht's* gesagt, und das war's dann auch schon – bis Feierabend, da kam er zu ihm herüber, starrte seine Hände an, als müßten sie eigentlich viel heller sein nach all der Zeit, die sie im Wasser gesteckt hatten, und sagte: » Hast du Lust auf ein Bier?«

»Wie heißt du noch mal?« sagte Younger.

»Alle nennen mich Preacher.«

»Bist du ein Geistlicher?«

»Ich bin kein geweihter Priester, aber ich versuche Gottes Werk zu tun.«

»Meinst du, ich hätt's nötig?«

»Jeder Mensch, der allein auf der Welt ist, braucht einen Freund.«

»Hältst du dich für meinen Freund?«

»Wenn du willst.«

»Wie kommst du drauf, daß ich allein bin und einen Freund brauche?«

»Ich lese Zeitung.«

»Willst du meine Seele retten?«

»Ich will dich nur auf ein Bier einladen.«

»Die Sache hat nur einen Haken.«

»Und der wäre?« Preachers Gesicht wurde verschlossen. Er konnte es schon hören. Er hatte es vorher schon oft genug gehört.

»Ich trinke nicht mit Niggern.«

23

In ein paar Tagen würde der Film unter Dach und Fach sein. Der Trick bestand darin, all die wesentlichen Szenen zu schießen, die noch nicht im Kasten waren, damit er und Sharon für zwei Wochen in ihre Flitterwochen auf die Virgin Islands fahren konnten.

Bei seinem Haus in Malibu und seinem Besitz auf Hawaii, bei ihrer Eigentumswohnung in Aspen und ihrem Haus in Palm Springs mußten sie sich für ihre Flitterwochen was Neues einfallen lassen – für fünfhundert Dollar pro Tag.

Er ließ die Crew Überstunden machen, um die fehlenden Meter abzudrehen. Abends kam er um zehn, elf Uhr nach Hause, und die Augen brannten ihm nach all den Scheinwerfern fürchterlich.

Sie wickelte gerade eine Firmenfusion ab, arbeitete genauso lange, kam um elf Uhr nach Hause, gegen Mitternacht. Manchmal kam sie gar nicht nach Hause. Schlief dann auf der Couch in ihrem Büro, viel zu müde, um noch über die Freeways nach Hause zu fahren.

Also war es ein Uhr nachts, und Hobby saß ganz allein in der Bibliothek in Brentwood vor dem künstlichen Kaminfeuer, das mit Gas gespeist wurde. Saß da in Unterhosen und einem schäbigen alten Frotteebademantel, ging seine Notizen für die Aufnahmen der nächsten drei Tage durch und machte sich Gedanken über die Szenen, die Einstellungen, die Einfügungen, die er seinem Regieassistenten überlassen konnte, falls er nicht mehr die Zeit hatte, sich selbst um alles zu kümmern.

Auf dem Tisch neben ihm stand ein Glas Brandy.

»Du solltest nicht allein trinken«, sagte Eve Choyren hinter seinem Rücken.

Er sprang aus dem Sessel hoch und landete in Hockstellung auf dem Boden, während die Blätter, an denen er gearbeitet hatte, um ihn herum herunterflatterten. Der Brandy kippte um und ergoß sich über das Holz und die Ledereinlage des Tisches.

»Um Himmels willen! Gottverdammtnochmal, warum zum Teufel machst du so was? Ich hätte auf der Stelle einen Herzinfarkt kriegen und tot umfallen können. Wie zum Teufel machst du das überhaupt? Wie zum Teufel kommst du durch verschlossene Türen und vorbei an Alarmanlagen?« Er stand auf und zog den Bademantel zu.

Sie trug einen langen schwarzen Mantel über hohen schwarzen Wildlederstiefeln. Eine schwarze Pelzmütze saß schräg auf ihren schwarzen Haaren, und um den Hals hatte sie einen schwarzen Schal.

»Wenn du immer noch nicht weißt, welche Kräfte ich besitze, Paul, wieso stellst du dann immer noch diese Fragen?«

»Willst du das machen? Willst du mich von hinten anspringen, mir eine Scheißangst einjagen, dafür sorgen, daß ich einen gottverdammten Herzinfarkt kriege, und mir dann noch mit dieser Scheiße von wegen deinen geheimnisvollen Kräften kommen? Ich habe einen Freund, Joey Fist, der knackt dir ein Sicherheitsschloß mit einem Menschenhaar, der kann durch beschissene Wände gehen, also erzähl mir nichts von deinen besonderen Kräften. Du hast mit einem Schlosser geschlafen. Du hast mit einem Safeknacker geschlafen. Während du sie mal gerade nicht gevögelt oder ihnen einen runtergeholt hast, haben sie dir Unterricht gegeben, wie man ein Dieb wird.«

Sie lachte ihn an, als hätte sie ein kleines Kind vor sich. »Was immer du sagst, Babe. Was immer du sagst. Ich werde einen Lappen für deinen verschütteten Brandy holen.«

»Scheiß drauf. Das mach' ich schon selbst«, sagte er und wischte den Tisch mit dem Saum seines Bademantels ab. »Ich will nicht, daß du in meinem Haus herumschleichst, an Stellen, an denen ich dich nicht sehen kann. Aphrodisiaka in meine *Post Toasties* tust, Gift in meine Hühnersuppe, Sharons abgeschnittene Fingernägel für spätere Verwendung einsammelst.«

Eve war drüben an der Bar und schenkte zwei neue Gläser

Brandy ein. Sie kehrte zurück, gab ihm ein Glas und setzte sich dann mit dem anderen hin. Ihr Mantel sprang fast bis zum Schoß auf, und Hobby konnte sehen, daß sie Seeräuber-Stiefel von der Sorte trug, die oben ausgestellt waren und bis zur Mitte ihrer Oberschenkel reichten.

»Ich bin nicht böse auf dich, Paul. Bin ich während all der Jahre schon jemals böse auf dich gewesen, wenn du mit der einen oder anderen Lady zusammenwarst?«

»Diese Lady heirate ich. Vielleicht ist das was anderes für dich.«

»Alles ist anders für mich. Genau darum geht's, mein Schatz. Es ist mir gleichgültig, wen du vögelst und wen du heiratest. Ich habe deine Seele in meiner Hand. Ich habe deine verdammte Seele genau hier.«

Sie streckte ihre hohle Hand aus, die Finger hochgebogen, die blutroten Nägel nach oben gerichtet, scharf genug, um mit ihnen ein Herz herauszureißen.

Er umklammerte sein Glas. Sie konnte sehen, wie sich seine Hand um das Glas verkrampfte.

Das Grinsen auf seinem Gesicht hatte sich auf eine subtile Art verändert, war zu einer Drahtkonstruktion geworden, die auf seinem Fleisch befestigt war.

»Würdest du endlich mit dieser Scheiße aufhören, um Himmels willen?« fragte er. »Du bist genau wie dieser beschissene Harry Stoller, der macht die ganze Zeit einen auf Clark Gable. Imitiert beim ganzen Mittagessen Clark Gable, eine Stunde, zwei Stunden lang. Hört einfach nicht auf damit. Sagt: ›Ehrlich, meine Liebe, es ist mir scheißegal‹, als die Kellnerin ihn fragt, ob er Mayonnaise auf seinem Hühnchen-Sandwich haben will. Die Hälfte der Leute am Tisch wissen nicht mal mehr, wer Clark Gable überhaupt ist. Und du bist mit deiner beschissenen Hexen-Nummer ganz genauso.«

»Sukkubus«, sagte sie.

»Was?«

»Ein Dämon, der die Gestalt einer Frau annimmt, um mit

einem Mann Geschlechtsverkehr zu haben und ihm seinen Willen zu rauben.«

»Scheiße. Ich weiß selbst, was ein Sukkubus ist.«

»Ich bin dein Sukkubus, Paul.«

»Und außerdem gehst du mir fürchterlich auf die Eier, wenn du dich ohne dich vorher anzumelden einfach in mein Haus einschleichst. Woher weißt du überhaupt, daß Sharon nicht hier ist?«

»Ich weiß, daß Sharon nicht hier ist, weil ich weiß, daß Sharon Überstunden macht und heute nicht mal mehr nach Hause kommen wird.«

»Woher weißt du das?«

Sie lächelte eines ihrer geheimnisvollen Lächeln.

»Ach, verdammt auch«, sagte Hobby, aufrichtig frustriert und sauer wegen der Art und Weise, wie sie das immer wieder machte. So zu tun, als wüßte sie Dinge aufgrund übernatürlicher Fähigkeiten, wobei sich dann immer später herausstellte, daß sie mit der Person telefoniert oder sie zufällig auf der Straße getroffen hatte. Irgendwas in der Richtung.

»Weswegen machst du dir Sorgen?« sagte sie. »Sharon weiß doch, daß wir Freunde sind.«

»Nicht alte Sukkubuddies«, sagte Hobby und grinste dieses Mal ein echtes Grinsen.

Eve zog das Lid ihres rechten Auges mit einem blutroten Finger runter, das alte Zeichen der Wahrheit.

»Wenn du meinst, sie wüßte nicht, daß wir es miteinander treiben, dann bist du aber nicht besonders smart.«

»Miteinander trieben«, sagte er. »Miteinander *trieben.*«

»Was redest du da, Paul, sind wir vielleicht keine Sukkubuddies mehr?«

»Das würde ihr gar nicht gefallen.«

»Sharon?«

»Also, ja, der auch nicht, aber ich dachte eher, daß Mae das gar nicht gefallen würde«, sagte er.

»Mae ist eine bezahlte Hure.«

»Also, sie wird in letzter Zeit ziemlich empfindlich. Diese Immunschwäche-Geschichte, du weißt schon.«

»Die Pest«, sagte Eve. »Wir stehen am Anfang der Jahre der Pestilenz.«

»Willst du mir vielleicht erzählen, das wäre dein Werk?«

»Wir alle haben unseren Teil dazu beigetragen. Wir alle haben unseren Teil dazugetan.«

Sie starrte einen Augenblick in ihr Glas. Ihre Gesichtsmuskeln gaben plötzlich dem Alter und der Müdigkeit nach. Ihr Körper sackte zusammen, als hätten sich die Knochen in Wachs verwandelt, während sie all die ganz alltäglichen Sünden zusammenzählte, die sie begangen hatte – nur als ein lausiger Nebendarsteller im Spiel des Bösen.

»Du bist schon eine Nummer, Paul«, sagte sie, »machst dir Sorgen, was deine Mätresse wohl über irgendwelche Beilagen sagen wird, von denen du auch noch naschst, machst dir aber auch nicht das kleinste bißchen Gedanken über die Gefühle deiner Zukünftigen.«

»Das hab' ich gottverdammt nicht gesagt. Sharon hat's klipp und klar gesagt, als ich sie gefragt habe, ob sie mich heiraten wollte. Treue ist nicht Bestandteil unseres Geschäftes.«

»Tja, gut für sie, wenn sie's wirklich so meint«, sagte Eve ironisch. »Die Eiserne Jungfrau möchte ihren Teil dazu beitragen, damit die Jahre der Pestilenz munter weitergehen. Vielleicht könnten sie und ich es schon bald mal miteinander treiben . . .«

»Das würde mir nicht gefallen«, sagte Hobby.

». . . mal wieder.«

»He, was zum Teufel redest du da?«

»Denk mal darüber nach«, sagte Eve, lächelte wieder dieses gottverdammte Lächeln.

Hobby hatte schon vor langer Zeit das Geheimnis von Eves Macht über die Menschen herausgefunden. Sie sponn kleine Gespinste aus Lügen und Versprechungen und Anspielungen auf geheime Zeitvertreibe, ohne Beweise, ungeheuerlich, manchmal auch unglaublich. Die Menschen gierten nach den kleinen Körnchen der Wahrheit, die ihrer Überzeugung nach im Kern ihrer Enthüllungen stecken mußten, und sie waren bereit, sie in der Hoffnung zu streicheln, zu überreden und zu ertragen, daß sie ihnen am Ende echte Beweise und Fakten liefern würde. Beweise und Fakten, die wahrscheinlich nicht existierten. Aber trotzdem hielt es die Leute unter einer Art Bann. Neugier ist wirklich der Katze Tod.

Und Neugier führte unvermeidlich auch zu anderen Dingen. Zu Alkoholismus und auschweifendem Leben und Drogen und albernen Zeremonien, die die schreckliche Eigenart besaßen, Wirklichkeit zu werden.

»Willst du vielleicht gottverdammt behaupten, du und Sharon hätten schon ein- oder zweimal miteinander geschlafen?«

Sie stellte ihr Glas ab, schüttelte ihren Kopf und nahm ihren Hut ab.

»Nein, nein. Das haben wir nie«, sagte sie, war des Spiels plötzlich überdrüssig.

»Ist das die Wahrheit? Sagst du mir jetzt die Wahrheit?«

»Es ist die Wahrheit.«

»Wie kommt's, daß du mir jetzt zum ersten Mal, seit ich dich kenne, die Wahrheit sagen willst?«

Sie stand auf und stellte sich vor das Kaminfeuer. Sie zog den Schal von ihrem Hals. »Ich spüre, daß wir in großer Gefahr sind.«

»Hörst du endlich mit dieser Scheiße auf?« sagte er, doch es klang nicht besonders überzeugt.

»Hast du die Zeitung gelesen? Hast du gestern die Sechs-Uhr-Nachrichten gesehen? Du hast doch sicher genug Zeit, dich über das zu informieren, was in der Welt los ist, oder bist du mit diesem miesen Film, den du gerade drehst, zu beschäftigt?«

»Ich lese Zeitung. Ich schaue mir die Nachrichten an.«

»Dann weißt du ja, daß Younger wieder auf der Straße ist.«

»Na und? Er war damals blöd, und er ist auch heute noch blöd.«

»Er hatte fünfzehn Jahre Zeit, über alles nachzudenken.«

»Warum sollte er so etwas tun?«

»Weil du ihn im Gefängnis besucht hast. Du hast so getan, als wärest du sein Freund.«

»Ich mußte doch wissen, ob er eine Ahnung hatte.«

Sie drehte sich zu ihm um. »Du konntest nie irgendwas einfach auf sich beruhen lassen.«

»Du bist doch diejenige, die ihn in dieses gottverdammte Spielchen reingezogen hat.«

»Du bist aber derjenige, der ihn zu der Strandparty eingeladen hat, damit er da die Ziege schlachtete.«

»Ach, verdammt, es wird nichts passieren. Es ist alles lange aus und vorbei«, sagte er und leerte sein Glas Brandy.

Sie seufzte das tiefe Seufzen von jemandem, der plötzlich alt und müde geworden war. »Willst du dein Hochzeitsgeschenk jetzt?«

»Jesus Christus«, platzte er heraus. Er hatte nicht ein Wort von dem gehört, was sie gesagt hatte. »Hast du mir eine Scheißangst eingejagt.«

Sie öffnete ihren Mantel. Abgesehen von den Stiefeln, die bis zur Mitte ihrer Schenkel reichten, war sie nackt. Ihr Fleisch, durch die Flügel des Mantels vom Licht des Kamins abgeschirmt, schimmerte bläulich weiß. Die Schamhaare unter ihrem Bauch waren sehr hell und dünn, gerade so, als wären sie durch zu häufigen Gebrauch abgenutzt.

Ihm war nie wirklich klar gewesen, wie dünn sie eigentlich war, wie unproportioniert, wie wenig schön. Sie hatte es immer geschickt verbergen können. Es war Teil ihrer Kunst, ihrer Manipulation der Wirklichkeit, ihrer künstlichen Illusion. Ihm war nie bewußt gewesen, wie alt sie war. Jetzt konnte er sehen, daß sie viel älter war, als er je gedacht hätte. Sie las in seinen Augen, was er sah.

»Ich glaube, du solltest diesen Mantel lieber wieder zumachen, bevor du dich noch erkältest«, sagte Hobby. »Ich glaube, du solltest jetzt nach Hause und in dein eigenes Bett gehen.«

»Und das war's dann?« fragte sie, als wäre sie wirklich an seiner Antwort interessiert.

»Ich finde, du solltest jetzt wirklich nach Hause gehen.«

Sie ließ ihren Mantel los, als sie auf ihn zukam, doch der Mantel enthüllte immer noch ihre Nacktheit.

»Ein Teufel läuft frei in diesem Land herum«, sagte sie.

»Ich will mit Teufeln nichts mehr zu tun haben.«

»Du kannst nichts dagegen tun.« Sie ging auf ihre Knie und legte ihre Hände auf seine Schenkel. Sie drückte seine Beine auseinander. »Ich habe deine verdammte Seele in meiner Hand.«

24

Bitsy saß auf dem Dach, hob seinen Kopf und überzeugte sich, daß er das Meer riechen konnte, obwohl es viele Meilen weit entfernt war. Morgen würde er vielleicht runter nach Santa Monica trampen, vielleicht auch nach Malibu. Sich in irgendeinem Laden eine Badehose klauen.

Urplötzlich verkrampfte sich sein Magen vor Hunger. Es traf ihn wie eine Rakete, die Schwäche brandete wie eine Welle aus seinem Magen empor. Er konnte gebackenen Fisch und Fleisch riechen, Fritten und Bananen, gerade so, als läge das alles direkt vor seiner Nase. Sein Kopf füllte sich mit Stimmen. Eine, das wußte er, gehörte seinem Vater, der ihn drängte, mehr Fleisch zu nehmen, mehr Bohnen, mehr Gemüse und Soße.

Er schloß seine Augen und stellte sich seinen Vater vor. Er würde ihn sofort wiedererkennen, wenn er ihm begegnete. Er würde ihn sogar wiedererkennen, wenn er ihn nur hörte, auch wenn er die Stimme seines alten Herrn in seinem ganzen Leben nie wirklich gehört hatte.

»Hast du was Kleingeld?« fragte eine Stimme, riß ihn damit aus seinem Festschmaus.

Die Welle der Schwäche ebbte ab, doch der Hunger blieb. Er öffnete ein Auge und blinzelte zu Hogan hinauf, der dort barfuß, in Jeans und mit offenem Hemd neben ihm stand, seine Haare so blond, daß sie fast schon weiß waren, seine Haut wie gebutterter Toast.

»Ich hab' kein Geld. Ich hab' gar nichts.«

»Willst du vielleicht mal was anschaffen?«

»Ich hab' keine Lust, mit irgendeinem Schwulen rumzumachen. Außerdem ist's viel zu gefährlich geworden.«

»Was meinst du mit gefährlich?«

»Man kann sich mit was anstecken und dann dran sterben, was einer dieser Schwulen einem verpaßt.«

»Dann müssen's entweder Nigger oder Fixer sein.«

»Sie müssen nichts anderes als nur Schwule sein, die gerne in den Arsch ficken. Gott, du bist ja so blöd.«

»Dann gehen wir vielleicht einen Fernseher aus der Wohnung von irgendwem klauen. Vielleicht krallen wir uns auch die Brieftasche von irgendwem.«

Bitsy schloß sein Auge und versuchte, in seinen Tagtraum zurückzufinden.

Hogan trat ihm gegen den Fuß. »He, bist du eingeschlafen, oder was?«

»Verschwinde. Ich denke nach.«

»Worüber denkst du denn nach?« fragte Hogan, setzte sich auf einen Teil der verfallenen Brüstung, der noch nicht völlig zusammengebrochen war.

»Ich hab' darüber nachgedacht, daß ich vielleicht gottverdammt schnell aus dieser Stadt verschwinden und woanders hingehen sollte.«

»Du willst woanders hin? Okay. Wie wär's, wenn wir rauf nach San Francisco gehen? Da oben ist echt was los. Wie wär's mit New York? Oder mit Miami? Das ist besser. Unten in Miami ist's schön und heiß.«

»Wie wär's, wenn du hingehst, wohin du Lust hast, und ich gehe dahin, wohin ich will?«

Hogan war nicht beleidigt. »Wo willst du denn hin?«

»In irgendeine kleine Stadt wie die, in der ich aufgewachsen bin.«

»Willst du mir noch so eine Lüge erzählen?«

»Was meinst du verdammt noch mal damit, du Arschloch?«

»Ist mir egal, wenn du mich anlügst. Ich hab' nur so gefragt. Ich erzähle mir manchmal selbst auch so Lügen.«

»Tja . . .« sagte Bitsy, froh darüber, daß Hogan wegen dem ›Arschloch‹ nicht beleidigt war, das ihm einfach so rausgerutscht war. Das bewies, daß er ihn langsam zu respektieren begann. Denn andernfalls würde er seinen Arsch in Bewegung setzen und ihn zur Sau machen. Dann dachte er, daß Hogan ihn nur dann zur Sau machte und wie die letzte Pfeife dastehen ließ, wenn jemand anderer in der Nähe war. Ganz besonders, wenn die Mädchen in der Nähe waren. Vielleicht konnten sie ja sogar Freunde werden, wenn sie miteinander redeten, solange die Mädchen nicht in der Nähe waren.

»Hast du Sissy gesehen?« fragte Bitsy.

»Ich hab' keinen Schimmer, wo Sissy ist.«

»Wie steht's mit Mimi und Moo?«

»Scheiß auf Mimi und Moo. Ich bin nicht ihre Mutter. Wenn du ihre Mutter spielen willst, bitte, nur zu!«

Dann könnten sie vielleicht doch nicht reden und sich wirklich anfreunden, dachte Bitsy. Er nahm eine Zigarette aus dem Päckchen in seiner Brusttasche und kramte seine Streichholzschachtel aus seiner Jeans. Er steckte sich eine Zigarette an und nahm einen tiefen Zug, bot Hogan ganz bewußt keine an. Er steckte die Streichhölzer zu dem Päckchen Zigaretten in seine Brusttasche. Dann hob er eine Arschbacke und zog ein Taschenbuch aus der Gesäßtasche. Es war so alt, daß es schon auseinanderfiel. Er machte ein Mordstheater damit, die Stelle zu finden, wo er zu lesen aufgehört hatte, und beugte sich vor, konzentrierte sich auf die Seite, tat, als würde er im verblassenden Tageslicht lesen.

Er wollte, daß Hogan wieder ging. Dann konnte er vom Dach klettern und rüber zum McDonalds gehen und sich mit Hamburgern und Fritten das Loch im Bauch stopfen – oder es wenigstens versuchen.

»He, was zum Geier machst du jetzt?« fragte Hogan.

»Wie sieht's denn aus, was ich mach'?«

»Du glotzt dein Buch an. Sieht wie dasselbe Buch aus, das du dauernd anstarrst.«

»Ich lese, das mache ich.«

»Wie lange brauchst du denn, bis du das Buch durch hast?« Als Bitsy nicht antwortete, fragte Hogan: »Gibt's da auch Bilder drin?«

»In der Mitte sind ein paar Fotos, aber es ist kein Comic.«

»Dann lies mir doch mal was vor.«

»Um Himmels willen, man sollte doch eigentlich meinen, daß ein Mensch, wenn er einen anderen lesen sieht, genug Anstand besitzt und seine Klappe hält.«

Eine Zeitlang sagten sie nichts mehr. Es war kein freundliches Schweigen. Nicht das angenehme Schweigen zwischen Freunden. Es war eher wie das Schweigen, das Fremde über sich ergehen lassen müssen, die in einem Flugzeug oder Zug zwangsweise nebeneinander gefangen sind, ohne woanders hingehen zu können.

»Hast du's schon mal mit ihr getrieben?« fragte Bitsy schließlich, wollte es noch mal mit einer liebenswürdigen Beziehung vesuchen.

»Was hast du gesagt?« fragte Hogan, aufgeschreckt aus seinen eigenen Gedanken. Er reagierte prompt und wütend und defensiv.

»Ich sagte, hast du's schon mal mit Mimi getrieben?«

»Ach, dachte mir doch, daß du das gefragt hast.«

»Und wieso bist du dann zusammengezuckt, als hätte ich dich gestochen?«

»Ich hab' nachgedacht.«

»Und, hast du?«

»Ein- oder zweimal.«

»Und was ist mit Moo?«

»Klar. Mit der auch. Was ist schon dabei? Fickst du sie denn nie?«

»Mir ist nicht danach. Ich könnte schon, aber mir ist einfach nicht danach.«

»Wieso nicht?«

»Keine Ahnung.«

Wieder legte sich dieses betretene Schweigen über sie.

Nach einer Weile fragte Hogan: »Warst du schon mal im Knast?«

»Wie kommst du verdammt noch mal darauf, mich so was zu fragen?«

»Was meinst du mit so was? Ich hab' dir eine Frage gestellt. Warst du schon mal im Knast? Ist das was Besonderes? Nein, es ist nichts Besonderes.«

»Warst *du* schon mal im Knast?«

»Klar. Schon oft.«

»Dann war ich auch im Knast.«

»Wo?«

»Little Rock.«

»Wann?«

»Vor ein paar Jahren.«

»Wegen was?«

»Wie soll ich mich denn noch dran erinnern? Wegen irgendwas. Ladendiebstahl. Autoknacken. Wegen irgendwas eben. Meine Verhandlung sollte eine Woche, maximal zehn Tage später sein. Die haben mich da achtzundzwanzig Tage festgehalten. Der Richter hatte Grippe. Oder so.«

»Hat denn keiner für dich Kaution bezahlt?«

»Wer sollte so was denn wohl tun? Ich hatte keinen, der für mich Kaution bezahlt. Einmal haben sie mir einen Sozialarbeiter vorbeigeschickt. Ich hab' ihn angefleht, mich da rauszuholen. Ich meine, ich hab' ihn gefragt, was ich überhaupt zusammen mit all diesen alten Typen da drin zu suchen hätte. Typen, die schon über fünfzig, sechzig, vielleicht sogar siebzig waren. Ein paar von denen hätten genausowenig wie ich da sein sollen. Die hätten in einem Krankenhaus sein sollen. Die waren gottverdammt verrückt, du verstehst, was ich sage, ja?«

»Immer sachte«, sagte Hogan. »Reg dich nicht gleich so auf.«

»Ich meine, die nennen mich hübscher Knabe und Sohn und grabschen meinen Hintern ab, sobald sie Gelegenheit dazu kriegen. Ich erzähl' diesem Sozialarbeiter alles, was da abgeht, und daß ich nicht zusammen mit diesen alten Knackern da sein sollte, sondern besser irgendwo mit anderen Kids in meinem Alter. Ich bin erst zwölf, dreizehn.

In dem Laden wimmelte es nur so von Schwulen. Überall. Die haben die ganze Nacht an ihren Dingern rumgemacht, gewichst, dauernd getuschelt. Dieser eine Typ kommt zu mir, hält seinen Schwanz in der Hand. Der sah aus wie ein beschissener Zwerg, mit diesem Pferdeschwengel in seiner Hand. Ich sag' diesem Sozialarbeiter, der Grund, warum sie mich da festhalten, ist der, daß diese Typen da keine Frauen haben, und deswegen haben sie jemanden wie mich mit einem knackigen Arsch da reingesteckt. Ich mußte sie dauernd abwimmeln, sie mir vom Leib halten. Ich sag' ihm, sogar dieser eine gottverdammte Möchtegernwärter hat versucht, mich zu belästigen. Verstehst du, was ich sage?«

»Und hat der Sozialarbeiter was unternommen?«

»Ich hab' den Arsch nie wieder gesehen. Ich hab' ihn nur das eine Mal gesehen, und danach nie wieder.«

»Was ist passiert?«

»Was zum Geier glaubst du denn, was passiert ist? Ich mußte irgendwann mal schlafen, oder? Ich konnte nicht den ganzen Tag und die ganze Nacht kämpfen, oder? Achtundzwanzig Tage habe ich in diesem beschissenen Knast gehockt, bevor ich meine Verhandlung hatte. Und dann haben sie mich auf Bewährung laufenlassen.«

»Scheißkerle«, sagte Hogan. »Und was soll's? Du hast dich doch geschützt, oder nicht? Ich mach' jede Wette, du hast dir sogar selbst ein paar kleine Gefälligkeiten besorgt. Was immer du tun mußtest, du bist auf jeden Fall lebend wieder rausgekommen.«

»Verkaufst du deswegen deinen Arsch?« fragte Bitsy. »Damit du lebend wieder rauskommst?«

Hogan starrte ihn einen langen Augenblick an. »Tja, verdammt noch mal, ich muß doch schließlich essen, oder nicht? Außerdem, ich mach' nicht alles, was du vielleicht von mir denkst.«

Bitsy widmete sich wieder seinem Buch.

»Wie kannst du das Ding da immer und immer wieder lesen?« fragte Hogan.

»Wer sagt denn, daß ich es immer und immer wieder lese?«

»Das ist doch dasselbe Buch, das du immer und immer wieder gelesen hast, seit ich dich kenne.«

»Du hast ja keine Ahnung, was du da überhaupt faselst.« Hogan versuchte Bitsy das Buch wegzunehmen, doch der ließ nicht los. Hogan stand auf und hielt das Buch immer noch fest.

»Laß das sein, du verdammter Scheißkerl!« schrie Bitsy. Er sprang ebenfalls auf.

»Laß das beschissene Buch lieber los, du machst es noch kaputt«, warnte Hogan.

Bitsy ließ los. Tränen der Wut schossen in seine Augen, während Hogan es umdrehte und das Foto in der Mitte des Taschenbuches ansah.

»Gib mir sofort das beschissene Buch zurück!« kreischte Bitsy. Die Tränen liefen jetzt ungehindert über sein Gesicht.

»Mann, so ein Zeug siehst du dir an? Bist du krank oder was? Diese Fotos von den nackten Frauen, die irgendwer zerhackt hat. Die eine hat keinen Kopf mehr. Scheiße, Mann.« Er klang angewidert, schaute aber trotzdem weiter hin. »Ist das hier das bekloppte Arschloch, das so was gemacht hat? Sieht irgendwie komisch aus, der Kerl.«

Bitsy stieß einen weiteren Schrei aus und warf sich auf Hogan. Der größere Junge, der nie damit gerechnet hatte, daß Bitsy ihn angreifen würde, ging zu Boden. Er krümmte seinen Rücken und versuchte Bitsy abzuschütteln. Genausogut hätte er versuchen können, eine Katze abzuchütteln. Bitsy schlug und kratzte und biß. Hogan fing an zu schreien, und Bitsy schrie auch. Es hörte sich wie eine Massenschlägerei an. Wie ein halbes Dutzend Leute. Nicht nur wie zwei Kids, die sich fertigmachten.

Hogan gelang es schließlich, sich umzudrehen, damit er Bitsy von sich stoßen konnte. Er wollte lachen, aber er konnte nicht lachen. Urplötzlich hatte er das Gefühl, als würde er um sein Leben kämpfen.

Er warf Bitsy immer und immer wieder zurück, aber Bitsy griff jedesmal wieder an, mit Speichel in den Mundwinkeln wie getrocknete salzige Gischt auf den Felsen am Meer. Seine Augen brannten wütend in seinem Kopf.

Scheiße, dachte Hogan, Bitsy hatte genauso Augen wie dieser beschissene Killer in dem Buch.

Er trat zu und erwischte Bitsy mit seinem Stiefel im Magen. Das erledigte ihn. Bitsy rollte sich zusammen und kotzte quer über den Teer.

Hogan rappelte sich auf. Er ging zu der Stelle hinüber, an der das Buch hingefallen und auseinandergerissen war. Die Seiten, gepackt vom Wind, lagen überall. Er sammelte alle auf, die er finden konnte, stopfte sie zwischen den Einband zurück, machte sich keine Gedanken um die Reihenfolge der Seiten.

Bitsy lag gekrümmt auf der Seite, umklammerte seinen Bauch und weinte.

Hogan hockte sich neben ihn und sagte: »Hier hast du dein Buch. Scheiße, Mann, woher sollte ich denn wissen, daß dir so ein beschissenes zerfleddertes altes Buch so wichtig ist, daß du deswegen direkt eine Schlägerei anfängst? Los, nimm's schon.«

»Fick dich«, sagte Bitsy.

»Halt die Schnauze, oder du kriegst noch eine aufs Maul.«

Bitsy rollte sich auf den Rücken und starrte ein Loch in Hogans Stirn. Hogan beugte sich vor und warf das Buch auf Bitsys Brust.

»Scheiße«, sagte Hogan spöttisch und ging. Er hörte, wie Bitsy sich aufrappelte. Er hörte Bitsy laufen. Als er sich schließlich umdrehte, war es zu spät. Bitsys Hände trafen ihn genau unterhalb seines Schlüsselbeins. Hogan streckte seinen

Arm aus und erwischte mit einer Hand Bitsys Hemd. Die Tasche riß ab. Sein Rücken knallte gegen das vermoderte Geländer. Es gab nach, und Hogan stürzte nach hinten in den Lichtschacht. Er begann sich zu drehen, bevor er in die verbogenen, verrosteten Eisenstangen und den Müll krachte.

Bitsy kniete sich hin und warf einen Blick über die Kante des Daches. Dort unten lag Hogan und rührte sich nicht. Ein Schmerz begann in Bitsys Hals und füllte schließlich seinen ganzen Kopf aus. Es fühlte sich an, als würde Blut aus seinen Ohren und seiner Nase kommen. Ein Nebel so dicht wie schwarzer Samt legte sich über seine Augen. Er kroch von der Kante zurück, hatte Angst, daß er ebenfalls hinunterfallen würde.

Er stieg vom Dach, während der Hunger ihn wieder wie ein Schrei packte.

25

Es dauerte sechs Stunden zurück nach Johnson City und weitere dreißig Minuten zum Tri-State-Airport.

Whistler schlief praktisch den ganzen Weg, wachte erst wieder auf, als sie in Sichtweite des Kontrollturmes und des Rollfeldes kamen.

»Brauchen Sie ein Motel?« erkundigte sich Hoke, als er sah, daß Whistler mit offenen Augen neben ihm saß und sich so verwirrt umschaute, wie Leute es tun, wenn sie an unbekannten Orten aufwachen.

»Wo sind wir?«

»Fast am Flughafen. Wollen Sie ein Motel?«

»Ich muß unbedingt mal pinkeln.«

»Tja, ich hab' Sie zweimal gefragt. Einmal, als ich getankt

habe, und einmal, als ich auf einen Becher Kaffee in einem Drive-in gehalten habe.«

»Ich hab' Sie nicht gehört.«

»Dachte ich mir. Schon in Ordnung. Also, wollen Sie jetzt ein Motel oder nicht?«

»Wieviel Stunden habe ich noch bis zum Abflug nach Atlanta?«

»Lassen Sie mich nachdenken. Drei, vielleicht vier Stunden. Sie ändern oft die Flugpläne.«

Hoke hielt am Bordstein vor dem Ankunft-Abflug-Terminal.

»Gehen Sie pinkeln. Ich warte hier auf Sie.«

Whistler stieg aus dem Taxi, dachte nach und klopfte gegen die Scheibe der Beifahrertür.

Hoke beugte sich rüber und kurbelte das Fenster herunter.

»Woher wissen Sie, daß ich nicht einfach verdufte, Sie um das Fahrgeld bescheiße?«

»Ich hab' Ihr Gepäck.«

»Dieser Koffer und das, was drin ist, sind lange nicht das wert, was ich Ihnen schulde. Vielleicht gehe ich einfach eine andere Tür raus und schnappe mir ein Taxi zur Greyhound-Station.«

»Sehen Sie den Cop da drüben?« sagte Hoke.

Whistler drehte sich um und sah einen Flughafenpolizisten, der zu ihnen herüberschaute. Hoke hob eine Hand, und der Cop hob seine.

»Ich habe Coolidge längst ein Zeichen gegeben, daß er Sie im Auge behalten soll.«

Whistler grinste. »Nehmen Sie mich auf den Arm?«

Hoke grinste zurück. »Das werden Sie erst erfahren, wenn Sie versuchen abzuhauen.«

Whistler schüttelte den Kopf, zufrieden über die Art und Weise, wie Hokes Verstand arbeitete, und ging, um sich endlich zu erleichtern.

Als er zurückkam, sagte er: »Ich werde das mit dem Motel sein lassen. Bis ich endlich aus den Klamotten bin, muß ich mich schon wieder anziehen. Und jetzt raus mit den schlechten Nachrichten.«

Hoke gab ihm einen Zettel, auf dem die Summe bereits notiert war. »Ist das fair?«

Whistler zählte sein Bargeld. »Verdammt, ja«, sagte er, »aber soviel Bares habe ich nicht mehr. Nehmen Sie meinen Scheck?«

»Für einen Teil der Summe. Nicht für alles.«

Whistler gab ihm alles, was er noch an Papiergeld hatte. »Macht es Ihnen was aus, mir einen Zwanziger zurückzugeben, damit ich mit dem Airportbus vom Flughafen nach Hollywood komme?«

Hoke gab ihm einen Zwanziger zurück. Dann stellte Whistler einen Scheck über den Differenzbetrag aus.

»Ich hoffe, Sie unterschreiben nicht mit Gary Cooper«, meinte Hoke grinsend.

Whistler gab ihm den Scheck, und Hoke warf einen Blick darauf.

»Ist das Ihr echter Name?« fragte er.

»Das ist mein echter Name.«

Whistler holte seine Tasche aus dem Fond und streckte dann seine Hand durch die Seitenscheibe.

»Es war mir ein Vergnügen, Hoke. Vielleicht komme ich eines Tages mal wieder hier raus. Und dann könnten wir beide vielleicht ein bißchen jagen, ein bißchen angeln gehen.«

»Gehen Sie jemals jagen oder angeln?«

»Nein. Ich schätze nicht.«

»Dann machen Sie keine Versprechungen, die Sie nicht halten können, und träumen Sie keine Träume, die sowieso niemals Wirklichkeit werden.«

Whistler grinste, schüttelte seinen Kopf, ging und winkte noch einmal zum Abschied, ohne einen Blick zurückzuwerfen, dachte, daß es praktisch überall eine Menge Leute wie Bosco gab.

Im Terminal stellte er seinen Koffer ab und setzte sich auf einen Plastikstuhl. Er versuchte, seine Augen zu schließen, aber er war ausgeschlafen. Er kaufte sich eine hiesige

Tageszeitung und las von Preisen für landwirtschaftliche Erzeugnisse und dem Beginn irgendwelcher Bauarbeiten.

Es waren ein paar Leute im Terminal, und je weiter der Morgen fortschritt, desto mehr wurden es.

Ein Mann und eine Frau kamen mit fünf Kindern herein. Der Mann trug ein Arbeitshemd und eine Latzhose. Über einem Arm hing eine Jeansjacke. Die Frau war vielleicht zehn Jahre jünger, dünn und verhärmt, die Haut so straff über ihren Wangenknochen und an ihren Handgelenken, als wäre sie gedehnt und poliert worden. Eigentlich gar keine so üble Figur, falls alle fünf Kinder ihre eigenen waren, aber ihr gebeugter Rücken drückte eine gewisse Müdigkeit aus, und ihr leicht vorspringender Bauch sagte eine Menge darüber, wie bald schon ihre Figur nachlassen und sie wie ein klappriges Pferd aussehen würde.

Da waren ein älterer Junge und ein Mädchen, vielleicht zwölf und dreizehn Jahre alt. Dann gab es noch drei kleinere Kinder, alles Mädchen, vielleicht vier, fünf und sechs. Sechs Jahre zwischen dem ältesten kleinen und dem jüngsten großen.

Sie setzten sich auf die Sitzreihe Whistler direkt gegenüber.

Zuerst saßen die Kinder still wie Stein, der Vater auf der einen und die Mutter auf der anderen Seite, wie zwei Hirtenhunde, die die Herde bewachten. Die Kinder starrten Whistler an, so ernst wie ein Trupp Diakone oder Krähen.

Whistler konnte erkennen, daß die Kinder alle von ihr waren. Sie hatten ausnahmslos ihre verhärmte Nase und hellblaue Augen. Die beiden ältesten waren dunkelhaarig, und die drei kleinen waren blond. Es war ziemlich offensichtlich, daß die Kinder aus zwei verschiedenen Beziehungen stammten, die größeren Kinder aus einer anderen Ehe, und die kleineren gehörten zu ihnen beiden.

Man konnte das auch daran erkennen, wie sie sich hingesetzt hatten. Die kleineren saßen näher bei ihrem Daddy. Einer von ihnen zupfte an seiner Jacke. Nach einer Weile kletterte die kleinste auf seinen Schoß und flüsterte in sein Ohr. Er war liebevoll und geduldig mit ihr.

Die beiden großen Kinder saßen dicht bei der Mutter. Das Mädchen strich unentwegt ihren Rock über ihren Beinen glatt. Der Junge saß da und brütete vor sich hin, wie nur Teenager brüten können.

Der Vater gab schließlich den Schmeicheleien des kleinen Mädchens nach und griff in seine Tasche. Er zog zwei Dollar heraus und gab sie dem großen Mädchen.

»Hol den Kindern eine Coke, Phyllis, und auch eine für dich, wenn du willst.«

»Die kosten aber fünfzig Cents«, sagte sie.

»Billy hat sein eigenes Taschengeld.«

Die Mutter verzog ihr Gesicht und brummte leise ihre Verzweiflung heraus, doch Billy sagte kein Wort, warf dem Mann nur wie eine angreifende Schlange einen kurzen Blick aus den Augenwinkeln zu.

Phyllis nahm das kleinste Mädchen auf den Arm und ergriff die Hand des zweitkleinsten Kindes und zog mit den Worten los: »Shirley, du bleibst dicht bei mir, hörst du? Ich habe keine Lust, dir hinterherlaufen zu müssen.« Sie spielte die kleine Mutter.

Die Mutter öffnete ihre Handtasche, und ihr Mann spannte sich an. Der Junge hielt den Atem an. Einen Moment lang sah es aus, als wollte sie ihrem Sohn das Geld für eine Coke geben, das ihr Mann ihm nicht geben wollte. Einen Augenblick lang sah es aus, als würde sie sich dem Mann widersetzen, der sie geheiratet hatte, als sie bereits zwei Kinder gehabt hatte, und sich auf die Seite des Jungen schlagen, der es offensichtlich aus dem einen oder anderen Grund mit seinem Stiefvater nicht leicht hatte.

Doch dann überlegte sie es sich anders und griff nicht in ihre Handtasche. Der Junge lächelte ein verbittertes dünnes Lächeln, stand auf und ging zu dem großen Fenster hinüber, wo er beobachten konnte, wie die Flugzeuge auf dem Rollfeld aufgetankt wurden. Die Frau stand auf und ging auf die Toilette.

Der Blick des Mannes und von Whistler trafen sich, und der

Mann schaute nicht fort. Whistler sah, wie traurig und verwirrt er wegen der ganzen Geschichte war. Wie disziplinierte man ein Kind, das nicht sein eigenes war, wie zog man es groß und brachte ihm etwas bei?

»Der Junge meiner Frau aus erster Ehe«, sagte der Mann, als hätte Whistler die Frage gestellt. »Hat seinen Vater verloren, als er noch ganz klein war. Es ist ziemlich schwer für ihn gewesen.

Er sagte nicht, es war schwer für ihn, mich zu akzeptieren, aber genau darauf lief's hinaus.

Whistler dachte über den Jungen nach, den er zu finden versuchte, und darüber, wie es sein würde, wenn Faye und er es fertigbrachten, dort weiterzumachen, wo sie vor Jahren aufgehört hatten, nur daß heute ein Junge da war, nicht sein eigenes Kind, ein Junge, den er disziplinieren und großziehen und dem er etwas beibringen mußte.

»Kinder in dem Alter können es einem ganz schön schwer machen«, sagte Whistler.

Der Mann nickte, als hätten sie damit etwas geklärt.

26

Eine Party nach Abschluß der Dreharbeiten ist ein Hollywood-Ritual.

Bei Beginn der Dreharbeiten eines Filmes wird ein ganzer Haufen Leute, von denen sich einige kennen, von denen manche das eine oder andere Mal schon miteinander gearbeitet haben, von denen einige sich noch nie begegnet sind, für dreißig Tage, sechzig Tage, neunzig Tage – je nachdem – unter schwierigen Bedingungen für zehn, zwölf, vierzehn Stunden am Tag zusammengebracht. Es ist wie eine große Familie, die an eine Hütte gefesselt ist. Man atmet den Atem der anderen, rückt sich gegenseitig sehr dicht auf die Pelle.

In den frühen Tagen waren die Parties am Ende der Dreharbeiten ziemlich verschwenderisch. Es waren förmliche Abendessen in einem Restaurant in der Gegend, bei denen die Stars Geschenke an die Crew verteilten und die Crew Geld zusammenlegte, um den Stars und dem Regisseur irgend etwas Teures zu kaufen. Eine einzige große, glückliche Familie.

Dann setzte sich eine gewisse Schlichtheit durch, besonders bei den B-Produktionen, und die Party wurde in den Kulissen veranstaltet, mit Tischen aus Sägeböcken und Sperrholz, überzogen mit Papier, angeliefertem warmem Buffet, während ein paar Bühnenarbeiter sich dabei abwechselten, die Getränke auszuschenken.

Wie Kinder auf einem Ball, bei dem sich die Jungs auf der einen und die Mädchen auf der anderen Seite zusammendrängten und nur dann vermischten, wenn sie dazu gezwungen wurden, drängten sich die Handwerker zusammen, erzählten sich schmutzige Witze und tauschten Ansichten darüber aus, wie sie die letzte Szene geschossen haben würden, wenn sie Gelegenheit dazu gehabt hätten. Außer den Friseuren, die gewöhnlich dazu tendierten, den Stars in den Arsch zu kriechen, weil es für sie immerhin den großen Sprung in ihrer beruflichen Karriere bedeuten konnte, falls es ihnen gelang, auf Dauer mit einem der Großen Hollywoods zusammenzuarbeiten, und anderen wie den Kostümschneidern, die sich nicht für Handwerker, sondern vielmehr für Künstler hielten. Der Regisseur bewegte sich zwischen den beiden Klassen hin und her – der unparteiische Vater aller.

Der einzige, der völlig aus dem Rahmen fiel, war der Produzent. Jeder glaubte, der Produzent hätte sie auf die eine oder andere Weise aufs Kreuz gelegt, mit miesem Essen bei den Außenaufnahmen, mit Abzügen von ihren Lohnschecks, bei den Verhandlungen vor Beginn der Dreharbeiten. Da Hobby sein eigener Produzent war, entging er diesem Stigma. Die Schauspieler und die Crew konnten schlecht den Mann vor den Kopf stoßen, der gerade erst aufgehört hatte, ihr Vater zu sein, und der ihnen wahrscheinlich obendrein immer noch die Bezahlung der letzten Woche schuldete.

Heutzutage waren die Abschlußparties, auch wenn sie immer noch in den Kulissen veranstaltet wurden, wieder feudaler geworden, es gab feines Essen, Statistinnen sprangen in Trikots und kurzen Röckchen als Kellnerinnen ein, und Barkeeper servierten die Drinks.

Einige der Privilegierten und Gesalbten durften Gäste mitbringen. Die meisten Angehörigen der Besetzung und der Crew, ebenfalls zur Elite gehörend, trugen Satinjacken mit dem aufgestickten Namen des Filmes oder der Fernsehserie. Das war der letzte Schrei. Das neueste Zeichen von Prestige und Gunst. Der neueste clevere Werbegag.

Also waren hier vielleicht vierzig Leute versammelt, standen herum und hockten auf Stühlen oder lehnten gegen Scheinwerfer und Kulissen, trugen schwarze Jacken mit dem Namen von Hobbys letztem Film, *Witches in Heat*, und weitere vierzig Personen trugen ihr Handwerkszeug oder die Zeichen ihres Handwerkes, und weitere vierzig waren dem Anlaß entsprechend gekleidet. Und sie alle schleimten und plapperten, rückten sich in das richtige Licht für die nächste Gelegenheit, den nächsten Job, den nächsten Gang in fremde Betten.

Hobby stand mit einem Glas in der Hand am Ende einer der Theken, hörte sich die Affenscheiße an, die ihm von seinem Agenten und seinem Anwalt, Konski und Yibna, um die Ohren geschlagen wurde, schaute über ihre Köpfe weg und fragte sich, wo, zum Teufel, Sharon steckte. Sie hatte versprochen, sich sehen zu lassen, und wenn nur für eine halbe Stunde. Würde es so sein, wenn sie verheiratet waren? Irgendeine beschissene Fusion nahm den ersten Platz ein, wo sie doch bei ihrem Mann sein sollte, ihm ein bißchen Unterstützung geben sollte? Besonders nach der erschöpfenden, nervenaufreibenden Arbeit, einen gottverdammten Film fertig zu bekommen.

Wenn Monsignore Moynihan sich für eine Stunde von seinem mit Terminen vollgestopften Arbeitstag freimachen konnte, wenn Pig-Nose Dooley sich eine Stunde für einen

Freund nehmen konnte, auch wenn er statt dessen unterwegs sein und das nächste Opfer verfolgen könnte, wenn die verdammte Hexenkönigin Eve Choyren – die einem manchmal unsäglich auf den Senkel gehen, aber einem prima einen blasen konnte – in der Lage war, ihren blubbernden Hexenkessel eine Weile zu verlassen, um ein Glas zu heben und zu sagen, gut gemacht, wieso konnte dann Sharon sich nicht auch diese kleine Mühe machen?

Also, da er sich umschaute und nicht wirklich dem zuhörte, was alle sagten, entdeckte er Younger vor allen anderen. Nicht, daß es eine große Rolle spielte, weil die einzigen anderen Leute in diesem Raum, die ihn sofort erkannt hätten, Bolivia und Eve waren.

Er suchte nach Bolivia, entdeckte ihn und warf einen Blick zur Tür. Bolivia verstand die Geste, bewegte seinen Kopf und sah Younger. Er begann sich Richtung Ausgang zu entfernen, schüttelte den Kopf, ließ Hobby wissen, daß er mit nichts mehr was zu tun haben wollte.

»Scheißkerl«, zischte Hobby leise.

Konski und Yibna waren viel zu sehr damit beschäftigt, sich gegenseitig irgendeine Scheiße zu erzählen, um etwas mitzubekommen.

Eve kam von irgendwo, materialisiert aus dem Zigarettenqualm, so wie sie es gern machte, und stand neben ihm.

Konski und Yibna entfernten sich.

»Ich hoffe, daß das, was ich da sehe, nicht bedeutet, daß die Kacke zu dampfen anfängt«, flüsterte sie in Hobbys Ohr.

»Was zum Teufel will er? Was zum Teufel will er hier?« brummte Hobby.

»Wir sollten vielleicht besser rüberschlendern und hören, was los ist.«

Hobby marschierte mit ausgestreckter Hand und einem großen Lächeln auf dem Gesicht los.

Eve trat um Hobbys ausgestreckten Arm herum und beugte sich vor, um Younger einen Kuß auf die Wange zu hauchen.

Er zuckte leicht zusammen, als wäre er über diese offene Zurschaustellung von Zuneigung überrascht.

»Also, was zum Teufel wissen Sie von dieser Sache?« krähte Hobby. »Woher zum Teufel wußten Sie, daß ich gerade einen Film abgedreht habe?«

»Ich habe mich umgehört«, sagte Younger. »Diese Stadt hier ist auch nicht größer als Dog Trot, wenn's um Klatsch geht.«

»Dog Trot. Ich liebe es«, sagte Hobby, als dächte er, Younger wäre irgendein Country-Komiker, der seine Nummer abzog.

»Ich bin gekommen, um mich bei Ihnen dafür zu bedanken, daß Sie angeboten haben, sich um meine Frau und mein Baby zu kümmern«, sagte Younger.

»Tja, ich hab's versucht. Sie müssen wissen, daß ich's wirklich versucht habe. Aber ich habe sie leider nicht gefunden.«

»Ich auch nicht.«

»Tut mir leid, das zu hören. Wirklich.«

Hobby hielt immer noch Youngers Hand, zog die Bleib-bei-mir-Nummer ab, die durch Lyndon Johnson berühmt geworden war, pumpte jede Menge Goodwill durch seine Fingerspitzen.

»Sie waren der einzige, der sich mir gegenüber wie ein echter Freund verhalten hat, Mr. Hobby.«

Hobby legte einen Arm um Youngers Schultern und warf Eve einen Blick zu, der sagte, er hätte recht und sie nicht. Das Arschloch hatte sich an nichts erinnert. Er war nichts als ein blödes Landei, das einen Höflichkeitsbesuch machte.

Auf der anderen Seite hakte sich Eve bei Younger ein. Gemeinsam schlenderten sie zum Buffet und den Erfrischungen.

»Ich möchte nicht, daß Sie noch ein weiteres Wort darüber verlieren«, sagte Hobby mit einem Lächeln, das ausdrückte, was er doch für ein großmütiger Bursche war.

»Also, ich fand, ich mußte es einfach tun. Ich hatte eine Menge Zeit, über alles nachzudenken, als ich im Gefängnis saß.«

Hobby versteifte sich unmerklich. War da vielleicht ein Anflug von Sarkasmus? Eine leichte Spur von etwas nicht so ganz Unterwürfigem?

Er schaute sich nach Bolivia um, wollte ihm mit einem Blick zu verstehen geben, daß er sich nicht so einfach aus der Affäre ziehen konnte. Wenn sie alle den Konsequenzen dieser Nacht vor fünfzehn Jahren nicht aus dem Weg gehen konnten, dann würde Bolivia todsicher nicht so tun können, als ginge ihn das alles nichts an. Als wäre er nicht genauso stoned und außer sich und verrückt wie Hobby und Eve gewesen. Als hätte er das Opfer nicht auf dem flachen Felsen am Meer festgehalten und sogar ihren sterbenden Körper mit dem Messer bearbeitet.

»Sehen Sie nur, wen Paul da im Arm hat«, sagte Yibna zu Monsignore Moynihan.

»Kenne ich ihn?«

»Es ist der Hog-Wallow-Killer, der gerade nach fünfzehn Jahren Haft auf Bewährung rausgekommen ist.«

Hobby sah, daß die Gruppe, die er gerade an der Bar verlassen hatte, beobachtete, wie er mit Younger im Schlepptau auf sie zusteuerte. Konnte sehen, wie sich ihre Lippen bewegten, sehen, wie sie spekulierten.

Er sah, daß Pig-Nose Dolleys Augen zuckten.

»Kommen Sie mit zur Bar und trinken Sie was«, sagte Hobby, drängte Younger weiter, spürte die Arroganz im Gang des Mannes.

»Schon lange her, daß ich ein anständiges Glas Whiskey hatte«, sagte Younger.

»Dann sollten Sie Ihren ersten als Dreifachen trinken.«

»Ich könnte einen Job gebrauchen«, sagte Younger, kam, wie man so schön sagte, sofort zur Sache. Es klang schon in Ordnung, aber Hobby konnte die Drohung in der Feststellung deutlich hören, schwer und bedrohlich wie ein Stein.

»Wir werden darüber reden.«

»Keine Gelegenheitsjobs in einem Ihrer Häuser wie damals«, fuhr Younger fort, wobei sich seine Stimme leicht hob, zu seiner normalen unmißverständlichen Art fand, bereit, Hobby an die Kehle zu gehen, falls er sein Versprechen nicht bekam.

»Also, ich sagte doch, wir werden drüber reden«, sagte Hobby.

»Nichts wie einer der Jobs, die ich für Sie getan habe, als ich mein Messer verloren habe.«

Da war's. Die Drohung. Klar und unmißverständlich, damit er sie nicht ignorieren konnte, nicht so tun konnte, als hätte er sie nie gehört.

»Welches Messer?«

»Sie wissen ja, daß ich damals oft betrunken war, ich habe immer überall alle möglichen Sachen verloren und hatte später keine Ahnung, was aus ihnen geworden war. Fünfzehn Jahre, um nachzudenken. Ich hab' mich nicht mehr erinnert, wo ich jede einzelne gottverdammte Kleinigkeit verloren haben könnte, aber was das Teppichmesser angeht, da habe ich mich sehr genau erinnert.«

27

Es war ein schlichtes kleines Haus in einer langen Reihe schlichter kleiner Häuser.

Die meisten Menschen, die hier wohnten, würden es sich nicht leisten können, sie zu kaufen, wenn sie sie nicht bereits besitzen würden. Sie zahlten niedrige Hypothekenzinsen auf Häuser, die sie vor zwanzig Jahren fünfzehn- oder dreißigtausend gekostet hatten. Jetzt lebten sie in Häusern, die auf dem Papier hundertfünfzigtausend wert waren, und kamen mit der Sozialhilfe kaum über die Runden.

Die Haustür hatte ein Gitter über einem Guckloch, so groß wie ein Teller. Als das Haus gebaut worden war, war das Guckloch lediglich ein zweckmäßiges Mittel gewesen, um sehen zu können, wer an der Tür war, kein Spion aus Gründen der Sicherheit.

Whistler klingelte und wartete. Er konnte Schritte auf Teppichboden hören, dann auf nackten Holzdielen, dann wieder auf Teppichboden. Die Klappe in dem Guckloch wurde geöffnet, und ein Gesicht wie das einer Nonne, unheimlich ruhig und gelassen, tauchte dahinter auf.

»Ja?«

»Mrs. Charlotte Givern?«

»Miss.«

»Mein Name ist Whistler.«

»Ja?«

»Wohnt bei Ihnen ein Junge?«

Ihr Gesicht wurde weißer. Weißer, als es sowieso schon war.

Er erinnerte sich an sie und wußte wieder, warum ihm das Gesicht der Frau auf dem Foto, das er von Kate Trencher erhalten hatte, bekannt vorgekommen war.

Vor fünfzehn Jahren hatte sie im Zeugenstand gesessen und ihre Handtasche auf den Knien umklammert, eine unscheinbar wirkende Frau mit unscheinbaren braunen Haaren und Löckchen an den Schläfen. Ein kleiner Hut saß auf ihrer frischen Dauerwelle. Er hatte einen kleinen Schleier, der nicht den geringsten Nutzen hatte. Sie sah wie ein Überbleibsel aus den dreißigern Jahren aus. Sie hatte diese verhärmte Ausstrahlung einer Bauersfrau, die durch die große Dürre aus ihrer Heimat vertrieben worden war.

Ihre Wimpern waren kurz und farblos, die Augenbrauen dicht, aber gezupft, so daß sie ihre blassen Augen eigentlich nicht wirklich einrahmten. Es hatte ihr einen traurigen, fragenden Ausdruck wie bei einem jungen Spaniel gegeben.

Als sie vereidigt worden war und sich als Charlotte Givern vorgestellt hatte, hatte praktisch jeder im Gerichtssaal ihren Gang und ihre Figur schon wieder vergessen. Sie erinnerten sich nur noch daran, daß sie ein Kleid mit Blümchenmuster trug, das mehr als nur ein wenig aus der Mode war.

Sie war die vierte in einer ganzen Reihe von Frauen, die vorgeladen worden waren, um die Macht zu bezeugen, die Daniel Younger über Frauen jeden Alters und jeder Herkunft hatte.

Sie stand da, ihr Gesicht völlig ausdruckslos.

»Hier wohnt kein Junge«, sagte sie.

»Sie wollen damit sagen, John Younger aus Dog Trot, Kentucky, lebt nicht hier?«

Was ihr Gesicht an Farbe zustande bringen konnte, kehrte jetzt zurück.

»Darf ich reinkommen?« fragte Whistler.

»Davon weiß ich nichts.«

Er warf einen Blick die Straße hinauf und hinunter. »Haben Sie neugierige Nachbarn?«

Sie öffnete die Tür und trat zurück, um ihn in den kleinen Flur hereinzulassen, der zu einer weiteren Tür führte, hinter der er die Küche vermutete.

»Dort hinein«, sagte sie und deutete in Richtung des kleinen Wohnzimmers. »Dort drüben.« Sie streckte ihren Arm aus, deutete auf einen Ohrensessel mit einem abgewetzten Schonbezug. Ihre Bewegungen waren mechanisch, als wäre sie eine schlechte Schauspielerin, die die Rolle eines Dienstmädchens übte.

Als Whistler Platz genommen hatte, setzte sie sich auf einen anderen Sessel ihm gegenüber.

Er erinnerte sich an Bruchstücke ihrer Aussage, an die Fragen der Anwälte und ihre Antworten. Nicht genau, nicht Wort für Wort, aber an das Wesentliche.

Als er ihr zuhörte, wie Younger sie verführt und hintergangen hatte, wie er sie dazu gebracht hatte, ihr Haus zu verkaufen, ihren Job aufzugeben und ihm von New Orleans nach Kalifornien zu folgen, ohne ein Eheversprechen oder eine Zukunft, hatte er sich gefragt, wieso Younger, wenn er wirklich so gut war, nicht reich geheiratet oder sich einen Stall mit Pferdchen zugelegt oder eine anständige Ausbildung gemacht hatte, damit er einer der Playboys der freien Welt hätte werden können. Aber genausogut hätte man fragen können, vermutete er, warum hübsche Mädchen Nutten wurden, wo doch jeder wußte, daß hübsche Frauen allein dadurch ausgezeichnet klarkamen, daß sie nur hübsch waren.

Er vermutete, daß es sich bei Youngers Kräften, das Verlangen von Frauen zu wecken, ähnlich verhielt wie mit seinem eigenen Talent, das Vertrauen der Menschen zu gewinnen. Welche Talente ein Mensch auch immer hatte, man setzte sie einfach ein und dachte nicht viel darüber nach. Andernfalls würden die Talente einfach verschwinden – wie bei einem anmutigen Tänzer, der plötzlich besessen davon war, seine Füße beobachten zu müssen, so daß er nicht mehr tanzen konnte.

Als Charlotte Givern ihren Eid auf die Bibel abgelegt hatte, machte sie dies mit einer solchen ernsten Anspannung, die allen unmißverständlich sagte, daß sie entweder mit der Angst vor Gott auf die Welt gekommen oder aber in Christus wiedergeboren war.

Als sie die ihr gestellten Fragen beantwortete, tat sie dies mit dem Akzent der Südstaaten. Nicht mit der samtweichen singenden Stimme, die manche Südstaatler besitzen, sondern müde und näselnd, mit einem Hauch von Gejammer in den höheren Tönen, als würden Angst und Wut zu Tränen führen. Ihr Verhalten hatte die leichte Reizbarkeit der Ungebildeten.

Der Anwalt kam schließlich zu Kosten und Verlusten und solchen Dingen. Er hatte sie gefragt, ob sie eine Wohnung in New Orleans gehabt hätte, und sie hatte geantwortet, nein, es wäre ein Haus gewesen. Sie hätte es verkauft, weil Younger es ihr gesagt hatte. Und sie hatte ihm das Geld gegeben, um davon in Kalifornien leben zu können. Und als der Anwalt fragte, wieso sie denn so etwas tun konnte, da sagte sie: »Weil Inch Younger die Macht des Teufels besitzt.« Sie saß da in ihrem Wohnzimmer, genau wie sie fünfzehn Jahre zuvor im Gerichtssaal gesessen hatte, trug wieder ein bedrucktes Kleid.

Whistler wußte, daß es nicht das gleiche sein konnte, aber es hätte durchaus so sein können.

Ihr Körper strahlte eine Angespanntheit aus, als würde sie dagegen ankämpfen, daß er stumme Einladungen aussendete.

»Ich denke gerade an die Zeit des Prozesses zurück«, sagte Whistler.

»Waren Sie dort?«

»Ja.«

»Dann wissen Sie ja, was ich damals gesagt habe. Aber Sie wissen nicht, daß ich gegen den Mann einen Meineid geleistet habe.«

»Was meinen Sie damit?«

»Inch ist nicht mit diesem Mädchen wieder zurück in die Hütte gegangen.«

»Welches Mädchen meinen Sie?«

»Die, die oben ohne hinter der Theke der Bar gearbeitet hat.«

»Woher wissen Sie das?«

»Weil ich ihn in dieser Nacht gesucht habe.«

»Sie haben sich immer noch mit ihm getroffen, auch nachdem er längst verheiratet war?«

»Oh, ja.« Sie sagte es herausfordernd und hob dabei leicht ihr Kinn.

»Seine Frau war schwanger.«

»Deswegen ist er ja zu mir zurückgekommen. Sie konnte nicht . . .« Sie sprach nicht weiter und drehte ihren Kopf fort. »Ich glaube nicht, daß Sie das irgendwas angeht.«

»Wollen Sie damit sagen, Sie sind runter zu *Buddy's Place* nach Malibu gefahren und . . .«

»Er sollte in dieser Nacht bei mir vorbeikommen, und als er nicht auftauchte, bin ich ihn suchen gegangen, ja.«

»Woher wußten Sie denn, wo Sie ihn suchen mußten?«

»Weil es nur ein paar Kneipen gab, in die er gern ging, und außerdem hatte er für irgend so einen Filmproduzenten da unten gearbeitet.«

»Was taten Sie also?«

»Ich sah ihn aus der Kneipe kommen, und ich schnappte ihn mir und brachte ihn nach Hause.«

»Zu Ihnen nach Hause?«

»Nein, zu seiner Wohnung.«

»Warum haben Sie das getan?«

»Er war so betrunken, er wußte ja nicht mal, wer ich war. Er hat mich angewidert. Eine Frau kann nicht alles ertragen.«

»Was sonst noch?«

»Was meinen Sie damit?«

»Es muß doch noch irgend etwas gewesen sein. Denn warum sollten Sie sonst beim Prozeß gegen ihn aussagen? Warum sollten Sie ihn für fünfzehn Jahre ins Gefängnis schicken, wo Sie doch nichts anderes tun mußten, als zu sagen, daß Sie ihn abgeholt hatten und daß er bei Ihnen war, als die Bardame ermordet wurde?«

Einen Augenblick wirkte sie verängstigt, als könnte Whistler ihr auf irgendeine Weise schaden, weil sie es zugelassen hatte, daß Younger verurteilt wurde. Dann sah sie ihn verschlagen an und sagte: »Wer hätte mir denn geglaubt? Sie wissen doch, als was die mich hingestellt haben.«

Sie rutschte nervös auf ihrem Sessel und schlug die Beine übereinander. Ihr Auftreten und ihr Verhalten schienen sich zu ändern wie bei einem Chamäleon. Sie schien mit einer einfachen Drehung ihrer Gliedmaßen ihre Brüste und den Schwung ihrer Hüften vergrößern zu können. Indem sie sich nur ein paar Zentimeter bewegte, stieß sie ihr Becken in seine Richtung und enthüllte mehr Bein, als es eine Lady tun sollte, auch wenn der Rock nicht viel weiter über ihre Knie gerutscht war.

»Außerdem, sie konnten ihm ja immer noch diese anderen schrecklichen Morde nachweisen.«

»Aber wenn es der Verteidigung gelungen wäre, Zweifel an einem der Morde aufzubringen, dann hätten sie auch die anderen in Zweifel ziehen können.«

Es gefiel ihr gar nicht, das zu hören. Es vergrößerte ihre Schuld nur noch mehr.

»Wer sind Sie überhaupt?« fragte sie.

»Ich bin ein Freund von Youngers Ex-Frau. Es ist mir egal, ob Younger zu Unrecht verurteilt wurde oder nicht. Ich suche nur ihren Jungen.«

»Wollen Sie was zu trinken?« fragte sie. »Ich habe allerdings nichts Hartes im Haus. Ich habe nur Bier.«

»Lieber wäre mir Kaffee.«

»Kann ich machen«, sagte sie und stand auf und verließ das Zimmer.

Auf dem Couchtisch lag ein großes Fotoalbum. Er beugte sich vor und begann zu blättern.

Er hörte bei einem zwanzig mal fünfundzwanzig großen Hochglanzfoto einer Frau mit platinblonden Locken, roten Lippen, langen schwarzen Wimpern, dickem Theater-Make-up und einem Schönheitsfleck auf, den sie sich auf die Wange gemalt hatte.

Er brauchte einen Moment, bis ihm klar wurde, daß dies Charlotte Givern war. Dann erinnerte er sich, daß das, womit sie sich in New Orleans und anderswo ihren Lebensunterhalt verdient hatte, während des Prozesses zur Sprache gebracht worden war. Sie hatten sie in große Verlegenheit gebracht, als sie diesbezüglich befragt wurde.

Das nächste Foto war eine Ganzkörperaufnahme von Charlotte, auf der sie in ein paar glitzernden Fetzen eine Menge Fleisch zeigte.

Es gab andere, auf denen sie sogar noch weniger anhatte, und eines, auf dem sie bis auf ein Paar hochhackiger Schuhe völlig nackt war.

Da waren auch einige Flugblätter, auf denen der Auftritt von *Bebe Reboobza* in einem Varieté an der Basin Street angekündigt wurde.

Er hörte ihre Absätze auf dem Holzfußboden und schlug das Album schnell wieder zu.

Sie kam herein und stellte ein Tablett mit bereits gefüllten Tassen, einem Milchkännchen und einem halbem Dutzend Tütchen Süßstoff ab.

»Falls Sie Zucker mögen, ich habe keinen mehr«, sagte sie.

Sie setzte sich, schüttete sich Süßstoff mit etwas Milch in ihre Tasse, rührte mit einem silbernen Löffel um, nahm die Tasse dann in die Hand, Tasse und Untertasse, und nippte anmutig.

»Wissen Sie, wo Youngers Sohn ist?« fragte Whistler.

»Keine Ahnung«, erwiderte sie scharf.

»Ihre Schwester sagt, sie wäre nach Dog Trot gefahren und hätte ihn von Youngers altem Herrn abgeholt, und daß ihr Mann, Bosley, Sie beide anschließend hergefahren hätte.«

»Stimmt.«

»Bosley ist nie mehr nach Hause zurückgekehrt.«

»Tja, meine Schwester. Sie haben sie gesehen, oder?«

»Dann hat Bosley also Sie und den Jungen hierher nach Kalifornien gefahren und ist nie wieder nach Hause zurück?«

»Ich hab' ihn ganz bestimmt nicht.«

»Wen haben Sie nicht?«

»Bosley.«

»Wie steht's denn mit dem Jungen?«

»Den auch nicht.« Sie hatte wieder Angst. »Er ist mir weggelaufen.«

Whistler beugte sich weit zu ihr und versuchte soviel Verständnis zu zeigen, wie er nur konnte.

»Warum haben Sie das getan?«

»Ich habe Younger im Auge behalten – und alles, was mit ihm zusammenhing. Seine Frau wollte das Kind nicht. Sie hat ihn zu diesem bösen alten Mann gegeben. Ich hatte beschlossen, ihn zu holen und zu behalten, bis Inch wieder rauskam.«

»Um so Inch wieder zurückzubekommen?«

Sie nickte, und Tränen traten in ihre Augen. Sie schüttelte ein- oder zweimal ihren Kopf und sah dann das Photoalbum an, stürzte sich darauf, um etwas zu haben, mit dem sie das Thema wechseln konnte.

»Wie haben Ihnen meine Fotos gefallen?«

»Die haben da so gelegen. Mir war nicht klar, daß es persönlich war.«

»Schon in Ordnung. Schon in Ordnung. Sie liegen da, um mich immer daran zu erinnern, was ich früher einmal gewesen bin.«

»Hat Younger Sie dort kennenglernt?«

»In einer Nackt-Show? Oh, ja. Das war es, was er wollte. Er wußte nicht, daß ich das nicht wirklich war.«

Die Tasse rutschte aus ihrer Hand und fiel von der Untertasse auf ihren Schoß. Der Kaffee, der noch darin war, machte ihren Rock naß. Die Untertasse fiel ebenfalls aus ihrer Hand und prallte von ihrem Knie ab auf den Teppich. »Er hat eine Hure aus mir gemacht«, sagte sie, machte aus dem Wort eine wurmstichige, saure Frucht, bevor sie es ausspuckte.

Sie drehte ihren ganzen Körper fort, als wollte sie fliehen. »Er hat mich verhext.«

»Aber warum haben Sie dann trotzdem den Kontakt mit ihm aufrechterhalten?«

»Vor dem Herrn werden wir alle von unseren Sünden erlöst. Ich wollte ihm seinen Sohn schenken, wenn er wieder rauskam, verstehen Sie? Ich wollte ihm zeigen, daß alles verziehen war und daß er eine zweite Chance in Jesus Christus haben konnte. Wir wurden gemeinsam im Blut des Lammes reingewaschen.«

Sie hob ihre Hände bis zu den Schultern, die Handflächen ausgebreitet, die Finger flatternd. »Ich ertrank in der Sünde, aber jetzt bin ich am Ufer. Ich war verdammt zu ewigem Feuer, aber heute bin ich errettet. Ich war eine Leiche, aber jetzt bin ich wiedergeboren. Keine Sünde mehr. Keine Sünde mehr.«

Whistler stellte seine Kaffeetasse ab und stand auf.

»Ich war ein alter Baum, der jeden Augenblick umstürzen konnte«, stöhnte sie weiter. »Ich war wie eine alte Frau, bereit, mich zum Sterben niederzulegen. Heute bin ich wie ein Kind, auferstanden aus seinem Bett. Keine Sünde mehr. Keine Sünde mehr.«

»Miss Givern«, sagte Whistler, doch offensichtlich hörte sie ihn nicht.

»Achte nicht auf die Worte und Ermahnungen des Sünders, denn er würde dich mit hinunter in die Hölle ziehen. Ich leiste meine Wiedergutmachungen. Keine Sünde mehr. Wiedergeboren im Herrn. Keine Sünde mehr. Reingewaschen im Blut Jesu.«

Als Whistler zur Tür ging, um das Haus zu verlassen, begann Charlotte Givern irgendein Kauderwelsch zu stammeln, und er wußte, daß der Heilige Geist in sie gefahren war und daß sie in Trance vor sich hinbrabbelte.

28

Er wußte nicht, wie er dort hingekommen war, wo er jetzt war, hockte auf dem Bordstein, den Kopf zwischen seinen Beinen, die Schuhe vollgekotzt, an der Ecke Western Avenue und Hollywood Boulevard in Slant Side, wo sich all die Asiaten sammelten.

Er erinnerte sich vage, daß ihm mehr harte Spirituosen angeboten worden waren, als er in den letzten Jahren gehabt hatte – der Rosinenschnaps, den er im Gefängnis gebrannt hatte, war zwar stark, aber auch eine Rarität gewesen –, und er erinnerte sich daran, ein paar hübsche Frauen abgegrabscht zu haben, die nur gelacht und ihn hatten abblitzen lassen, bis auf eine, die mit ihm in eine dunkle Ecke gegangen war, wo er an ihr rumgemacht hatte. Sie hatte ihm gesagt, daß er die merkwürdigsten Augen und die weichsten Haare hätte, wie das Fell eines Tieres. Sie hätte eben erst gehört, wer und was er war. Sie hätte eine richtige Gänsehaut gekriegt, hatte sie gesagt, sich von einem Mann anpacken zu lassen, der für den Mord an drei Frauen gesessen hatte.

Sie hatte ihm eine Handvoll Pillen gegeben und gesagt, er sollte ein paar davon nehmen und sich dann mit ihr in der Garderobe A treffen, wo sie ungestört das tun konnten, was sie mitten auf einer Feier nicht tun konnten. Aber die Pillen hatten seinen Verstand umnebelt, hatten ihn vergessen lassen, was sie ihm angeboten hatte und sogar, warum er überhaupt dort war. Um Hobby einen Job abzuluchsen, weil er schließlich dahintergekommen war – während er fünfzehn Jahre im Gefängnis gesessen hatte –, daß Hobby ihn nicht aus reiner Freundschaft besucht hatte oder um ihm irgendwelche Angebote zu machen. Er hatte etwas gewollt. Lange Zeit hatte Younger geglaubt, er hätte die Geschichte der Ereignisse für einen seiner Filme haben wollen. Aber in Wirklichkeit hatte er nur wissen wollen, ob Younger sich noch an das Messer oder die Orgien oder den zeremoniellen Mumpitz erinnern konnte, den sie in dieser Nacht veranstaltet hatten.

Er erinnerte sich, daß er ihm das gesagt hatte. Er hatte nie vorgehabt, es geradeheraus zu sagen, wollte die Wahrheit einfach herumliegen lassen wie einen schlafenden Hund, von dem man nicht mit Sicherheit wissen konnte, ob er beißen würde oder nicht. Wollte Hobby wissen lassen, daß er ein Problem hatte, ohne zu sagen, daß er ein Problem hatte, damit er nicht das Gefühl bekam, es bliebe ihm nur noch ein einziger Ausweg, denn der Mann, der ihn erpreßte, erpreßte ihn vielleicht gar nicht richtig. Zweifel waren immer besser als Gewißheit, vom Standpunkt des Erpressers aus betrachtet.

Als nächstes konnte er sich daran erinnern, daß er mit irgendeinem Typ in einem Auto saß. Er nannte sich Milton, aber alle anderen nannten ihn nur Pig-Nose oder Pig-Nose Dolley. Das Arschloch jammerte ihm deswegen die Ohren voll.

»Ich kann doch nichts dafür, daß ich kleine Augen und fette Backen habe«, hatte Dooley gesagt. »Seit ich ein kleines Kind war, sehe ich so aus. Ich bin nach L.A. gekommen, weil ich Schauspieler werden wollte. Du verstehst, was ich meine?

Schon mal Edward G. Robinson gesehen? Das war ein Mann, der hatte ein Gesicht wie ein Frosch, stimmt's? Und trotzdem war er ein großer Star. Kein Mensch interessierte sich dafür, daß er wie ein Frosch aussah. Genaugenommen hat's ihm sogar was gebracht, daß er wie ein Frosch aussah. Wenn ich also ein bißchen wie ein Mastschwein aussehe, könnte das doch auch gut sein, oder nicht? Das könnte ganz gut sein. Jeder liebt doch Porky Pig, du verstehst, was ich meine? Also, was glaubst du wohl, wie ich mich fühle, wenn mich alle Pig-Nose nennen, mir aber keine Rolle anbieten?

Also merke ich eines Tages – ich bin vielleicht einen, vielleicht auch schon zwei Monate aus New York hier –, daß sich die Leute mir gegenüber irgendwie komisch benehmen. Sie tun so, als hätten sie ein bißchen Angst vor mir. Außerdem sind sie mir gegenüber auch ein bißchen respektvoll. Ein Kumpel von mir aus New York, ein Scherzkeks namens Mike Rialto – kennst du ihn? Arbeitet gelegentlich als Privatschnüffler. Hat ein Glasauge, das er mal in einer Bar rausgeholt und wie einen Eiswürfel in seinen Highball geschmissen hat. Tja, jedenfalls, der erzählt mir also, daß er überall rumerzählt hätte, ich wäre ein professioneller Killer aus New Jersey. Zuerst bin ich natürlich ein bißchen sauer – es könnte vielleicht meine Chancen auf eine Rolle versauen, wenn die Leute Angst vor mir haben –, und dann denke ich, das ist gar nicht so übel. Ich meine, so wie die Leute mich voller Respekt behandeln und so. Wie sie mit mir immer auf gutem Fuß stehen wollen. Mich auf alle möglichen Parties einladen. Mir Jobs anbieten, um dieses oder jenes zu erledigen.

Und weißt du auch, wieso ich dir das alles erzähle?«

»Ich hab' gottverdammt sicher keinen Schimmer«, sagte Younger, der so besoffen war, daß er keine zwanzig Zentimeter weit scharf sehen konnte und gegen das unbändige Verlangen ankämpfen mußte, auf der Stelle zu kotzen.

»Tja, also, ich erzähle dir das, weil Paul Hobby mir gerade eben den Auftrag gegeben hat, dir das Licht auszublasen.«

»Waaaas?«

»Ich sagte, dein Freund Hobby, der dich mit Alkohol abgefüllt und dafür gesorgt hat, daß du nur diese kleine Fotze im Sinn hattest, hat mich gebeten, dich heute nacht umzulegen.«

»Wo?«

»Also, woher zum Henker soll ich denn wissen, wo? Das hat er mir überlassen. Bei deinem momentanen Zustand brauchte ich nur fünf Zentimeter tiefes Wasser in irgendeiner Gosse zu suchen und könnte dich dann einfach ersäufen. Wenn man Leute hat, die einem ans Leder wollen, sollte man nichts trinken. Du verstehst, was ich sage, ja?«

»Ich verstehe dich.«

»Tja, du hast jedenfalls ein ziemliches Glück, daß ich kein Profi-Killer aus New Jersey bin.«

»Wirklich sehr nett von dir.«

»Klar.«

Nach kurzem Schweigen sagte Younger: »Ich möchte mich wirklich herzlich dafür bedanken, daß du mich nicht erschossen hast, falls man dich gebeten hat, mich zu erschießen.«

»Also, Hobby hat das ganz mir überlassen. Ich meine, er hat nicht gesagt, ich sollte dich erschießen, oder ich sollte dich mit einem Messer kaltmachen, oder ich sollte dich mit einem Stück Klavierdraht erdrosseln, so wie man's manchmal liest.«

»Ich danke dir trotzdem.«

»Soll ich dich an irgendeiner bestimmten Stelle rauslassen?«

»Wo sind wir denn?«

»Hollywood.«

»Also, wenn's keine Mühe macht, kannst du mich in der Nähe der Ecke Western und Hollywood Boulevard rauslassen.«

»Das ist doch in der Slant Side. Wenn du da nachts rumlatschst, kriegst du leicht ein koreanisches Messer in den Arsch.«

»Die haben mir da in einem Hotel ein Zimmer besorgt. Ich wüßte nicht, wo ich sonst hin sollte.«

»Dann paß auf dich auf.«

Dooley wendete auf halber Höhe des Blocks und fuhr Richtung Ecke Western und Hollywood Boulevard.

Younger kurbelte die Seitenscheibe ein Stück herunter und steckte seine Nase in den Fahrtwind. Nach einer Weile sagte er: »Was dagegen, wenn ich dir mal eine Frage stelle?«

»Schieß los.«

»Wenn du kein Killer aus New Jersey bist, womit verdienst du dann dein Geld?«

»Ich verkaufe Hausverkleidungen unten in Downey und Covina, an so Orten eben. Ich muß mich aus Hollywood und anderen Vierteln hier oben fernhalten, du verstehst, was ich sage, ja? Ich meine, was würde aus mir, wenn ich bei jemandem an der Tür klingele, den ich kenne, und die würden dann dahinterkommen, daß ich durch ihr Viertel ziehe und Hausverkleidungen verkaufe. Himmel, das würde meinen Ruf ruinieren.« Dann fügte er hinzu: »Du wirst doch keinem erzählen, daß ich dich nicht umgelegt habe, oder?«

»Verdammt, nein. So was würde ich nie tun. Aber was willst du den Leuten denn erzählen, falls die mich immer noch in der Gegend rumlaufen sehen?«

»Da hab' ich mir schon was überlegt. Ich werde sagen, ich wäre mit dir hinter einen Supermarkt gefahren, hätte dich da in einen dieser großen Müllcontainer gewuchtet und dir dann eine Bohne in deinen Schädel gejagt. Weil ich aber selbst zwei oder drei Gläschen gekippt habe und weil's ja ziemlich dunkel war und der verdammte Müllcontainer voll mit vergammelnden Kohlköpfen war, muß ich wohl einen von denen mit deiner Birne verwechselt und deshalb einem Gemüse das Licht ausgepustet haben.«

»Wieso hast du mich denn überhaupt erst in den Container geschmissen, bevor du mir die Bohne in den Kopf gejagt hast?«

»Weil, wenn ich dich zuerst erschieße, hab' ich anschließend eine Menge Probleme, dich in den Müllcontainer hochzuwuchten. Du verstehst, was ich sage, ja?«

»Da hab' ich noch nie dran gedacht.«

»Tja, siehst du, ich habe aber dran gedacht. Falls ich wirklich ein Killer werden wollte, glaub' ich schon, daß ich ganz gut wäre.«

»Ja, sieht so aus.«

»Außer daß ich keine Ahnung hätte, wo ich den Job durchziehen sollte.« Er hielt am Bordstein. »So, hier ist die Ecke. Soll ich dich noch bis zu deinem Hotel fahren?«

»Nein, danke. Es ist direkt den Block rauf. Die frische Luft wird mit guttun.«

Younger stieg aus dem Wagen, und Dooley rief ihn zurück. Er gab ihm ein paar zusammengefaltete Scheine.

»Was ist das?« fragte Younger.

»Hobby hat mir einen Tausender als Anzahlung gegeben.«

»Was denn? Der rennt mit einem Tausender in der Tasche durch die Gegend?«

»Keine Ahnung. Hat's aus der Portokasse genommen, aus seiner Tasche, aus der Tasche von irgendeinem anderem. Woher soll ich das wissen? Also, hier hast du ein paar Hunderter.«

»Wofür denn?«

»Tja, ich finde, es ist nur richtig, wenn du bei der Sache auch was verdienst. Fair ist fair.«

Younger bedankte sich und stand am Bordstein, sah Dooley noch einen Moment nach. Er steckte das Geld in seine Tasche, wobei seine Finger die restlichen Pillen berührten, die er gebunkert hatte. Dann setzte er sich in die Gosse und kotzte auf seine Schuhe.

Danach fühlte er sich besser.

Er beschloß, daß er jetzt besser wieder aufstehen und nach Hause gehen sollte, denn andernfalls würde noch ein Streifenwagen vorbeikommen und ihn wegen Trunkenheit und Landstreicherei einlochen. Außerdem war er urplötzlich hundemüde.

Er machte sich auf den Weg. Nach zwei Blocks wurde ihm klar, daß er auf der falschen Straße in die falsche Richtung ging. Er wollte sich gerade umdrehen, als er zwei Blocks weiter vorne die Leuchtreklame einer Tankstelle in den Nachthimmel aufragen sah. Er beschloß, daß es eine gute Idee wäre, sich die Schuhe zu säubern.

Als er die Tankstelle erreicht hatte und sich mit dem Schlauch die Kotze von seinen Füßen spritzte, wurde sein Kopf wieder ziemlich klar, aber er hatte immer noch keine Ahnung, wo er war. Er ging zu den beiden Tankstellenwärtern, die im Büro rumhingen, und erkundigte sich nach dem Weg zur Western, und sie sagten es ihm.

Er hörte, wie sie hinter seinem Rücken lachten, als er sich den Boulevard hinunter auf den Weg machte, aber er dachte sich, sie würden über einen Witz lachen und nicht, weil sie beschlossen hatten, den Bauerntölpel ein bißchen zu verarschen und ihn in die falsche Richtung zu schicken.

Er brauchte fünf Blocks, bis er merkte, daß er sich immer weiter von seinem Hotel entfernte. Das machte ihn wütend, und einen Augenblick lang dachte er daran, zurückzugehen und den beiden Arschlöchern die Scheiße aus dem Leib zu schlagen. Vielleicht würde er sich sogar ein Taxi rufen, damit er schneller zu den beiden Idioten kommen konnte. Dann dachte er daran, daß er dadurch todsicher seinen Arsch wieder in den Knast befördern würde, also beschloß er, weiter geradeaus auf die hellen Lichter zuzugehen und sich irgendwo eine Limonade zu besorgen, um den schlechten Geschmack aus dem Mund zu spülen. Er warf einen Blick auf das Straßenschild. Er war auf dem Santa Monica Boulevard.

Mimi und Moo lungerten an der Ecke, waren soweit gegangen, weil in dieser Nacht nur sehr wenig los war und weil sie dachten, sie könnten sich vielleicht etwas von der Konkurrenz absetzen, und außerdem würden sie so näher an zu Hause sein, falls sie beschließen sollten, es für diese Nacht aufzugeben.

Sie sahen Younger die Straße hinunter auf sich zukommen.

»Glaubst du, der Typ da hat Geld?« fragte Mimi.

»Ich finde, der sieht besoffen aus«, erwiderte Moo.

»Ist doch gut.«

»Jeder, der in dieser Stadt zu Fuß unterwegs ist, kann nicht besonders viel Geld haben.«

»Würde es schaden, ihn zu fragen?«

»Kann nie schaden zu fragen.«

Als Younger sie erreichte, trat Mimi einen Schritt vor und sagte: »Wie wär's? Hast du keine Lust, für ein bißchen Geld eine ganze Menge Spaß zu kriegen?«

Younger grinste und zog die beiden zerknitterten Hunderter aus seiner Hosentasche. »Reicht das?«

29

Mit seinem Magen, der ihm dauernd das Leben zur Hölle machte, und seiner Familie, die dauernd in die Ecken kackte und das Essen für die Ratten rumstehen ließ und aufs Dach kletterte, wo er ihnen doch immer wieder sagte, es nicht zu tun, war sein Leben schon verdammt hart und voller Ärger. Es ließ ihm selbst im Schlaf keine Ruhe. Es brachte ihm Träume.

In Bitsys Traum grinste sein Vater ihn mit einem blutigen Messer in der Hand an, und zuerst hatte Bitsy Angst. Dann fragte sein Vater, wieso er nichts von dem guten Schweinebraten aß, wo er sich doch all die Mühe gemacht hatte, das Tier zu schlachten und zu kochen. Frisches Schweinefleisch gefüllt mit Brot und Äpfeln. Es gab nichts Besseres. Bohnen vom Feld hinter dem Haus des alten Younger. Kartoffeln aus dem Vorratskeller. Genieß das Leben, sagte sein Vater. Greif zu! Weißt du, Pa, sagte Bitsy in seinem Traum, wenn ich mal erwachsen bin, dann werde ich ein Schweineschlächter genau wie du. Also, erwiderte sein Vater, mein Pappi hat's mir beigebracht, deshalb ist es nur recht, wenn dein Pappi es dir jetzt auch beibringt. Hier! Nimm das Messer mal in die Hand!

Er wachte auf – es war gegen zwei Uhr morgens, vielleicht

war es auch schon halb drei –, griff nach einer Zigarette und entdeckte, daß er keine Zigaretten mehr hatte. Er hatte nicht mal mehr die Tasche an seinem Hemd, in der er immer sein Päckchen aufbewahrte. Sie war abgerissen worden. Ein Bild, wie der Kopf einer Ratte, linste um eine Ecke in seinem Gehirn. Er klopfte seine Gesäßtasche ab. Er hatte das Taschenbuch – was noch davon übrig war –, aber die Streichholzschachtel war fort, zusammen mit seinen Zigaretten. Also waren seine Zigaretten weg und ebenso die Streichholzschachtel mit dem gefalteten Fünfer darin. Er hatte diese Streichholzschachtel schon mit sich herumgeschleppt, seit er ein Kind gewesen war. Es war sein einziger Besitz gewesen. Das und das Taschenbuch, das dieser verdammte Dreckskerl Hogan kaputtgemacht hatte.

Sie konnten oben auf dem Dach liegen oder auch unten am Ende des Lichtschachtes.

Die Ratte kroch wieder fort, und Bitsy begann zu zittern und sich zu schütteln, als hätte er urplötzlich Fieber bekommen. Es war, als würde sich plötzlich ein Rauchschleier fortheben. Auf einmal erinnerte er sich an den Streit mit Hogan und wie er mit ausgestreckten Armen auf ihn zugerannt war. Aber danach konnte er sich an nichts mehr erinnern. Erinnerte sich nicht mehr daran, vom Dach gestiegen zu sein oder etwas gegessen zu haben – falls er überhaupt etwas gegessen hatte – oder sich schlafen gelegt zu haben oder an sonst irgendwas.

Er schaute in den anderen Zimmern nach, um zu sehen, ob sonst noch jemand in der Nähe war. Normalerweise würde um diese Uhrzeit irgendwer schlafen oder gerade ins Bett gehen oder sich an den Eiern kratzen, aber außer ihm war kein Mensch da. Sogar Dipper war fort, und Dipper ging praktisch nie irgendwohin, ohne es ihm vorher zu sagen.

Er ging zu einem Fenster auf den Lichtschacht und schaute hinaus und dann hinunter. Es war schwarz wie die Nacht, aber er wußte, daß Hogans Leiche irgendwo dort unten liegen mußte.

Bitsys Zittern wurde stärker. Er legte eine Hand auf seinen

Kopf und beruhigte sich selbst, als würde er ein Ventil schließen. Er wollte es nicht tun, aber er wußte, daß er es tun mußte. Jemand anderer konnte auch aus dem Fenster sehen und dann Hogan dort unten entdecken.

Er tastete nach der kleinen Taschenlampe, die er in dem Drugstore geklaut hatte, und ging in den Keller hinunter und durch die Tür in den Lichtschacht. Müll türmte sich hier fast einen Meter hoch auf. Ganze Fliegenschwärme stiegen auf, als er sich zu Hogan vorarbeitete, der mit weit aufgerissenen Augen zu ihm aufstarrte.

Hogan war von mehreren rostigen Armierungseisen aufgespießt worden. Sie ragten aus Hals, Brust und Bauch.

Bitsy stand da, wühlte nicht weiter im Abfall herum. Die Fliegen ließen sich wieder nieder, tranken aus Hogans Augen und Mund. Bitsy versuchte die Farben der angelaufenen Metallfolie zu entdecken. In dem verwesenden und verfaulenden Chaos gab es so viele Fetzen schillernder Farbe, wie konnte er da etwas so Kleines wie eine Streichholzschachtel finden?

Nachdem er eine halbe Stunde herumgestochert hatte, veranstalteten die Fliegen so ein fürchterliches Summen und Schwirren, als er sie wieder aufscheuchte, daß er es schließlich aufgab. Wozu brauchte er überhaupt eine alte Streichholzschachtel?

Er fand ein Stück Pappe, das groß genug war, um es als eine Art Schaufel zu benutzen, und begann, Hogans Leiche zu bedecken. Er wußte nicht, was er sonst tun sollte. Als er am Kopf ankam, schaute er fort und warf schließlich die Pappe über das Gesicht.

Als er gerade zum Frühstück aufbrechen wollte, dachte er daran, daß die Streichholzschachtel und seine Zigaretten womöglich auf dem Dach gelandet sein könnten, als Hogan ihm die Tasche abgerissen hatte. Er stieg zurück auf die oberste Etage.

Als er den vorletzten Treppenabsatz erreichte, hörte er von oben jemanden weinen.

Moo kauerte in einer Ecke und rieb ihre Augen. Die Haare

hingen wie Seetang um ihr Gesicht, und ihre Bluse war so weit über eine Schulter heruntergezogen, daß sie ihre Brust entblößte.

Bitsy beugte sich zu ihr und fragte, weswegen sie denn so weinte, doch sie hörte einfach nicht auf, sich das Gesicht zu reiben. Er packte ihre Handgelenke und zog ihre Hände fort.

Sie lachte und sagte: »Hi, du, Bitsy, wie geht's?«

Die Pupillen ihrer Augen waren kleine schwarze Punkte.

»Weswegen heulst du denn so? Was ist los?«

Sie fing an zu stöhnen und riß ihre Hände wieder los und vergrub ihr Gesicht.

»He, was ist denn mit dir?« fragte Bitsy. »Woher hast du den Stoff? Wo bist du die ganze Nacht gewesen? Wo ist Mimi,«

Ihr Gejammer wurde schriller, dann leiser.

»Es ist schrecklich, was er alles mit ihr gemacht hat«, jammerte Moo.

»Wer hat was gemacht?«

»Mein Gott, all die schrecklichen Sachen, die er gemacht hat.«

»Wer?«

»Keine Ahnung. Ich hab' wirklich keine Ahnung. Irgendwer.«

»Also, wer? Kannst du dich erinnern, wer es war?«

Sie schüttelte den Kopf, ihre Haare flogen herum, einzelne Strähnen fielen über ihren Wange, ihre Augen stierten von den Drogen in ihrem Körper oder dem Schrecken in ihrem Gehirn immer noch starr ins Leere. Ihre Augen verdrehten sich und rollten nach oben. Einen Moment lang glaubte Bitsy schon, sie würde ohnmächtig, doch dann erkannte er, daß sie nur versuchte, das Treppenhaus zum Dach hinaufzuschauen.

Auf das Dach zu klettern war ein Risiko und ein Abenteuer zugleich. Die Seitenplatte, die die eisernen Stufen an der Wand hielt, war total verbogen. An manchen Stellen fehlte das Geländer ganz. Der oberste Absatz neigte sich schräg ins Treppenhaus, und man mußte sehr vorsichtig gegen die metallverkleidete Tür drücken, denn andernfalls bekam man das Gefühl, als würde man die Treppe von der Wand abdrücken, mit einem selbst oben drauf, direkt hinaus ins Leere, wo man acht Stockwerke tief oder vielleicht auch für immer und ewig fallen würde.

Er schaffte es über die verbogenen Treppenstufen nach oben, tastete sich im Dunkeln seinen Weg, ließ den kleinen Schein der Stiftlampe vor sich fallen. Er streckte seine Hand aus und drückte gegen die Tür. Sie gab ein paar Zentimeter nach, quietschte in ihren rostigen Scharnieren wie eine wütende Katze, der man auf den Schwanz getreten hatte. Er machte einen weiteren Schritt nach oben und lehnte seine Ellbogen dagegen, dann seine Schulter, und dann war er auf dem Dach, den kalifornischen Nachthimmel mit dem Glitzern der Stadt hoch über seinem Kopf.

Einen Augeblick stand er da, blinzelte durch zusammengekniffene Augen das Licht an und lauschte auf die Geräusche der ruhelosen Stadt, die wie der Wind in den Bäumen flüsterte. Er schnupperte, und ausnahmsweise roch die Luft mal gut. Er fragte sich, ob sie vielleicht drei oder vier Tage ohne Regen oder Santa-Ana-Winde oder diesen Smog vor sich hatten, der einem die Lungen in Fetzen reißen konnte. Er begann in Gedanken abzudriften. Er meinte das Muhen von Kühen zu hören.

Als er sich aus diesem Wachtraum wieder herausriß, muhten die Kühe trotzdem weiter. Aber da waren keine Kühe, nur Mimi, die mit halb vom Leib gerissenen Kleidern dort vorn auf dem Rücken lag. Einige Kleidungsstücke waren achtlos zur Seite geschleudert worden. Andere lagen unter ihr, und wieder andere flatterten träge in der nächtlichen Brise, so als würde sie schwer atmen.

Sein Bauch verkrampfte sich wie eine Faust. Er spürte ein stechendes Brennen in seinem Skrotum, und sein Herz begann so heftig zu klopfen, daß es ihn schüttelte. Er hockte sich, um nicht umzufallen, und watschelte im Entengang zu ihr hinüber, streckte eine Hand aus, um ihre Brust zu berühren und zu fühlen, ob sie noch lebte.

Ihr Mund war übel zugerichtet, das Rot ihres Lippenstiftes

vermischt mit dem Rotbraun getrockneten Blutes. Ein paar Zähne waren ausgeschlagen, die gezackten Stümpfe erstarrt zu einem häßlichen Lächeln. Das Fleisch um die Augen angeschwollen und zu einem schrecklichen Schwarzblau verfärbt.

Wer auch immer sie ermordet hatte, er hatte so lange in ihre Brüste gebissen, bis sie zu bluten begonnen hatten. Bißspuren auch auf ihrem Bauch und den Innenseiten ihrer Oberschenkel. Jemand hatte ihr eine zerbrochene Flasche zwischen die Beine gestoßen.

Das Muhen dieser gottverdammten Kühe hörte einfach nicht auf. Das Geräusch kam von hinter einer Brüstung, die die Ecke des Gebäudes zierte. Er ging nachsehen und fand dort Dipper, der seine Knie umklammerte. Er hielt seine Augen geschlossen, dachte sich, wie ein Kind es tun würde, daß ihn niemand sehen konnte, wenn er auch niemanden sah.

»He, Dipper«, sagte Bitsy, streckte ganz langsam seine Hand aus, um ihn zu berühren, weil er Dipper nicht so erschrecken wollte, daß er vor lauter Angst über den Rand stürzte. Er sprach behutsam und leise und sagte Dipper, daß er jetzt keine Angst mehr haben mußte.

Dipper schaute zu ihm auf, sein Gesicht vom vielen Weinen ganz verquollen, deutliche Spuren seiner Trauer und seiner panischen Angst auf seinen Wangen. Dann begann sich sein Mund zu verziehen, bereit, sofort wieder loszuheulen. »Wo warst du? Wo bist du hingegangen?«

»Ich bin doch hier. Alles ist gut, Dipper. Was zum Teufel machst du überhaupt hier oben auf dem Dach?«

»Ich bin raufgekommen, weil ich zusehen wollte, wie Mimi und Moo es mit diesem Mann machten. Ich hab's nicht getan. Ich hab' keinem weh getan.«

»Ich weiß, daß du's nicht gewesen bist. Ich weiß es. Komm, gib mir deine Hand.«

Bitsy hielt Dippers Hand, während Dipper auf seinem Hintern die Dachkante entlang in Sicherheit rutschte.

Dipper umarmte ihn, und Bitsy umarmte Dipper.

30

Er ging durch die Tür von *Vickie's Victorian Parlor Pub* in einer Seitenstraße der Western Avenue, hinaus aus der Hitze in die kühle Frische des klimatisierten Lokals. Auf dem Schild draußen hatte ›Oben-ohne‹ gestanden, als wäre die Kneipe in einer Zeitnische gefangen und würde glauben, es wären immer noch die Sechziger oder Siebziger.

Für Inch Younger war das schon in Ordnung so. Er fühlte sich dadurch sofort wie zu Hause, so als wären keine fünfzehn Jahre ohne ihn vergangen.

Er war erst drei Tage aus dem Gefängnis, und es kam ihm nicht mehr länger wie ein Wunder vor.

Als er eingeliefert wurde, hatten sie ihm gesagt: »Es besteht immer die Chance, auf Bewährung freizukommen. Führen Sie sich gut.«

»Das System langsam und vorsichtig bearbeiten. Rede mit dem Kaplan. Wenn die Zeit gekommen ist, komm zu Jesus«, hatten die anderen Knackis ihm gesagt.

»Ich bin gereinigt im Blut des Lammes. Ich bin wie ein Neugeborener, bin wiedergeboren.«

Das war der ganze Trick.

»Hier ist Ihr Anzug und Ihre Krawatte. Melden Sie sich jede Woche bei Ihrem Bewährungshelfer. Suchen Sie sich eine Arbeit. Beschaffen Sie sich einen festen Wohnsitz. Halten Sie sich von anderen Kriminellen fern. Gehen Sie nicht in Kneipen und Bars. Bringen Sie sich nicht in Schwierigkeiten.«

Er atmete einen Zug der gekühlten Luft ein. Es fühlte sich so gut an.

Die hölzerne Theke begann direkt hinter der Tür. Nach dem hellen Sonnenlicht draußen fiel es ihm schwer, sich sofort zu orientieren. Er stieß sich als erstes sein Bein an einem Barhocker und konnte ungefähr eine Minute kaum genug erkennen, um sich zu setzen.

Hinter der Theke hingen ein paar flackernde Neonreklamen für Bier. Die eine zeigte ein kleines Gebirgstal mit einem Bach, der durch das Tal in einen See floß, in dem ein Angler mit einer Angel in der Hand bis zu den Knien im Wasser stand, während im Hintergrund ein Hirsch stand und ihn beobachtete.

Die Bardame, ein vollbusiges, schmalhüftiges und leicht glupschäugiges Herzchen mit einer toupierten Hochfrisur aus den Fünfzigern, klipp-klapperte in mit Federn besetzten Clogs über das etwas erhöhte Podest. Ihre großen Titten hingen in Hängematten aus durchsichtiger Gaze, und ihr Slip war kaum mehr als drei Fäden und ein blauer Stoffetzen.

»Mir ist nach einem Bier«, sagte er.

»Das hilft mir viel«, sagte sie, »denn genau das ist es, was wir haben.«

»Mir ist nach einem schönen kalten Bier.«

»Welche Sorte?«

»Was hast du denn vom Faß?«

»Coors.«

»Mehr nicht? Ihr habt kein Heinekens vom Faß?«

»Wir haben Coors vom Faß. Heinekens haben wir in Flaschen.«

»Und was ist mit der Reklame da? Auf der steht doch, hier gibt's Heinekens vom Faß.«

»Glaubst du alles, was du liest?«

»Also, ich glaub' eine Menge von dem, was ich sehe.«

»Und?«

»Ich nehm' eins vom Faß.«

»Also ein Coors.«

»Einverstanden.«

Sie klipp-klapperte wieder los, um das Bier zu zapfen, kippte einen Zentimeter vom Schaum ab und füllte es wieder bis zum Rand. Dann kam sie zurück und stellte es vor ihn. Nahm den Buck und sagte: »Das macht einen Buck und einen Quarter.«

»Einen Buck und einen Quarter für ein kleines Bier?«

»Die Show ist inbegriffen. Was glaubst du denn?«

Sie verschwand wieder in das Halbdunkel am anderen Ende

der Theke, straffte sich und ließ ihre Arschbacken spielen, gab ihm den Gegenwert für seinen Buck und einen Quarter.

Mit vor der Brust verschränkten Armen stand sie da, beobachtete zwei Männer, die an einem der Tische unter einer Hängelampe Pool spielten, aber Younger war klar, daß sie ihn mit ihrem Hinterkopf fixierte. Von Zeit zu Zeit verlagerte sie ihr Gewicht, ließ ihre Brötchen hüpfen, gab ihm eine kleine Zugabe.

Er leerte Dreiviertel des Bieres in einem Zug, schob sich dann dichter an die Theke, das Glas zwischen seinen gefalteten Händen, eine Zigarette im Mundwinkel, von der eine Rauchfahne aufstieg, die seine Nase abschnitt und sich dann über ein zusammengekniffenes Auge auf dem Weg zu der fleckigen blechverkleideten Decke weiter nach oben schraubte. Checkte sie aus. Checkte ihre Beine und ihren Arsch.

Ihr Fleisch, so weiß, daß es einen leichten Blauton hatte, erinnerte Younger an eine der kleinen Babynutten, die er letzte Nacht probiert hatte. Die nichtsnutzigen kleinen Fotzen hatten versucht, ihm seine Kohle abzunehmen.

Der Bardame wurde es zu langweilig, ihn mit ihrem Arsch anzumachen. Sie kam wieder zu ihm rübergetrabt, bereit, die Sache ein bißchen zu forcieren.

»Bei dir alles in Ordnung?« fragte sie.

Die Klimaanlage arbeitete kräftig, sorgte dafür, daß sich die Haut um jedes einzelne ihrer Haare leicht hob, so daß sie aussah, als hätte sie am ganzen Körper farblose Pickel.

»Ist dir in diesem Aufzug eigentlich nicht kalt?« fragte Younger, Mr. Verständnisvoll in Person, obwohl er trotzdem einen Hauch von einem anzüglichen Grinsen in die Frage legte, als würde ihr kalter Körper seinen eigenen verdammt heiß machen.

»Ich könnte mir eine Lungenentzündung holen.«

»Hast du denn keine Schürze, oder vielleicht einen Pullover, den du dir überziehen könntest?« fragte er, sah dabei zuerst auf ihren Bauchnabel und dann auf das Tal zwischen ihren Brüsten, als würde er sehr traurig sein, sie nicht mehr bewundern zu können, falls sie tat, was er vorschlug, auch wenn seine liebevolle Natur ihn dazu gedrängt hatte, den Vorschlag zu machen.

»Wenn ich einen Pullover überziehe, dann kommt Harry sofort hier reingelatscht und sieht mich und kriegt einen Koller.«

»Harry ist hier der Boß?«

»Er ist der Besitzer. Und mein Freund.«

»Tja, damit habe ich mich dann jetzt auch entschieden.«

»Bezüglich was?«

»Ich war auf dem Weg aus der Stadt, als ich diesen Laden gesehen habe und dachte, ich könnte mir eigentlich noch ein Bierchen für unterwegs gönnen. Dann sehe ich dich und hätte es mir beinahe für einen kurzen Augenblick doch noch anders überlegt und beschlossen, noch was länger zu bleiben.«

»Noch was hier zu bleiben, um was zu tun?«

»Tja, du weißt schon.«

»Du hast vielleicht Nerven, oder?«

»Was ist denn? Was habe ich denn gesagt?«

»Du weißt ganz genau, was du gesagt hast.«

»Ich sagte, ich hab' dich gesehen und dachte, es würde sich vielleicht lohnen, dich ein bißchen besser kennenzulernen. Genau das habe ich gesagt. Was denkst du denn, was ich gesagt habe?«

»Tja, ich denke, das ist so ungefähr, was du *gesagt* hast, aber ich glaube nicht, daß du das auch gemeint hast.«

Er streckte seine Arme über die Theke und umklammerte die Innenkante der Theke mit schmalen braunen Händen, von denen eine Menge Frauen ihm schon gesagt hatten, sie wären schön. Sie machte einen Schritt zurück, als würde sie denken, er würde nach ihr greifen.

»Wie meinst du das?« fragte er.

»Du hast gesagt, ›du weißt schon‹.«

»Also, was ist denn so schlimm an ›du weißt schon‹?«

»Du weißt schon«, sagte sie. Wenn sie lächelte, tauchte ein sehr attraktives Grübchen an jedem ihrer Mundwinkel auf.

»Ich finde es nicht besonders nett von dir zu denken, ich hätte irgendwas gemeint, das ich nicht gesagt habe«, sagte er. »Ich meine, du könntest denken, ich hätte alle möglichen schrecklichen Sachen *gemeint*, wo ich doch an überhaupt nichts Schreckliches gedacht habe.«

»Ich hab' überhaupt nichts von schrecklich gesagt«, erwiderte sie kokett, zeigte wieder ihr Grübchen. »Soll ich dein Bierglas nachfüllen?« Sie trat vor, kam erheblich näher als nötig, um sein Glas zu nehmen, drückte ihre Brüste kurz gegen seine Handrücken.

»Mein Gott«, sagte er.

»Was ist los?«

»Dir muß wirklich richtig kalt sein.«

»Wie kommst du darauf?«

»Deine Brustwarzen sind so hart wie zwei gefrorene Heidelbeeren.«

»Deswegen sind sie nicht hart«, sagte sie, entfernte sich mit dem Glas in der Hand, um sein Bier an der Zapfsäule nachzuschenken.

Die beiden Typen am Pooltisch beendeten ihr Spiel und stellten ihre Queues in den Ständer zurück. Sie gingen den langen Gang an der Bar hinunter zur Tür, warfen Younger einen kurzen Blick zu, dann der Bardame, die hinter der Theke stand und den Füllungsgrad des Bierglases begutachtete, als wäre es eine ungeheuer wichtige Sache.

»He, Fran, immer cool bleiben«, sagte einer von ihnen.

»Du auch, Mackie.«

»Tu nichts, was ich nicht auch tun würde«, sagte der andere. Er lachte, warf Inch einen kurzen Blick zu und sah sie dann direkt an, als er an ihr vorbeikam, so als wollte er sagen, sie könnte ihm nicht viel vormachen.

»Das ist genauso, als würdest du mir die Erlaubnis geben, eine Bank zu überfallen«, sagte sie und ging hinüber, um das frische Bier vor Younger zu stellen.

»Bist du Vickie?« fragte Younger.

»Ob ich wer bin?«

»Draußen auf dem Schild steht *Vickie's Parlor.*«

»Das hat Harry sich ausgedacht.«

»Also, wie nenne ich dich dann?«

»Frances. Fran. Hast du keine Ohren? Hast du nicht gehört, wie Mackie gesagt hat ›bis dann, Fran‹?«

»Er hat gesagt ›immer cool bleiben‹.«

»Was auch immer.«

»Also Fran, sieht aus, als wären wir zwei jetzt ganz allein.«

Sie schaute kurz auf die Uhr an ihrem Handgelenk und sagte: »Wie nenne ich dich denn?«

»Alle nennen mich Inch.«

»Was sagt mir das denn? Ich meine, ist es so was wie das Gegenteil?«

»Was meinst du damit, das Gegenteil?«

»Du weißt schon. So wie man einen Burschen, der einssechzig ist, Stretch nennt, und einen Burschen, der weiße Haare hat Blackie. Du weißt schon« – ihr Blick senkte sich auf die Stelle genau zwischen seinen Beinen – »das Gegenteil eben.«

Er lachte. »Man hat's mir schon mal gesagt«, sagte er.

»Was gesagt?«

»Ich und ein Missouri-Maultier.«

»Hab' noch nie einen Mann getroffen, der nicht rumgeprahlt hat. Noch nie einem begegnet, der nicht ein Lügner war.«

Er setzte eine ernste Miene auf und ließ seine Hände zu den Knöpfen des Hosenschlitzes seiner Jeans fallen. »Ich könnt's dir beweisen.«

Sie streckte ihre Arme mit gespreizten Händen aus und wich zurück, bis sie gegen die Regale hinter der Theke stieß. Als würde sie denken, er könnte jeden Augenblick über die Theke springen und ihr sein Ding ins Gesicht stoßen. Wehrte ihn ab. »O nein, schon gut, vergiß es.«

»Wär' wirklich kein Problem.«

Sie zitterte.

Er stand von seinem Barhocker auf und ging zu dem Durchgang in der Theke, während seine Hände den Schlitz seiner Jeans öffneten. Sie stand da, als könnte sie sich nicht rühren, als wäre sie dort festgenagelt, ein Insekt auf einer Nadel. Er griff in die Jeans und zog seinen Penis raus. Ihr Blick senkte sich auf seinen Unterleib. Er hatte nicht gelogen, was ihn und ein Missouri-Maultier betraf. Er drückte sich gegen sie. Seine Hände glitten auf ihren Hintern, und seine Finger zupften an den Fäden ihres Tangas.

»He, verdammt, bist du verrückt geworden? Das hier ist ein öffentliches Lokal.« Sie lachte.

»Es wird nur eine Minute dauern.«

Sie drehte ihre Hüften und stieß ihn zurück. »He! Harry könnte jeden Augenblick reinkommen. Genau jetzt. Harry könnte hier reinkommen, und dann wär' die Hölle los.«

»Scheiß auf Harry.«

Es gelang ihr, ein bißchen Boden zu gewinnen. Sie schob sich am Regal vorbei weiter, wobei ihre Ellbogen eine Reihe von Gläsern auf die Holzdielen hinunterstießen.

»Sieh nur, was du anrichtest, gottverdammt«, sagte sie. »Ich habe nein gesagt, und nein heißt nein!« Sie schlug ihn auf die Schulter, ihre Hand rutschte ab und erwischte ihn seitlich gegen den Hals.

Der Ausdruck auf seinem Gesicht ließ ihr Lachen schnell verstummen. Er schob seine Hand vor und packte ihr Handgelenk. Mit der anderen Hand griff er hinter sie, nahm eine leere Flasche von der Theke und zerschlug sie, daß er nur noch den scharfkantigen Flaschenhals hielt.

Den hielt er an ihren Hals. »So was kannst du mit mir nicht machen. Du kannst keinen Mann mit deinen Titten und deinem Arsch aufgeilen, neunmalkluge Bemerkungen fallen lassen, dir über den Mund lecken und seinen Schwanz anstieren. Du wirst das beschissene Maultier reiten. O ja, das wirst du.«

Sie riß sich los und duckte sich unter seinem Arm weg, schnitt sich dabei an der Flasche, mit der er sie bedrohte. Sie schrie, als würden ihr die Lungen platzen, und stürzte über das Holzpodest von ihm fort, stolperte dabei in ihren lächerlichen gefiederten Clogs.

»Hör auf, um Himmels willen, hör auf damit«, sagte Younger, warf die Flasche zur Seite. »Ich rühr' dich ja nicht an. Hör einfach nur auf zu brüllen. Ich gehe jetzt aus dieser Tür da, und du wirst mich nie wiedersehen.«

Die Tür hinter seinem Rücken öffnete sich und ließ Licht von der Straße hereinfallen.

»Was zum Teufel . . .«, sagte jemand.

»Dieser gottverdammte Irre will mich vergewaltigen!« schrie Fran.

Younger drehte sich schnell um, wobei seine Hand in die Tasche zuckte, ein Messer umklammerte, die Klinge herausspringen ließ.

Einer der Pool-Spieler, der, den sie Mackie genannt hatte, stand dort.

»Ich komme wegen meiner Sonnenbrille«, sagte er, starrte wie benommen das Messer in Youngers Hand an, schaute dann zu Fran hinüber, die sich gegen das Regal hinter der Theke duckte, ihren Arm umklammerte, während das Blut durch ihre Finger sickerte.

»He, du Dreckskerl«, sagte Mackie.

»Verpiß dich«, sagte Younger. »Verpiß dich, wenn du nicht willst, daß ich dir deine beschissene Gurgel durchschneide.«

Mackie nahm einen Aschenbecher von der Theke und schlug damit nach Youngers Kopf. Er machte es so unvermittelt, daß Younger sich nicht mal wegduckte. Die scharfe Kante erwischte ihn direkt am Haaransatz, und er begann zu bluten.

Er kreiste um Mackie – der sich auf der Stelle drehte, sich vergewisserte, daß Younger nicht mit dem Messer nach ihm ausholen konnte –, bis der Weg zur Tür frei war.

Younger war draußen und fort.

»Ruf die Cops«, sagte Mackie.

»Harry wird einen Anfall kriegen«, sagte Fran, begann zu weinen, weil sie blutete und weil sie Angst hatte, daß der Verrückte, der sie verletzt hatte, aussagen würde, was wirklich passiert war, wenn sie ihn schnappten, und daß Harry dann glauben würde, sie hätte den ganzen Ärger verursacht, weil sie mit ihren Titten und ihrem Arsch gewackelt hatte.

Was natürlich genau das war, was sie auch tun sollte, wofür sie bezahlt wurde. Wenn Harry also nicht wollte, daß die Männer ihr an die Muschi gingen, wieso ließ er sie dann mit praktisch nichts am Leib herumtänzeln und sich eine Lungenentzündung holen?

»Ruf die Cops«, sagte Mackie wieder, ging zu ihr und legte Fran einen Arm um die Schulter, ließ seine Hand hinunterwandern und drückte kurz eine ihrer Arschbacken.

»Jesus, Mackie, was glaubst du eigentlich, was du da machst?« fragte sie.

»Tja, ich hab' nur versucht, dich ein bißchen zu trösten, nachdem ich dich davor gerettet habe, vergewaltigt zu werden und alles.«

»Wenn du eine Belohnung willst, wirst du dich mit einem Bier auf Kosten des Hauses begnügen müssen, verdammt. Wenn du mit dem weitermachst, was du da gerade tust, wo ist dann der Unterschied, ob dieser Arsch mich vergewaltigt oder du, außer daß er einen Schwanz wie einen Baseballschläger hat?«

31

Whistler lag auf dem Bett in seinem baufälligen Haus, das über den Paß hinausragte. Der Wind fegte durch den Canyon und kroch unter das Haus, rüttelte an den Bodendielen und zerrte bedrohlich an den Pfählen, die es am Bergrücken festhielten.

Er war zwar müde, aber er versuchte auch Zeit zu schinden. Er wollte Faye nicht sagen müssen, daß er Zeit schindete. Er wollte Faye nicht sagen müssen, daß er den Faden verloren hatte, der zu ihrem Jungen führte.

Manche Dinge konnte man hinter sich lassen.

Wie er hinter sich gelassen hatte, Sam zu sein. Sam, der Sad Man, der Sandmann.

Er hatte nie Clown werden wollen.

Er war wie Hunderttausende anderer auch nach Hollywood gekommen, auf der Suche nach Ruhm und Reichtum, angezogen von Glanz und Glitter, der bösen Versuchung von allem. Wußte eigentlich nicht wirklich, was er tun sollte. Bereit, so ungefähr alles und jedes zu tun für diese schwer faßbare Sache – nach der leidenschaftlicher gesucht wurde als nach König Arthurs Gral oder Jasons Vlies –, die auch der *große Durchbruch* genannt wurde. Die Chance, ein Jemand zu sein. Ein Drehbuchautor, berühmt für seine Trunksucht. Ein Regisseur, berüchtigt wegen seiner Tobsuchtsanfälle. Ein göttergleicher Filmstar.

Ganze Armeen von Niemanden wollten Jemande sein, wußten gar nichts, waren aber bereit, alles zu versuchen, fragten, was muß ich tun, wann muß ich es tun, wie wollt ihr es, pur oder on the rocks.

Durch puren Zufall geriet er in das Clownskostüm, so wie Fred MacMurray angeblich zum Film gekommen war, weil er zufälligerweise einen Trenchcoat trug, den ein gewisser Regisseur bewunderte. Oder wie Lana Turner entdeckt wurde, weil sie einen Pullover trug.

Er hatte Arbeit gesucht, jede Art von Arbeit. Er trieb sich immer im Studio eines Fernsehsenders in Burbank herum. Irgendwer wurde kurz vor Sendebeginn krank.

»Glaubst du, du könntest ein Clownskostüm tragen?« wurde er von jemandem gefragt.

»Was springt dabei für mich raus?«

»Der Mindestlohn.«

»Was muß ich tun?«

»Lies einfach von den Texttafeln ab. Sprich ein paar Worte vor den Kinder-Comics. Eine halbe Stunde, fünfmal die Woche. Samstags und sonntagsmorgens. Nur bis Bobbity Boo seine Grippe wieder auskuriert hat.«

»Zeigen Sie mir, was ich anziehen muß.«

»Geh drüben in die Garderobe.«

Man zeigte ihm den Weg zu einem Raum, in den eine fette grauhaarige Lady mit einer Zigarette im Mundwinkel wie eine Schaufel in einen Besenschrank gestopft worden war, den sie Garderobe nannten. Als sie hörte, was gewünscht wurde, sagte sie: »Du kannst Bobbitys Klamotten nicht anziehen. Das Make-up und die Sachen eines Clowns gehören ausschließlich ihm allein. Ein Clown würde morden, um sein Gesicht und seine Sachen zu schützen. Ich sag's dir. Ich war früher beim Zirkus. Also, was hast du?«

»Nichts.«

»Ich nähe dir aus ein paar alten Fetzen eine Hose und eine Jacke. Und du machst dir selbst ein Gesicht.«

Was wußte er denn schon darüber, sich das Gesicht eines Clowns einfallen zu lassen? Er kannte Ronald McDonald. Er kannte Emmett Kelly. Er kannte Marcel Marceaus Mr. Bip. Mehr kannte er nicht.

Er legte Gesichtsweiß auf. Er malte sich einen Mund, der nach unten statt nach oben gezogen war. Er wollte etwas mit ein bißchen Niveau, etwas Klassisches. Er konnte ein bißchen malen, und er malte eine Träne unter ein Auge und eine Blume ganz unten auf derselben Wange, so daß es aussah, als würde die Blume wachsen, weil er sie mit seinen Tränen wässerte.

Die Hose, die die Garderobiere ihm aus alten Flicken schneiderte, reichte gerade bis kurz über seine Waden, daher gab sie ihm noch ein paar weiße Strümpfe und rote Ballettschuhe. Die Jacke war kurz wie ein Bolero, daher zog er ein langärmeliges weißes Hemd an, das an den viel zu kurzen Ärmeln der Jacke herauskam. Die alte Zirkusfrau band ihm unter dem Hemdkragen eine weiße Satinschärpe um den Hals und zog sie dann weit auseinander, wodurch sie wie eine absurd überdimensionale Krawatte aussah. Einen Hut lehnte er ab und zog statt dessen eine schwarze Badekappe an.

Er machte sich ganz ordentlich, las seine Texte von den Tafeln ab. Versuchte nichts zu improvisieren.

Als Bobbity Boo schließlich seine Grippe auskuriert hatte, war es zu spät für ihn. Bobbity Boo würde nicht für den Mindestlohn arbeiten, aber Sam, der Sad Man, der würde es tun.

Er konnte seine Miete bezahlen und hatte Essen auf dem Tisch, und man konnte es so sehen, daß er jetzt einen Fuß in der Tür zum Ruhm oder auf der ersten Sprosse der Leiter zum Erfolg hatte.

Eines Abends, als ein kurzer Film nicht rechzeitig im Studio eintraf, erzählte er aus dem Stegreif eine Geschichte. Es kam gut genug an, daß man ihn bat, doch jeden Abend eine zu erzählen. Sie gaben ihm eine Gehaltserhöhung, dehnten die Show auf eine volle Stunde aus und verlegten die Sendezeit von kurz vor dem Abendessen auf kurz vorm Zubettgehen.

Sie drehten eine Reihe von Werbefilmen, durch die sie die Eltern auf diesen neuen Geschichtenerzähler aufmerksam machen wollten und gleichzeitig die Verbindung zur ursprünglichen Show unterstrichen. Er war Sam, der Sad Man, ihr Sandmann von Channel 8. ›Lassen Sie die lieben Kleinen doch vom Sandmann ins Bett bringen.‹

Die Geschichten, die er erzählte, hatten etwas Eigenartiges. Manche von ihnen enthielten einen Schuß Horror. Ein paar Mütter beschwerten sich in Briefen, daß der Sandmann ihren Kindern Alpträume mache. Manche Zuschauer riefen im Studio an und fragten, was die Geschichten überhaupt bedeuten sollten.

Manchmal redete er live mit ihnen, gab ihnen kleine Tips wie ›Bleibt am Ball‹, ›Vor Morgengrauen ist es immer am dunkelsten‹ oder ›Jede Wolke hat einen silbernen Rand‹. Das Management des Senders wurde auf ihn aufmerksam.

Sie ließen die Kinder-Sendung fallen, weil die *Sesamstraße* ihre Einschaltquoten in den Erdboden hämmerte.

Der Sandmann wanderte ins Nachtprogramm. Eine Sendung, in die sich die Zuschauer per Telefon einschalten konnten und die hohe Einschaltquoten und dicke Werbeeinnahmen brachte.

»Ich bin ein Pop-Psychologe«, sagte er zu Faye, als sie sich das erste Mal trafen. Genaugenommen gab er niemandem einen wirklichen Rat. Er war klug genug, das nicht zu tun. Klug genug, um zu wissen, daß die Leute ganz einfach nur jemanden haben wollten, der ihnen zuhörte. Jemand ohne ein menschliches Gesicht, das Mißbilligung ausdrücken konnte. Wem konnte man seine Sünden besser beichten als einem Bild auf einem dreiundvierzig Zentimeter großen Bildschirm? Wem besser als einem Clown? Ein Clown war sogar noch besser als ein Priester.

Dann rief die Frau an und sagte, sie würde sich das Leben nehmen, und er hatte absolut nichts dagegen tun können. Er hatte sie einfach nur vollgeplappert, hatte dem Techniker ein Zeichen gegeben, die Cops zu verständigen, während er verzweifelt versuchte, sie an der Leitung zu halten, ihre Adresse aus ihr herauszubekommen, darauf zu warten, bis Hilfe eintraf. Hatte zugehört, wie sie ihm durch die Finger rutschte. Hatte gehört, wie sie sich verabschiedete.

Und jetzt war er nicht in der Lage gewesen, Fayes Johnny wiederzufinden.

Er lag da, starrte an die Decke. Dann setzte er sich auf und rief Faye an.

Irgendein Kid meldete sich und sagte, sie wäre nicht im Magdalene House, sondern würde draußen auf der Straße arbeiten, ließ es so klingen, als würde sie auf den Strich gehen und nicht im Gegenteil versuchen, Nutten zu retten. Er sagte dem Mädchen, sie sollte Faye ausrichten, wenn sie wieder zurückkam, daß Whistler angerufen hätte und im *Gentry's Coffee Shop* sein würde.

32

Sein Name war Houlihan, aber jeder nannte ihn Hooligan. Es machte ihm nichts weiter aus. Er hielt alle Spitznamen für Komplimente. Er rühmte sich, so hart zu sein, so grausam und so unversöhnlich wie jeder Zuhälter, Schläger, Kindesentführer, Strolch oder Rabauke von der Straße.

Seine Partner hielten es neun Monate, vielleicht sogar ein Jahr lang mit ihm aus. Sie sagten, er hätte Körpergeruch wie ein Elch. Der wirkliche Grund, warum sie einen neuen Partner haben wollten, war, daß sie einfach seinen miesen Charakter nicht mehr ertragen konnten. Er würde einem Blinden kein Stück Kordel für seinen Blindenhund geben. Er würde im Zweifelsfall nie für eine Nutte entscheiden. Er war der beste gottverdammte Bulle der Mordkommission der Polizei von Hollywood – vielleicht sogar der ganzen Stadt –, und jeder wußte es.

Wenn er sein Kinn in seiner großen Hand abgestützt hatte, hinterließen seine Daumen und seine Knöchel weiße Male, die erst nach sehr langer Zeit allmählich wieder verschwanden.

In diesem Moment stützte er gerade wieder das Kinn in seine Hand, hatte offensichtlich sehr viel Geduld mit den beiden Straßenkids, die vor ihm auf zwei Holzstühlen saßen, weil jeder, der für so etwas nur halbwegs einen Blick hatte, sofort erkennen mußte, daß keiner von ihnen schneller denken konnte, als man in eine Schüssel pißte, oder soviel Verstand wie ein Furz besaß.

Derjenige, der Kentucky als Namen angegeben hatte, plapperte an einem Stück.

Der andere, der Dipper genannt wurde, rutschte unruhig hin und her, starrte Hooligan mit Panik in den Augen an. Er beugte sich zu seinem Freund, versuchte, seinen Mund in die Nähe seines Ohres zu bringen, und einen Moment lang dachte

Hooligan schon, er würde einfach auf den Schoß des anderen Jungen fallen.

»Bitsy, ich muß mal Pipi«, sagte Dipper.

»Darf ich mit ihm aufs Klo?« fragte Bitsy.

»Kann er nicht allein gehen?« sagte Hooligan mit einer Stimme, die sehr einschüchternd wirkte.

»Klar kann er auch allein, aber an einem unbekannten Ort wie diesem könnte er sich leicht verlaufen.«

»Wir wollen aber doch nicht, daß er sich verläuft, oder?«

Bitsy wußte, daß er bearbeitet wurde, aber er wußte nicht genau warum. Wußte nicht, daß Hooligan weder Geduld noch Mitleid für die Verlorenen oder Verirrten hatte.

»Wenn ich mit ihm gehe, würde er sich nicht verlaufen.«

»Vielleicht würdet ihr euch dann beide verlaufen.«

»Ich werde mich schon nicht verlaufen.«

»Mal angenommen, ihr zwei wollt euch aber verlaufen?«

»Wieso sollte ich so etwas wollen?«

»Vielleicht weil du beschlossen hast, nachdem du jetzt hier bist und merkst, wie ich dich ansehe, daß es doch keine so tolle Idee war, die Cops zu rufen.«

»Wieso sollte ich denn so was denken? Jemand aus meiner Familie ist umgebracht worden. Glauben Sie vielleicht, da würde ich mich einfach so wieder verdrücken?«

»Tja, kommt ganz drauf an, oder?«

Bitsy wußte ganz genau, was der große häßliche Cop sagen würde, wenn er ihn fragte, auf was kommt's drauf an, aber er fragte trotzdem.

»Kommt drauf an, ob ihr Tod unmittelbare Folge eines Familienstreites gewesen ist«, sagte Hooligan.

Er meinte, daß Bitsy und Mimi sich vielleicht gestritten hatten, und daß er sie dann umgebracht hatte, aber Hooligan war raffiniert genug, es anders auszudrücken.

»Wenn ich sie umgelegt hätte, dann hätte ich ganz bestimmt nicht noch die Cops gerufen.«

»Genau das sage ich doch. Zuerst hast du gedacht, es wäre eine gute Idee, weil, wer würde denn schon glauben, der

Mörder ruft selbst die Polizei. Und dann, wie ich schon sagte, siehst du mich, und jetzt denkst du vielleicht, daß es doch keine so besonders tolle Idee war.«

»Ach, Jesus, Bitsy, bitte«, jammerte Dipper. Er rutschte so heftig auf seinem Stuhl herum, daß es so aussah, als würde er jeden Moment runterfallen. Er preßte seine Hände zwischen die Beine, damit es nicht einfach von selbst laufen würde. Sein Gesicht sah gequält aus.

Hooligan schaute sich um. Er erspähte Isaac Canaan an seinem Schreibtisch, den Hut auf dem Kopf nach hinten geschoben, so wie alte Rabbiner ihre Hüte tragen, vorgebeugt über einen Teller mit irgendwas, von dem Hooligan nicht mal raten wollte, was es war.

»Isaac. Kannst du mit dem Jungen hier mal kurz aufs Klo gehen? Er sollte pissen gehen, bevor er sich noch in die Hose macht.«

»Kümmer dich um deine Gefangenen selbst, Hooligan«, brummte Canaan zurück.

»Er ist kein Gefangener. Es ist einfach nur ein Kid, das mal pissen muß.«

»Wieso braucht er dann Begleitung?«

»Sein Freund meint, er würde vielleicht nicht mehr zurückfinden.«

»Dann soll sein Freund doch mit ihm gehen.«

»Ich bin hier mitten in einem Verhör.«

»Um was geht's denn?«

»Mord.«

»Was? Der da?«

»Ich hab' keine Ahnung, ob er's war. Aber er hat uns jedenfalls angerufen.«

»Wer ist das Opfer?«

»Eine kleine Nutte vom Babystrich. Straßenname Mimi.«

Canaan legte den Plastikdeckel auf sein Essen und kam herübergeschlurft. Man hätte meinen können, diese Anstrengung wäre mehr, als seine Füße ertragen konnten, als wäre er so müde, daß er einschlafen könnte, noch bevor er den Raum durchquert hatte.

Auf der Straße erzählte man sich, daß Isaac Canaan, der Cop von der Kindersitte, niemals schlief, sondern höchstens döste. Er hatte seit Jahren nicht mehr geschlafen, seit irgendein Perverser seine einzige Nichte entführt, vergewaltigt, mißhandelt und ermordet hatte – ein siebenjähriges Kind. Man erzählte sich außerdem, daß er nie seinen Hut ablegte, weil er auf dem Kopf eine entstellende Narbe hatte oder weil er immer an seinen Schwur erinnert werden wollte, eines Tages den Mörder seiner Nichte zu finden, oder weil er mit einer Überzeugung, die an Religion grenzte, glaubte, daß ein Mann sich eine Erkältung holen und sterben könnte, wenn er mit unbedecktem Kopf in der Gegend herumlief.

Einen Moment sah es aus, als würde er an Dipper einfach vorbeigehen, doch während er vorbeiging, streckte er beiläufig seine Hand aus, wie er es bei einem Kind eben machen würde.

Dipper ergriff sie, und zusammen torkelten und schlurften sie mit ihrem komischen Gang weiter, durchquerten das Büro zu den Toiletten.

»So, und jetzt wieder zu dir«, sagte Hooligan. »Woher hast du diese Schnittverletzungen und Schürfwunden an deinen Händen?«

»Was?« sagte Bitsy erschrocken. Er starrte auf seine Hände, als hätte er sie erst in diesem Augenblick am Ende seiner Arme entdeckt.

»Das sieht mir doch ganz nach einer Schlägerei aus.«

»Oh, nein, nein«, sagte Bitsy schnell. »So sehen meine Hände immer aus. Ich verletze mich andauernd, wenn ich in Mülltonnen und Containern rumwühle. Manchmal muß ich auch kämpfen, um mich zu schützen.«

»Und wieso erzählst du mir nicht einfach, was Mimi gesagt hat, daß du so sauer geworden bist und sie totgeschlagen hast?«

Bitsy begann zu zittern, auch wenn er genau wußte, daß der

Bastard nicht wirklich glaubte, was er da sagte, sondern nur versuchte, ihm eine Scheißangst einzujagen.

Canaan kam mit Dipper zurückgeschlurft. Der Junge klammerte sich immer noch an seine Hand, als hätte er Angst, jemals wieder loslassen zu müssen. Der zurückgebliebene Junge sah zuerst Bitsy und dann Hooligan an, schaute schließlich fort, wollte scheinbar keine Aufmerksamkeit auf sich lenken, indem er den großen Mann anstarrte, der seinen Freund bei lebendigem Leib aufzufressen drohte.

Hooligan war erbarmungslos. Er beobachtete Bitsy, wie er eine Wanze unter einem Miskroskop und Hundescheiße unter seinen Schuhen begutachten würde.

»Sie brauchen doch nur Moo zu fragen«, sagte Bitsy.

Hooligan beugte sich vor und sagte sehr leise: »Weißt du was, du kleines Arschloch? Ich könnte es dir anhängen, egal, was diese beschissene Moo uns zu sagen hat.«

»Tja, sie wird Ihnen aber sagen, daß ich es nicht gewesen bin. Ich war ja nicht mal da, als es passiert ist.«

»Dann häng' ich's vielleicht deinem Freund hier an, der sein Wasser nicht halten kann.«

»Dipper könnte keiner Fliege was zuleide tun.«

»Wen versteckst du noch in diesem Haus?«

»Kein Mensch versteckt sich. Ein paar Leute wohnen dort, weil sie keine andere Bleibe haben.«

»Ist das ein fester Kreis, der da wohnt?«

»Ja, aber es kommen auch immer wieder Leute vorbei, die nur auf der Durchreise sind. Betrunkene und Verrückte. Alle möglichen Leute kommen vorbei.«

»Erzähl mir, wer die festen Bewohner sind.«

Bitsy zögerte eine Sekunde, versuchte es im Kopf durchzuarbeiten. Jeder wußte doch, daß man den Cops nicht helfen sollte. Wenn man erst mal anfing, den Cops zu helfen, fragen sie auch schon, ehe man sich versehen konnte, nach Namen und Adressen, entlockten einem Telefonnummern und riefen dort an, von wo man weggelaufen war.

»Keiner der festen Bewohner hätte Mimi was getan.«

»Vielleicht hat einer von ihnen aber denjenigen gesehen, der's gewesen ist. Daran schon mal gedacht? Verrat mir jetzt einfach ein paar Namen, und dann werden wir losziehen und ein paar Fragen stellen.«

Bitsy schoß der Gedanke durch den Kopf, daß sie, wenn er Hogans Namen nicht erwähnte, dann von irgendeinem anderen erfahren würden, daß er auch zur Familie gehörte, und als nächstes würden sie ihn dann suchen, würden vielleicht denken, er wäre derjenige gewesen, der's getan hatte, und wenn sie ihn nicht finden konnten, dann würden sie doch glauben, daß er ganz bestimmt der Killer sein mußte. Und dann würde sich irgendwer – dieses große Arschloch mit dem roten Kopf – daran erinnern, daß Bitsy Hogans Namen nicht genannt hatte, und dann würden sie anfangen sich zu fragen, wieso wohl nicht. Oder vielleicht würden sie auch herumstöbern und Hogan unter dem Müll finden, und dann . . .

»Denk gottverdammtnochmal nicht solange nach«, sagte Hooligan. »Du kriegst davon nur Kopfschmerzen. Beantworte einfach meine Frage.«

Bitsy rasselte die Straßennamen von zwanzig Leuten herunter, von denen manche zu seiner Familie gehörten und andere nur Leute waren, die er von hier und da flüchtig kannte. Er erwähnte Hogan, hob ihn aber nicht durch einen anderen Tonfall besonders hervor.

Hooligan notierte sich die Namen, bremste Bitsy ein oder zweimal, damit er sie alle mitbekam.

Urplötzlich sagte Hooligan: »Wie alt bist du?«

»Was spielt das für eine Rolle?« fragte Bitsy.

»Frag mich nicht, was für eine beschissene Rolle das spielt. Ich hab's dir doch gerade schon mal gesagt. Ich stelle dir eine Frage, und du beantwortest diese Frage. Für was hältst du dich eigentlich, für einen beschissenen Anwalt vielleicht?«

»Willst du einen Anwalt, mein Junge?« fragte Canaan.

Hooligan und Bitsy sagten beide wie aus einem Mund ›Was?‹, nur daß Bitsy einfach fragte, während Hooligan Canaan wissen ließ, daß er sich nicht einmischen sollte.

»Du bist doch der Junge, den sie Bitsy nennen, oder?« fragte Canaan.

»Mein Name ist KENTUCKY.«

»Also, okay, das ist dein Name, den du hier oder da auf der Straße benutzt. Wie heißt du wirklich?«

Bitsy zögerte. »John«, sagte er schließlich.

»Aber alle nennen dich Bitsy. Ist das richtig?«

Bitsy nickte, wollte plötzlich am liebsten heulen, weil dieser müde alte Hund von einem Cop nett zu ihm war.

»Schön, Bitsy, ich habe dich gefragt, ob du einen Anwalt möchtest?« sagte Canaan.

Hooligan sprang von seinem Stuhl auf wie jemand, dem man einen Stachel in den Arsch gerammt hat, packte Canaans Arm und zog ihn ein paar Meter fort. »Wieso mußt du dich unbedingt einmischen?«

»Hast du mich gebeten, herüberzukommen oder nicht?«

»Ich hab' dich gebeten, mit dem Schwachkopf aufs Scheißhaus zu gehen.«

»Ich will mich nicht mit dir streiten, Hooligan«, sagte Canaan müde.

»Dann mach, was ich dir sage. Halt dich gottverdammt da raus.«

»Was du hier machst, ist nicht richtig. Du schikanierst diesen Jungen – er ist ja kaum aus den Windeln –, und es ist kein Anwalt dabei. Es ist nicht mal einer vom Jugendamt da.«

»Hier geht's um Mord.«

»Das verstehe ich ja, aber er ist trotzdem noch minderjährig – das sieht doch wohl jeder –, und wenn du ihn weiter verhörst, ohne daß jemand dabei ist, der seine Interessen vertritt, wird, was auch immer du von ihm erfährst, nicht das Papier wert sein, mit dem du dir den Arsch abwischst.«

»Wer soll das schon sagen?«

»Nun, der Junge zum Beispiel wird's sagen. Und dann werde ich es auch noch bestätigen.«

Zähneknirschend gab Hooligan nach. »Wenn du dich setzen willst, dann setz dich. Aber ich glaube nicht, daß wir im

Augenblick unbedingt einen Anwalt oder Sozialarbeiter brauchen, der ihm eine Hand über den Mund legt.«

»Okay, ich versuch's mal mit einem Stuhl«, sagte Canaan.

Sie kehrten zu Bitsy und Dipper zurück. Canaan schaute sich um und zog sich einen Stuhl vom nächsten Schreibtisch heran. Er stellte ihn genau zwischen die beiden Kids. Dipper sah ihn dankbar an.

»Sergeant Canaan hier ist von der Kindersitte«, sagte Hooligan. »Er verbringt sein Leben damit, Kinder wie euch zu schützen, selbst dann, wenn ihr gar nicht beschützt werden wollt. Er wird es nicht zulassen, daß ihr euch durch eure Antworten und Aussagen selbst belastet.«

Bitsy warf Canaan einen schrägen Blick zu, argwöhnte, daß sie jetzt das Guter-Cop-Böser-Cop-Spiel mit ihm abziehen wollten.

»Wenn du willst, können wir dir immer noch einen Anwalt rufen«, sagte Canaan.

Bitsy dachte einen Moment nach, sagte dann, es wäre schon okay, er würde so gut er konnte antworten. »Ich hab' nichts zu verbergen.«

Du hast eine ganze Menge zu verbergen, mein Junge, dachte Canaan. Wir alle haben eine Menge zu verbergen, und wir sollten es auch gottverdammt besser verborgen halten, denn andernfalls wird die Welt uns jeden einzelnen Knochen im Leib brechen und von unserem Blut trinken.

33

Es war voll im *Gentry's.* Mike Rialto, der Teilzeit-Privatdetektiv und Vollzeit-Zuhälter saß in einer Nische, starrte mit seinem schicken blauen Glasauge auf seinen Teller und aß das Meeresfrüchte-Tagesgericht. Bosco saß auf der anderen Seite des Resopal-Tisches, seine Hand lag auf einer Ausgabe des *Book of Kells*.

»Ist Whistler wieder zurück, von wo auch immer er war?« fragte Rialto.

»Falls er es ist, weiß ich es zumindest nicht.«

»Du hast früher doch immer gewußt, wo Whistler war.«

»Das war vorher«, sagte Bosco, wobei seine Mundwinkel leicht zuckten.

»Vorher vor was?«

»Vorher, bevor diese Faye wieder in sein Leben getreten ist.«

»So was ist auch früher schon passiert. Eine Frau hat Whistlers Aufmerksamkeit erregt.«

»Es ist früher auch schon oft passiert. Aber dieses Mal ist es anders.«

»Wie anders?« fragte Rialto.

»Ich glaube, wir haben es hier mit einem typischen Fall von« – Bosco sagte die letzten Worte mit einem gewissen Zögern, so als wären sie fremd für ihn – »*wahrer Liebe* zu tun.«

»Was redest du da von wahrer Liebe?«

»Ich rede davon, daß Whistler herausfinden will, ob sein größter Schatz aller Zeiten ihn wirklich liebt. Er ist bereit und willens, ihr Beweise für seine unendliche Liebe zu liefern, also zieht er los und macht sich auf die Suche nach einem Kind, das zu finden er auch nicht die geringste Chance hat, sofern Gott ihn nicht mächtig ins Herz geschlossen hat.«

»Und, wenn er das Kind nicht findet, was bringt ihm das ein?«

»Es gibt ihm die Gewißheit, daß sie ihn wirklich liebt, wenn sie ihn dann immer noch auf die Nase küßt, auch wenn es ihm nicht gelungen ist, ihr den einzigen Wunsch zu erfüllen, um den sie ihn in ihrem Leben jemals bitten wird.«

»Das ist doch verrückt. Er macht sich all die Mühe, nur um zu versagen.«

»He«, sagte Bosco, »es gibt solche Liebe und solche. Ich hatte mein verlorenes Kind, und Canaan hatte seins, und Whistler hat seins.« Er machte ein angewidertes Geräusch und fuchtelte vage mit der Hand in der Luft, verscheuchte seine schlechten Gefühle wie lästige Fliegen. »Ach, soll er doch die Straßen rauf- und runterlatschen. Soll er doch sein ganzes Vermögen für Flugtickets verplempern. Soll er doch baden gehen.«

»Wer sagt was anderes? Ich bin hier nicht derjenige, der blöd aus der Wäsche guckt.«

»Laß es einfach dabei bewenden.«

»Ich hab' nicht davon angefangen. Aber wo das Thema jetzt schon mal auf dem Tisch ist, ist es verdammt schwer, nicht über die Kosten einer solchen Suche zu spekulieren. Und es wird eine Menge kosten. So oder so wird es eine ganze Menge kosten.«

»Kennst du einen, der umsonst nach Hause kommt?«

»Pst, pst, pst«, machte Rialto. »Sieh nur, wer da gerade reinkommt.«

Whistler ging quer durch das Lokal und setzte sich neben Bosco.

»Und? Was ist passiert, während ich weg war?« fragte er.

»Eine Nutte vom Babystrich ist mit einer abgeschlagenen Flasche vergewaltigt worden. Sie haben sie von einem Dach runtergeholt«, sagte Bosco.

»Ist es deswegen draußen auf dem Kiez so ruhig?«

»So was läßt die Kids erst mal tief Luft holen. Was die alten Hasen, die mit Rasiermessern in den Schuhen rumlaufen, allerdings nicht daran hindert, die vorübergehend geringere Konkurrenz ausgiebig zu genießen.«

»Ich hab vorgestern beim Pferderennen auf einen Außenseiter gesetzt«, sagte Rialto. »Vierzig zu eins. Hatte einen Hunderter auf ihre Nase gesetzt. Am Ende hatte ich doch noch ein bißchen Glück.«

»Hattest du auch Glück, Bosco?«

»Tja, mein Haus ist nicht abgebrannt, und mein Van läuft immer noch, und es regnet nicht, also tut mir auch mein Stumpf nicht weh.«

»Hast du auch Glück gehabt, Whistler?«

»Ich werde nicht fragen«, sagte Bosco.

Whistler schüttelte den Kopf.

Shirley Hightower kam rüber und fragte Whistler, ob er irgendwas wollte. Er bestellte sich Kuchen und Kaffee, und sie verschwand wieder.

»Einen vermißten Ausreißer zu finden ist verdammt schwer«, sagte Rialto weise, so von einem Private Eye zum anderen. »Nach zwei oder drei Jahren einen zu finden . . . Das kannst du vergessen.«

»Ja, vielleicht kann ich's vergessen«, sagte Whistler, »aber ich weiß nicht, wie's bei der Lady ist, die mich darum gebeten hat, ihn zu suchen.«

Shirley kam mit seinem Kuchen und Kaffee zurück, und keiner sagte mehr ein Wort, jeder war tief in seinen eigenen Gedanken versunken.

Als Faye durch die Tür kam, hatte Whistler seinen Kuchen, einen Hamburger und etwas Suppe gegessen. Rialto hatte ihn gefragt, wieso er sein Abendessen aus der falschen Richtung aufwickelte. Dann war er gegangen, und Bosco war wieder zu seiner Arbeit hinter die Theke zurückgekehrt, ließ Whistler allein.

Daher war es nur Whistler, der sah, wie sich der Ausdruck auf ihrem Gesicht änderte, als sie den Gang hinunter zu ihm kam – von heiter und erwartungsvoll bis traurig –, bis schließlich die letzte Miene haften blieb. Sie verstand alles in der Zeit, die sie brauchte, um die Entfernung von der Tür zum Tisch zurückzulegen.

Die Nische auf der anderen Seite des Ganges vor dem Fenster war gerade frei geworden, und Whistler setzte sich mit ihr dort hinüber. Es war die Nische, in der er seine Geschäfte abwickelte. Wo er auf sein Viertel und dessen Bewohner hinausschauen konnte.

»Was hast du erreicht?« fragte sie.

»Ich bin von Dog Trot über Johnson City über Moodyville im Pickett County zu Charlotte Giverns Haus im Valley gekommen.«

»Charlotte Givern?« sagte sie. Der Name war ihr so vertraut

wie ihre eigene Hand, aber dennoch vage und undeutlich, so wie Dinge vage und undeutlich sind, wenn man sich nicht an sie erinnern will.

»Sie hat im Prozeß ausgesagt. Sie war die Frau, die ihr Haus verkauft hat und . . .«

»Ich weiß, ich weiß«, sagte Faye scharf, beinahe schroff, wütend auf ihn, weil er sie daran erinnerte. »Ich erinnere mich. Wieso bist du zu Charlotte Givern gegangen?«

»Sie hat John von dem alten Younger abgeholt.«

Einen Moment war sie still, verdaute das, zählte zwei und zwei zusammen.

»Mir haben sie das nicht geagt.«

»Sie und ihre Schwester und ihr Schwager haben ihn dem alten Mann abgekauft. Dann hat ihr Schwager sie und den Jungen nach Kalifornien gefahren.«

Sie wartete auf das Schlimmste, von dem sie wußte, daß es noch kommen mußte.

»Aber er ist fortgelaufen«, sagte Whistler.

Er rechnete damit, daß sie weinte, aber sie weinte nicht. Sie seufzte einfach nur und schaute auf die Straße hinaus, wo die Soldaten einer Armee verlorener und von zu Hause ausgerissener Kinder auf und ab paradierten.

»Er könnte direkt da draußen sein, und ich würde es vielleicht nicht mal wissen. Ich könnte ihn schon mal berührt haben, ihm eine Tasse heiße Schokolade angeboten haben.«

»Du hättest ihn wiedererkannt.«

»Vielleicht würde eine gute Mutter ihr Kind nach zehn Jahren wiedererkennen, aber was mich betrifft, würde ich da keine Wetten abschließen.«

34

Moo, die mürrisch und verängstigt aussah, wurde aus dem Krankenhaus, wo man sie kurz untersucht hatte, direkt zu Hooligan gebracht. Aggie Schirra, die Polizistin, hielt die Papiere in der Hand.

»Gib ihr deinen Stuhl«, sagte Hooligan zu Bitsy.

Bitsy wollte schon aufstehen, doch Canaan tippte ihn auf den Arm und sagte, er solle sitzen bleiben. Er gab Moo seinen Stuhl und lehnte sich dann mit der Hüfte gegen Hooligans Schreibtisch.

»Vorsicht«, zischte Hooligan, »ich komm' nicht an meine Zigarren.«

»Vergiß deine Zigarren«, erwiderte Canaan ruhig.

Dipper streckte seinen Arm aus, nahm Moos Hand und küßte sie. Sie ignorierte ihn, genau wie jeder andere.

»Was haben die im Krankenhaus gesagt? Ist sie okay, Agie?« fragte Hooligan die Matrone.

»Sie hat's den Ärzten so schwer gemacht, wie sie nur konnte.«

»Du willst damit sagen, sie ist uns nicht dankbar für all das, was wir für sie tun?«

»Ich an deiner Stelle würde meine Hand immer schön auf der Brieftasche behalten«, sagte Aggie.

»Ich bin keine Diebin«, zischte Moo.

»Dann halte ich eben statt dessen meine Hand auf meinem Schwanz«, sagte Hooligan.

»Haben Sie gehört, was er gesagt hat?« beschwerte sich Moo bei der Polzeibeamtin. »Haben Sie gehört, wie schmutzig er mit mir redet? Ich bin kein Verbrecher, wissen Sie. Ich bin ein Opfer.«

»Du bist ein *kleines* Opfer. Deine Freundin war ein *großes* Opfer«, sagte Hooligan.

Moos Gesicht begann sich zu verziehen. Sie biß sich auf die Unterlippe, um zu verhindern, daß sie losheulte.

»Wenn du heulen willst, bitte, nur zu, heul ruhig«, sagte Canaan.

»Sie will nicht heulen. Sie ist knallhart«, sagte Hooligan, ließ ihre Beherrschung verachtenswert aussehen.

»Um Himmels willen, sie ist doch nur ein Kind, Hooligan«, sagte Aggie, benutzte Canaans Bemerkung als Stichwort für Liebenswürdigkeit.

»Sie ist hundert Jahre älter als du«, sagte Hooligan. »Also, good-bye, Aggie. Gute Arbeit.« Als Aggie ging, lehnte Hooligan sich zurück, schob eine Hand zwischen Gürtel und Bauch und warf einen Blick auf die Unterlagen, schaute von Zeit zu Zeit auf, um Moo jedesmal für ein paar Sekunden anzusehen. »Also, wie ist's gelaufen?«

Sie sah ihn an, wußte nicht genau, was er meinte.

»Wo habt ihr den Dreckskerl aufgegabelt?« sagte Hooligan.

»Auf dem Boulevard.«

»Sunset? Hollywood? Wo?«

»Santa Monica.«

»Jeeesus, wieso könnt ihr Leute nicht an einer Stelle bleiben?« brummte Hooligan.

»Mimi und ich wollten mal was anderes sehen.«

»Habt einfach nur einen kleinen Spaziergang gemacht?«

»Genau.«

»Seid einfach nur ein bißchen spazierengegangen, zwei Mädchen ganz allein? Um wieviel Uhr war denn das?«

»Vielleicht so gegen eins.«

»Um ein Uhr morgens geht ihr auf einem menschenleeren Boulevard spazieren?«

»Er war nicht menschenleer. Da waren Autos und ein paar Leute.«

»Ich mache jede Wette, daß ganze gottverdammte Menschenmassen um diese Uhrzeit auf dem Santa Monica Boulevard unterwegs waren. Wo genau auf dem Santa Monica?«

»Zwischen der Western und dem Friedhof.«

Zufälligerweise schaute er genau in diesem Moment auf, und zufälligerweise starrte sie ihn in diesem Moment an, und bei diesem letzten Wort wechselten sie ein paar Blicke, die fast sogar menschlich waren.

»Der Friedhof«, sagte Hooligan. Er sah Canaan an, doch Canaan erwiderte seinen Blick nicht. Auf dem Hollywood Cemetery war die Leiche von Canaans kleiner Nichte gefunden worden, wo sie erschlagen, nach hinten über einen Grabstein gebeugt, gelegen hatte.

»Willst du was zu trinken?« fragte Canaan Moo.

»Nein, danke«, erwiderte sie, lächelte ihn matt an, faltete wie ein kleines Mädchen auf einer Kinderparty die Hände auf dem Schoß, war so höflich und nett, wie sie nur konnte.

»Wie ist dieser Mann an euch herangetreten?«

»Er hat uns gefragt, wieso zwei so hübsche junge Dinger um diese Uhrzeit noch allein herumspazieren würden, und wir haben gesagt, wir kämen gerade von der Arbeit und wären auf dem Weg nach Hause.«

»Du meinst doch, ihr habt Arbeit gesucht, oder?« sagte Hooligan.

»Wir haben ihn nicht angesprochen.«

Canaan beugte sich vor. »Hör zu, ich will dir jetzt mal was sagen, Moo. Kein Mensch versucht hier, dich zu einer Aussage zu verleiten, durch die du dich selbst belasten könntest. Es ist uns egal, ob du da draußen warst, um Freier abzuschleppen. Wir versuchen hier nur, Hinweise auf den Mann zu finden, der deine Freundin umgebracht hat.«

»Wenn ich zugebe, daß wir Freier anmachen wollten, steckt ihr mich doch sofort ins Heim.«

»Wir werden dich so oder so hierbehalten müssen, Moo. Erstens bist du noch minderjährig. Zweitens warst du Zeugin eines Mordes. Und wir wissen nicht, was der Mörder sich womöglich einfallen läßt, was er gegen dich unternehmen könnte, falls wir dich weiter dort draußen auf der Straße rumlaufen lassen, oder?«

»Also werden Sie mich im Heim beschützen?« sagte sie, wobei Sarkasmus ihre Worte färbte wie Rost eine Messerklinge.

»Wenn du mit uns zusammenarbeitest, werde ich sehen, was ich für dich tun kann. Ich werde versuchen, dich in einem offenen Heim oder so etwas unterzubringen. Ich werde vor dem Richter zu deinen Gunsten aussagen.«

Bitsy wollte ihr zu verstehen geben, daß sie nicht auf das honigsüße Gerede des Cops reinfallen sollte, doch Moo beachtete ihn nicht. Sie starrte Canaan an, als wäre er ihr Großvater. Sie war drauf und dran, ihm auf seinen gottverdammten Schoß zu klettern.

»Also, was hat dieser Mann zu euch gesagt?« fragte Canan.

»Er hat unseren kleinen Scherz weitergespielt und uns gefragt, wo wir denn arbeiten würden, und wir sagten, in einer Cocktailbar, und er sagte, und was tut ihr da, und wir sagten, na, Drinks servieren, was sonst, und er sagte, zu blöd, daß er keine Cocktails mag, er würde immer nur Bier trinken und vielleicht ab und zu mal einen Whiskey, wenn er sich elend fühlte. Und Pillen würde er auch nehmen, wenn er mal so richtig in Hochstimmung kommen wollte. Das ging nämlich schneller als mit Schnaps, sagte er.«

»Und er hat wirklich ›elend‹ gesagt?« fragte Canaan.

»Ja, stimmt.«

»Hatte er vielleicht einen Akzent? Hörte er sich vielleicht an wie ein Mann aus dem Süden oder aus Texas oder so?«

»Ja, könnte sein. Er hat ziemlich langsam geredet. Er hat um sein Lächeln rumgeredet, so als würde er auf irgendwas rumkauen, Sie wissen schon, was ich meine, ja?«

»Wann habt ihr die Bemerkung fallen lassen, ihr wäret Cocktail-Kellnerinnen, die gerade von der Arbeit nach Hause kamen?« wollte Hooligan wissen.

»Als Mimi beschlossen hat, daß er nicht von der Sitte war.«

»Wer hat das Angebot gemacht?«

»Er. Er hat uns gefragt, wo ein Fremder in der Stadt ein bißchen kriegen könnte.«

»Ein bißchen von was?«

»Genau das hat er gesagt. ›Ein bißchen‹.«

»Und ihr habt ihm dann gesagt, er wäre schon an der richtigen Adresse?«

»Wir haben ihm gesagt, wenn er uns begleiten wollte, könnten wir ihn vielleicht irgendwo hinbringen, wo er das kriegen könnte, was er haben wollte. Er hat gesagt, wir würden genau wie das aussehen, was er haben wollte, und wir haben dann gesagt, das wäre von uns aus schon okay, aber wir würden's nicht in der Gosse tun oder in irgendwelchen Hauseingängen. Also ist er mitgekommen.«

»Zu dem Haus, wo ihr euer Zelt aufgeschlagen habt?«

»Ja.«

»War er denn gar nicht nervös? Hat er nicht angefangen, sich ein bißchen vorsichtiger zu benehmen? Zwei Mädchen, die er in ein leerstehendes Haus begleiten sollte?«

»Er hat gesagt, er würde alle Tricks kennen. Er hat gesagt, er wüßte genau, wie Leute aufs Kreuz gelegt werden. Daß Mädchen einem Typen auflauerten und ihn in ein Haus lockten, in dem irgendein Zuhälter nur darauf wartete, ihn aufzumischen und sein Geld zu nehmen.«

»Und wieso hat er dann doch mit euch das kleine Tänzchen auf dem Dach veranstaltet?«

»Er hat gesagt, irgendwer hätte unten in Washington, D.C. schon mal versucht, ihn aufs Kreuz zu legen, und da hätte er den Zuhälter mit einer Eisenstange fertigemacht und der Nutte mit der Faust die Nase eingeschlagen.«

»Hat euch das nicht nervös gemacht?«

»Haben Sie's noch nicht mitgekriegt? Heute ist es nicht mehr so wie damals, als Sie noch jung waren. Man muß auch mal was riskieren können.«

»Die Zeiten sind auch nicht mehr so wie in deiner Jugend, Schwester. Hast du noch nicht gehört, daß dich das Vögeln umbringen kann?«

Moo sah zuerst Canaan und dann Bitsy an, bat sie darum, die Tatsache zu bezeugen, daß dieser große Bulle von einem Cop schon wieder schmutzig mit ihr redete.

Bitsy starrte sie mit offenem Mund an. Er konnte kaum glauben, daß diese dumme Fotze, die Mimi immer wie ein Hündchen nachgelaufen war, tatsächlich auf sich selber aufpassen konnte. So wie sie's jetzt machte: Wie du mir, so ich dir, mit gleicher Münze heimzahlte, mit dem gemeinen Bastard tatsächlich die Klingen kreuzte.

»Sieh mich an, wenn du mit mir sprichst«, sagte Hooligan. »Nachdem er euch beide abgeschleppt hat und euch ein bißchen Honig um den Bart geschmiert hat, habt ihr ihn dann mit aufs Dach genommen, damit ihr euch ein bißchen besser anfreunden konntet?«

»Genau.«

»Wie ich höre, muß es eine ziemliche Drahtseilnummer sein, auf dieses Dach rauf zu kommen.«

»Ach, wir machen das dauernd. Da gibt's nichts, wovor man Angst haben müßte.«

»Du vielleicht nicht, aber vielleicht ist das ja bei einem anderen anders. Vielleicht habt ihr zwei euch ja auch ausgerechnet, daß dieser Freier runterfallen und sich den Hals brechen würde. Dann hättet ihr ihm die Taschen ausräumen können, ohne euch groß Sorgen machen zu müssen.«

»Ich bin keine Diebin«, sagte sie wieder.

»Oder vielleicht habt ihr ja auch gedacht, ihr lockt ihn da oben auf dem Dach mit Hilfe von ein paar anderen aus eurem Wolfsrudel in die Falle.«

Sie antwortete nicht, sie starrte Hooligan einfach nur eine Sekunde lang an, schaute dann fort, als er begann, sich wieder in die Papiere zu vertiefen.

»Wann hat dieser Mann euch die Drogen gegeben?«

»Welche Drogen?«

»Die Gelben. Das Speed. Die Bennies. Was auch immer. Geh mir nicht auf den Senkel, ich hab's dir schon mal gesagt.«

»Wir haben ein paar eingeworfen.«

»Damit ihr auch schön high wart?«

Ihr Gesicht verzog sich, als wollte sie laut loslachen, und dann sah es aus, als wollte sie losheulen.

»Wen hat dieser Freier zuerst gevögelt?« fuhr Hooligan fort.

Einen Moment lang dachte Bitsy, Moo würde jetzt dicht machen, um diesem miesen Cop endlich mal beizubringen, daß man mit Honig mehr Fliegen fängt als mit Essig. Dann wurde es ziemlich offensichtlich, daß sie sich nicht mehr erinnern konnte.

»Hatte er zuerst mit deiner Freundin Sex?« fragte Canaan leise, beugte sich dichter zu ihr, als würde sie sich einzig und allein mit ihm und sonst niemandem unterhalten.

»Nein, mit mir. Glaube ich.«

»Und dann mit deiner Freundin?«

Sie nickte wieder und schüttelte dann ihren Kopf.

»Heißt das ja oder nein?«

»Er hat versucht, mit Mimi Sex zu machen, aber er konnte nicht.«

»Dann konnte er also nicht zweimal?«

»Tja, es sah so aus, als hätte er Schwierigkeiten, und da hat sie was Dummes gemacht.«

»Du meinst, was Dümmeres als gewöhnlich?« sagte Hooligan.

»Sie hat was über sein Ding gesagt«, erzählte Moo Canaan, ignorierte Hooligan völlig.

»Jetzt spiel hier nicht das kleine Mädchen«, sagte Hooligan, sorgte dafür, daß sie ihn nicht aus der Unterhaltung ausklammerte. »Was hat sie über seinen Schwanz gesagt?«

»Sie hat gesagt, so besonders würde er ja wohl nicht funktionieren.«

»Hat sie das genau so gesagt? Sehr höflich? ›Mister, Sie haben da einen Schwanz, der nicht so besonders funktioniert‹?« sagte Hooligan geziert.

»Sie hat gesagt, sein Pimmel wäre ja total ausgepowert. Er hatte damit geprotzt, was für einen Schlauch er in der Hose hätte. Er hat dauernd gesagt, eigentlich müßten wir ihn bezahlen, statt er uns.«

»He, wieso redest du auf einmal so dreckig mit mir?«

»Ich rede nicht dreckig. Ich sage nur, was er gesagt hat. Und genau das hat er gesagt.«

»Also hat Mimi den Fehler begangen und sich darüber lustig gemacht, daß dieser Mann nicht in der Lage war zu tun, wovon er vorher geprahlt hatte, er könnte es tun«, sagte Canaan, »und das hat ihn dann wütend gemacht?«

Plötzlich wurde ihr Gesicht völlig ausdruckslos. Sie schien Bitsy anzuflehen, ihr zu sagen, was sie jetzt antworten sollte. Ihre Lippen erschlafften, und sie schüttelte heftig den Kopf.

»Ich weiß nicht«, sagte sie. »Ich kann mich nicht erinnern.«

»Hat er sie geschlagen?« fragte Canaan.

»Ich glaube schon.«

»Hat er sie mehr als einmal geschlagen?«

»Ich glaube, ja.«

»Hat er sie gebissen?«

»Ob er was hat?«

»Hat er sie in die Brüste und Schenkel gebissen?« fragte Canaan, zuckte dabei zusammen, als würde er sich schämen, so mit einem Mädchen sprechen zu müssen, das jung genug war, um seine Enkelin sein zu können – oder seine Nichte.

Sie schüttelte ihren Kopf und zuckte mit den Achseln.

»Woher hatte er die Flasche? Hat er sie mit aufs Dach genommen? War sie bereits da? Hat er sie zerschlagen, oder war sie vorher schon kaputt?«

»Ich kann mich nicht erinnern.«

»Was zum Teufel meinst du damit, du kannst dich nicht erinnern?« brüllte Hooligan plötzlich, wobei sein Kopf noch roter wurde, schob sein Gesicht dicht vor ihres, als wollte er ihr mit den Zähnen die Kehle durchbeißen.

Canaan schob sich zwischen Hooligan und das Mädchen, hockte sich hin und ergriff ihre Hände, brachte sie dazu, ihn anzuschauen.

Sie drehte ihren Kopf fort, versuchte Bitsy über seine Schulter anzusehen, ihn um Hilfe zu bitten. Ihr hübsches Gesicht war verzerrt wie das eines Kindes, das sich fieberhaft an etwas zu erinnern versuchte, das es vergessen hatte. Sie hatte Angst vor Strafe. Angst vor irgendwas.

»He«, sagte Canaan. »Du wußtest doch, daß Bitsy hier und ein paar der anderen Kids unten im Haus waren, oder?«

Sie nickte.

»Warum hast du dann nicht um Hilfe geschrien, als er begann, auf deine Freundin einzuprügeln?«

»Das hab' ich doch. Als er sauer wurde und anfing, Mimi anzubrüllen, bin ich runtergelaufen, weil ich Hogan oder sonst irgendwen holen wollte, der gerade da war.«

»Hogan?«

»Er ist der größte von uns. Er ist so was wie das Familienoberhaupt.«

Bitsy runzelte die Stirn.

»Wenn ich nicht runtergegangen wäre und jemanden gesucht hätte, vielleicht hätte er dann nicht getan, was er getan hat. Ich hätte Mimi vielleicht helfen können«, sagte Moo.

»Und hast du Hogan gefunden?«

»Nein, er war nicht da. Ein paar von den anderen Mädchen waren da, aber die wollten nicht mit mir aufs Dach kommen.«

»Und was ist mit deinem Freund Bitsy hier?«

»Den konnte ich auch nirgends finden. Ich bin allein wieder rauf, aber da war der Mann schon weg, und Mimi . . .« Sie fing an zu weinen und zitterte am ganzen Leib.

»Bist du auch ganz sicher, daß du uns das jetzt richtig erzählt hast? Bist du sicher, daß du deine Freunde suchen gegangen bist? Ich meine, du warst doch high von was weiß ich, was euch der Freier gegeben hat. Bist du ganz sicher, daß du wirklich auf dieser baufälligen Treppe von diesem Dach runtergestiegen und anschließend wieder raufgeklettert bist?«

Sie zog den Kopf ein, bis das Kinn auf ihrer Brust lag.

»Sieh mich an, Schätzchen«, sagte Canaan sehr behutsam, so wie er es immer gemacht hatte, wenn seine kleine Nichte schmollte und sich duckte, weil sie dachte, ihr Onkel Isaac würde sie ausschimpfen. »Ich werde dich nicht anbrüllen. Kein

Mensch wird dich anbrüllen. Ich meine, ich will das jetzt nur ganz richtig verstehen. Woran du dich erinnerst.«

»Ich erinnere mich nicht«, flüsterte sie.

»Bist du sicher, daß dieser Mann gegangen ist, während du unten warst und deine Freunde gesucht hast?«

Canaan machte eine Handbewegung, als wollte er ihre Wange berühren, aber Hooligan packte seine Schulter, um ihn zurückzuziehen, damit er sich statt dessen dichter heranschieben konnte. Sein Mund stand offen, bereit, sie wieder anzubrüllen, nachdem seine Geduld jetzt endgültig erschöpft war.

Canaan zuckte herum, immer noch in der Hocke, und schob Hooligan zurück.

»Laß mich in Ruhe. Sie hätten das Kind niemals aus dem Krankenhaus entlassen dürfen. Sie hätten sie über Nacht dort behalten müssen.«

»Geh mir gottverdammtnochmal endlich aus dem Weg«, knurrte Hooligan.

»Dieses Kind steht immer noch unter Schock«, sagte Canaan.

»Es ist mir scheißegal, ob du sagst, sie steht unter Schock oder nicht.«

Sie standen jetzt beide, Bauch an Bauch, Zehen an Zehen und Nase an Nase.

»Sie kann sich nicht erinnern.«

»Wahrscheinlich kommt sie immer noch von ihrem Speed-High runter. Vielleicht war's ja auch ein kleiner LSD-Trip. Vielleicht auch ein Fix.«

»Das spielt doch überhaupt keine Rolle. Laß ihr Zeit.«

Hooligan setzte sich und lehnte sich auf seinem Stuhl zurück.

»Ach, Scheiße, Canaan, du bist doch nicht mal katholisch, wieso strengst du dich da so gottverdammt an, ein Heiliger zu sein?«

35

Die Blutung wollte nicht aufhören. Jeder wußte, daß eine Kopfverletzung stark blutete und schlimmer aussah, als sie tatsächlich war, aber es wollte gottverdammt einfach nicht aufhören. Jedesmal, wenn er das zusammengeknüllte Tachentuch fortnahm, lief es in seine Augen.

Und es tat auch gottverdammt weh. Er kramte in seinen Taschen nach ein paar der Pillen, die ein Kumpel aus dem Knast, Jessie Down Home, ihm gegeben hatte, aber es waren keine mehr da. Er hatte sie alle in der letzten Nacht diesen beiden Babynutten gegeben.

In seinem momentanen Zustand sollte er eine Hauptstraße wie die Western Avenue nicht hinuntergehen, denn irgendein Streifenwagen könnte vorbeikommen, vielleicht sein blutendes Gesicht sehen und ihn mitnehmen. Nur weil sie sonst gerade nichts zu tun hatten.

Sobald er das Unfallkrankenhaus gefunden hatte, das hier irgendwo in der Nähe sein mußte, würde er blitzschnell von der Straße verschwinden. Vielleicht konnten die ihm ja die Wunde reinigen und ein Pflaster drüber kleben. Vielleicht würden sie sie sogar nähen müssen. So konnte er jedenfalls nicht weiter in der Gegend herumlaufen.

Er hörte das Auto nicht, das sich ihm von hinten näherte und dann hielt. Er spürte, daß irgendwas los war, als er die Türen zuschlagen hörte. Dann fuhr der Streifenwagen an ihm vorbei und hielt etwa sieben Meter vor ihm wieder an. Er drehte sich wieder um, und der Fahrer hatte den Wagen verlassen und kam ebenfalls auf ihn zu.

»Guten Morgen, Sir, wollen Sie uns vielleicht erzählen, Sie hätten sich diese Verletzung da beim Rasieren zugezogen?«

»Irgendwer hat mich in einer Gasse da weiter hinten angefallen.«

»Sind Sie ein Besucher unserer Stadt?«

»Wie kommen Sie darauf?«

»Ich meinte, so etwas wie einen Akzent gehört zu haben. Aus dem Süden vielleicht?«

»Kentucky.«

»Schön, das reicht mir. Nur auf der Durchreise?«

»Ich überlege, mich hier niederzulassen.«

»Ich hoffe, dieses unglückliche Ereignis verdirbt Ihnen nicht den Gefallen an unserer schönen Stadt. Würde es Ihnen etwas ausmachen, uns zum Streifenwagen zu begleiten und Ihre Hände auf das Dach zu legen?«

»Ich wüßte nicht, wieso ich das tun sollte. Ein Mann wird überfallen, und das ist die Art und Weise, wie ihr kalifornischen Polizisten euch um ihn kümmert?«

»Wir beabsichtigen durchaus, uns um Sie zu kümmern, Sir. Ich möchte, daß Sie das wissen. Was wir hier machen, ist nichts anderes, als nur angemessene Vorsichtsmaßnahmen zu ergreifen. Das werden Sie doch sicher verstehen, oder?«

»Wenn ich meine Hände auf das Dach lege, werde ich mich wieder ganz vollbluten.«

»Legen Sie einfach Ihren Kopf zurück, Sir, und mein Partner, Officer Shalley hier, wird das Blut stillen, während ich Ihnen die Mühe erspare, nach Ihren Papieren zu suchen.«

Der zweite Cop legte seine Hand auf Youngers Arm und sagte: »Bitte, keine Diskussion, Sir. Tun Sie einfach, um was Officer Crump Sie bittet. Es wird nur eine Minute dauern, und dann werden wir Sie dorthin bringen, wo man Ihre Verletzung versorgen wird.«

Younger ging zum Wagen, legte seine Hände auf das Dach und bog seinen Kopf zurück, als das Blut wieder über sein Gesicht zu tropfen begann. Der zweite Cop zog ein sauberes Taschentuch aus seiner eigenen Tasche und hielt es auf Youngers Stirn.

»Warum haben Sie angehalten?« fragte Younger. »Von hinten konnten Sie unmöglich sehen, daß ich verletzt war.«

»Sie gingen wie ein Mann mit Schmerzen, Sir.«

»Was haben Sie denn hier?« sagte Crump, als er das Schnappmesser aus Youngers Tasche zog.

»Das ist ein Messer«, sagte Younger.

»Tja, ich sehe, daß es ein Messer ist. Vielleicht hätte ich fragen sollen, was Sie damit machen?«

»Da, wo ich herkomme, hat jeder ein Messer bei sich.«

»Aus welchem Grund?«

»Um ein Stück Seil abzuschneiden, Hasen zu häuten, sich eine Pfeife zu schnitzen, die Nägel sauberzumachen. Was zum Teufel?«

»Ja, in der Tat, was zum Teufel. Es mag ja durchaus üblich sein, in Ihrem Teil des Landes ein Messer bei sich zu führen, aber für uns hier sind Springmesser illegale Waffen.«

Younger wußte, daß sie ihn mit ihrem Polizeigequatsche und geziertem Gerede auf den Arm nahmen. Niemand hatte so große Vorurteile gegen Außenseiter wie Polizisten. Sie hegten einen leidenschaftlichen Haß gegen Außenseiter, da Neuankömmlinge in der Stadt für gewöhnlich mehr Ärger verursachten als alteingesessene Bürger. Da Los Angeles eine Stadt der Zuwanderer war, haßten die Cops praktisch jeden.

Das Funkgerät im Wagen begann zu kreischen. Die ausdruckslose, seltsam metallische Stimme des Beamten in der Funkzentrale meldete einen Überfall mit einer tödlichen Waffe in *Vickie's Parlor*. Crump griff grinsend in den Wagen und nahm das Mikro vom Haken.

»Hier Wagen drei einundzwanzig. Officer Crump. Was für eine Waffe war das?«

»Zeugen haben eine zerbrochene Flasche und ein Messer gesehen. Fahren Sie hin?«

»Ich glaube, wir haben Grund zu der Annahme, den Straftäter bereits in Gewahrsam zu halten.«

Ein zweiter Streifenwagen schaltete sich ein und meldete, daß sie zu *Vickie's Parlor* fahren, eine Aussage aufnehmen und die anzeigende Person zur Gegenüberstellung aufs Revier bringen würden.

Officer Crump griff nach den Handschellen an seinem Gürtel.

»Willst du ihm Handschellen anlegen?« fragte Shalley.

»Ganz nach Vorschrift.«

»Wenn du ihm Handschellen anlegst, wird er sich total einbluten. Und als nächstes . . .«

Shalley mußte seinen Satz nicht beenden. Crump wußte alles von Verdächtigen und Straftätern, die später Polizeibrutalität schrien.

»Dann wirst du dich eben zusammen mit ihm nach hinten setzen müssen«, sagte Crump.

»Sie haben doch nichts dagegen, wenn ich mich zu Ihnen in den Fond setze, Sir, oder?« fragte Shalley.

»Fick dich«, sagte Younger, jetzt herausfordernd, nachdem ihm klar wurde, daß er aufgeschmissen war.

»Ist es nicht wirklich erstaunlich, wie schnell Fremde die Sprache lernen?« sagte Shalley, als er seine Hand auf Youngers Kopf legte, um sicherzustellen, daß er sich beim Einsteigen in den Streifenwagen keine weitere Verletzung zuzog.

36

»Eine kleine Pause?« sagte Hooligan. Er stand auf und ging zu dem Bord hinüber, wo die Kaffeekanne und eine Kollektion fleckiger Becher aufgereiht waren. Canaan schlurfte ihm nach.

»Was meinst du?« fragte Hooligan, während er sich eine halbe Tasse einschenkte. »Glaubst du, diese kleine Fotze sagt uns die Wahrheit?«

»Ich glaube nicht, daß sie weiß, was die Wahrheit ist.«

»Glaubst du, sie belügt uns?« fragte Hooligan, befeuchtete mit dem Kaffee seine Lippen.

»Lügen würde ich es nicht nennen.«

»Scheiße. Kalt.«

»Ich sagte, vielleicht kennt sie die Wahrheit nicht. Vielleicht kann sie sich nicht erinnern, wie sich alles ereignet hat.«

»Dann glaubst du also nicht, daß sie uns anlügt?«

»Das habe ich auch nicht gesagt. Ich sagte, daß sie vielleicht nicht weiß, was die Wahrheit ist und was nicht.«

»Du glaubst also nicht, daß sie uns über irgendein Arschloch anlügt, das ihre Freundin auf diese Weise umgebracht hat?« sagte Hooligan und stellte den Becher wieder fort.

»Vielleicht ist es leichter für sie, das zu tun, als uns zu vertrauen. Aber ich sage, vielleicht erinnert sie sich ja nicht mal mehr.«

»Unter Drogeneinfluß?«

»Vielleicht, aber vielleicht blockiert auch irgend etwas ihre Erinnerung.«

»Glaubst du diese Scheiße etwa?«

»Wo bist du die letzten Jahre gewesen? Hast du noch nie was von partieller Amnesie gehört? Hast du noch nie was von Schock gehört?«

»Also, was sollen wir tun?«

»Wir gehen alles noch mal mit ihr durch. Vielleicht lösen wir dadurch ja irgendwas, vielleicht auch nicht. Falls das nicht funktioniert, rufen wir den Polizeipsychologen dazu, lassen die mal einen Blick auf sie werfen.«

Sie kehrten zu Moo, Bitsy und Dipper zurück.

Crump und Shalley begleiteten Inch Younger herein, sahen aus, als hielten sie eine Jagdtrophäe zwischen sich. Youngers Kopf war verbunden, seine Haare fielen ihm in die Stirn, so daß der Mull beinahe nicht zu sehen war.

Sie gingen in kaum mehr als drei Meter Entfernung an Moo vorbei. Sie starrte Younger an, schien aber nur einen verletzten Mann in Polizeigewahrsam zu sehen.

Dipper schaute auch hin, und Dipper, dem praktisch nur der Augenblick durch den Kopf ging, stand auf und zeigte auf Youngers Rücken.

»Mußt du schon wieder pinkeln?« fragte Hooligan schroff, wütend darüber, wie der Tag sich bislang entwickelte.

»Der hat das mit Moo gemacht«, sagte Dipper, die Worte kamen gedämpft über seine schlaffen Lippen.

»Was hat er gesagt?« fragte Hooligan.

»Dieser Mann da hat Mimi weh getan, und er hat es mit Moo gemacht«, sagte Dipper. Dann drehte er sich um und lief fort.

Canaan war aufgesprungen und lief Dipper nach, um ihn zurückzuholen und ihn zum Schweigen zu bringen, bevor er noch mehr sagte.

»He, Crump, einen Moment«, sagte Hooligan. »Dreh diesen Drecksack da doch mal kurz um.«

»Jesus Christus, nein!« brüllte Canaan, ließ Dipper los und wirbelte herum.

Crump sagte: »Was?« und drehte sich schnell zu Hooligan um, hielt dabei aber immer noch Youngers Arm fest, so daß Younger und Shalley auf der anderen Seite abrupt stehenbleiben mußten.

Hooligan sah Moo an, die jetzt langsam aufstand und Younger mit einem Ausdruck schrecklicher Angst auf dem Gesicht anstarrte.

»Ist das der Dreckskerl? Hat der Kleine recht? Ist es das Arschloch, das deine Freundin umgebracht hat?«

Die Bedeutung dessen, was in diesem Moment hier passierte, blieb dem Pflichtverteidiger Elmore Balfry, von seinen Kollegen auch des öfteren ›Bats‹ genannt, nicht verborgen. Er stand wie ein Wasservogel auf einem Bein, schlürfte eine Dose *Nehi Orange* und schwatzte mit seinem Kollegen Bill Giovinne, der gerade im Revier war, um die Rechte seines Mandanten Benny the Dip wahrzunehmen.

Wenn man der zweitschlechteste Student des ersten Jahrganges ist, der sein Examen auf der kleinsten und neuesten juristischen Fakultät der Stadt gemacht hatte, dann muß man nicht nur seine Chancen sofort beim Schopf ergreifen, sondern dabei auch noch so schnell sein, als wäre der Leibhaftige hinter einem her. Als er seinen Job bei der Stadt bekommen hatte, schätzte er sich glücklich, nicht weil er die Chance bekommen hatte, etwas Gutes für die Unterprivilegierten tun zu können, sondern weil er wußte, daß ein cleverer Mann durch Pflege von guten Beziehungen zur Presse und geschickter Ausnutzung seiner Kontakte zu Reportern die Verteidigung der Armen und Geknechteten in ein Sprungbrett für Höheres verwandeln konnte.

Er umklammerte Giovinnes Arm, um sicherzugehen, daß dieser auch zuhörte, und sagte: »Hast du das auch gesehen und gehört?«

»Was soll ich gesehen und gehört haben?«

»Hooligan hat gerade eine *Gegenüberstellung* mit diesem Trottel mit dem Verband um den Kopf gemacht.«

»Ach, ist das ein Verband?« sagte Benny the Dip. »Ich dachte, es wäre vielleicht ein Araber.«

»Das ist kein Araber«, sagte Balfry. »Das ist meine große Chance, Hooligan fertigzumachen. Also, hast du diese offensichtlich manipulierte Identifizierung gesehen, Giovinne? Was ist mit dir, Benny?«

»Ich habe gesehen, was Sie gesehen haben. Glauben Sie, Sie könnten einen Deal wegen der Kleinigkeit machen, die sie mir anhängen wollen?«

»Pflichtverteidiger können keine Deals für dich machen, Benny, um Himmels willen, was denkst du denn? Es sind die Staatsanwälte, die Deals machen.«

»Sie könnten aber doch ein bißchen Ihren Einfluß spielen lassen.«

»Wir arbeiten mit allen uns zur Verfügung stehenden Mitteln, um deinen Arsch zu retten, Benny, weißt du das immer noch nicht?«

»Ich meine, Sie könnten doch eine kleine Gefälligkeit einfordern, ein bißchen Druck ausüben.«

»Sehe ich vielleicht wie irgend so ein Arschloch aus? Glaubst du, ich würde dich als zur Mitarbeit bereiten Zeugen aufrufen lassen, und der D.A. fragt dich dann, ob wir dir ein Geschäft angeboten hätten, und du sagst, ja, hätten wir, und was bringt uns das dann ein, außer daß wir auf dem Trockenen sitzen?«

Benny stand da und schien nachzudenken.

»Falls du beschließt, Baseball-Karten mit dem D.A. zu tauschen«, sagte Balfry, »werde ich dafür sorgen, daß ein paar Freunde von mir draußen auf der Straße dir deine Arme und Beine brechen. Also, was kannst du bezeugen?«

»Ich habe gesehen, wie Hooligan seine Pranken auf den Arm von diesem Araber gelegt hat und wie er dann die Baby Jane gefragt hat, ob sie den Arsch als den Schwanz identifizieren könnte, der ihre Freundin umgelegt hat.«

»Du hast wirklich ein gutes Erinnerungsvermögen, Benny.«

»Das beste.«

»Was hat du gesehen, Giovinne?«

»Dasselbe.«

»Schön, also habe ich meinen Zeugen, und ich habe jemanden, der diese Aussage stützt. Paß gut auf meinen Mann auf, Giovinne, während ich jetzt rübergehe und mich meinem neuen Mandanten vorstelle.«

Er ging, ließ Giovinne mit offenem Mund stehen, dem schließlich dämmerte, daß er die Chance zur selben Zeit wie Bats gesehen hatte, nur daß Bats sich die Sache jetzt an Land zog und ihn mit Benny the Dip stehenließ.

Er fragte sich, wie lange Bats die Cops wohl noch weiter Mist bauen ließ, bevor er sie die Toilette runterspülte.

Unter Polizeireportern war Balfry als ›Der-alte-Zahn-um-Zahn‹ oder als ›Der-junge-Eine-Hand-wäscht-die-Andere‹ bekannt, allzeit bereit, einen vertraulichen Leckerbissen preiszugeben, immer darauf aus, mit ihnen zusammenzuarbeiten, es unmißverständlich klarzumachen, daß er irgendwann in der Zukunft dafür Bezahlung verlangen würde, wenn ein Fall von ausreichendem Interesse nach einem siebenspaltigen Sonderbericht oder drei Seiten in der Sonntagsbeilage schrie.

Wenn sie ihn ließen, würde er es solange laufen lassen, bis er jeden einzelnen Tropfen Blut aus der Sache gequetscht hatte.

Er kämpfte sich durch das größer werdende Menschenknäuel

– die Cops und Tagediebe, Penner und Prostituierten, denen die Titten halb aus ihren Blusen fielen, vorbei an der Babynutte und Hooligan, der immer noch den verletzten Mann festhielt und dabei so aussah, als würde er mit den uniformierten Cops um ihn kämpfen wie Hunde um einen Knochen – und marschierte schnurstracks auf seinen großen Preis, seine Belohnung, seine Leiter zu.

Und kam dort an, gerade als Captain Leech, der von Isaac Canaan gerufen worden war, seinen fleischigen Körper zwischen Balfry und Inch Younger schob, eine Hand ausgestreckt, als wollte er den Pflichtverteidiger aus dem Spiel drängen.

»Zurück, Mr. Balfry«, sagte Leech.

Balfry machte sich gar nicht erst die Mühe, ihn anzusehen, ging einfach um ihn herum und unter seinem Arm durch und schob sein Gesicht, so dicht er konnte, vor die Nase des verängstigten und belagerten Younger, der anscheinend zu glauben schien, er wäre der Star eines kurz bevorstehenden Lynchmordes.

»Wie heißen Sie?«

»Inch Younger.«

»Ist das Ihr richtiger Name?«

»Daniel Younger.«

»Kenne ich Sie irgendwoher?«

»Ich habe Sie noch nie in meinem Leben gesehen.«

»Und ich habe Sie auch noch nie gesehen, Mr. Younger, aber ich kenne Sie, weil ich Zeitung lese und, selbst wenn es nur ein Zweispalten-Foto auf Seite drei war, ich weiß auch, daß Sie der Hog-Wallow-Killer sind, der vor kurzem erst aus dem Gefängnis entlassen wurde.«

Younger runzelte seine Stirn angesichts des Stimmengewirrs, das sich anhörte wie das mißmutige Gebrüll eines Wolfsrudels, bereit, ihm die Beine wegzureißen und ihn zu Boden zu werfen, wo sie sich auf seine Kehle stürzen konnten.

»Das alles ist mir scheißegal«, sagte Balfry. »Daniel Younger, sind Sie von jemandem über Ihre Rechte aufgeklärt worden?«

»Nein, Sir.«

»Können Sie sich einen Verteidiger leisten?«

»Nein, Sir, das kann ich nicht.«

»Nun, denn, Sie haben mich. Ich bin der Pflichtverteidiger.« Er sagte nichts darüber, daß er *ein* Pflichtverteidiger war. Er ließ es so klingen, als wäre er der einzige überhaupt. »Ich bin autorisiert, die Durchführung Ihres Falles genau von diesem Augenblick an zu übernehmen, wodurch Sie sich in der glücklichen Lage befinden, juristische Hilfe und Rat direkt von Anfang an zu haben.«

»Ich hab' nichts gemacht«, sagte Younger.

»Das ist doch selbstverständlich. Aber es ist das, was ich für Sie tun kann, das zählt. Akzeptieren Sie mich als Ihren offiziellen Rechtsbeistand?«

»Jawohl, Sir.«

»Gut. Zunächst einmal, Sergeant Hooligan, nehmen Sie Ihre Pranken von meinem Mandanten. Es sind keine Fotografen anwesend, daher bringt es Ihnen gar nichts. Als nächstes, Captain Leech, hätte ich gern ein Verhörzimmer, in dem ich mich ungestört mit meinem Mandanten beraten kann.«

»Er ist doch noch nicht einmal offiziell festgenommen worden«, sagte Leech.

»Dann nehmen Sie ihn fest und geben Sie mir anschließend eine Stunde mit ihm.«

»Bitte, fertigen Sie Mr. Younger ab.«

»Wer soll denn hier der festnehmende Officer sein?« fragte Crump und sah den Glückstreffer von einer Festnahme aus seinen Händen und seiner Akte entgleiten.

»Sie und Shalley nehmen ihn wegen Verdacht einer Straftat, Landstreicherei und Verletzung seiner Bewährungsauflagen fest.«

»Sie haben einen weiten Aktionsradius, Captain«, sagte Balfry.

»Außerdem rieche ich eine Bierfahne«, sagte Leech. »Sie führen die offizielle Festnahme durch, Officers.« Er sah Hooligan an. »Anschließend werden Sie, Houlihan, von der jungen Frau die Anzeige unterschreiben lassen, die Sie ebenfalls unterzeichnen werden.« Er drehte sich wieder zu Balfry. »In meinem Büro, Herr Rechtsanwalt?«

Balfry warf Younger ein beruhigendes Lächeln zu und folgte dem Captain.

Nachdem er die Tür geschlossen hatte, sagte Leech: »Wenn Sie sich zu Mr. Youngers Anwalt machen möchten, von mir aus gern, Mr. Balfry, aber ich benötige die Bestätigung Ihrer Dienststelle. Wenn Sie mein Telefon benutzen möchten, bitte sehr.«

»Ich denke, das kann warten, Captain Leech«, sagte Balfry, beantwortete Höflichkeit mit Höflichkeit. »Im Augenblick möchte ich Mr. Younger bei dem Verfahren der Festnahme zur Seite stehen. Nur um sicherzustellen, daß alles genau nach Vorschrift gemacht wird. Es sei denn, Sie möchten sich zuerst mit mir besprechen, damit wir eine grobe Vorstellung bekommen, welche Anklagepunkte gegen meinen Mandanten erhoben werden.«

»Ich denke, das werde ich entscheiden, nachdem ich mit der Bezirksstaatsanwaltschaft gesprochen habe.«

»Also, bis dahin, Captain, okay? Ich werde meinen Mandanten während des Festnahmeverfahrens begleiten, und anschließend werde ich mich ein wenig mit ihm unterhalten.«

Leech lehnte gegen seinen Schreibtisch, starrte Balfry an, als würde er sich fragen, was für eine Sorte Mann er war.

»Sie haben selbst seinen Namen genannt«, sagte er. »Sie haben in ihm einen Mörder wiedererkannt, den der Bewährungsausschuß wieder auf die Straße gelassen hat. Er ist nicht mal eine Woche draußen, und schon steckt er wieder in Schwierigkeiten.«

»Nun, es ist Anklage gegen ihn erhoben worden. Das heißt aber noch lange nicht, daß er auch schuldig ist.«

»Es wäre für uns alle besser, wenn wir ihn wieder ins Gefängnis stecken könnten.«

»So funktioniert das aber nicht, Captain.«

»Ich weiß selbst, wie es funktioniert, Balfry. Ich sage nur, daß

Sie darüber nachdenken sollten, was Sie tun und warum Sie es tun.«

Er warf über Balfrys Schulter einen Blick hinaus auf den anwachsenden Lärm.

Hooligans Schreibtisch hatte sich in einen Magneten verwandelt, der Leute aus allen Ecken des Raumes, von der Straße vor dem Revier, vom Polizeipräsidium in der Downtown, den Büros der Staatsanwaltschaft und der Pflichtverteidiger, den Tageszeitungen und den Fernsehsendern anzog.

Es war durchgesickert, daß eines der verlorenen Kinder der Nacht, ein junges Mädchen vom Kiez in Hollywood, ein benachteiligtes elternloses Kind, ihrem endgültigen tragischem Schicksal in Person eines sadistischen Perversen begegnet war, eines Mannes aus den Appalachen, derb und unkultiviert, der sie zuerst mit einem Schwanz von der Größe eines Maiskolbens gevögelt hatte und danach das gleiche noch mal mit einer zerbrochenen Bierflasche getan hatte, wobei er sie umbrachte.

Um den Kuchen für die Medien noch etwas zu versüßen, waren da noch ein mongoloider Junge und eine andere hübsche, minderjährige Nutte, die sich wie ein Rockstar kleidete und begann, die traurige Berühmtheit zu genießen, mit der sie plötzlich überschüttet wurde.

Die Cops waren über die Nachrichten ganz besonders begeistert, weil hier einer der seltenen Fälle vorlag, bei dem wachsame Officers eine verdächtige Person angehalten und festgenommen hatten, der sich wenig später als ein gottverdammter Vergewaltiger und Mörder herausstellte; diese Tatsache brachte wenigstens für eine Woche sämtliche Beschwerden über die Unfähigkeit und Ohnmacht der Polizei zum Schweigen.

Balfry hatte Younger beim Festnahmeverfahren zur Seite gestanden. Sie hatten ihr Gespräch geführt. Jetzt stand er bei dem Fototermin neben ihm, zu dem er eingewilligt hatte.

»Damit ich das jetzt richtig verstehe«, sagte der Mann von

der *Times* zu der Lady von Channel 9. »Diese Person namens Younger hat also zwei jugendliche Prostituierte vom Straßenstrich in Hollywood angesprochen, ist dann mit ihnen auf das Dach eines leerstehenden Gebäudes gegangen, hatte dort Geschlechtsverkehr mit der einen und tötete anschließend die zweite mit einer zerbrochenen Flasche.«

»Weil sie ihn ausgelacht hat«, sagte die Lady.

»Warum hat sie ihn denn ausgelacht?«

»Weil er einen kleinen Penis hatte.«

»Aber ich habe doch eben erst gehört, daß dieser Dreckskerl bestückt sein soll wie ein Hengst.«

»Nun, das ist aber nicht ganz das, was ich gehört habe‹, sagte sie und beäugte dabei den Reporter, als würde sie stark seine Unschuld an der ganzen Affäre bezweifeln, da ganz offensichtlich alle Männer unter großen Problemen mit Peniskomplexen zu leiden hatten und bereit waren, jede beliebige Frau zu mißbrauchen, die es wagte, ein kicherndes Lachen loszulassen, statt sofort voller Verehrung auf die Knie zu fallen.

»Vielleicht hat er ihr ja auch einen Witz erzählt«, meinte der Reporter.

»Was er in der Hand gehalten hat, war der Witz.«

»Aber er hatte es doch schon mit der ersten Nutte getrieben, und die hat nicht gelacht.«

»Wir sind nicht alle gleich, Charlie. Jeder hat einen anderen Sinn für Humor.«

Benny the Dip beobachtete Giovinne, der wiederum Balfry an Youngers Seite mit blanker Gier und purem Neid beobachtete.

»Sollten wir jetzt nicht vielleicht über meinen Fall sprechen, Mr. Giovinne?«

»Findest du das fair, Benny? Findest du es fair, daß der gottverdammte Bats Balfry einen Vergewaltiger und Mörder als Mandanten bekommt und ich nur einen kleinen Taschendieb? Was ist das für eine Gerechtigkeit? Ich bin hier, und er ist hier, und dieser beschissene Bats Balfry stürmt da rüber, als hätte er Laufschuhe an, und krallt sich einen Vergewaltiger und Mörder als neuen Mandanten. Dieser Bats könnte in eine Tonne voller Pferdescheiße fallen und würde am Ende mit einem goldenen Hufeisen in jeder Faust wieder rauskommen.«

»Ich hab' ein paar Prellungen.«

»Das ist genau der richtige Fall«, fuhr Giovinne fort, hörte Benny nicht mal. »Durch so was macht man sich einen Namen. Gewinnen oder verlieren. Solche Gelegenheiten gibt es. Die Verhandlungen am Tatort allein könnten einem eine Woche lang zwanzig Inches und drei Dreißig-Sekunden-Sound-bites pro Tag einbringen.«

»Was reden wir hier von Inches und Bissen?«

»Inches bedeutet die Länge der Spalten in einer Zeitung und Sound-bites sind Dreißig-Sekunden-Szenen in den Sechs-Uhr-Nachrichten«, erklärte Giovinne. »Und wenn es zum Aushandeln der Anklagepunkte kommt, könnte das einen Sonderbericht in der Sonntagszeitung und im Radio bedeuten.«

»Wo wir gerade von Aushandeln reden, Mr. Giovinne, wie wär's, wenn Sie jetzt mal da rüber gehen würden und hören, ob Sie für mich keinen Deal machen können, solange die mit was anderem beschäftigt sind? Wer zum Henker interessiert sich schon für einen kleinen Taschendieb, wenn ein Schwanzträger zum Berserker geworden ist?«

Genau in diesem Augenblick eskortierten Mackie und zwei Uniformierte Fran, deren Nacktheit von einer hastig übergeworfenen Jacke nur ungenügend verdeckt wurde, die Feder-Clogs immer noch an den Füßen, durch die Tür und in das Büro, in dem andere Cops Younger gerade in den Zellentrakt nach unten bringen wollten.

Sie schrie auf und brüllte dann: »Da ist ja das Schwein, das versucht hat, mich zu vergewaltigen!«

Leech griff nach dem Telefon. »Besorgen Sie mir den Namen des Bewährungshelfers, der einen Burschen namens Daniel Younger in seinen Akten hat.«

37

Whistler hatte das Gefühl, als säße er mit Faye in einer Grube gefangen. Was immer sie sagten, um eine Unterhaltung zu beginnen, schien gegen die Wände zu prallen, herunterzurutschen und irgendwo zwischen ihren Füßen zu versickern.

»Tut mir leid, daß ich dir keine guten Neuigkeiten bringen kann«, sagte er.

»Ach, das muß dir nicht leid tun. Ich werde den Überbringer schon nicht erschießen.«

»Ich glaube, da will jemand was von dir«, sagte er und deutete aus dem Fenster.

Jojo stand dort und versuchte, Faye auf sich aufmerksam zu machen. Sie winkte ihn herein. Nach kurzem Zögern kam er in das Café und den Gang zu ihrer Nische herunter.

Faye stellte sie vor.

»Setz dich. Möchtest du was?« fragte Whistler.

»Nein, nichts«, sagte Jojo. »Ich bin nur gekommen, um Faye zu sagen, daß sie gebraucht wird.«

»Ich komme mit«, sagte sie und rutschte aus der Nische.

»Nein, nicht drüben im Magdalene House«, sagte Joho. »Unten beim Gericht.«

»Was ist denn los?« fragte Faye.

»Du kennst doch diese Kids, diese beiden weißen Mädchen, die sich immer gleich anziehen? Nennen sich Mimi und Moo?«

»Ja, ich weiß, wen du meinst.«

»Also, eine von denen ist jetzt tot, und die andere wird unter Anklage der Prostitution vor Gericht kommen.«

»Gehen wir«, sagte Faye, schob sich zur Kante der Bank vor.

Whistler streckte eine Hand aus. »Was hast du vor?«

»Dafür sorgen, daß das Mädchen nicht in ein staatliches Heim oder in irgendeine andere Einrichtung kommt, wo man ihr nicht wirklich helfen wird.«

»Soll ich mitkommen?«

»Hat keinen Sinn, gleich in Massen vor Gericht aufzutauchen«, sagte sie und stand auf. »Das ist etwas, von dem ich etwas verstehe.«

»Ich hoffe, du machst deine Sache besser als ich.«

»Weißt du, was dein Problem ist, Whistler?« sagte sie, legte ihre Hand auf seine. »Du wirst immer Sam der Sad Man bleiben und die Last der ganzen Welt auf deine Schultern nehmen.«

Dann ging sie hinaus und ließ ihn mit dem *Enquirer* als Gesellschaft allein zurück.

38

Richter Phillip Esposito wollte nicht im Gericht sein. Besonders nicht in diesem Gericht.

Eigentlich war er Richter am Zivilgericht, und nur weil das Jugendgericht mit Fällen überlastet und er außerdem ein gutmütiger Mensch war, wurde er vorübergehend dorthin ausgeliehen.

Nach zwei Wochen der Massenabfertigung von Jugendlichen, die wegen Vergewaltigung, Sodomie, Körperverletzung und Mord vor Gericht standen, die aber weder schuldfähig waren noch denen in einigen Fällen überhaupt der Prozeß gemacht werden konnte, und von verängstigten Kindern, kaum mehr als Babys, die von einer Behörde zur anderen weitergereicht wurden, hatte er von der seltsamen Durchführung der Gerechtigkeit im Familiengericht gründlich die Nase voll.

Er hatte schnell gelernt, daß es weder Urteile noch Strafen geben würde. Wenn ein Angeklagter – der hier nicht Angeklagter, sondern Beschuldigter genannt werden mußte – einer Tat für schuldig befunden wurde, die ihm oder ihr vorgeworfen wurde, wurde sofort ein Antrag eingereicht, der das Gericht eindringlich darum bat, zuerst und vor allem das weitere Wohlergehen des oder der Minderjährigen zu berücksichtigen. Selbst wenn dieser Minderjährige ein Bleirohr genommen und einer alten Lady das Hirn aus dem Schädel geschlagen hatte, die ihre Handtasche nicht loslassen wollte.

Sollte es doch zu einem Urteilsspruch gegen den Beschuldigten kommen, würde eine weitere Verhandlung zur Ermittlung des Strafmaßes vor demselben Richter anberaumt, der ihn oder sie für schuldig befunden hatte – und bis dahin konnte ein Jugendlicher für Jahre eingesperrt sein.

Jugendliche, die nur wegen Schuleschwänzen oder Unruhestiftung vor Gericht erscheinen mußten, erhielten eine ähnliche Behandlung. Es waren sogar Fälle bekannt, in denen alleinstehende Mütter, die dringend ein Wochenende Erholung von der Last der Kindererziehung benötigten, ihren Sohn oder ihre Tochter beim Jugendamt ablieferten, weil sie angeblich nicht mehr mit ihnen fertig wurden. Dabei machten sie sich aber nicht klar, daß diese Wochenenden im Jugendgefängnis zu den Akten genommen wurden und ihre Kinder für ihr weiteres Leben brandmarken würden.

Er haßte die nicht eindeutig formulierten Gesetze, die bei Jugendlichen Anwendung fanden. Er haßte die kleinlichen Privat- und Zivilrechtsanwälte, die oft ohne die geringste Ahnung von den Besonderheiten und Launen des Systems, unter dem er gezwungen war zu arbeiten, auftraten.

Er haßte die Staatsanwälte und Pflichtverteidiger, die, wenigstens zum größten Teil, einfach nur ihre Zeit absaßen. Und vielleicht haßte er am meisten von allem die Beamten der Dienstaufsicht, die übereifrig damit beschäftigt waren, die Welt und jeden einzelnen verkommenen, vergewaltigenden, schniefenden, schnupfenden, fixenden und mordenden Bastard zu retten.

Er haßte seine lausigen Diensträume, in denen es nach alten Socken und vergammelnder Orangenschale roch, und er haßte die wässrige Pisse, die er an diesem Morgen bekommen hatte.

Heute hörte er wieder all denen zu, die einen Anspruch auf

einen Gerichtstermin hatten, und war bereit, seine drei Hauptpflichten jedem einzelnen von ihnen gegenüber fair und gerecht nachzukommen.

Er würde jedem einzelnen einen Rechtsbeistand zuweisen, der nicht die Mittel hatte, dafür selbst aufzukommen, falls dies bislang noch nicht geschehen war.

Er würde weitere Verhandlungen gemäß terminlicher Verfügbarkeit für alle Instanzen des Gerichtes anberaumen.

In solchen Fällen, bei denen Kinder irgendwelcher Straftaten angeklagt waren, würde er mit Hilfe eines Bewährungshelfers entscheiden, ob sie auf Bewährung wieder nach Hause geschickt werden sollten, während sie auf ihre endgültigen Verhandlungen warteten, ins Jugendgefängnis überstellt oder in einer anderen städtischen Institution oder einem Heim untergebracht werden sollten.

»In Ordnung«, sagte er, nahm die Anzeige einer Polizeidienststelle gegen Moo in die Hand, richtiger Name unbekannt, fester Wohnsitz unbekannt, Beruf: Prostituierte, unterschrieben von einem Detective Francis Houlihan, Hollywood Division. »Wer ist der Rechtsbeistand dieser jungen Frau?«

»Helen Dunne«, sagte Fargo von der Staatsanwaltschaft.

»Wo ist sie?«

»Keine Ahnung, Euer Ehren.«

»Ist der anzeigende Officer anwesend?« fragte Esposito.

»Hier, Euer Ehren«, sagte Hooligan und stand auf. »Detective First Grade Houlihan.«

»Okay. Mr. Fargo, Detecitve Houlihan, würden Sie bitte vortreten?«

Als sie vor ihm standen, beugte Esposito sich zu ihnen, faltete seine Hände und sagte zu Houlihan: »Ist Ihnen das Routineverfahren bei Prostituierten bekannt?«

»Ja, Euer Ehren.«

»Das Routineverfahren bei Prostituierten ist folgendes: Man erhebt offiziell Anklage, beraumt einen Termin an, wann sie vor Gericht zu erscheinen haben, und läßt sie auf Kaution gehen.«

»Sie ist minderjährig.«

»Das wissen wir nicht mit Sicherheit.«

»Sie brauchen doch nur mal hinzusehen.«

Esposito warf Moo einen kurzen Blick zu, die dort saß, und bemerkte, daß sie ein hübsches Gesicht hatte, wenn man sich erst mal durch die Schminke und den Puder vorgearbeitet hatte. Sie sah mitleiderregend aus, wie ein Kind, das sich die abgelegte Unterwäsche und Nachtbekleidung ihrer Mutter angezogen hatte.

»Was ich damit sagen will: Wir können es nicht mit Sicherheit sagen, also werden wir uns für den schnelleren Weg entscheiden, solange es niemandem schadet. Also, sehen Sie, ich bin mir nicht ganz klar, was den Grund dieser Anzeige betrifft. Ist diese Jugendliche unter besonderen Umständen hierher gebracht worden, oder wird ihr lediglich Prostitution zur Last gelegt?«

»Mord, Euer Ehren.«

»Das ändert manches. Aber hier in dieser Anzeige lese ich nichts von Mord.«

»Wir beschuldigen sie auch nicht des Mordes. Wir wollen sie nur als wichtige Zeugin in Gewahrsam halten«, sagte Fargo.

»Warum dann diese Anzeige?«

»Diese Person lebt auf der Straße, Euer Ehren. Wenn wir sie nicht in Gewahrsam halten, wird sie einfach spurlos verschwinden«, sagte Houlihan.

»Das *wissen* Sie?«

»Das ist genau das, was diese Kids am besten können, Euer Ehren, spurlos verschwinden.«

Esposito sah Moo wieder an und bemerkte die Handschuhe, die sie trug.

»Ist Ihnen kalt, junge Dame?« erkundigte er sich.

»Nein, Sir, mir ist nicht kalt«, sagte Moo und erhob sich.

»Sie tragen Handschuhe.«

»Die haben keine Finger.«

»Warum tragen Sie sie dann?«

»Das trägt heute doch jeder.«

»Jeder?«

»Also, eine Menge Mädchen.«

»Aha, das wußte ich nicht. Ich habe keine Töchter. Was könnte ein alter Kauz wie ich auch schon über die Mode junger Mädchen wissen?«

»Ich finde, so alt sehen Sie gar nicht aus, Euer Ehren.«

»Wer hat Ihnen gesagt, mich Euer Ehren zu nennen?«

»Das hab' ich im Kino gesehen. Jeder soll den Boß Euer Ehren nennen.«

»Dann bin ich also der Boß, ja?«

»Für mich sehen Sie hier wie der Boß aus.«

»Es sollten mehr Leute deinen scharfen Verstand besitzen«, sagte Esposito, blickte hierhin und dahin, sah den Gerichtsdiener, den Stenographen, die Anwälte, Houlihan und ein paar Zuschauer an.

»Warum haben Sie sich für diese Vorgehensweise entschieden, Mr. Fargo?« flüsterte Esposito.

»Nun, Sie wissen schon, Euer Ehren, wenn wir versuchen, sie bis zum Gerichtstermin festzuhalten, wird die Dienstaufsicht sofort einen lauten Schrei loslassen. So aber können wir sie bis zu einer Verhandlung festhalten. Das dauert vielleicht zwei oder drei Wochen. Bis dahin liegen uns erste Erkenntnisse vor, und vielleicht hat eine Grand Jury auch schon die Eröffnung eines Mordprozesses für nötig befunden.«

»Warum den leichten Weg gehen, wenn man es auch auf den schweren machen kann? Richtig?«

»Der Detective hat recht, wenn er sagt, daß diese Kids gern von der Bildfläche verschwinden.«

»Nun, es gefällt mir nicht, dem Gericht einen schlechten Ruf zu verschaffen, indem Kinder aus Zweckmäßigkeitserwägungen der Polizei oder Staatsanwaltschaft in Gewahrsam genommen werden.«

»Sie könnte in Gefahr sein«, sagte Fargo.

»Okay, treten Sie wieder zurück. Sie kehren auch auf Ihren Platz zurück, Detective«, sagte Esposito.

Im hinteren Teil des Gerichtssaales entstand ein kleinerer

Aufruhr, als eine schlanke Frau in einem dreiteiligen beigefarbenen Kostüm den Gang heruntergeeilt kam. Sie kämpfte mit ihrer Schultertasche und einer Aktenmappe, zupfte nervös an einer Haarsträhne.

»Mrs. Dunne«, sagte Esposito, »vertreten Sie in dieser Angelegenheit diese junge Dame?«

Nachdem sie die Tasche auf dem Boden gestellt und die Aktenmappe auf den Tisch gelegt hatte, hob Mrs. Dunne einen Finger.

Moo setzte sich, als Mrs. Dunne die Aktenmappe mit beiden Händen aufschnappen ließ, mit der einen Hand einen Stapel Papiere herausnahm und mit der anderen wieder einen Finger hob. Sie überflog das oberste Blatt, nickte, ging zu Moo, beugte sich vor und besprach sich schnell mit dem Mädchen.

Faye verlagerte ihren Platz von einem Stuhl weiter hinten zu einem in der ersten Reihe, unmittelbar hinter Moo, und beugte sich vor. Aber Mrs. Dunne beachtete sie nicht weiter.

»Beabsichtigen Sie in nächster Zeit, auf meine Frage zu antworten, Mrs. Dunne?« fragte Esposito.

»Ja, ich vertrete Mrs. Smith.«

Esposito sah Moo an und sagte: »Sie haben bemerkt, daß Mrs. Dunne nicht Ihre guten Manieren besitzt? Sie spricht mich nicht mit Euer Ehren an.«

Moo kicherte.

Esposito gefiel das. Er begann sich besser zu fühlen.

»Ich nenne sie Mrs. Dunne«, fuhr er fort, setzte auf weitere Lacher. »Sie bemerken, daß ich mich ihr gegenüber höflich verhalte? Aber sie nennt mich dennoch nicht Euer Ehren.«

Dunne ignorierte ihn.

Faye sagte: »Ich könnte Ihnen vielleicht helfen, Mrs. Dunne.«

»Wie meinen Sie das, mir helfen?«

»Ich arbeite im Magdalene House.«

Dunne musterte Faye einen Augenblick und drehte sich darauf zum Richter um, wie er es von ihr verlangt hatte. »Dieser Fall ist vor fünf Minuten eröffnet worden.«

»Ich wußte nicht, daß er schon aufgerufen worden ist.«

»Das sollten Sie aber wissen.«

»Ich war verhindert.«

»Hatten wohl Probleme, aus dem Bett zu kommen, was?«

»Probleme mit meinem Wagen.«

»Besorgen Sie sich einen neuen.«

»Das würde ich, wenn ich es mir leisten könnte.«

»Lassen Sie den alten reparieren.«

»Das werde ich, Euer Ehren.«

»Aaah, jetzt nennen Sie mich Euer Ehren.«

»Dürfte ich mich vielleicht ein paar Minuten mit meiner Mandantin besprechen?«

»Besprechen Sie sich.«

»Sie dürfen Ihren Kopf auch hier reinstecken«, sagte Mrs. Dunne zu Faye. »Wie ist dein richtiger Name, Moo?«

»Alle nennen mich einfach Moo.«

»In Ordnung. Wenn du es mir nicht sagen willst. Dein richtiger Name ist wahrscheinlich Maureen. Also, Maureen, hast du dich prostituiert?«

»Selbst wenn wir das gemacht hätten, kein Mensch hat uns gesehen. Ich meine, keine Cops haben uns gesehen.«

»Die Anklage wegen Prostitution erfolgt aus reinen Zweckmäßigkeitsgründen«, sagte Faye.

»Was meinen Sie damit?«

»Sie wollen Moo in Gewahrsam halten, damit sie sie in greifbarer Nähe haben, weil sie sie als Augenzeugin in diesem Mordfall brauchen.«

»Also, dann werden wir sie eben eine Vormundschaft beantragen lassen und bringen sie in Schutzhaft unter.«

»Schutzhaft bedeutet aber wahrscheinlich ein geschlossenes staatliches Heim. Ich möchte, daß Sie statt dessen das Magdalene House als Alternative vorschlagen.«

»Was meinst du dazu, Maureen?« fragte Mrs. Dunne.

»Ich will überhaupt nirgendwohin«, sagte Moo, »außer raus.«

»Das kann ich dir nicht verübeln.«

»Einen Moment noch«, sagte Faye. »Sie dürfen sie nicht wieder auf die Straße schicken.«

»Da mögen Sie recht haben, aber ich werde versuchen, mich an den Wünschen meiner Mandantin zu orientieren. Falls sie anschließend bei Ihnen Unterschlupf suchen möchte, ist das allein ihre freie Entscheidung.« Mrs. Dunne erhob sich. »Ich beantrage Abweisung der Anklage. Es gibt keine Zeugen für die Ausübung von Prostitution.«

Hooligan erhob sich müde. »Euer Ehren?«

»Ja, Detective Houlihan?« sagte Esposito.

»Ich kann bezeugen, die vor diesem Gericht Beschuldigte bei der Ausübung geschäftsmäßiger Prostitution auf einer öffentlichen Straße beobachtet zu haben. Ich befand mich auf der Suche nach der Beschuldigten, um Anzeige zu erheben, als sie in dieser Angelegenheit in Gewahrsam genommen wurde.«

»Warten Sie einen Moment!« sagte Mrs. Dunne und sprang empört auf. »Wegen welchem Akt der Prostitution wird sie denn nun angeklagt, wegen dem, den dieser Officer jetzt behauptet, gesehen zu haben, oder wegen dem, dessen Augenzeuge gewesen zu sein er zuvor behauptet hat?«

»Dem Antrag auf Abweisung wird nicht stattgegeben«, verkündete Esposito.

»Könnte das Gericht die Gründe dieser Abweisung bitte näher erläutern?« sagte die Anwältin fassungslos. »Die Anklage gegen meine Mandantin erweist sich doch durch die Aussage dieses Officers als völlig haltlos. Wie es ihm gerade zweckmäßig erscheint, fallen ihm immer neue Handlungen der Prostitution ein.«

»Zweck des Jugendgerichte ist es nicht, die Anomalien des Gesetzes beizulegen, sondern in erster Linie das Wohlergehen des vor ihm stehenden Minderjährigen zu berücksichtigen«, zitierte Exposito. »Aus welchem Grund auch immer. Ungeachtet der speziellen Umstände. Wir müssen entscheiden, ob es dieser jungen Frau erlaubt werden soll, wieder zu gehen, zweifellos zurück auf die Straße. Vielleicht wird sie sogar die Stadt und diesen Staat verlassen. Auf jeden Fall jedoch müssen wir entscheiden, ob wir sie möglicherweise den Bedrohungen und Gefahren der Vergeltung von jemandem aussetzen, der starke Gründe haben könnte, sie zum Schweigen zu bringen. Das Wohlergehen und nicht immer die Rechte des Minderjährigen besitzt oberste Priorität in unseren Überlegungen, und daher muß ich den Antrag auf Abweisung des Falles ablehnen und ordne an, daß die Beschuldigte in Schutzhaft zu nehmen ist.«

Mrs. Dunne hatte einen roten Kopf und schwitzte vor unterdrückter Wut und Enttäuschung. Esposito war sich ihres Unbehagens wohl bewußt und genoß es.

»Wird das Gericht eine zeitliche Begrenzung festsetzen?« fragte sie.

»Bis sie als Zeugin vorgeladen wird oder die Gefahr vorbei ist.«

»Ich bitte, das Gericht darüber in Kenntnis setzen zu dürfen, daß ich beabsichtige, eine einstweilige Verfügung zu beantragen.«

»Zur Kenntnis genommen.« Er machte der Sozialarbeiterin ein Zeichen. Sie war eine untersetzte schwarze Frau in einem Kleid mit Blümchenmuster und Schuhen, die eine Nummer zu klein für ihre Füße waren.

Sie trippelte zum Richtertisch und wartete darauf, daß der Richter den Dialog eröffnete, wobei sie ihren Blick gesenkt hielt, als wäre sie bereit, all die Dummheit über sich ergehen zu lassen, die sie jetzt hören würde, und all die wirkungslosen Problemlösungen, an denen sie teilhaben sollte.

Mrs. Dunne und Fargo traten vor, um sich an der Beratung zu beteiligen.

Mrs. Dunne drehte sich um und schaute Faye an. Esposito sah sie ebenfalls an.

Die Anwältin ging zu ihr und fragte: »Besitzen Sie eine Lizenz?«

»Ich warte darauf.«

»Das müßte reichen. Macht es Ihnen etwas aus, zu uns zu kommen?«

Zusammen traten sie wieder vor den Richter.

»Würden Sie sich bitte ausweisen?« sagte Esposito.

»Mein Name ist Faye Chaney, Euer Ehren. Ich bin hier, um meine Hilfe anzubieten.«

»Mrs. Dunne hat mich darüber informiert, daß Sie bei der Leitung einer Einrichtung helfen, die das Magdalene House genannt wird. Es tut mir sehr leid, aber von einer solchen Einrichtung habe ich noch nie gehört.«

»Sie existiert auch noch nicht sehr lange.«

»Arbeiten Sie offiziell?«

»Die Beantragung der Lizenz läuft, Euer Ehren«, sagte Mrs. Dunne.

»Wenn Ihre Einrichtung nicht offiziell anerkannt ist, sehe ich wirklich nicht, welchen Nutzen dieses Gericht daraus ziehen könnte. Wir können einen Minderjährigen nicht der Obhut jedes x-beliebigen, von der Straße hereingelaufenen Menschen anvertrauen, der behauptet, ein Heim zu leiten.«

»Ich wußte nicht, daß es hier um Einweisung oder auch nur eine Unterbringung geht«, sagte Faye. »Soweit ich verstanden habe, was bislang hier gesagt wurde – soweit ich es gehört habe –, wurde doch entschieden, daß Moo, da sie keinen festen Wohnsitz nachweisen kann, ihrer Freiheit und gewisser Rechte einfach nur deswegen beraubt wird, weil sie keinen festen Wohnsitz hat.«

»Und um sie vor möglichem Schaden zu bewahren.«

»Aber wenn sie einen festen Wohnsitz hätte, würden Sie sie dann auch noch in ein staatliches Heim oder eine andere öffentliche Einrichtung schicken?«

»Solange es einen verantwortlichen Erwachsenen gäbe, der auf sie aufpaßt, wahrscheinlich nicht.«

»Ich bin ein verantwortlicher Erwachsener.«

»Das würde uns allen das Verfahren einer einstweiligen Verfügung ersparen«, sagte Mrs. Dunne.

Fargo zuckte mit den Achseln und nickte.

Die Sozialarbeiterin blinzelte und nickte.

»Unsere Einrichtung steht dem Gericht jederzeit zur Überprüfung offen«, sagte Faye. Sie wühlte in ihrer Schultertasche und reichte Esposito einige Dokumente. »Wir haben Schreiben des Bürgermeisters und anderer städtischer Beamter.«

»Euer Ehren«, sagte Mrs. Dunne, »ich empfehle eindringlich, die Beschuldigte in Mrs. Chaneys Heim einzuweisen.«

»In Ordnung. Treten Sie zurück, und lassen Sie uns fortfahren.«

Nachdem sie alle vom Richtertisch zurückgetreten waren, sah Esposito Moo an, wobei er eine milde Miene aufsetzte.

»Junge Dame, hier vor diesem Gericht und vor der Öffentlichkeit, wo jede Möglichkeit des Zwanges oder der ungesetzlichen Überredung ganz eindeutig außer Frage steht, und auf einer rein freiwilligen Basis, frage ich Sie, ob Sie mit der zeitlich befristeten Vormundschaft von Mrs. Chaney einverstanden sind.«

»Ja, Euer Ehren«, sagte Moo.

»Sind Sie bereit, die Regeln ihrer Einrichtung zu akzeptieren und sich an sie zu halten und nicht bei der ersten sich Ihnen bietenden Gelegenheit fortlaufen?«

»Ja, Euer Ehren.«

»Sie sind sich der Tatsache bewußt, daß wir Ihnen dieses Versprechen abverlangen, um Ihre Sicherheit und Ihr Wohlergehen zu garantieren?«

»Ja, Euer Ehren.«

Esposito schaute Hooligan an.

»Wir werden bei dieser Sache ein wenig Kooperation von seiten der Polizei erwarten. Ein bißchen Überwachung. Eine wachsame Präsenz.«

»Ja, Euer Ehren.«

»Alle zufrieden?« fragte er und sah Mrs. Dunne an.

»Ja, Euer Ehren.«

»Ich müßte eigentlich glücklich sein.«

39

Balfry lehnte sich gegen den ersten Schreibtisch, den er in der Nähe von Leechs Büro finden konnte. Von Rechts wegen hätte er drinnen sein und bei dem Gespräch von Leech und Sharkey Gore, Youngers Bewährungshelfer, anwesend sein sollen.

Er war gebeten worden, ihnen eine Minute Zeit zu lassen. In einer Minute konnten sie einen Deal machen und sich verabreden, den rechtmäßigen Gang der Dinge zu vereiteln. Er dachte nicht daran, sie zu beschuldigen, die Rechtsfindung vereiteln zu wollen, denn, wenigstens soweit es ihn betraf, wenn sie das Landei wieder in den Knast warfen, damit er seine restliche Zeit und noch ein bißchen mehr absaß, dann war das nur fair.

Aber er hatte es hier nicht mit einer Frage von Recht oder Fairneß oder Gerechtigkeit zu tun. Es war vielmehr eine Frage des Gesetzes in seinen vielen faszinierenden und oft bizarren Biegungen und Windungen.

Die Gesetzgeber waren zum größten Teil Anwälte, und die Verfasser der Gesetze, Verordnungen und Vorschriften waren ebenfalls zum größten Teil Anwälte, die eigentlich Gebrauchsanweisungen für japanische Verbraucher hätten schreiben sollen, und die Richter, die die Gesetze auslegten und auf deren Grundlage urteilten, waren auch wieder größtenteils Anwälte. War es da also ein Wunder, daß es im Körper des Gesetzes so viele Ecken und Nischen gab, in die ein smarter Rechtsanwalt hinein- und wieder hinausschlüpfen konnte?

Er hatte nichts dagegen, daß die Cops jeden nur möglichen Standpunkt ausnutzten, den sie finden konnten, um Rowdys, Vergewaltiger und Mörder von der Straße zu bekommen, aber sie konnten nicht hinter seinem Rücken – vor seinen Augen hinter dieser Glasscheibe da – das System manipulieren, so wie sie es jetzt wahrscheinlich gerade taten.

Sharkey Gore brannte sehr leicht die Sicherung durch. Doch wenn der Funke das Pulver traf, würde es keine Explosion geben, sondern einfach nur wieder einen weiteren ausgebrannten Fall.

Er arbeitete nun schon seit sieben Jahren als Bewährungshelfer. Sechsdreiviertel Jahre zu lange. Er hatte den Job noch keine drei Monate gemacht, da war ihm schon klargeworden, daß die meisten der Arschlöcher und Penner, die vorübergehend unter seiner Aufsicht standen, nicht zu retten waren. Vielleicht hatte es den einen oder anderen gegeben, der vor einem weiteren Leben in der Kriminalität bewahrt werden konnte, aber er besaß nicht das Wissen oder die Erfahrung, sie zu erkennen, noch hätte er ihnen ausreichend Zeit widmen können, wenn er es gekonnt hätte.

Sie waren die Kugeln in einem Flipperautomaten, prallten von den Hindernissen ab, fielen in die Löcher, knallten herum wie verrückt gewordene Tiere, zeigten mit einem Klingeln einer Welt voller Unschuldiger den Punktstand an, Unschuldiger, die nicht den Mumm besaßen, bei denjenigen den Stecker rauszuziehen, die schon beim ersten Mal hätten unschädlich gemacht werden sollen, als sie verstümmelt oder gemordet hatten, die ganz nach unten und in das Loch rollen sollten, wo erledigte Kugeln landeten, wenn ihre Reise vorüber war.

»Was ich von Ihnen hier erwarte«, sagte Leech zum dritten oder vierten Mal, »halten Sie mir diesen Straftäter von der Straße, bis er seine Verhandlung bekommt.«

»Ich höre, was Sie sagen«, erwiderte Gore, »aber Sie müssen mir auch zuhören. Ich sage Ihnen nämlich, daß diese Anklage, die Sie gegen Younger vorbringen wollen, einfach lächerlich ist. Sie erzählen mir, er geht in eine Kneipe, in der die Bardame alles, was sie hat, vor seiner Nase wackeln läßt. Er versucht sie mal kurz zu vernaschen, und sie gerät sofort in Panik und verletzt sich an einer zerbrochenen Flasche. Daraufhin versucht Younger natürlich, so schnell wie möglich zu verschwinden, aber dieser Trucker, so groß und schwer wie ein Kleiderschrank, versperrt ihm den Weg und führt sich auf, als wollte er ihm jeden Augenblick den Kopf abreißen.«

»Um Himmels willen, woher haben Sie das?«

»Ich habe den Bericht gelesen. Ich habe die eidliche Aussage der Oben-ohne-Bardame gelesen, deren Titten so raushängen, daß es die Tiere aufreizt. So was müßte gesetzlich verboten werden. Ich meine, diese Frauen lassen einmal alles wackeln, wollen einen aber nicht probieren lassen. Was zum Teufel erwarten Sie denn da?«

»Darüber möchte ich jetzt nicht mit Ihnen diskutieren. Was ich sage, ist ganz einfach folgendes: Selbst wenn der tätliche Angriff auf die Bardame nichts anderes war als zwei einander widersprechende Sichtweisen ein und derselben Sache, wieso gehen wir bei diesem Straftäter ein Risiko ein, wenn wir es doch durchaus mit der Möglichkeit zu tun haben könnten, daß er in der Nacht zuvor wieder zu seinen alten Gewohnheiten zurückgefunden hat?«

»Nun, wie das jetzt wieder, sehen Sie?« sagte Gore wie ein Mann, der aus einer schlechten Situation noch seinen Spaß zog. »Sie schließen voreilig, daß jemand, der schon einmal gemordet hat, wieder jemanden ermorden wird. Wenn Sie das vor Gericht vorbringen, wird der Verteidiger sich auf den Standpunkt stellen, daß man diese voraufgegangene Verurteilung außer acht lassen muß, da sie die Geschworenen in der aktuellen Klage vor diesem Gericht gegen den Angeklagten beeinflussen würde. Der Richter wird sagen, er hat recht. Um Himmels willen, wir wollen nicht, daß die Geschworenen wissen, daß dieser Dreckskerl, der dort eines Verbrechens angeklagt sitzt, früher schon einmal wegen des gleichen Verbrechens verurteilt worden ist. Sollte er sich anders entscheiden, wird es zu einer Revision kommen.«

»Ich möchte ja nur, daß Sie seine Eignung für die Bewährung in Frage stellen«, sagte Leech, bereit, über seinen Schreibtisch zu langen und Gore die Nase einzuschlagen.

»Sie verlangen von mir, daß ich seine Freilassung widerrufe und ihn wegen Verletzung der Bewährungsauflagen wieder ins

Gefängnis gehen lasse. Also werde ich das tun, und der Bewährungsausschuß wird in einem schlechtem Licht dastehen. Ich meine, diese Leute haben sich seine Geschichte angehört, was für ein guter Häftling er doch gewesen ist, daß er in Christus wiedergeboren ist und alles. Er hat nie eine Verwarnung – vielleicht nur ein paar – wegen kleiner Regelverstöße erhalten. Und keine Woche später wirft ihn sein Bewährungshelfer wieder in den Knast, nachdem sie doch festgestellt haben, was für ein braver Junge er doch ist, und das nur, weil das Arschloch ein Bier zuviel genippt und nach den Titten einer Bardame gegrabscht hat.«

»Könnte verdammt noch mal sein, daß er ein Kind umgebracht hat!« brüllte Leech.

»He! Ich dachte, wir unterhalten uns hier. Oder unterhalten wir uns vielleicht nicht? Was soll das Gebrülle? Versuchen Sie mich vielleicht einzuschüchtern?«

»Ich wollte nicht brüllen. Diese Scheiße geht mir allmählich an die Nieren. Balfry sitzt da draußen mit einer Haftentlassungsverfügung, die er von irgendeinem Arschloch von Richter bekommen hat, der dafür nicht mal eine Verhandlung angesetzt hat, und das alles geht mir auf die Nerven.«

»Ich verstehe schon, was Sie da sagen. Sie müssen aber auch verstehen, was ich sage. Sie sagen, er *könnte* diese kleine Nutte umgebracht haben. Sie wissen es nicht.«

»Richtig, ich weiß es nicht«, sagte Leech, hielt mit Mühe an sich, sprach sehr leise, sehr vernünftig. »Die Gerichtsmedizin ist noch nicht fertig. Die Ermittlungen haben gerade erst begonnen.«

»Sie haben eine rechtlich unhaltbare Gegenüberstellung. Was Sie da haben, ist die alte vergiftete Frucht.«

»Da gebe ich Ihnen recht. Ich werde ihn noch nicht mal wegen des Verdachtes, dieses schwerere Verbrechen begangen zu haben, unter Anklage stellen. Ich werde ihn nicht mal der Körperverletzung an einer Bardame anklagen. Ich handele einfach nur aufgrund ihrer Anzeige.«

»Sehen Sie? Sie wollen ihn wegen Trunkenheit und ungebührlichem Benehmen festnageln, und mir wird der Ausschuß Voreingenommenheit und Schikane vorwerfen.«

»Scheiß auf den Ausschuß.«

»Sorgen Sie dafür, daß der Richter die Kaution so hoch setzt, daß Younger sie unmöglich einlösen kann.«

»Scheiß auf den Richter. Er hat sie schon auf Zehntausend festgesetzt. Man sollte eigentlich meinen, daß jemand wie Younger niemals diese Zehntausend zusammenbekommt. Aber er muß die Zehntausend auch gar nicht zusammenbekommen. Er braucht nichts anderes tun, als sich einen professionellen Kautionssteller zu suchen, der die Zehntausend bar auf den Tisch legt.«

»Welcher Kautionssteller würde denn schon Zehntausend für einen auf Bewährung entlassenen Mörder bezahlen, der eines weiteren Mordes angeklagt ist?«

»Richtig, ein Kautionssteller hat mehr Sinn und Verstand als das Gesetz und die Gerichte. Er macht sich keine Gedanken darüber, seiner Brieftasche zu schaden, wenn ein Straftäter Vorstrafen hat. Aber ich habe Ihnen doch gerade erst gesagt, daß die Anklage, unter der ich versucht habe, ihn festzuhalten, nicht auf Mord lautet. Es ist nicht mal Körperverletzung. Er hat schon jemanden gefunden, der bei einem Kautionssteller für die Zehntausend bürgt. Das ist auch der Grund, weswegen Balfry dort draußen mit einer beschissenen Haftentlassungsverfügung wartet.«

»Richtig, es ist ein Fall von Trunkenheit und ungebührlichem Benehmen«, sagte Gore, als hätte er kein Wort gehört oder selbst auch nur ein weiteres Wort nach dieser Bemerkung über Trunkenheit und ungebührliches Benehmen verloren. »Sie wollen, daß ich ihn wegen Trunkenheit und ungebührlichem Benehmen auf Eis lege? Sie wollen, daß ich als Hardliner dastehe? Wenn man in meinen Job ein Hardliner ist, kriecht man besser den richtigen Leuten in den Arsch, oder man sitzt im Handumdrehen wieder auf der Straße.«

»Haben Sie schon mal mit diesem Younger geredet? Haben

Sie ihm schon mal in seine beschissenen Augen gesehen? Ich muß Ihnen wirklich sagen, er ist schon eine tolle Nummer.«

»Er hätte sich erst kommenden Freitag das erste Mal bei mir melden müssen.«

»Sie wollen sagen, er war noch gar nicht bei Ihnen, damit Sie ihm die eine oder andere Warnung mit auf den Weg geben konnten?«

»Ich lasse ihnen immer gern eine Woche für sich allein.«

»Damit kein Mensch Sie für einen Hardliner hält, klar.«

Leech stand auf.

»Ich muß Sie mal etwas fragen. Was sollte ein Bewährungshelfer Ihrer Meinung nach tun? Sollte er sie davon abhalten, wieder in den Knast zurückzugehen, oder sollte er dafür sorgen, daß der Ausschuß keinen schweren Fehler macht und irgend so einen beschissenen Kriminellen wieder raus auf die Straße läßt, damit er es wieder tun kann?«

»Ich bin dafür da, mir ihre Beschwerden anzuhören, die schwierigen Stellen immer geschmiert zu halten, ruhig und besonnen zu arbeiten, bis ich in Rente gehe, falls ich es solange schaffe. Genau wie Sie.«

40

»Hast du diesen Jungen schon mal gesehen?« fragte Whistler und drückte das Foto, das er von Kate Trencher bekommen hatte, Isaac Canaan in die Hand.

»Ich hab' doch gerade schon hingesehen.«

»Sieh's dir noch mal an. Sieh's dir noch mal genauer an.«

Canaan hielt das Foto fast bis an seine Nasenspitze. »Ich weiß nicht. Was du hier hast, ist ein Gesicht, daß noch kleiner ist als der Nagel auf meinem kleinen Finger. Was soll ich von so einem Foto schon groß sagen? Ich sehe nur einen Jungen, der seine Augen gegen die Sonne zusammenkneift. Ich bin kein Zauberer.«

Er gab das Foto Bosco, der es sich ebenfalls ein zweites Mal anschaute.

»Du bist ein Zauberer«, sagte Whistler hartnäckig. »Jeder auf der Straße sagt, du bist ein Zauberer, wenn's darum geht, Kids zu finden, die du irgendwann mal auf Vermißtenlisten oder Milchkartons gesehen hast. Ein Gedächtnis wie ein Elefant.«

»Vielleicht, wenn du eine Vergrößerung machen könntest. Oder besser noch, vielleicht, wenn du die Sache einfach vergessen würdest.«

»Was soll ich vergessen? Den Jungen?«

»Alles«, sagte Canaan, meinte das Foto und den Jungen und Faye und alle törichten Hoffnungen.

»Das kann ich nicht.«

»Okay. Dann solltest du sie besser scharf im Auge behalten.«

»Ich behalte sie im Auge.«

»Ich meine, ganz besonders scharf im Auge behalten. Ihr Ex ist wieder raus.«

»Das wußte ich nicht.«

»Hat in der Zeitung gestanden.«

»Muß ich übersehen haben. Muß wohl gewesen sein, als ich nicht in der Stadt war. Wieso haben sie den Kerl überhaupt wieder rausgelassen? Er hat doch drei Frauen kleingehackt.«

»Nur zwei. Die dritte hat er einfach ermordet.«

»Oh. Ich werde mich bei ihm entschuldigen, falls ich ihm begegne.«

»Sei nicht so ironisch, Whistler. Ich bin auch nicht ironisch zu dir. Das ist noch nicht alles.«

»Gibt's noch mehr?«

»Er ist gestern wegen Körperverletzung und vielleicht versuchter Vergewaltigung festgenommen worden.«

»In welchem Oben-ohne-Schuppen?« wollte Bosco wissen. »Ich hätte nicht gedacht, daß es überhaupt noch Oben-ohne-Schuppen gibt.«

Canaan ignorierte die Unterbrechung. Whistler machte sich nicht mal die Mühe, Bosco einen kurzen Blick zuzuwerfen.

»Scheint, als wäre er auf ein Bier in diesen Oben-ohne-Laden gegangen. Und da haben wir diese Bardame, die mit einer Kordel in ihrer Furche und für jeden sichtbar mit den Titten aus der Bluse herumtänzelt. Muß eine schreckliche Versuchung für einen Hengst gewesen sein, der solange keine Frau mehr hatte. Jedenfalls, er behauptet, sie hätte ihn animiert, und als er dann versuchte, die Party anzufangen, hat sie sie schnell wieder abgesagt. Das war's. Sie hat sie einfach abgesagt, und er wollte gerade wieder gehen, als zwei Gäste hereinkamen, die Frau schreien hörten, dann sahen, daß sie verwundet war . . .«

»Was denn? Younger hat sie verletzt?«

»Da war eine zerbrochene Flasche. Sie behauptet, Younger hätte sie in der Hand gehabt. Er behauptet das Gegenteil. Wie auch immer, sie war jedenfalls verletzt. Einer der Gäste erwischte Younger mit einem Aschenbecher am Kopf. Hat ihm den Skalp angeritzt. Hat geblutet wie ein Schwein. Deswegen haben ihn die Cops dann auch mitgenommen, als er den Boulevard runterging. Younger behauptet, er hätte nur versucht, wieder aus dem Laden rauszukommen.« Er verstummte, ließ das wirken, fügte dann hinzu: »Aber das ist immer noch nicht alles.«

»Kommt noch mehr?« sagte Bosco, einfach nur, um Canaan anzufeuern.

»Da sitzen diese drei Kids, ein Mädchen und zwei Jungs, unten im Hollywood Revier. Hooligan hat sie wegen einem ermordeten Mädchen verhört. War wohl eine Freundin von ihnen. Sie wurde tot auf dem Dach dieses abbruchreifen Hauses gefunden, in dem sie leben. Man müßte die Eigentümer zwingen, diese Gebäude entweder instand zu setzen oder aber sie gottverdammt abzureißen. Das Mädchen kam gerade von irgendeinem Trip runter, zitterte wie eine Nutte auf Fünfzehn-Zentimeter-Pumps, die bei steifem Wind die Straße lang geht. Einer der Jungs war geistig zurückgeblieben. Der andere war in Ordnung. Shalley und Crumb – diese beiden Uniformierten –

bringen Younger rein. Sieht alles nach einer Verletzung der Bewährungauflagen aus. Vielleicht wird er deswegen zurück in den Knast müssen, vielleicht aber auch nicht. Kommt ganz drauf an.«

»Kommt auf was an?« fragte Bosco.

»Kommt drauf an, wie voll die beschissenen Knäste sind. Wenn man vorne einen reinschiebt, fällt durch die Hintertür ein anderer raus. Deshalb haben sie auch – Whistler, du hast die Frage vorhin gestellt – einen Killer wie Younger laufen lassen. Er hat sich gut geführt. Sie gehen kein Risiko mehr mit ihm ein, sie müssen versuchen, den nächsten zu bessern.«

»Also wird er aufs Revier gebracht«, sagte Bosco, gab Canaan den Faden da wieder, wo er ihn verlassen hatte.

»Das zurückgebliebene Kind steht auf und hebt seinen Finger. Eh' du dich versiehst, hat Hooligan dann seine Pranke auf Younger gelegt, und er dreht ihn um, damit das Mädchen sich den Kerl ansehen kann. Ich versuche noch, alles zu verhindern, aber ich komme zu spät, weil ich gerade dabei bin, den Zurückgebliebenen wieder einzufangen, der eine solche Scheißangst gekriegt hat, als er den Kerl sah, von dem er glaubt, daß er die Sauerei mit dem Mädchen auf dem Dach gemacht hat, daß er sofort versucht abzuhauen. Wie sich dann herausstellt, entwischt er mir so oder so.

Das Mädchen, das nur knapp daran vorbeigesegelt ist, selbst umgebracht zu werden, sieht sich Younger an. Sie sagt, ja, er ist es. Bats Balfry – du kennst Bats, den Verteidiger?«

»Hab' schon von ihm gehört«, sagte Bosco, während Whistler nickte.

»Bats Balfry mischt sich sofort ein, beschuldigt Hooligan, eine unrechtmäßige Gegenüberstellung zu machen und sich nicht an die Vorschriften zu halten. Also, was haben wir? Einen auf freien Fuß gesetzten Verbrecher, der aufgrund eines Verdachtes festgenommen wurde, wird von einem zurückgebliebenen Jungen und einer unter Drogen stehenden kleinen Nutte identifiziert, steht da mit einem Cop, der ihn des Mordes beschuldigt und praktisch mit einer Kneifzange eine eindeutige

Identifikation aus der Babynutte herauszieht. Jeder Richter im County wäre verrückt, auf Grundlage dieser Informationen einen Haftbefehl auszustellen.«

»Also kann er wieder gehen?« sagte Whistler, als würde er die Antwort schon kennen.

»Oh, wir lochen ihn wegen seiner Bierfahne oder irgendeiner anderen ähnlich lahmen Sache ein, hoffen, daß uns noch etwas einfällt, bevor Balfry anfängt, vor der Presse Forderungen zu stellen. Die Reporter stürzen sich natürlich sofort wie die Fliegen auf eine tote Katze. Und dann kommt die Bardame mit den Titten reinstolziert, und *sie* belastet ihn auch noch, und das reicht erst mal, um ihn festzuhalten. Aber wie lange wird es ihn festhalten? Das ist eine andere Frage.«

»Mehr als das, was du uns schon erzählt hast, haben sie nicht gegen ihn in der Hand?« fragte Whistler.

»Bis auf eine Sache. Das tote Mädchen auf dem Dach. Ihr Angreifer hat Abdrücke seiner Zähne auf ihren Brüsten und Schenkeln hinterlassen, eine zerbrochene Flasche in ihre Vagina gestoßen. Hat noch dazu irgendwelche Zeichen auf ihre Brust geritzt. Nicht so besonders klar und deutlich, aber man muß ja auch berücksichtigen, daß er es eilig hatte.«

»Was waren das für Zeichen?« fragte Bosco, verärgert, weil Canaan es künstlich in die Länge zog.

»Sechs sechsundsechzig.«

»Der Dreckskerl. Das Zeichen des Tieres.«

»Genau wie bei einer der verstümmelten Leichen, wegen denen Younger in den Knast ging«, sagte Canaan.

Er senkte seinen Kopf und konzentrierte sich auf seine Suppe, wobei sein Hut auf dem Hinterkopf saß.

»Zeichen oder nicht«, sagte er, »ich glaube nicht, daß sie ihn festhalten werden. Deswegen erzähle ich es dir ja auch, damit du Faye im Auge behältst.«

»Yooo, Bosco!« rief der Koch aus der Durchreiche zur Küche.

Bosco drehte sich um und sagte: »Was willst du?«

»Telefon für den Lieut.«

»Ich bin kein Lieut«, sagte Canaan.

»Harolds will dich befördern«, meinte Bosco.

Canaan rutschte aus der Nische. »Tja, da ist er aber der einzige.«

»Man sollte eigentlich meinen, daß ein Mann, der in der Gegend rumläuft und junge Frauen absticht, der Zahlen auf ihre Brust ritzt, nie mehr aus dem Knast rauskommt«, sagte Whistler.

»Das waren doch nur Nutten, Whistler«, sagte Bosco. »Eine niedere Lebensform für diese Leute, die in den Ausschüssen und Kommissionen sitzen. Natürlich würden sie nie zugeben, daß sie voreingenommen sind. Aber sie haben Vorurteile, und das spielt eine Rolle. Tiere bringen Tiere um, reduzieren die Raubtierpopulation? Zum Teufel damit.«

Canaan kam zurückgeschlurft, sah traurig aus, aber vielleicht auch wieder nicht trauriger als üblich. Er rutschte vor seine fast leere Suppenschale.

»Das war Hooligan Houlihan. Ich habe ihn gebeten, mich auf dem laufenden zu halten. Younger ist raus.«

»Wie zum Teufel hat er das gemacht?« fragte Whistler, wobei sich seine Erregung daran zeigte, wie dünn seine Stimme klang.

»He, immer schön ruhig bleiben«, sagte Bosco und versuchte sich an das letzte Mal zu erinnern, wo Whistler seine Haltung der distanzierten Resignation aufgegeben hatte.

»Tja, wegen dem ermordeten Mädchen hatten sie nichts gegen ihn in der Hand, weil eine direkte Gegenüberstellung vor Gericht nicht zu gebrauchen ist. Es reichte nicht, um ihn festzuhalten.«

»Und was ist mit den gottverdammten Kratzern auf ihrer Brust? Was ist mit dem Zeichen des Tieres?«

»Es sah nur aus wie Sechs Sechs Sechs, wenn man wollte, daß es wie Sechs Sechs Sechs aussah. Zumindest hat der Mann von der Spurensicherung, der am Tatort war, keine besondere Notiz darüber gemacht. Schrieb einfach nur: Kratzer. Ich meine, das Mädchen hatte eine Flasche im Unterleib. Wer sieht sich da schon ein paar Kratzer auf der Brust genauer an?«

»Was ist mit der Bardame, die ihn als den Mann identifiziert hat, der sie tätlich angegriffen und verletzt hat?«

»Ähnliche Situation. Sie kommt aufs Revier getrabt, und da steht dieser Bursche, auf den gerade alle mit dem Finger zeigen. Man müßte schon blind gewesen sein, um nicht zu sehen, daß Younger im Rampenlicht stand. Außerdem könnte sie gehört haben, wie irgend jemand sagte, das wäre der Hog-Wallow-Killer, der gerade erst aus dem Gefängnis entlassen wurde. Eine Berühmtheit. Du verstehst, was ich sage? Wie konnte sie da der Versuchung widerstehen, sich der Parade der Leute anzuschließen, die ihn beschuldigten? Auch ein bißchen vom Scheinwerferlicht abkriegen? Balfry hat sich den Ball geschnappt und wunderbar gespielt.«

»Ist also gegen Zahlung einer kleinen Kaution wieder entlassen worden?« fragte Whistler, immer noch entsetzt über die Art und Weise, wie das System praktisch ohne zu zögern einen Mörder wieder auf die Menschheit losgelassen hatte.

»Oh, nein, der Richter hat schon eine höhere Kaution gestellt.«

»Wieviel?«

»Zehntausend.«

»Und woher sollte Younger um Himmels willen soviel Geld kriegen?«

»Bei einem Kautionssteller sind nur zehn Prozent nötig.«

»Woher sollte er denn einen Kautionssteller kriegen?«

»Er hat telefoniert. Eine Frau namens Eve Choyren ist dann mit dem Bargeld vorbeigekommen.«

»Wer zum Teufel ist Eve Choyren?« fragte Bosco.

»Das weißt du nicht?«

»Wenn ich's wüßte, würde ich nicht fragen.«

Canaan löffelte den Rest der Suppe. »Kalt«, sagte er.

»Also, ich laß dir Zeit. Wer ist diese Choyren?«

»Sie behauptet, sie wäre eine Hexe«, sagte Canaan.

»Die böse Hexe des Westens?« bemerkte Whistler, machte einen schlappen Witz daraus.

»Verdammt noch mal, ich wußte es schon immer. Wir leben in Oz«, sagte Bosco.

41

Ein neues Mädchen nach Hause zu bringen war immer eine riskante Zeit. Es machte einen nervös. Manchmal flackerte sofort Feindschaft zwischen dem neuen Mädchen und den anderen auf, die bereits dort waren und das Haus als ihr Eigentum und Faye als ihre Mutter betrachteten.

Manchmal legten sie eine ungeheure Arroganz an den Tag, eine strikte Weigerung, sich einzufügen, selbst wenn die anderen Mädchen versuchten, es der Neuen leicht zu machen. Das neue Mädchen weigerte sich, ihren Anteil an der Hausarbeit zu übernehmen, trieb ihre Zimmerkameradin mit ärgerlichen Angewohnheiten oder bewußter Feindseligkeit in den Wahnsinn.

Sie stellte Moo Sheryl vor, und es schien zu funktionieren.

Jedesmal, wenn eines der anderen Mädchen von der Arbeit nach Hause kam, stellte Faye sie Moo vor.

Ivy und Helen und Brenda.

Als sie schließlich bei Arlene ankamen, sagte Moo: »Das werd' ich mir nie merken«, als hätte sie Angst, daß es gegen sie sprechen würde, wenn sie sich nicht an alle Namen erinnern konnte.

Als sie sich zum Abendessen an den Tisch setzte, hatten die Mädchen von Magdalene House sie abgeschätzt und beschlossen, daß Moo gerade dumm genug und nett genug war, um für niemanden eine Gefahr darzustellen.

»Moo befindet sich in einer ganz besonderen Lage«, sagte Faye. »Sie hat gesehen, wie ihre Freundin zusammengeschlagen und ermordet wurde.«

Die Mädchen starrten Moo an. Sie errötete und schüttelte den Kopf.

»Also, sie hat ihre Freundin nicht wirklich sterben sehen, aber sie hat alles andere gesehen, das dazu führte«, sagte Faye und nahm wieder etwas von dem Glanz von Moos Ruhm.

Da sie alle selbst von der Straße kamen, drückten die Mädchen mit Augen und Mündern Sympathie aus, denn gewaltsamer Tod war etwas, über das man ernsthaft nachdenken mußte, selbst wenn man ihn nur aus zweiter Hand kennenlernte.

»Die Polizei wollte sie in einem staatlichen Heim unterbringen . . .«

Mißbilligende Ooohs wie aus einem Mund.

». . . aber sie waren einverstanden, sie bei uns wohnen zu lassen, bis sie als Zeugin vor Gericht aussagen muß. Soweit es mich betrifft, kann sie auch danach so lange bleiben, wie sie will, aber das ist allein ihre Entscheidung. Und was das alles für uns bedeutet, ist, daß wir unsere Augen offenhalten sollten.«

»Auf was denn?« fragte Brenda.

»Auf alles. Auf jeden.«

Nach dem Abendessen, während diejenigen, die mit der Hausarbeit dran waren, den Tisch abräumten und das Geschirr abwuschen, gingen die anderen zum Fernsehen ins Wohnzimmer.

Die Sechs-Uhr-Nachrichten.

Es traf Faye wie ein Schlag ins Gesicht. Es trieb sie in die Kissen ihres Sessels zurück. Younger wieder im Fernsehen zu sehen. Sein weiches Haar um seinen Kopf wehen zu sehen wie das Fell eines Bergtieres. Seine schrägen, zusammengekniffenen Augen wie die eines in die Enge getriebenen Tieres.

Niemand hatte ihr gesagt, daß er wieder rauskam, dachte sie. Wie hätte man es ihr auch sagen sollen? Kein Mensch wußte, wo sie war. Kein Mensch wußte, daß Faye Chaney die Faye Younger war, die im Gerichtssaal gesessen und all den Schrecken zugehört hatte, die ihr Mann begangen hatte.

Sie hatten aus dem Archiv Szenen des alten Prozesses und der Verurteilung ausgegraben. Faye tauchte dabei des öfteren deutlich auf, sah müde und todkrank aus, trug ihren dicken Bauch wie ein Zeichen der Schande durch die neugierige Menge. Sah überhaupt nicht so aus, Gott sei Dank, wie sie heute aussah.

Es war ein einminütiger Beitrag in den landesweiten Nachrichten.

Der örtliche Sender kündigte für elf Uhr eine einstündige Sondersendung an, die eingehend über den mehrfachen Verstümmelungs-Mörder berichten würde, der, nachdem er der Todeszelle nur knapp entgangen war, gedankenlos und törichterweise nach fünfzehn Jahren in San Quentin auf Bewährung entlassen worden war. Aber das war noch nicht das Schlimmste. Heute, nur wenige Tage nach seiner Entlassung, war dieser Mörder wegen versuchter Vergewaltigung einer anderen Bardame in einer Kneipe in Hollywood festgenommen worden, und war gleichzeitig der Hauptverdächtige in dem perversen Verstümmelungsmord an einer jugendlichen Prostituierten. Trotz der Zeugenaussagen und dreier eindeutiger Identifizierungen war der Killer wieder auf Kaution freigelassen worden. Rechtliche Formsachen, die Machenschaften eines ehrgeizigen Pflichtverteidigers und das Versagen eines hoffnungslos fehlerhaften Strafrechtssystems hatten wieder mal einen Mörder auf eine hilflose und verängstigte Bevölkerung losgelassen.

Faye konnte ihre Hände nicht spüren. Sie waren Bleiklumpen am Ende von Armen aus Stroh. Ihr Kopf fühlte sich fremd an, so als würde er auf einem drei Meter langen Stiel stecken.

Sie schaute Moo an. Die ersten Anzeichen echter Angst standen in den Augen des Mädchens. Sie erwiderte Fayes Blick, und irgendwie wußten sie, daß sie in einem gemeinsamen Schicksal aneinandergekettet waren.

»Genau davor müssen wir aufpassen«, sagte Faye.

42

Bitsy war unterwegs und suchte Dipper. Seit sie ihn aus dem Polizeirevier gejagt hatten und er in Gedanken mit anderen Dingen beschäftigt war – wie zum Beispiel, ob Moo ihre von Drogen umnebelte Erinnerung wieder einigermaßen in den Griff kriegte, nachdem sie mit diesem Arschloch konfrontiert worden war, der oben auf dem Dach mit ihr und Mimi eine Party gefeiert hatte –, suchte er Dipper nun schon, der einfach hinausmarschiert war, als kein Mensch auf ihn achtete. Er wußte, daß Moo in das Heim namens Magdalene House gebracht worden war, das von dieser blonden Frau und diesem Nigger mit den Schokoriegeln geleitet wurde, aber er hatte auch nicht die leiseste Ahnung, wohin Dipper verschwunden sein könnte, nachdem er aus dem Revier abgehauen war.

Konnte gut sein, daß er jetzt irgendwo dort draußen herumirrte, sich in Schwierigkeiten brachte, weiß der Teufel was tat. Sich an Dinge erinnerte, an die er sich besser nicht erinnern sollte. Mit Leuten redete, mit denen er besser nicht reden sollte.

Bitsy fühlte sich unsichtbar, als er durch die Menge der Wucherer und Schwarzen, scharfen Mäuse und Spicks, weißen Penner und Bettler wanderte.

Er legte die erfundene Erinnerung wie einen Mantel, der unsichtbar machte, um sich. Er wanderte zwischen den Dieben und Bordsteinschwalben, den Zicken und Hexen, den Ganoven und Geiern herum, und kein Mensch konnte ihn sehen, wie er den Boulevard absuchte.

»Wieso gehst du so komisch?« fragte ihn jemand.

Er drehte sich schnell um und sah Dipper dort stehen und ihn anstarren, neben ihm Duckie auf der einen und Roach auf der anderen Seite.

Bitsy richtete sich auf und wischte sich mit der Hand über das Gesicht. »Ich hab' dich überall gesucht, Dipper. Wo zum Teufel hast du gesteckt?«

»Ich hab' Hogan gesucht.«
»Und? Hast du ihn gefunden?«
»Ich hab' keine Ahnung, wo er ist.«
»Und dann haben wir Dipper gefunden«, sagte Duckie.
»Tja, ihr hättet's jemandem sagen können. Ich sehe dich nirgends in dem Haus, woher weiß ich da, daß dir nichts passiert ist? Woher soll ich denn wissen, ob dich nicht irgendwer in sein Auto gezerrt hat?«
»Wieso sollte einer denn so was tun wollen?« fragte Roach.
»Um dich runter nach Mexico zu bringen. Runter zu den Hundekämpfen. Dich an den Sieger verfüttern.«
Dipper fing an zu weinen.
»He, was soll das?« fragte Roach. »Wieso jagst du dem alten Dipper so eine Scheißangst ein?«
»Ach, ich hab' mir nur eine Geschichte ausgedacht«, sagte Bitsy, berührte Dippers Hand. »Ich würde es nie zulassen, daß einer so was mit dir macht.«
Dipper zuckte bei seiner Berührung zurück, flüchtete sich hinter Roach, als würde er dort Schutz suchen, und Bitsy erkannte, daß er nicht mal mehr auf die Treue von Dipper dem Schwachkopf zählen konnte.
»Was ist mit euch los? Wieso glotzt ihr mich so an?«
»Wie denn?« fragte Roach.
»Wie ich weiß auch nicht wie.«
»Wenn du's nicht weißt, woher sollen wir's dann wissen?«
»So als wüßtet ihr etwas, was ich nicht weiß.«
»Was könnten wir denn wohl wissen, das du nicht weißt?«
Dann verstand er. Sie nahmen ihn auf den Arm. Sie forderten ihn heraus. Sie versuchten ihn als Blödmann dastehen zu lassen. Nachdem Hogan jetzt fort war, wollte einer von ihnen Boß werden. Oder vielleicht hatte Dipper ihnen auch was erzählt. Na und? Ein Schwachkopf erzählt einem Sachen, wer wird dann glauben, was er sagt?
Scheiß auf sie.
Er würde nicht stehenbleiben und irgendwelche Spielchen mit ihnen spielen. Er würde einfach seinen Mantel überziehen,

wieder unsichtbar werden und rüber zum Magdalene House gehen und Moo besuchen. Vielleicht würde sie dankbar dafür sein, wie er für sie eintrat, wie er zu ihr stand. Vielleicht würde sie sogar so dankbar sein, daß sie ihm ein bißchen was dafür gab. Wenn sie ihm nichts geben sollte, vielleicht würde sie ihm dann wenigstens aus dem Kühlschrank was zu essen besorgen.

43

Canaan hatte ihm alles über Eve Choyren erzählt, was er wußte, aber zur Abwechslung war das nicht alles, was es zu wissen gab.

Wenn Whistler die Stadt und Bosco ihre Gassen kannte, und wenn Canaan ihre Unterwelt kannte, dann kannte Mike Rialto, der einäugige Zuhälter, der sich selbst Privatdetektiv nannte, die geheimen Laster der oberen Zehntausend.

Nun ist aber die Oberschicht von Glitzerland von einer anderen Art als die Oberschicht von New York, Chicago oder San Francisco. Natürlich ist sie auch aus Geld gemacht, aber gleichzeitig besteht sie auch aus Ruhm und der Fähigkeit, im grellen Neonlicht und im brennenden Herzen der Bogenlampen von Filmprojektoren zu gedeihen.

Nutten können sich an ihren Strapsen hochziehen und Königinnen der Leinwand werden. Miese kleine Ganoven können dreißig Riesen zusammenkratzen und sie mit ein bißchen Glück und den richtigen Verbindungen in einen Fünf-Millionen-Dollar-Film verwandeln. Staatlich geprüfte Steuerberater werden Manager für Rock-Gruppen, die zig Millionen im Jahr scheffeln und sich Schlösser in den Bergen kaufen. Man braucht nichts anderes tun, als nur auf das große Glücksrad zu springen und zu beten, daß das Schicksal einem nicht den Finger zeigt.

»Eve Choyren ist ein ziemlich unheimlicher Mensch«, sagte

Rialto. »Ich weiß nicht, ob sie den bösen Blick hat, aber ich habe selbst schon erlebt, wie sie Leute zu Sachen überredet hat, die du einfach nicht glauben würdest. Sie geht mit Männern oder Frauen ins Bett – vielleicht auch mit großen Hunden und Ponys –, es spielt keine Rolle. Aber der springende Punkt ist, ich habe schon gesehen, wie sie angesehene Frauen dazu überredet hat, genau das gleiche zu tun.«

»Wie macht sie das?« fragte Whistler.

»Woher soll ich das wissen? Ich kann nur soviel beschwören, daß ich sie einmal im Drugstore beobachtet habe, wie sie rübergegangen ist und sich an eine Lady rangemacht hat, von der ich wußte, daß sie glücklich verheiratet ist und drei Kinder hat. Sie schauten immer wieder zu Billy Durban rüber, der mit der Choyren in einer Nische gesessen hatte.«

»Billy Durban, der Zwerg, der mit Mary Willibald zusammengelebt hat, dem Filmstar, nachdem sie eine Gabel in seinen Schwanz gesteckt hat, weil sie dachte, es wäre ein übergroßes Würstchen? Damals, auf dieser Party, von der man sich immer noch erzählt?«

»Genau der. Billy Durban, der genau wie Man o' War einen Schwanz wie ein Pferd hatte. Also, das jetzt war vor diesem Zwischenfall mit der Gabel und dem, was danach geschah. Das war damals, als Durban einfach nur Zeitungen verkaufte und sich im Drugstore herumtrieb.«

»Und?«

»Als nächstes sehe ich dann, wie diese coole blonde Lady mit der Choyren und Durban abtrabt. Eine halbe Stunde später kriege ich einen Anruf von der Choyren, ob ich ein paar Nutten rüber in ihre Wohnung bringen könnte. Sie wohnte damals in diesem rosafarbenen Stuck-Gebäude unten am Crescent Heights. Du kennst das Haus?«

»Das mit den Plastikpalmen am Pool?«

»Genau das.«

»Wohnt die Choyren immer noch da?«

»Als ich zum letzten Mal davon gehört habe, tat sie es jedenfalls.«

»Wann war das?«

»Vor zwei Jahren, vielleicht auch schon vor drei.«

»Ist sie dann von der Bildfläche verschwunden?«

»Nein, sie ist noch da, aber der Drugstore hat zugemacht, und ich weiß nicht, wo sich heute all die Leute von damals rumtreiben. Aber sie ist noch hier. Hin und wieder höre ich mal was von ihr.«

»Wie hörst du was von ihr?«

»Also, sie veranstaltet immer noch das, was sie Sabbate nennt, oben in den Canyons in der Gegend von Calabasas.«

»Weiß die Polizei davon?«

»Das Büro des Sheriffs weiß es. Na und? Hexerei ist nicht verboten. Nur ein Haufen Spinner, die mit nackten Ärschen über Schwerter und Feuer hüpfen und das Arschloch des Meisters küssen. Das eine oder andere machen.«

»Es hat ein paar Morde gegeben.«

»Oh, ja, sicher. Aber ich meine, es hat auch Morde von Mitgliedern der Demokraten gegeben, aber deswegen kann man doch nicht die ganze Partei verbieten. Du verstehst, was ich meine?«

»Es gab ein paar wirklich richtig scheußliche Morde.«

»Mord ist Mord. Ich weiß nicht, ob's schlimmer ist, wenn jemand dabei mit Ziegenblut Sterne auf den Boden malt und so weiter. Was diskutieren wir hier eigentlich?«

»Hast du diese Lieferung damals gemacht?«

»Na klar. Ich hab' ein paar Nutten aufgetrieben – damals wimmelte es auf der Straße noch nicht so von ihnen wie Melonen auf einem Marktstand, aber ich hatte meine Quellen – und hab' sie dann rüber zum Haus der Choyren gefahren. Ich dachte, vielleicht krieg' ich ja was zu sehen, kann checken, ob sie die Frau wirklich zu dem überredet hat, von dem ich glaubte, daß sie sie dazu überredet hat.«

»Und?«

»Die Frau lag in einem Nest aus Kissen, nackt wie ein Eichelhäher – hatte nur noch ihre Schuhe an –, und wartete auf alle Beteiligten. Die Choyren hat mich sogar gefragt, ob ich auch mal gerne wollte. Ich sagte, ich käme schon ohne klar.«

»Vielleicht hatte sie ja was gegen die Lady in der Hand. Vielleicht hatte sie ein paar Facts, die du nicht hattest.«

»Ist immer möglich.«

»Und vielleicht war die Lady ja auch süchtig.«

»Mehr als wahrscheinlich«, stimmte Rialto zu. »Wo es Kulte und Hexenzirkel und Hexensabbate gibt, kann man fast immer auch davon ausgehen, daß Drogen mit im Spiel sind. Arbeitest du an einem Fall? Machst du irgendeinen Deal mit Stoff? Wo liegt dein Interesse?«

»Sie hat gerade einen Tausender hingeblättert, um einen auf Bewährung freigelassenen Mörder wieder auf die Straße zu holen, nachdem er seine Bewährungsauflagen gebrochen hat.«

»Einen Tausender?« wiederholte Rialto. Seine Miene begann bei dem Gedanken zu strahlen, daß irgendwo in dieser Unterhaltung vielleicht auch ein Bröckchen für ihn zu holen war. »Glaubst du, daß sie so viel Geld hat, daß sie es einfach so aus dem Fenster werfen kann?«

»Sie hat weder massenhaft Geld, noch hat sie ein Fenster. Sie lebt von dem, was sie so zusammenkratzen kann.«

»Hat sie irgendwelche reichen Freunde?«

Rialto dachte darüber nach. »Jesus, Whistler, was wir hier haben, ist ein Fall von wertvollen Informationen.«

»Ich bitte dich um einen Gefallen.«

»Das verstehe ich ja. Du bittest mich jetzt seit zehn Minuten um kleine Gefälligkeiten, und ich gebe dir seit zehn Minuten kleine Gefälligkeiten.«

»Eine Unterhaltung. Was du mir gibst, ist eine Unterhaltung.«

»Und ich unterhalte mich gerne mit dir. Aber jetzt willst du wertvolle Informationen von mir.«

»Wer ist dich im Krankenhaus besuchen gekommen, als dieser Bursche dir ein Messer in den Hals geschoben hat?«

»Tja, du warst das, Whistler. Du. Aber das war damals, und jetzt ist jetzt. Was du hier von mir verlangst, das sind wertvolle Informationen, mein Berufskapital.«

»Du erinnerst dich noch, wie du mich um einen Fünfziger angepumpt hast, und ich war barmherzig?«

»Ich habe dir ein paar Informationen verkauft. Siehst du? Was anderes mache ich jetzt auch nicht. Du willst ein paar wertvolle Informationen, also hat das auch seinen Preis. Trotzdem.«

Whistler griff in seine Tasche und schälte zwei Zwanzig-Dollar-Scheine ab.

Rialto sah nicht gerade überwältigt aus, nahm die Zwanziger aber trotzdem und ließ sie in seiner Tasche verschwinden.

»Du kennst Paul Hobby?«

»Nicht persönlich.«

»Aber du weißt, daß er demnächst heiratet?«

»Ich hab' in der Filmpresse davon gelesen.«

»Also, er heiratet, und er gibt sich selbst eine Junggesellenparty unten am Strand von Malibu. Hat hundert Leute da, vielleicht auch mehr, die mit ihm feiern. Mich hat er übrigens nicht eingeladen. Was ich einfach nicht verstehen kann. Es gab mal eine Zeit, da hat er meine Dienste gern in Anspruch genommen . . .« Er wedelte mit seiner Hand, als würde er Fliegen von einer toten Freundschaft verscheuchen. »Tja, zum Teufel damit. Jedenfalls hat er diese Junggesellenparty gefeiert. Alles Männer, bis auf diese Striptease-Nummer und zwanzig Nutten. Und bis auf Eve Choyren, die der einzige weibliche Gast war. Na, was hältst du davon?«

»Was hältst du davon?«

»Ich denke, vielleicht wird sie nicht so besonders glücklich darüber sein, daß er jetzt heiratet. Und wenn er die Sache wirklich durchzieht – so wie's im Moment aussieht, wird er –, dann denke ich, daß sie vielleicht versuchen wird, in Erinnerung an gute alte Zeiten ein bißchen was für sich rauszuschlagen. Vor fünfzehn, zwanzig Jahren waren sie dicke Kumpel. Sie war bei einer Menge dieser Filme über satanistische Sekten, die er gemacht hat, als technischer Berater dabei. Man hat sich erzählt, daß er eine Menge Zeit oben in Calabasas verbracht hat.«

»Wo sie ihre Nummer abgezogen hat?«

»Genau.«

»Habe ich dafür jetzt die vierzig Bucks bezahlt?«

»Was ich damit sagen will – streng mal deinen Kopf ein bißchen an –: wenn die Choyren jemanden mit einem Riesen rausgeholt hat, dann kann Hobby so ziemlich der einzige Idiot gewesen sein, den sie kennt und der ihr dafür Geld geben würde. Was ich allerdings nicht sehe, ist der Zusammenhang. Ich frage mich, ob dieser auf Bewährung freigelassene Killer wohl ein alter Freund oder irgendwas in der Richtung ist. Wie heißt er noch gleich?«

»Hältst du dich nicht auf dem laufenden? Wie viele auf Bewährung freigelassene Killer latschen denn wohl deiner Meinung nach gleichzeitig auf unseren Straßen rum?«

»Manchmal ist es eine gottverdammte Flut.«

»Er heißt Younger.«

»Das ist doch der Hog-Wallow-Killer, stimmt's?«

»Stimmt.«

»Liegt da dein Interesse?«

Whistler nickte. »Ich will die Verbindung. Kannst du mir helfen, meinen Arm auszustrecken und meine Hand auf diese Eve Choyren zu legen?«

»Du willst mich auf deine Gehaltsliste setzen, und ich soll für dich losziehen und mich ein bißchen umhören?«

»Ich kann mir dich nicht leisten«, sagte Whistler, stand auf. »Dreh mich einfach nur in die richtige Richtung.«

»Wieso versuchst du's nicht mal mit Hobbys Haus am Strand oder mit seinem Haus in Brentwood?« Rialto griff in seine Tasche, holte sein Adreßbuch und einen Stift heraus. Er schrieb ein paar Adressen auf eine Serviette. »Hier sind seine Adressen. Kostet dich nichts. Du könntest es zuerst bei der Wohnung der Choyren versuchen. Könnte sein, daß sie immer noch dort wohnt. Sie könnte jetzt sogar zu Hause sein. Vielleicht hat sie sich zur Ruhe gesetzt und bleibt jetzt immer zu Hause bei ihrer Katze. Sogar Hexen werden alt, weißt du.«

44

»Hältst du dieses Heim auch gut im Auge, so wie der Richter gesagt hat?« fragte Canaan.

»Bist du vielleicht der Captain?« erwiderte Hooligan, sauer auf Canaan, weil Canaan derjenige gewesen war, der Nein gebrüllt hatte, als er seine Hand auf Youngers Arm gelegt und von diesem Dipper und der kleinen Nutte verlangt hatte, den Kerl zu identifizieren. Womit er auch noch dem letzten Trottel im Büro ins Ohr gebrüllt hatte, daß er eine Gegenüberstellung durchzog, die als nichtig abgewiesen werden würde, genau wie sie dann auch als nichtig abgewiesen worden war, so daß am Ende ein Killer wieder frei auf der Straße herumlaufen konnte.

Jetzt hatte er Angst, daß ihn Canaan, früher oder später, daran erinnern würde, was er für ein Arschloch gewesen war. Also würde es das beste sein, dachte sich Hooligan, wenn er dem alten Arsch schon im Ansatz einen Dämpfer verpaßte. »Übernimmst du jetzt hier das Kommando?«

»Ich frage dich, ob irgendwer ein Auge auf dieses Mädchen hat.«

»Du meinst die kleine Nutte?«

»Ich meine das Mädchen, das vielleicht *wirklich* den Mann identifizieren kann, der ihre Freundin vergewaltigt, verstümmelt und ermordet hat, *falls* es auf die richtige Art und Weise gemacht wird. *Falls* es noch nicht zu spät ist.«

»Das ist nicht dein Fall, Canaan«, knurrte Hooligan.

Canaan starrte ihn mit Augen an, die so ausdruckslos waren wie eine Platte Blei.

»Willst du mir jetzt vielleicht endlich sagen, ob du dieses gottverdammte Haus überwachen läßt?«

»Ich habe sechs Uniformierte beantragt, in drei Schichten.«

»Und was haben sie dir gegeben?«

»Sie haben mir zwei Uniformierte gegeben, einer pro Schicht, in zwei Schichten. Außerdem fahren regelmäßig Streifenwagen vorbei. Sie fangen mit der ersten Schicht morgen früh an.«

»Scheiße. Es sieht ganz so aus, als wollte jeder alles falsch machen.«

»Leech hat gesagt, daß sich dieser Younger wohl kaum am hellichten Tag an die kleine Nutte ranmachen wird. Falls er es überhaupt macht.«

»Wie kommst du darauf?«

Die Farbe begann Hooligan wieder in den Kopf zu schießen, überspülte ausgehend vom Kragen sein Gesicht. »Balfry hat dem Arsch bereits gesagt, daß die Identifizierung durch die Nutte einen Scheißdreck wert war.«

»Wie kann das sein?« fragte Canaan und genoß den Augenblick.

Hooligans Gesicht sah wie ein Stück rohes Fleisch aus. Dieser gottverdammte Mistkerl von einem jüdischen Arsch hatte es doch tatsächlich so gedreht, daß er am Ende den Finger auf sich selbst richten mußte.

»Weil die Gegenüberstellung nicht zu gebrauchen war.«

»Ach«, sagte Canaan, als wäre ihm dieser Gedanke vorher noch nie gekommen, und dann ging er.

Das Magdalene House befand sich in einem Gebäude, das so alt war, daß es noch einen richtigen Keller hatte – durchaus keine normale Sache in Glitzerland.

Bitsy kam weder durch die Vorder- noch durch die Hintertür ins Haus – sie hatten keine Schlösser der Art, die man mit einem Stück Plastik knacken konnte –, und klingeln wollte er nicht.

Die Kellertür befand sich fünf Stufen unterhalb des Straßenniveaus. Die Tür war mit einem Vorhängeschloß gesichert. Ein Neunundzwanzig-Dollar-Vorhängeschloß. Er brach es herunter, nachdem er zwanzig Minuten mit seinem Taschenmesser an dem alten Holz der Tür gearbeitet hatte.

Im Keller roch es nach Kohlen, auch wenn in den Kästen

wahrscheinlich seit vierzig Jahren keine Kohlen mehr gelagert worden waren.

Je weiter er sich von dem bißchen Licht entfernte, das durch die Glasscheibe in der Tür hereinfiel, desto finsterer wurde es. Es brachte Erinnerungen an seine Kindheit zurück, wenn er von seinem verfluchten Großvater in den Keller gesperrt wurde, weil er böse gewesen war. Er wußte genau, daß der alte Mann vor der Tür hockte und gottverdammt nicht gehen würde, bis er wieder brav war. Er spürte die vertraute Panik in sich aufsteigen, als er sich der Treppe näherte, die in das Erdgeschoß hinaufführte.

Vielleicht war Moo gar nicht da. Oder wenn sie da war, vielleicht würde es überall nur so von Leuten wimmeln, Leute wie diesem großen Nigger, der ihn ohne Frage sofort am Nacken packen und wieder vor die Tür setzen würde.

Er fand die unterste Stufe und stieg langsam und sehr vorsichtig hinauf. Am Kopfende der Treppe drehte er den Türknopf und drückte. Es war nicht abgeschlossen. Die Tür führte in die Küche.

In der Küche roch es nach Kiefernnadelseife. Alles war sehr sauber – so sauber, daß es ihn überraschte. Solange war es schon her, seit er das letzte Mal in einem normalen Haus gewesen war.

Irgendwo im Haus hörte er Rockmusik aus einem Radio. Als er den Korridor in den vorderen Teil des Hauses hinunterging, wurde die Musik lauter, und er konnte auch hören, wie jemand zum Rhythmus summte.

Unter der Treppe in den ersten Stock stand ein Schreibtisch mit einem aufgeschlagenen Buch darauf. Auf den Seiten, die er sehen konnte, standen Namen, von denen die meisten immer und immer wieder wiederholt wurden. Dahinter befand sich ein Brettchen mit einer Menge Schlüsseln an Haken. Es war wie die Rezeption in einem Hotel. Er vermutete, daß sich die Gäste – die Insassen – in diesem speziellen Hotel an- und abmelden mußten. Nimm dir einen Schlüssel für die Haustür und trag dich aus. Komm zurück, trag dich ein und häng den Schlüssel wieder an seinen Haken. Er fragte sich, wie viele der Mädchen das vergaßen und wie oft. Er ging um den Schreibtisch, nahm einen

Schlüssel, auf dessen Anhänger ›Haustür‹ stand, und steckte ihn in seine Tasche. Wer weiß? Vielleicht konnte er ihn irgendwann mal gebrauchen.

Er überprüfte die Seiten des Buches etwas sorgfältiger. Er entdeckte Moos Namen, dort hingeschrieben, als sie ins Haus gekommen war. Er war nicht wieder ausgetragen worden. Wer auch immer zu der Musik sang, er machte weiter. Dann erkannte er – weil er Mimi und Moo schon zusammen hatte singen hören, wenn sie Rockstars nachmachten –, daß es Moo war.

Sie war im Wohnzimmer, schrieb oder malte in einem Heft. Auf dem Couchtisch stand eine Schale mit Äpfeln. Sie hörte ihn nicht hereinkommen, weil ja das Radio so laut plärrte, aber sie spürte, daß noch jemand im Raum war, und schaute erschrokken auf.

»Jesus Christus, Bitsy, hast du mir einen Schreckenn eingejagt!« sagte sie.

Sie sprach so leise, daß er den Eindruck hatte, sie würde ihren Mund zwar auf und zu machen, wobei aber kaum etwas herauskam. Sie legte ihren Kopf zur Seite, als wäre sie erstaunt darüber, daß er überhaupt dort war.

»Bist du ganz allein im Haus?« fragte er.

»Die anderen Mädchen haben Jobs. Diejenigen, die abends arbeiten, sind jetzt unterwegs. Die anderen, die tagsüber arbeiten, liegen schon im Bett.«

»Wieso war denn keiner am Schreibtisch und hat die Tür im Auge behalten?«

»Das hier ist kein Gefängnis, was denkst du? Wenn ich gehen wollte, könnte ich das jederzeit tun.«

»Und wieso tust du's dann nicht?«

»Ich weiß nicht. Willst du einen Apfel? Bitte, nimm dir einen.«

Bitsy suchte sich einen aus und biß hinein.

»Ich würde nicht hierbleiben, wenn ich nicht müßte«, sagte er, schaute sich dabei mit fast so etwas wie Neid in seinen nahezu ausdruckslosen Augen im Zimmer um.

Der Hunger überkam ihn wie ein stürmischer Wind. Er saugte das Gefühl aus seinen Händen und den Verstand aus seinem

Kopf. Er dachte an frisch geschlachtetes und gebratenes Schwein. Er dachte an Apfelmost und Süßkartoffeln. Er dachte an all die Dinge, die er nur so selten bekam. Von denen er träumte, daß sein Vater sie ihm eines Tages geben würde. Er zitterte vor Verlangen.

»Bitsy?« sagte Moo.

»Was?«

»Du bist ja weggetreten.«

»Oh. Wieso bist du noch nicht im Bett?«

»Ich hab' die Erlaubnis, länger aufzubleiben, wo das hier ja erst meine zweite Nacht ist und so. Ich hab' eine Menge Sachen, über die ich nachdenken muß.«

»Ist es das, was du gerade machst?«

»Also, nein, ich male. Siehst du das nicht?«

»Was malst du denn?«

»Bilder.«

»Was denn für Bilder? Darf ich mal sehen?«

Sie zögerte. »Also«, sagte sie skeptisch. »Das sind keine Bilder, die ich einfach so zum Spaß male.«

Bitsy runzelte die Stirn und zeigte auf die Couch, wo sie saß. »Kann ich mich wenigstens was zu dir setzen?«

»Du solltest nicht hier sein.«

Er nahm wieder einen Bissen von dem Apfel.

»Was ist denn los? Sind Männer hier nicht erlaubt?« fragte er mit vollem Mund.

Sie lachte und sagte: »Männer?«, als hätte Bitsy einen Scherz gemacht.

Er ließ es durchgehen, daß sie sich über ihn lustig machte. »Dieser große Nigger muß hier doch ein und aus gehen.«

»Jesus, du mußt ihn wirklich nicht so nennen.«

»Wie nennen?«

»Wie du ihn gerade genannt hast. Kein Mensch, der nett ist, sagt heute noch so was.«

»Da, wo ich herkomme, ist ein Nigger ein Nigger.«

»Tu's nicht.«

»Okay. Komm schon, laß mich mal sehen, was du da malst.«

»Ach, in Ordnung. Hier.«

Sie stieß ihm das Heft hin. Er schlug es auf seinem Schoß auf und fand die erste Zeichnung, dann blätterte er um, sah sich jede einzelne sehr sorgfältig an. »Die sind doch fast alle gleich. Was soll das überhaupt sein?«

»Kannst du es nicht erkennen?«

»Tja, das hier sieht wie jemand in einem weißen Kleid mit roten Tupfen aus. Er liegt auf der Erde.«

»Das ist Mimi. Und das ist Blut, und das ist das Dach.«

»Oh. Dann sind diese Stöcke hier wohl das Geländer?«

»Stimmt.«

»Und das hier ist dieses Dings in der Ecke des Daches?«

»Richtig.« Moo schien sich zu freuen, daß er es erkannt hatte.

»Wer ist das?«

»Ja, das ist jemand, der sich hinter diesem Dings versteckt. Das ist mir gerade erst wieder eingefallen. Ich hab' mich erinnert, als dieser Dreckskerl es mit mir trieb, da hab' ich den Kopf von jemandem um die Ecke schauen sehen.«

»Das muß Dipper gewesen sein.«

»Ja, ich schätze.«

»Und wieso sehen die Bilder alle gleich aus?«

»Das ist so was wie eine Therapie.«

»Was meinst du damit?«

»Wenn ich die Szene immer wieder male, dann habe ich irgendwann keine Angst mehr, sagen sie.«

»Hast du Angst?« fragte Bitsy und sah sie voller Mitleid in seinen seltsamen Augen an.

Ihr war noch nie zuvor aufgefallen, was für merkwürdige, nette und hübsche Augen Bitsy hatte. Er war wirklich sehr süß. Urplötzlich war ihr nach Heulen zumute. »Es war sehr nett von dir, daß du unten im Polizeirevier bei mir geblieben bist und alles.«

»Ich konnte dich doch wohl nicht allein da lassen, oder?«

»Willst du mit raufkommen?« fragte sie.

Sein Herz klopfte wie verrückt. Er konnte Dinge in ihren Augen lesen. Er konnte sich nicht erinnern, wann ein Mädchen ihn schon mal so angesehen hatte, wie Moo ihn jetzt anschaute. »Wozu?« Seine Stimme klang irgendwie komisch.

»Hast du Lust, dir mein Zimmer anzusehen?«

»Okay.« Er legte den halb gegessenen Apfel auf den Tisch und stand auf.

Sie ging vor ihm die Treppe hinauf, und er bemerkte, daß sie nur ein Nachthemd und nichts darunter trug. Wenn er sich wirklich schnell vor- und nach oben beugen würde, hätte er ihren Arsch küssen können. Er wollte sie berühren, konnte es kaum noch erwarten.

»Weißt du, was sie noch gesagt haben?«

»Was denn?«

»Sie haben gesagt, vielleicht könnte ich mich an noch mehr von dem erinnern, was passiert ist, wenn ich es immer wieder aufmalen würde.«

Er zog seine Hand zurück und griff in seine Tasche, um sich zu vergewissern, daß sein Messer da war.

45

Das Meer war eine Schale von grau-grünem Gift unter einer Wolkendecke, die so tief hing, daß sie den Strand berührte. Die Wellen rollten flach herein. Irgendwo trank ein Sturm das Blut des Meeres. Er war unterwegs und würde wahrscheinlich innerhalb der nächsten Stunde die Stille zerschmettern. Der Nebel lag wie ein Schleier über dem kalten Sand.

Hobby war trotzdem schwimmen gegangen. Vielleicht hatte er gedacht, ohne zu wissen, daß er es dachte, daß ein Blitz aus dem bedrohlichen Himmel fahren und genau in seinen Kopf – der höchste Punkt, der sich auf dem Meer auf und ab bewegte – einschlagen und ihn der Länge nach spalten würde.

Er hatte gedacht, und wußte, daß er es dachte, daß es einfach nicht fair war, daß ein Mann seines Alters für etwas bezahlen sollte, das der dumme junge Mann, der er vor fünfzehn Jahren gewesen war, getan hatte. Der Alkohol, die Drogen, die Frauen, die Pornographie, die Abenteuer, die Nervenkitzel, die verrückten Parties und neuartigen Zeremonien – von denen zumindest eine außer Kontrolle geraten war und eine ganze Folge von unbeabsichtigten Konsequenzen nach sich zog –, waren allesamt das Produkt von dicken Eiern und Hormonen gewesen, die mit ihm durchgegangen waren. Ein klarer Fall von verminderter Zurechnungsfähigkeit, herbeigeführt von natürlichen Ursachen.

Um Himmels willen! Wie sollte ein Mann denn für die Streiche verantwortlich sein, die Mutter Natur ihm spielte? Waren Hormone denn nicht ein genauso mächtiges Instrument von aggressivem, gewalttätigem Verhalten wie Alkohol und Zucker? War denn dieser Ex-Politiker oben in San Francisco nicht auch ungeschoren mit einem Mord davongekommen, einfach indem er behauptete, er hätte zu viele *Twinkies* gegessen? Kamen denn nicht Männer, die ihre Frauen zusammenschlugen, sie *umbrachten*, jeden Tag in der Woche damit durch, indem sie einfach sagten, sie hätten zuviel getrunken oder wären high von diesem oder jenem gewesen?

Und all diese Sachen mit schwarzen Katzen, Pentagrammen, dem Wassermann, Lucifuge Rofocale, oberster Priester der Dämonen der Hölle, abgeschlachteten Ziegen, Arschlöcher zu küssen, teuflischen Pakten, nackten Frauen, ausgestreckt auf Altarsteinen, das alles war doch nichts als Theater, ein Spiel, ein Haufen Affenscheiße. Nichts, an das man wirklich glauben konnte, um Himmels willen. Nichts *Echtes*.

Seine Haare waren naß. Er trug seinen schäbigen Morgenmantel. Seine Beine sahen im Licht der Quecksilberlampen, die die Terrasse erhellten und deren Licht auch in das Wohnzimmer fiel, blau aus wie die einer Leiche.

Eve Choyren saß auf einer riesigen ledernen Ottomane neben

dem Couchtisch mit seiner verspiegelten Platte. Sie holte Fläschchen und Pillendosen und Kerzen aus einer Segeltuchtasche. Da war ein kleiner eiserner Weihrauchspender in der Form einer Kröte. Da waren ein Dolch und eine Ausgabe des *Grimoire des Honorius*, in dem die einzelnen Schritte beschrieben wurden, den Teufel zu rufen: eine Ziege zu schlachten, einen schwarzen Hahn zu enthaupten und das Auge einer Katze herauszureißen.

Hobby beobachtete sie. Er behauptete, nichts davon zu glauben, aber trotzdem spürte er ein starkes Verlangen, sein Herz klopfte, sein Atem ging schneller.

»Ich weiß nicht, ob das so eine gute Idee ist«, sagte er.

»Wann wird Bolivia hier sein?«

»Er wird nicht kommen. Ich habe ihn angerufen und ihm gesagt, er sollte zu einer kleinen Besprechung über dieses Problem herkommen, und er sagt, er hätte kein Problem und hätte auch keine Lust, bei irgendeiner Scheiße von wegen Teufelsbeschwörung dabei zu sein.«

»Das hat er gesagt?«

»Ich hab's dir doch gerade gesagt.«

»Ich meine, hat er genau das gesagt? Er nannte es Scheiße?«

»Wen interessiert's einen Furz? Er kommt nicht.«

»Aber er ist der *hungan*. Er hat mir sogar manches beigebracht.«

»Er sagt, er wäre nur der Produktionsleiter und würde gutes Geld verdienen, und all diese andere Scheiße wäre einfach nur eine Scheiße aus der Zeit gewesen, als er bloß ein Illegaler aus Mexico mit nichts als Lumpen am Arsch gewesen wäre, um irgendwelchen Trotteln Geld aus der Tasche zu ziehen. Einfach nur der Anreißer für eine Show. Außerdem sagt er, daß er wieder zu Gott gefunden hätte und mit dieser anderen Scheiße nie wieder mehr was zu tun haben wollte.«

In der Ferne Donnergrollen. Es kam vom Meer herein – die Unterhaltung von Seeungeheuern.

»Deine Freunde lassen dich im Stich«, sagte sie, als würde sie sehen, daß ein großer Fluch auf ihm lastete.

»Was zum Teufel redest du da?«

»Bolivia weigert sich, uns seine Kraft zur Verfügung zu stellen. Pig-Nose Dooleys Hand verliert ihr Geschick, wenn er in deinem Auftrag arbeitet.«

»Es war dunkel, und er hat nur einen Kohlkopf mit Youngers Kopf verwechselt. So was kann passieren.«

»Genau das sage ich ja. Es kann passieren. Aber es passiert nicht einfach nur, weil es passiert. Es passiert, weil jemand dafür gesorgt hat, daß es so passiert. Weil es Teil eines Planes ist.« Sie machte eine Handbewegung, als würde sie Rauch vor ihren Augen fortwischen. »Laß es vorübergehen.«

Sie fuhr mit ihren Vorbereitungen fort, legte alles für eine Beschwörung Notwendige so sorgfältig zurecht wie ein Meisterkoch die Zutaten für ein berühmtes Festmahl. Zog Kokain-Straßen und bereitete die Spritzen mit Speed vor, legte Quaalude-Pillen in eine Pralinenschachtel und bereitete auch Pfeifen für das Rauchen von Crack vor.

Er, der das Bild schmiedet, er, der verzaubert –
Das gehässige Gesicht, das böse Auge,
Der boshafte Mund, die boshafte Zunge,
Die boshaften Lippen, die boshaften Worte,
Herr der . . .

»Wozu hast du all diese Scheiße mitgebracht?« fragte Hobby.

»Du magst diese Scheiße nicht?«

»Ich meine, wozu soll das gut sein? Das Arschloch mag nichts außer Alkohol. Wenn du vorhaben solltest, ihn um seinen Verstand zu bringen, hättest du eine Kanne Maiswhiskey mitbringen sollen. Das mit dem Koks und Speed hättest du getrost vergessen können. Eine Gallone Selbstgebrannter würde reichen.«

»Das ist nicht für ihn«, sagte Eve.

»Für wen zum Teufel ist es dann?«

»Für dich. Für mich. Um uns auf das vorzubereiten, was wir tun müssen.«

»Ich glaube nicht an diese Scheiße«, sagte Hobby. »Ich habe

noch nie an diese Scheiße geglaubt. Ich hab' immer nur aus Jux und zum Spaß mitgemacht. Wegen der verrückten Bräute und zum Spaß«, sagte Hobby. Er klang verzweifelt, so als würde er hoffen, es würde sie dazu bewegen, ihn aus einer Verpflichtung zu entlassen, wenn er ihr von seiner Skepsis erzählte. »Wieso zum Teufel lasse ich es nur zu, daß du mich in diese kranke Scheiße mit hineinziehst, wo all dein Mumpitz doch über meinen Verstand geht. Ich glaub's einfach nicht, daß ich jemals darauf reingefallen bin.«

»Du bist nicht darauf hereingefallen. Du hast es gewollt. Du hast es mit offenen Armen empfangen. Du hast danach gehungert.« Sie hörte sich an, als wäre sie das alles satt. Satt, den gleichen Schwindel immer wieder neu aufzutischen. Satt, massenhaft Bockmist zu verkaufen.

»Fang jetzt keinen Sermon an. Du wirst jetzt nicht wieder mit deinem beschissenen Sermon anfangen, okay? Weil ich dir nämlich klipp und klar sagen möchte – und ich habe es dir bereits vor Jahren gesagt –, ich glaube nicht an all deine Scheiße. Ich habe noch *nie* an deine Scheiße geglaubt.«

Eve lächelte. »Ach, ja, sicher. Ich verstehe. Dann glaubst du also nicht. Du warst nur wegen der Frauen und dem Spaß dabei.«

»Und wegen der Tricks. Du weißt schon, die Tricks, die ich in meine Filme einbauen konnte. All diese Ziegen-Scheiße. Diese gottverdammten Ziegen abzuschlachten.«

»Und die nackten Schauspielerinnen, die ihre Beine breit gemacht und dir erlaubt haben, ihre Körper als Altare zu benutzen?«

»Genau.«

»Das Kerzenwachs und die Flammen, das Blut und das Fett im Kelch, die Kehle der Ziege, die darauf wartete, aufgeschlitzt zu werden.«

»Hör auf damit.«

»Die Kehlen der Huren, die nur darauf warteten, aufgeschlitzt zu werden«, sagte sie im Plauderton.

»Jesus Christus«, sagte Hobby, als hätte sie ihn gerade in

diesem Augenblick erst wieder an etwas erinnert, das zu vergessen er sich die größte Mühe gegeben hatte.

»Ruf ihn nicht an«, sagte Eve. »An ihn glaubst du doch auch nicht. Ist es nicht das, was du immer gesagt hast? Glaub nicht an Christus. Glaub nicht an Gott. Glaub an überhaupt nichts, außer an das Vergnügen und den Spaß und daran, mit hundert Stundenkilometern auf dein eigenes Grab zuzurasen. Wen interessiert, an was du glaubst? Wen interessiert, was überhaupt irgendwer anbetet? Eine Göttin mit dem Rüssel eines Elefanten und dreißig Armen. Einen Gott mit dem Kopf eines Falken. Einen alten Mann mit einem weißen Bart, der an Steinblöcken herummeißelt. Einen armen, gefolterten Kerl, der an ein Kreuz gehängt wurde. Eine Kreatur mit den Flügeln einer Fledermaus und einer Zunge aus Feuer.«

Sie breitete die Arme aus und warf ihren Kopf zurück.

»Astaroth, Asmodeus, ich bitte dich, das Opfer anzunehmen, das wir dir jetzt bringen, damit wir den Dank erfahren, den wir erbitten.«

»Wenn wir ihn umlegen, dann laß ihn uns ohne dieses Theater umlegen«, sagte er wütend.

Eve lachte laut und ließ ihre Arme fallen.

»Angenommen, er kommt nicht?« fragte Hobby.

»Er wird kommen.«

»Wie soll er denn allein herkommen?«

»Ich habe ihm meinen Wagen gegeben.«

»Was?«

»Ich bin mit einem Taxi gekommen. Ich habe mich von dem Fahrer eine Meile die Highway runter absetzen lassen. Ich habe ihm gesagt, ich wollte mich allein an den Strand setzen und ein Glas Wein trinken.«

»Der muß dich doch für verrückt gehalten haben. An so einem Tag.«

»Das hier ist das Land der Verrückten.«

»Warum die ganze Mühe? Wieso hast du Younger nicht einfach abgeholt und ihn mitgebracht?«

Sie zog mit einer normalen Rasierklinge ein paar Linien durch das Kokain auf der verspiegelten Tischplatte.

»Ich wollte nicht das geringste Risiko eingehen, daß jemand uns zusammen sieht. Er kommt in meinem Wagen her, und ich fahre in meinem Wagen fort. Falls einer deiner Nachbarn das bemerken sollte, werden sie nichts Merkwürdiges sehen. Mein Wagen war hier, also war ich auch hier. Und dann ist mein Wagen wieder fort, was bedeutet, daß ich auch fort bin. Aber mich haben sie niemals mit jemandem zusammen gesehen.«

»Um Himmels willen«, sagte er, wobei sich sein Gesicht verzog, als wollte er jeden Augenblick schreien oder losheulen. »Jemand könnte ihn aus deinem Wagen steigen sehen. Ich weiß nicht, ob wir diese Sache richtig durchdacht haben.«

»Ich habe sie durchdacht. Er hat sich an das Messer erinnert. Er wird sich auch noch an den Rest erinnern. Er wird sich erinnern, daß wir dabei waren. Er wird sich an die Zeremonie und an die Opfer erinnern, und er wird wissen, daß er fünfzehn Jahre für Verbrechen im Gefängnis gesessen hat, die er nicht begangen hat.«

Sie reichte ihm ein dünnes silbernes Röhrchen, viel schicker als eine zusammengerollte Dollarnote. Hobby rutschte von der Couch auf seine Knie, schob ein Ende des Röhrchens in seinen rechten Nasenflügel, drückte den linken mit dem Daumen zu und schniefte eine Koks-Straße. Dann hielt er den rechten Nasenflügel zu und zog sich eine weitere Straße ins linke Nasenloch.

Er zitterte, als die Ladung in seinem Kopf explodierte. Er spürte, wie seine Eier dicker wurden und sein Schwanz anschwoll. Die Magie des weißen Pulvers überzeugte ihn, daß er Kräfte besaß, die er nicht besaß.

»Hooooo!« brüllte er.

Sie ging zu den Glastüren hinüber und betätigte den Schalter, der die Poolbeleuchtung löschte. Der nahende Sturm knurrte sie an.

Das Läuten an der Tür kündigte an, daß jemand dort war.

»Da ist er schon«, sagte Eve, drehte sich um und ging zur Bar.

Während Hobby zur Haustür ging, mixte sie ein großes Glas mit unverdünntem Brandy, Rum und Wodka. »Maiswhiskey«, sagte sie lächelnd.

Younger betrat den Raum wie ein aufgeplusterter Gockel, wie ein Zocker, der alle Asse im Ärmel versteckt hat. Er trug ein verwaschenes Arbeitshemd und Jeans, darüber eine ärmellose Daunenweste. Durch die Stiefel, die er trug, wirkte er noch größer, als er ohnehin schon war.

»Mein Gott, was siehst du gut aus«, sagte Eve, ging mit dem Glas auf ihn zu. »Schlank und hungrig.«

»Im Knast wird man nicht direkt fett«, sagte er gedehnt.

»Bitte sehr. Das erste Glas des Abends.«

Er sah das Glas an, schnupperte. Sie nahm es ihm wieder ab, trank einen Schluck.

»Hast du gedacht, ich wollte dir den vergifteten Kelch reichen?«

Sie lachte ihn aus. Sie wußte, daß sie die Macht besaß. Er hatte Hexen auch schon in den Bergen gekannt, aber sie waren nichts im Vergleich mit Eve Choyren. Er hatte keine Angst vor ihnen gehabt, aber vor ihr hatte er ein bißchen Angst.

»Nein, das dachte ich nicht«, sagte er. »Ich glaube nur, daß ihr Leute mich letzte Nacht betrunken gemacht habt.«

»Sie sind doch nicht in Schwierigkeiten geraten, oder?« fragte Hobby.

»Bin in einem Müllcontainer voller faulendem Gemüse wieder wach geworden.«

Eve und Hobby wechselten einen kurzen Blick.

»Ihr habt mich betrunken gemacht, bevor wir Gelegenheit hatten, über das zu reden, was wir füreinander tun könnten«, sagte Younger.

»Was immer du willst«, sagte Eve. »Stimmt das nicht, Paul? Du willst Inch doch geben, was immer er von dir haben will, oder nicht?«

Hobby ging auf und ab, drei Meter groß, seine Finger Zauberruten aus Weidenholz, während am Rande seines Blickfeldes der Staub explodierter Sterne dahintrieb.

»Tja, ich weiß nicht. Du weißt ja, was man so schön sagt. ›Wenn man ihm den kleinen Finger gibt, nimmt er gleich die ganze Hand.‹ « Er lachte, hielt sich für den komischsten Mann, dem er seit langem begegnet war.

Draußen vor den Glastüren fielen die ersten Regentropfen auf die Terrasse, in den Pool, der reglos wie Blei unter dem Licht lag.

Manny Shiner war Hobbys Nachbar im Süden.

Sie waren nicht direkt befreundet. Sie waren nicht direkt gute Nachbarn. Es hatte Zeiten gegeben, da hatten sie oft miteinander verkehrt, und es hatte Zeiten gegeben, da wechselten sie nicht einmal ein Wort, wenn sie sich am Strand begegneten.

Es hatte einmal eine Zeit gegeben, vor fünfzehn, sechzehn Jahren, als Shiner sich große Hoffnungen auf eine Beziehung mit Hobby gemacht hatte. Das war damals gewesen, als er in den lauten, aufdringlichen jungen Produzenten verliebt gewesen war.

Er hatte Hobby zum Abendessen und in seine Sauna eingeladen. Auf Hobbys Parties waren immer eine Menge hübscher vielversprechender Mädchen. Hobby hatte immer versucht, Shiner mit einer oder mehreren von ihnen zu verkuppeln, als hätte er Shiners Gesinnung und seine Vorlieben nicht gekannt. Es mochte eine ironische Geste gewesen sein, oder es mochte auch ein dezentes Nicken zu der Vorstellung hin sein, in der Shiner zumindest die eine Hälfte seines Lebens verbrachte.

Er erinnerte sich an die erste Grillparty mit Ziegenbraten, die Hobby geschmissen hatte, an den Geruch des Fleisches, der in sein Gesicht explodierte, als er geholfen hatte, den Kadaver aufzudecken und das Sackleinen und die Palmenblätter wegzuschneiden. Das war der Höhepunkt des ganzen Jahres gewesen – vieler Jahre –, dort zu knien, nackt bis zur Taille, und mit einem Schlachtermesser, das so scharf war wie die Kante eines Grashalmes, in das gebratene Fleisch zu schneiden.

Er erinnerte sich an das nächste Mal, als er zu einem solchen

Festschmaus und einer solchen Zeremonie eingeladen worden war. Es war weiter oben im Norden an einem Dünenstück gewesen. Es waren weniger Gäste da. Er hatte sich privilegiert gefühlt, auch eingeladen worden zu sein.

Dieses Mal war die Ziege noch nicht geschlachtet und kochfertig gemacht worden. Sie war lebendig in den Kreis der Feuer geschleift worden. Eve Choyren, unter silbernen und schwarzen Roben nackt, sang in einer Sprache, die er nicht verstand, Zauberformeln. Das alles war eine Torheit, die ihm Angst machte. Die Torheit grausamer Kinder, die Rituale erfanden, bevor sie Katzen aufspießten oder Schmetterlingen die Flügel ausrupften. Eine Torheit der schlimmsten Art, die zu allen möglichen Schrecken führen konnte.

Mit fasziniertem Ekel hatte er zugesehen, wie ein Mann mit dem Akzent eines Hinterwäldlers das Kinn der Ziege in seine Armbeuge gedrückt und ihren Kopf nach hinten zurückgezogen und dann mit einem gebogenen Messer ihre Kehle durchgeschnitten hatte.

Auf einem Sandhügel, der entfernt die Form eines Steinblokkes aufwies, hatte eine nackte Frau gelegen. Ein Altar. Sie war entweder betrunken oder stand unter Drogen. Er sah den Ausdruck auf Hobbys Gesicht und auf den Gesichtern des großen, dunkelhäutigen Mannes, den sie Bolivia nannten, und der weißhäutigen Priesterin namens Eve.

Er hatte in seinem ganzen Leben noch nie eine so schreckliche Angst gehabt.

Also war er fortgelaufen, während ihr Gesang ihn den Sandstrand hinunter verfolgte.

Er und Hobby hatten danach sehr lange kein Wort mehr gewechselt, und als der Fall der verstümmelten Frau zu Gerede in der Gemeinde führte, hatte Shiner nie auch nur eine Silbe gesagt. Es war besser gewesen zu vergessen oder so zu tun, als sei alles nur ein böser Traum gewesen.

Jetzt hörte er das Singen von nebenan, und als er aus dem Fenster schaute, sah er das flackernde Licht von Hobbys Kamin aus dem Wohnzimmer auf die Veranda fallen. Er schloß die

Schiebetüren seiner eigenen Terrasse, damit die Geräusche der Brandung und alles bis auf die höchsten und leisesten Töne von Eves Beschwörung nicht zu ihm hereindrangen.

Eve Choyren kannte sich aus mit den hypnotischen Kräften von Beschwörungen und Zauberformeln. Sie wußte alles über die Wirkungen von Alkohol auf das Gehirn und von Drogen auf die menschliche Psyche. Sie wußte von der Droge, die haitianische Medizinmänner verwendeten, um Zombies zu erschaffen –, hatte sie aber nie selbst benutzt; Zombies – diese willenlosen Opfer, die behaupteten, zum Leben erweckte Leichen zu sein – waren im Grunde nichts anderes als ganz gewöhnliche Menschen, denen ihr Verstand und Willen geraubt worden war.

Das alles kannte und wußte sie, und sie sprach auch über das alles und drohte damit, alles, was sie kannte, zu benutzen, aber in Wahrheit hatte sie genau die gleiche törichte Angst vor den Mächten, mit denen sie spielte, wie jeder der törichten Suchenden, die sich ihr jemals ausgeliefert hatten.

Reverend Jim Jones hatte fünfhundert Menschen mit einem Mülleimer voll Kool-Aid-Punsch in den Selbstmord getrieben. Manson hatte mit dem Finger auf jemanden gezeigt, und Menschen waren ermordet worden. Weniger dramatisch hatten Fernsehprediger, Eimer voller Krokodilstränen in den öffentlichen Äther weinend, damit weitergemacht, die Taschen Amerikas auszuplündern, selbst nachdem sie ihre fleischlichen Sünden gebeichtet hatten. Und irgendwo hatte ein Diskjockey die Leute gebeten, ihm zwanzig Bucks zu schicken, ohne dafür irgendeine Art von Gegenleistung anzubieten, und hatte mehr als eine Viertelmillion Dollar zusammenbekommen.

Ihre Zeremonien hatten einmal zu einem Ritualmord geführt, vor fünfzehn Jahren. Bolivia und Hobby waren durchgedreht, völlig außer Kontrolle geraten. Und auch sie hatte mitgemacht, während Younger sinnlos betrunken in den Dünen lag.

Jetzt legte sie sich wieder schwer ins Zeug, versuchte sich zu beweisen, daß sie den unwissenden Mann aus den Bergen durch einen Trick dazu bringen, ihn so einwickeln, verführen konnte, von sich aus einen weiteren Mord zu begehen, um damit ein für allemal jeden Verdacht auszulöschen, der auf sie oder Hobby fallen könnte.

»Ich beschwöre Dich, o Geist, gleich zu erscheinen«, sagte Eve, die Arme hoch erhoben, den Kopf zurückgeworfen, während ihre silbern-schwarze Robe vorne aufsprang und ihr nackter Körper durchschimmerte. Plötzlich begehrenswert. Nicht länger schwach, sondern mächtig. »Bei der Macht des Großen Adonai, Eloim, Ariel, Johavam, Agla, Matho, Parios, Almouzin, Arios, Membrot, Tagla, Oarios . . .«

Younger hatte sich lässig in die Kissen der Wildledercouch zurückgelehnt, beobachtete alles mit der verständnislosen Unschuld eines Wesens aus dem Wald. Seltsame Augen funkelten in seinem braunen Gesicht, weiches Haar stand ab von seinem Kopf wie der Samen von Löwenzahn. Abrupt beugte er sich vor und stand auf.

Hobby starrte ihn an, fragte sich, wieso der Mann nicht schon längst auf seinen Knien lag, auf seinem Rücken, weggetreten, ohnmächtig, nach all dem mit Drogen versetzten Alkohol, den er schon getrunken hatte. Er wußte, was er zu tun hatte, worauf er und Eve sich geeinigt hatten, falls das Zombie-Ding nicht funktionierte. All diese Mumpitz-Scheiße. Was sollte das? Hol die Kanone aus der Schublade des Couchtisches. Knall dem Dreckskerl ein Ding zwischen die Augen. Begrab ihn im Hog Wallow. Wer würde dort je wieder nach einem Vermißten suchen? Wer würde je nach diesem speziellen Vermißten suchen? Wer würde je nach Müll suchen, würden sie sagen. Gottverdammt, wen in der Welt würde es einen Scheißdreck interessieren, ob Inch Younger von der Bildfläche verschwand? Hol die Kanone raus und benutze sie. Nur damit Eve endlich den Mund hält, wenn schon zu sonst nichts.

»Tabost, Gnomus, Terraea, Coelia, Godens, Aqua, Gungua, Anua, Etituamus, Zariatnitmik!«

»Also, Scheiße!« sagte Younger und griff in seine Tasche.

»Oh, Oualbpaga!« schrie Eve.

»Ihr zieht schon wieder diese beschissene Nummer ab«, sagte Younger.

»Oh, Kammara!«

»Seht mal, was ich hier habe.«

»Oh, Kamalo!«

»Ich hab' mir ein neues Teppichmesser besorgt.«

46

Moos Zimmer lag im obersten Stock des Hauses, direkt unter dem Dach. Sie ging als erste hinein und knipste die kleine Lampe auf dem Tischchen neben ihrem Bett an. Sie legte einen Finger auf ihre Lippen.

»Du mußt leise sein«, flüsterte sie.

»Wie kommt's, daß du ein Zimmer ganz für dich allein hast?«

»So läuft das hier. Das neueste Mädchen kriegt ein Zimmer für sich allein. Später, wenn sie bleiben will, muß man sich eins teilen.«

»Willst du bleiben?«

»Ich glaube nicht.« Sie sah ihn an, als würde sie ihn zum ersten Mal sehen. »Ich freue mich, daß du mich besuchen gekommen bist.«

»Gern geschehen«, sagte er; er wußte nicht, was er mit jemandem anfangen sollte, der sich so darüber freute, ihn zu sehen.

»Puuuuh«, seufzte sie, setzte sich aufs Bett. »Ich hatte wirklich Angst.«

»Wegen was denn?«

»Es war in den Nachrichten. Dieser Mann, den ich identifiziert habe, ist aus dem Gefängnis entlassen worden. Komm, setz dich zu mir.«

Er machte die paar Schritte zum Bett und kauerte sich vor sie. »Und wieso haben sie dich allein gelassen?«

»Das Haus wird von Cops überwacht. Der Richter hat ihnen gesagt, sie sollten ihre Augen offenhalten.«

»Ich hab' keine Cops gesehen.«

»Setz dich. Setz dich. Denkst du vielleicht, ich würde beißen?«

Er setzte sich, und sie legte einen Arm um seine schmalen Schultern. Eine Gänsehaut überlief ihn.

»Ist dir kalt?» fragte sie.

»Nein. Hast du gehört, was ich gerade gesagt habe? Ich hab' draußen keine Cops gesehen.«

»Tja, das solltest du auch nicht, oder? Ich meine, wenn die Cops ein Haus überwachen, dann werden sie wohl kaum auf der Straße rumstehen und Taschenlampen auf ihre Dienstmarken halten, oder was meinst du?«

»Wenn ich sie nicht sehen konnte, und wenn sie gesehen haben, wie ich hier durch den Keller eingebrochen bin, wieso treten sie dann jetzt noch nicht die Tür ein?«

Sie wurde still und lauschte, gerade so als erwartete sie genau in diesem Augenblick das Krachen von Füßen gegen die Haustür zu hören. Sie legte eine Hand auf seinen Oberschenkel, die andere immer noch auf seiner Schulter.

»He«, sagte sie.

»Was?«

»Du machst mir Angst. Dir ist nicht kalt, aber mir. Wenn du versprichst, brav zu sein, können wir uns unter die Bettdecke legen.«

»Ich will das nicht.«

»Ach? Und wieso nicht?«

»Ich glaube, ich könnte nicht brav sein«, sagte er, ließ es sehr verwegen, sehr erfahren klingen.

Sie kicherte leise. »Ich glaube, ich auch nicht.«

Als sie ihn küßte und ihre Zunge in seinen Mund schob, überraschte es ihn ein wenig. Sie begann an seinem Hemd zu zerren, es aus seiner Hose zu ziehen.

Er griff dazwischen und mühte sich ab, seinen Gürtel zu

öffnen und den Reißverschluß runterzuziehen. Auf seinem Handrücken spürte er ihre Schamhaare, so rauh wie Stahlwolle. Seine Erregung war so stark, daß er das Pochen seines Blutes in seinen Ohren hörte.

Moo ließ sich auf das Bett zurücksinken und schob ihn fort, als er auf sie fiel, sein Mund immer noch an ihren Lippen festgeklebt, während er versuchte, mit der einen Hand seine Hose runterzuschieben und sie mit der anderen festzuhalten.

»Was machst du?« fragte er mit aufkeimender Wut in der Stimme.

Wieso schob sie ihn fort? Wollte sie ihn nur aufziehen? Wollte sie ihn nur scharf machen, um ihm dann ins Gesicht zu lachen?

»Es ist schon gut«, flüsterte sie. »Ich versuche nur, mein Hemd auszukriegen.«

Sie hob ein Bein und zog den Stoff unter ihrem Hintern weg. Ein Moschusduft, warm und bittersüß, zog Bitsy in Nase und Mund.

Sein Bauch war ganz aufgewühlt. Auf den Innenseiten seiner Schenkel spürte er ein angenehm stechendes Gefühl. Sein Skrotum zog sich zusammen, als wäre er in kaltes Badewasser getreten.

Sie zog ihn wieder auf sich. Ihre Beine waren weit gespreizt, bereit und offen für ihn. Sie fummelte zwischen ihnen herum und nahm seinen Schwanz in die Hand, versuchte ihn einzuführen.

Er konnte sich nicht mehr beherrschen. Er kam mit einem Beben.

Sie sah ihn ein wenig überrascht an. Sie begann zu lachen. Und dann erinnerte sie sich.

Was konnte man noch tun? fragte sich Canaan.

Es gab nicht genug Cops. Und selbst dort, wo es genug Cops gab, wurden immer wieder Fehler begangen. Leute tauchten nicht auf, wo sie eigentlich auftauchen sollten. Leute wurden in zu kleiner Zahl und viel zu spät zugeteilt. Die Flut der Drogen stieg ständig höher und höher. Die streunenden Kinder sammelten sich von überall. Sie starben auf den Straßen und in den Gassen.

Man mußte tun, was man tun konnte, um es aufzuhalten. Es war wie das Buch, das jemand geschrieben hatte, als er noch jung gewesen war. Das Buch, in dem dieser Jugendliche dachte, es wäre seine Aufgabe, in den Roggenfeldern zu stehen und die Kinder davon abzuhalten, vom Rand der Klippe zu springen.

Man mußte tun, was man eben tun konnte, selbst wenn das bedeutete, daß man eigentlich selbst kein richtiges Leben mehr führte und kaum noch schlief.

Er hielt am Bordstein gegenüber vom Magdalene House. Er konnte Licht im Foyer und hinter den Vorhängen des Wohnzimmers sehen. Hoch oben unter dem Dach brannte eine weitere Lampe. Jemand war noch wach. War es das Mädchen?

Der Lieferwagen, der dem Heim gehörte, fuhr in die Einfahrt. Der Schwarze, dieser Jojo, und Faye Chaney stiegen aus. Sie standen am Bordstein und schauten direkt zu seinem Wagen herüber. Canaan hob eine Hand, um ihnen zu zeigen, daß die Polizei aufpaßte. Sie schienen keine Notiz zu nehmen. Jojo ging zur Fahrerseite und stieg wieder hinter das Steuer.

Faye drehte sich zum Haus um und schaute zu dem Mansardenfenster auf. Dann ging sie zur Tür und öffnete mit ihrem Schlüssel.

Faye stieg die Treppe hinauf. Sie ging bis ganz nach oben. Sie wollte nachschauen, ob mit Moo alles in Ordnung war. Oder ob sie Angst hatte und nicht schlafen konnte und vielleicht Trost brauchte. Sie legte ihr Ohr an die Tür und lauschte. Kein Laut zu hören. Sie klopfte leise an. Wahrscheinlich war Moo eingeschlafen und hatte das Licht angelassen.

Sie öffnete die Tür und sah, im Licht der Tischlampe, ein Durcheinander auf dem Bett. Plötzliche Angst bohrte sich durch ihre Brust. Sie schlug auf den Lichtschalter der Deckenlampe und sah, daß ein halbnackter Mann auf Moo lag.

Und dann, in dem Sekundenbruchteil, den Bitsy brauchte, um herumzuwirbeln und sich dem Eindringling zu stellen, sah Faye das Muttermal in der Form eines Krötenfußes unter seiner Achselhöhle.

»Oh, mein Gott!« sagte sie.

Bitsy war schon aus dem Bett gesprungen. Überall war Blut. Er hielt das Messer in der Hand.

»Ich konnte es nicht. Ich war so aufgeregt, da konnte ich es einfach nicht, und dann hat sie mich ausgelacht«, sagte er – als wäre das alles, was sie an Erklärung brauchte.

Faye warf nicht einmal ihre Hände hoch. Sie stand einfach nur da und erwartete ihr Schicksal, als wäre es nur fair.

47

Der Regen hatte sich vom Meer aus landeinwärts verlagert.

Er klatschte gegen die Fassade des abbruchreifen Apartmenthauses. Der abblätternde Putz war wie die Haut, die von den Seiten eines rosa Elefanten abfiel. Es war eine Bühne, die Schimmel und Fäulnis übernommen hatten.

Die Scharniere des Tores waren eingerostet. Eines davon war an seiner Halterung durchgebrochen, und das Tor hing jetzt für immer festgebunden dort, würde sich nie mehr öffnen oder schließen.

Einige der Briefkästen waren aufgebrochen worden, und ihre Türen standen offen wie ein Haufen klaffender Mäuler. Er überprüfte die Namensschildchen und fand dasjenige mit der Aufschrift E. Choyren.

Der herüberwehende Chlorgeruch des Pools, der durch den Regen in tiefe Schwärze getaucht wurde, war so intensiv, daß er Whistler in der Nase stach.

Die Palmen aus Plastik hatten Lepra bekommen. Sie waren grau und erinnerten an Leichen.

Er stieg in die erste Etage, rutschte um ein Haar auf der obersten Stufe aus, wo der Industriebodenbelag abgewetzt war.

Hinter den Gardinen vor dem Panoramafenster brannte Licht, aber niemand antwortete, als er zuerst klingelte und dann mit der Faust gegen die Tür hämmerte.

Nach zwei oder drei Minuten wollte er schließlich wieder gehen.

Ein Mann in einer schwarzen Plastik-Regenjacke und mit einer zerknautschten Schlägerkappe tauchte am Kopfende der Treppe am anderen Ende der Galerie auf. Als er näherkam, fragte er: »Suchen Sie jemanden?«

»Eve Choyren scheint nicht zu Hause zu sein.«

»Ist nicht zu Hause.«

»Wissen Sie zufälligerweise, wo sie ist?«

»Wer will das wissen?«

»Vergessen Sie's.«

»He, nicht gleich empfindlich werden. Ich will nur wissen, sind Sie ein Freund, ein Feind, ein Cop oder ein Gläubiger.«

»Hat sie so viele Besucher, daß sie einen persönlichen Sekretär braucht, der sie vorsortiert?«

»Früher hatte sie mal Hunderte von Freunden. Also, Leute, die sie kannte oder die sie kennenlernen wollten. Sie hatte auch ein paar Feinde, sicher, in ihren großen Tagen, als sie im Fernsehen auftrat und Zauberei und all den anderen Unsinn erklärte.«

»Sie glauben nicht daran?«

»Ich hab' aufgehört, an solche Sachen zu glauben, als meine Momma mir gesagt hat, daß es keinen Nikolaus gibt.«

»Sie sprachen von Cops.«

»Cops tauchten früher regelmäßig auf, wenn wieder eine Leiche mit Kratzern oder schwarzem Kerzenwachs unter den

Fingernägeln aufgetaucht war, oder wenn sie eine Katze gefunden hatten, der die Augen ausgestochen worden waren. Berufsrisiko nannte sie diese besondere Art der Aufmerksamkeit.«

»Und in letzter Zeit?«

»Nicht mehr sooft in letzter Zeit. In letzter Zeit hauptsächlich nur noch Leute, die ihre Schulden anmahnen. Für Eve sind die Zeiten auch härter geworden. Sie stellt eine tapfere Miene zur Schau, wenn sie sich in Schale schmeißt und ausgeht, aber sie hat ihre Schwierigkeiten, sich durchzuschlagen. Es liegt an der Stadt, wissen Sie.«

»Wie meinen Sie das?«

»Wenn Sie nicht jung sind, zählen Sie gar nichts in dieser Stadt. Schauen Sie sich doch nur um. Selbst Hexen. Man sollte doch meinen, je älter eine Hexe wird, desto mehr wird sie respektiert, oder? Aber so funktioniert's nicht. Junge Hexen haben das Gewerbe übernommen. Sie kommen ins Fernsehen. Sie kriegen die ganze Publicity, sämtliche Kunden.«

»Sie meinen nicht vielleicht . . .« sagte Whistler, ließ das Ende des Satzes einfach im Raum stehen.

»Ich meine nicht was?«

Whistler stieß mit dem Daumen über seine Schulter Richtung Tür. » . . .ich könnte mal einen kurzen Blick da rein werfen?«

»Wozu denn, zum Teufel?«

»Ich weiß nicht. Ich weiß nicht, was es da drinnen zu sehen gibt, bis ich selbst mal nachgesehen habe.«

Er nahm seinen Geldclip heraus und schälte zwanzig Dollar ab.

»Wissen Sie das über Geld?« sagte der Mann. »Es ist nicht das schreckliche Zeug, wie die Leute immer behaupten. Es ist einfach nur ein Vorrat an Zeit. Es ist die einzige Möglichkeit für die Menschen, wie sie sich heute noch Zeit aufheben können und sie morgen erst verwenden. Hätte ich vor zehn, zwanzig Jahren genug von diesen kleinen Stückchen Zeit zur Seite gelegt, brauchte ich heute auf meine alten Tage nicht den Hausmeister in einem runtergekommenen Mietshaus spielen.«

»Es ist nie zu spät, ein Sparkonto zu eröffnen. Das behaupten wenigstens die Banken.«

Der Mann nahm den Zwanziger.

»Jedesmal, wenn Eve vorher weiß, daß sie länger als bis zu einer bestimmten Uhrzeit fort sein wird, bittet sie mich, ihre Katze zum Pinkeln rauszulassen. Genau deswegen bin ich im Augenblick hier.«

Er holte einen Schlüssel heraus und öffnete die Tür. Eine Siam-Katze drückte sich lautlos an seine Beine und schaute mit rätselhaft schielenden Augen zu ihnen auf.

»Komm hierher, Lucifage«, sagte er und klatschte in seine Hände. Die Katze sprang auf seine Arme und blieb dort sitzen, starrte jetzt Whistler an.

»Er ist immer schnell fertig, wenn's regnet«, fuhr der Hausmeister fort. »Vielleicht zwei Minuten, vielleicht auch drei. Sie werden nichts stehlen. Vergessen Sie das. Ich sehe, daß Sie das nicht tun werden. Außerdem, ich wüßte wirklich nicht, was das arme alte Mädchen haben könnte, das es wert wäre mitzunehmen.«

Er ging die lange Galerie zur Treppe hinab, trug die Katze hinunter, um sie unter einer Plastik-Palme pinkeln zu lassen.

Whistler trat in die Mitte des Raumes und sah sich alles an, während er sich langsam auf der Stelle drehte. Die Kochnische nicht größer als ein Schrank. Die schäbige Couch, deren Polster an der Armlehne von der Katze zerfetzt war. Der Sessel vor dem Fernseher auf einem beweglichen Ständer, und die Decke, die gefaltet über der Rückenlehne hing und darauf wartete, Beine zu wärmen, die in den langen einsamen Nachtstunden kalt geworden waren. Das gerahmte Poster an der Wand.

Ein schwacher Duft von abgestandenem Weihrauch, aber kein Hinweis auf irgendwelche Riten oder Zeremonien. Keine Krempel zur Teufelsbeschwörung. Keine entsetzlichen Dinge.

Er ging ins Schlafzimmer, warf unterwegs einen kurzen Blick in das winzige Bad. Alles, wie man es auch bei einer Frau erwarten würde, die allein lebte – die ausgewaschene Strumpfhose über der Duschstange, die Reserve-Rolle Toilettenpapier auf dem Wasserbehälter, die Badematte aus Chenille.

Auch im Schlafzimmer nichts, das nach Satanismus roch. Alles ganz alltäglich. Alles nur traurig, alt, gebraucht und alltäglich.

Als er ins Wohnzimmer zurückkehrte, war der Hausmeister bereits wieder zurück, öffnete seine Arme, so daß die Katze auf den Boden sprang, auf allen vieren landete, einen Buckel machte, zu dem Mann aufschaute und einen Schrei ausstieß, als wäre dies Teil der zwischen ihnen bestehenden Beziehung.

»Nicht besonders viel, was?« sagte der Hausmeister. »Man sollte eigentlich bei einem Menschen was Besseres erwarten, der angeblich mit Satan persönlich verkehrt, oder?«

Draußen Schritte. Der Hausmeister drehte sich um, schaute nach, ob es einer der Nachbarn war. Mike Rialto blieb vor der Wohnungstür stehen.

»Hallo, Whistler. Dachte ich mir doch, daß ich dich hier finde.«

Er warf dem Hausmeister einen kurzen Blick zu.

»Schon in Ordnung. Du kannst ruhig sprechen«, sagte Whistler.

»Auftrag oder nicht, ich hab' mich trotzdem auf die Suche nach Younger gemacht. Ich bin in sein Hotel gegangen.«

»Woher wußtest du, welches Hotel?«

»Ich habe Freunde bei den Cops, genau wie du Freunde bei den Cops hast.«

»Okay.«

»Younger kam runter und stellte sich an den Bordstein. Nach einer Weile hielt Eve Choyren mit ihrem Wagen vor ihm und gab ihm die Schlüssel. Sie gingen ins Haus. Zwei Minuten später kam sie wieder raus. Sie war allein. Fünf Minuten später hielt ein Taxi, und sie stieg ein. Ich wußte nicht, ob ich auf Younger warten oder ob ich dem Taxi folgen sollte. Ich wartete. Nach ungefähr einer Stunde kam er runter, frisch geduscht und rasiert, ein sauberes Jeanshemd an, eine Daunenweste, frisch geputzte Schuhe, und stieg in den Wagen. Ich hab' mich an ihn gehängt, nur so zur Übung. Bin ihm bis runter an den Strand gefolgt. Runter nach Malibu. Zu Hobbys Haus.«

»Da ist er jetzt?«

»Ich habe ihn reingehen sehen. Er war noch drin, als ich wieder fuhr und mich auf die Suche nach dir gemacht habe.«

»Nur er und Hobby?«

»Das kann ich dir leider nicht sagen. Soll ich dich fahren?«

Whistler schaute sich noch einmal kurz in der traurigen kleinen Wohnung um, verabschiedete sich von dem Hausmeister und ging die Treppe hinunter, um in Rialtos Caddy einzusteigen.

48

In seinem Traum hörte Canaan das Piepsen eines Vogels. Er legte seinen Kopf auf die Seite und spitzte die Ohren und erkannte die Stimme seiner kleinen Nichte, die ihn um Hilfe rief. Er kämpfte sich aus dem klebrigen Tümpel frei, in dem er steckte. Der Cop, von dem man sagte, er würde niemals schlafen, war bei einer Observierung eingeschlafen. Eine Observierung, die er sich selbst übertragen hatte.

Dann erkannte er, daß die Schreie, die er hörte, nicht aus seinem Traum in seine Ohren drangen. Sie kamen aus dem Magdalene House.

Seine Beine fühlten sich träge und lahm an. Er schaffte es, sich mühsam aus seinem Wagen zu wuchten. Er sah einen Schatten, der aus der Gasse neben dem Haus kam. Er wollte über die Straße laufen, wurde aber einfach nicht schneller. Wer auch immer es war – er würde ihm entkommen.

»He! Bleib stehen, du!« brüllte er.

Der Schatten drehte sich um, und Canaan konnte einen Blick auf sein Gesicht werfen. Das Licht der Straßenlaterne fiel auf ein bleiches Gesicht und Haare, die von dem Kopf abstanden wie das Fell auf dem Rücken einer verängstigten Katze.

Canaan sah, daß es nur ein Junge von vielleicht dreizehn, vierzehn Jahren war. Er kannte das Gesicht.

»Bleib stehen! Lauf nicht weg!« befahl er.

Der Junge machte sich aus dem Staub wie ein Sprinter. Das letzte, was Canaan von ihm sah, war ein blinzelndes Gesicht, nicht größer als ein Daumennagel. Canaan hatte genug gesehen. Es war der Junge, den sie Bitsy nannten. Was er im Moment noch nicht verstand war, wieso er ihn nicht sofort erkannt hatte, als Whistler ihm das Foto zeigte. So zu blinzeln. Er hatte in die Sonne geblinzelt, genau wie er gerade im Licht der Laterne geblinzelt hatte.

Rialto und Whistler fuhren durch den Regen, fuhren den kurvenreichen, berühmten langen Boulevard hinunter, vorbei an den Villen von Beverly Hills, vorbei am Campus der Universität und über den San Diego Freeway hinaus, weiter durch Brentwood Heights, das so tat, als wäre es eine Kleinstadt, und dann oberhalb von Santa Monica in weiten Kurven hinunter zum Meer.

Sie fuhren nach Norden, vorbei an *Buddy's Place*, wo fünfzehn Jahre zuvor drei Frauen im Hog Wallow verscharrt gefunden worden waren.

Sie erreichten die lange Gerade von Häusern, die als Malibu bekannt war, ein Ort ohne ein Zentrum, ohne ein Herz, sieben Meilen lang und knapp sechshundert Meter breit.

Rialto hielt auf der anderen Straßenseite gegenüber von Hobbys Haus, schaltete zuerst den Motor und dann die Scheinwerfer aus.

Vor dem Nachbarhaus stand ein Mann in weißer Seglerhose und weißem Sweatshirt, der einen Schirm in der Hand hielt.

Whistler legte seine Hand auf die Türverriegelung, wollte sie öffnen.

»Warte nicht auf mich«, sagte er.

»Was soll das heißen? Hier draußen gibt es keine öffentlichen Verkehrsmittel außer dem Greyhound, der selbst tagsüber kaum fährt, geschweige denn nachts.«

»Fahr zurück zu den vier Ecken. Fahr zurück zu deinen Pferdchen.«

»Und wie willst du wieder nach Hause kommen?«

»Mir wird schon was einfallen.«

»Es gießt doch wie aus Eimerchen.«

»Das wird auch nicht immer so bleiben. Außerdem, ich bin auch früher schon naß geworden.«

»Könnte sein, daß du mich brauchst«, sagte Rialto.

»Ich will nicht, daß du in der Nähe bist. Ich will nicht, daß du was mit der Sache zu tun hast.«

»Womit soll ich nichts zu tun haben?«

Whistler gab ihm keine Antwort. Er öffnete die Tür und stieg aus dem Wagen.

Rialto drückte auf den Knopf und ließ die Seitenscheibe heruntergleiten, während Whistler um den Caddy und hinaus auf den Highway ging. Er steckte seinen Kopf aus dem Fenster und drehte ihn nach hinten.

»Tu's nicht. Er ist einen Mord nicht wert.«

»Vielleicht ist das alles, was er wert ist«, sagte Whistler.

»Tu's nicht. Das ist nicht dein Stil.«

»Was ist denn mein Stil? In der Gegend rumstehen und dieses Arschloch weiter frei herumlaufen lassen, bis er sich vielleicht früher oder später an Faye ranmacht?«

»Das weißt du nicht.«

»Dann muß ich vielleicht einfach mit ihm reden und es herausfinden. Vielleicht werde ich ihn auch nur warnen.«

Der Mann auf der anderen Straßenseite trat an den Bordstein, hob seine Hand, um sie auf sich aufmerksam zu machen. Er schien schon die ganze Zeit auf sie gewartet zu haben.

Whistler überquerte den Highway.

Rialto ließ den Wagen nicht wieder an. Er blieb sitzen und wartete, fragte sich, was er jetzt tun sollte. Fragte sich, was er nützen könnte, falls Whistler dort hineinging und Younger umbrachte.

Whistler erreichte die andere Straßenseite. Seine Füße waren bereits klatschnaß.

»Sind Sie von der Polizei? Mein Name ist Manny Shiner. Ich habe Sie angerufen.«

»Was ist denn los?« fragte Whistler.

»Ich weiß nicht. Ich meine, es war ja nicht nur der Krach, den sie veranstaltet haben, diese gottverdammte Musik, die sie so fürchterlich laut aufgedreht haben und alles. Ich gehöre nicht zu den Menschen, die sich sofort bei der Polizei beschweren, wenn ein Nachbar mal eine Party feiert.«

»Ihr Nachbar schmeißt eine Party?«

»Das sage ich doch. Ich weiß nicht, was sie da schmeißen. Da war Gesang und Geschrei und Gebrüll und es hat sich angehört, als wären irgendwelche Sachen umgeworfen worden.«

Whistler drehte seinen Kopf zu Hobbys Haus, als würde er auf das lauschen, über das Shiner sich beschwerte.

»Und dann hat es auf einmal aufgehört. Einfach so«, sagte Shiner. »Vor ungefähr zehn Minuten. Unmittelbar nachdem ich Sie angerufen habe. Sie können es ja selbst hören, es ist jetzt so still wie . . .«

»Was?«

»Ich wollte sagen, so still wie ein Grab. Gehen Sie rein?«

»Wie sieht es hinter diesem Haus aus?«

»Alles Glasfenster, die aufs Meer hinausführen.«

Whistler ging zu dem Tor im Zaun, durch das man auf eine schmale Gasse neben dem Haus gelangte. Es war verschlossen.

Er kehrte zurück und fragte Shiner, ob er durch sein Haus gehen dürfte, um auf den Strand zu kommen.

»Das ist gut«, sagte Shiner. »Dort entlang. Falls sie schlafen oder so, wird Paul nicht erfahren, daß ich die Polizei angerufen habe.«

»Sie glauben, sie würden jetzt schlafen?« fragte Whistler, als er durch Shiners Haustür ging.

Shiner starrte ihn an, und einen Augenblick verzog sich sein

Gesicht wie bei einem Baby, das jeden Augenblick schreien würde. »Nein, glaube ich nicht«, flüsterte er. »Was meinen Sie denn?«

»Nun, ich weiß es wirklich nicht«, sagte Whistler, so wie es ein Cop sagen würde, der überhaupt keine Vermutungen anstellte, einfach nur auf klare Beweise wartete.

Er durchquerte Shiners Haus, hinterließ feuchte Abdrücke auf dem Schieferboden und weißen Teppich, ging dann durch die Schiebetüren hinter das Haus. Die Wellen schäumten jetzt auf den Strand, ihre Kämme abrasiert von dem Wind, der den Regen herantrieb.

Er machte einen Schritt über die niedrige Mauer, die Shiners Terrasse umgab, und stapfte durch den nassen Sand zu einem schmiedeeisernen Törchen. Er drückte es auf und umrundete den schwarzen Swimmingpool, der aufgewühlter war als das Meer.

Noch bevor er sein Gesicht gegen das Fenster drückte, konnte er das Karmesinrot sehen, das überall verspritzt war, und auch die wie Schauspieler auf einer Bühne zusammengebrochenen Gestalten auf der Couch und dem Teppich.

Die Schiebetüren waren verriegelt. Er umklammerte den Griff und rüttelte ihn hin und her, trat gegen den unteren Rand der Aluminiumeinfassung, bis der Riegel schließlich nachgab und er einen Teil aufschieben konnte. Er machte einen Schritt in den Raum hinein und blieb stehen, sah Younger an, der still und reglos auf der Couch saß und Whistler direkt anstarrte.

Die Klingel an der Haustür wurde gedrückt.

Niemand rührte sich.

Younger blinzelte nicht einmal.

Whistler hörte Schritte hinter sich. Der Strahl einer Taschenlampe strich über seinen Rücken und kam auf Youngers Gesicht zur Ruhe.

Younger blinzelte immer noch nicht.

»Einfach die Hände gerade seitlich ausstrecken«, befahl der Deputy Sheriff.

In dem Augenblick, als Canaan durch die Tür hereinkam, wußte Bosco, daß es schlimm war. Sehr schlimm.

»Ist Whistler hier?« fragte Canaan. Er warf nicht mal einen Blick zu der Nische, in der Whistler immer saß.

»Was ist denn mit dir los, Isaac? Siehst du nicht selbst, daß er nicht da ist?«

»Wo ist er?«

»Woher soll ich das wissen? Er verrät mir nicht alles, was er macht, und jeden Ort, an den er geht.«

»Er müßte aber jeden Augenblick reinkommen, richtig? Ich meine, er kommt doch immer um diese Zeit rein, oder?«

»Was ist los, Isaac?«

»Was hast du da unter der Theke?«

»Was meinst du damit?«

»Whistler wird was nötig haben, wenn ich ihm sage, was ich ihm sagen muß.«

»Whistler trinkt nicht.« So standen sie da und starrten sich an, spielten das Spiel der Verleugnung. Was Canaans Mund nicht sagte, und was Boscos Ohren nicht hörten, das geschah niemals. Es würde nicht geschehen, bis einer sprach und der andere zuhörte. Wenn sie lange genug stumm und taub blieben, dann konnten sie die Zeit anhalten.

»Was könnte so schlimm sein, daß er einen Drink brauchen sollte?« fragte Bosco schließlich.

»Ich brauche jedenfalls einen. Ich brauche sofort einen«, sagte Canaan.

»Ich hab' Brandy da.«

»Gieß zwei Fingerbreit in einen Becher und füll dann mit Kaffee auf. Das bringst du dann an den Tisch, okay?«

Er drehte seinen Kopf in Zeitlupe herum, als hätte er Angst, daß Whistler hinter ihm hereingeschlichen war, während sie geredet hatten, und jetzt auf dem Stammplatz in seiner Nische sitzen würde, auf die Neuigkeiten wartete.

Canaan ging zu der Nische und setzte sich. Er nahm seinen

Hut ab. Es war das erste Mal seit Menschengedenken, daß man ihn seinen Hut hatte abnehmen sehen.

Er hatte fast eine Glatze. Seine Haare fielen von einem Kreis bleicher Haut zurück wie die Tonsur eines Mönches. Eine violette Yarmulke, mit Rot bestickt, saß auf seinem Hinterkopf, verwandelte seine Glatze in einen Halbmond – ein Kreis auf einem Kreis.

»Ich wußte gar nicht, daß du so ein religiöser Mensch bist, Isaac«, sagte Bosco, als er den gespritzten Kaffee brachte.

»Das ist eine Gedächtnisstütze.«

»Trägst du sie schon lange?«

»Seit meine Nichte ermordet wurde.«

»Man braucht nichts, damit man so etwas nicht vergißt«, sagte Bosco.

»Nein, das braucht man wirklich nicht. Man vergißt es niemals. Niemals. Niemals. Niemals.«

»Faye ist tot, richtig?«

Canaan trank einen Schluck aus dem Becher.

»Ermordet, richtig?«

Canaan schaute ihn an und nickte kaum merklich.

»War's dieser Younger?«

»Ich weiß es nicht. Ich weiß nicht, wer's getan hat. Die Spurensicherung ist am Tatort. Vielleicht finden sie etwas, das uns weiterhilft. Vielleicht auch nicht.«

»Wo ist es passiert?«

»Drüben im Magdalene House.«

»Wie?«

»Mit einem Messer. Es ist wieder und wieder mit einem Messer auf sie eingestochen worden. Es sieht ganz so aus, als wäre sie völlig ahnungslos hereingekommen, nachdem der Mörder gerade die kleine Nutte erstochen hatte, die wir als Zeugin für diesen anderen Mord auf dem Dach dort untergebracht hatten.«

»Dieser Younger war's«, sagte Bosco mit Überzeugung.

»Es sieht so aus. Aber ich weiß nicht. Niemand weiß im

Moment was. Ich wünschte bei Gott, Whistler würde endlich kommen. Ich muß zurück zum Tatort.«

»Jesus Christus, was soll man da sagen?« sagte Bosco.

»Man kann sagen: ›Jesus Christus, nimm dich ihrer an‹ «, sagte Canaan. »Sie war doch gläubig, oder?«

Das Telefon neben der Kasse klingelte.

»Geh ran, Shirley, okay?« brüllte Bosco.

Das Telefon klingelte noch zweimal, bevor Shirley Hightower den Hörer abnahm. »Für Sie, Sergeant.«

Canaan rutschte aus der Nische und ging zum Telefon. Bosco trank einen Schluck aus Canaans Becher.

Als Canaan zurückkehrte, sagte er: »Du kannst austrinken. Ich muß weg.«

»Haben sie was gefunden?«

»Tja, sie haben Younger unten in Malibu gefunden. So wie's zeitlich aussieht, können wir ziemlich sicher davon ausgehen, daß er das im Magdalene House nicht gewesen ist.«

»Wie das?«

»Weil Younger ungefähr zur gleichen Zeit erschossen worden ist. So sieht's wenigstens aus. Aber das ist noch nicht alles.«

»Was?«

»Ein Hollywood-Produzent namens Paul Hobby und diese Hexe, Eve Choyren, wurden ebenfalls tot aufgefunden. Zerstükkelt. Und das ist nicht alles.«

»Was?« fragte Bosco wieder, wollte es eigentlich gar nicht wirklich hören.

»Die Deputies haben Whistler mitten in der ganzen Sauerei gefunden. Ich muß jetzt raus und auf der Straße warten. Hooligan kommt gleich vorbei und holt mich ab. Er will sich das unten in Malibu mal ansehen.«

Er ging auf die Tür zu.

Bosco hob Canaans Hut auf. »He!«

Eine schwarze Limousine hielt im Parkverbot vor dem Café, und jemand drückte auf die Hupe.

»Da ist er«, sagte Canaan.

»Vergiß deinen Hut nicht«, sagte Bosco. »Du willst doch nicht naß werden. Du willst doch nicht, daß dich die ganze Straße nackt sieht.«

49

»Die Wände und Möbel im Haus sehen aus, als wären sie rot gestrichen worden«, sagte Hooligan. »Was meinen Sie? Würden Sie sagen, daß der Mann drei Leute abgeschlachtet und dabei selbst nicht einen Tropfen Blut abgekriegt hat?«

»Auf seinen Schuhen ist Blut«, erwiderte der Sheriff.

»Ja, unter den Sohlen, da, wo er reingetreten ist.«

»Dann ist er eben nach Hause gefahren und hat sich saubergemacht, bevor er zurückgekommen ist, um sich die Sache noch mal anzusehen.«

»Sie erzählen Märchen, und ich bin kein kleines Kind mehr.«

»Was erwarten Sie denn von mir? Wir kriegen einen Anruf. Ein Nachbar beschwert sich über Ruhestörung. Als meine Deputies hier eintreffen, finden sie zwei Leute vor, aufgeschnitten wie zwei Rinderseiten, und eine dritte Leiche, die mit drei Augen im Kopf da sitzt, ferner noch einen Privatschnüffler, der sich als Polizeibeamter ausgegeben hat. Letzterer steht mit den Händen in den Taschen einfach nur da. Als wir von ihm wissen wollen, was er hier zu suchen hat, antwortet er, er hätte den Aufenthaltsort eines gewissen Inch Younger überprüfen wollen – das ist derjenige, dem ins Gesicht geschossen wurde –, eines auf Bewährung entlassenen Mörders, der eventuell eine Gefahr für seine Ex-Frau, die augenblickliche Freundin des Privatschnüfflers, darstellen könnte. Also sehen Sie sich doch mal das Motiv an, das wir hier haben.«

»Er hat's Ihnen gesagt. Er hat Ihnen die Information gegeben, ohne daß Sie auch nur danach fragen mußten. Was soll das denn für ein Mörder sein? Was soll das denn für ein smarter Privatschnüffler sein?«

Hooligan schaute aus der Tür auf die Terrasse neben dem Pool, wo Canaan und Whistler auf zwei mit Plastik bespannten Liegen saßen, als spürten sie nicht einmal den Regen, der sie durchnäßte, in ihre Kragen lief und in ihre Schuhe.

Unter dem Licht der Quecksilberlampen sahen sie wie zwei Leichen aus, die sich an einer Stelle der Hölle unterhielten, an der es Blei regnete.

»Verraten Sie mir nur einen einzigen guten Grund, warum ich Ihnen einen Hauptverdächtigen übergeben sollte?« sagte der Sheriff.

»Er wird schon nicht weglaufen. Wenn Sie ihn haben wollen, brauchen Sie nur Ihre Hand auszustrecken und werden ihn in meiner Pranke finden. Wenn Sie ihn zurückhaben wollen, brauchen Sie nur zu fragen, und ich überstelle ihn sofort«, sagte Hooligan.

»Sie lochen ihn ein?«

»Ich kann ihn nicht einlochen, weil ich nichts habe, wegen was ich Anklage gegen ihn erheben könnte. Haben Sie was?«

»Ich habe einen dringenden Tatverdacht. Ich habe Grund, ihn festzuhalten. Wenn ich jemanden mitten in einem Gemetzel vorfinde, habe ich verdammt einen Grund, ihn festzuhalten.«

»Sie haben nichts, um Anklage gegen ihn erheben zu können. Sie werden ausgesprochen blöd dastehen, wenn die Gerichtsmedizin fertig ist und Ihnen mitteilt, daß der Tote namens Younger und die anderen zwei hier eine kleine Drogen-Party veranstaltet haben, die dann außer Kontrolle geraten ist. Die haben hier eine Bums-Orgie veranstaltet – der eine Bursche da hat nichts anderes an als Unterhose und Bademantel, die Frau ist unter diesem Cape, oder was auch immer das sein soll, splitternackt –, und dann ist die Sache außer Kontrolle geraten. Younger hat angefangen, auf einen von ihnen einzustechen – Sie wissen sicher, daß er genau dafür schon einmal verurteilt wurde, weil er Leute abgestochen hat? –, und der andere ist dazwischengegangen. Kurz darauf sind beide tot oder beinahe tot, und der Mann nimmt eine Kanone und schießt Younger genau zwischen die Augen.«

»Ich weiß ja nicht mal, welches Interesse Sie an der Sache haben. Wegen gottverdammt was kommen überhaupt zwei Detectives von der Hollywood Division hier runter an den Strand und stecken ihre Nasen da rein?«

»Ich hab's Ihnen doch schon erklärt, verdammt noch mal.« Hooligan warf wieder einen Blick über seine Schulter und senkte seine Stimme, als könnte Whistler, der so weit weg saß, ihn selbst gegen den Lärm des Sturmes hören. »Wir interessieren uns für diesen Younger, weil er noch keine Woche draußen ist, und schon steckt er wieder bis über beide Ohren in Schwierigkeiten. Das letzte, was er wahrscheinlich getan hat, war der Versuch, eine Oben-ohne-Bardame in einer Kneipe zu vergewaltigen. Schlimmstenfalls hat er auch noch eine Nutte vom Babystrich auf dem Dach eines Hauses ermordet und verstümmelt. Ferner haben wir Grund zu der Annahme, daß er auch noch seine Ex-Frau und die Freundin der Nutte ermordet hat, die als Zeugin gegen ihn aussagen sollte.«

»Was zum Teufel erzählen Sie mir da? Die lassen dieses Arschloch wieder raus, und er hat nichts Eiligeres zu tun, als fünf Menschen zu ermorden, zack, zack, zack, zack, zack, und dann läßt er sich ein Ding genau zwischen die Augen ballern?«

»Wir reden hier von Serientätern, wir reden hier von Massenmördern, wir reden hier nicht von normalen Menschen«, sagte Hooligan. »Aber ich glaube nicht, daß dieser Younger fünf Morde begangen hat. Ich denke, wir haben vielmehr zack, zack, zack. Wir haben das Mädchen auf dem Dach, und wir haben diese zwei hier, denn aus einer groben Schätzung der Todeszeit durch den Gerichtsmediziner folgt, daß Younger niemals die Zeit gehabt haben kann, alle vier Morde in einer einzigen Nacht zu begehen.«

Der Sheriff öffnete seinen Mund, um etwas zu sagen, doch Hooligan fuhr ohne Unterbrechung fort.

»Was wir allerdings nicht haben: Wir haben nicht diesen armen Drecksack, der da draußen im Regen sitzt, als Täter dieser

Morde. Er ist hergekommen, um herauszufinden, was mit diesem Younger los ist. Vielleicht wollte er ihn zur Rede stellen. Vielleicht wollte er mit ihm sprechen. Vielleicht, wenn er nicht die richtige Sicherheit bekommen hätte, vielleicht würde er ihm sogar seine Eier zerquetscht oder ihn im Pool ersäuft haben. Aber dazu ist es nicht mehr gekommen. Also, wenn Sie ihn festnehmen und unter Anklage stellen wollen, bitte sehr, tun Sie, was Sie nicht lassen können. Wenn Sie sich die Mühe sparen wollen, lassen Sie ihn uns mit nach Hollywood nehmen. Er wird nicht weglaufen. Das garantiere ich Ihnen.«

»Und wie soll ich das rechtfertigen?« fragte der Sheriff. »Was soll ich in meinem Bericht schreiben?«

»Sie schreiben in Ihren Bericht, daß er zu Besuch vorbeigekommen ist und dann die Leichen gefunden hat. Sie erklären, daß zwei Detectives vom L.A.P.D. offiziell darum ersucht haben, ihn in einer anderen, möglicherweise damit zusammenhängenden Angelegenheit in Gewahrsam nehmen zu dürfen.«

»Aber mal angenommen . . .«

»Sollte sich herausstellen, daß er irgend etwas mit dem zu tun hatte, was hier passiert ist, werden wir ihn wieder an Sie ausliefern. Es wird dann Ihre Festnahme sein. Ihre Trophäe.«

Schließlich willigte der Sheriff ein, aber um ganz sicher zu gehen, bat er sich aus, über alles auf dem laufenden gehalten zu werden.

»Über was?« fragte Hooligan.

»Über jedes gottverdammte kleine Detail.«

Hooligan ging nach draußen und sammelte Canaan und Whistler ein. Die beiden Cops führten Whistler durch die Gasse zwischen den Häusern zur Straße zurück, einer auf jeder Seite. Es war wie ein Leichenzug. Er fühlte kein Leben mehr in sich. Er schlurfte einfach weiter, starrte in den Regen, der vor ihm fiel, als wäre das alles, was es auf der Welt je wieder geben würde. Das merkwürdige Anhalten des Regens.

Hooligan fuhr, und Canaan saß neben ihm. Whistler saß im Fond, das Gesicht zum Fenster gewendet, starrte immer noch hinaus auf den Regen. Sagte kein Wort.

Unvermittelt sagte er dann: »Ihr habt sie nicht observiert. Ihr habt sie gottverdammt noch mal nicht observiert.«

Hooligan und Canaan antworteten nicht.

Schweigend fuhren sie den ganzen Weg zurück nach Hollywood.

Dann sagte Whistler: »Ich will sehen, wo Faye ermordet wurde.«

»Ach, nein, Whistler«, sagte Canaan. »Das willst du eigentlich gar nicht. Wahrscheinlich ist sie jetzt nicht mal mehr da.«

»Bitte, Isaac, tu mir den Gefallen.«

Es hatten keine Cops das Haus überwacht, aber jetzt, nachdem jemand tot war, wimmelte es auf der Straße und dem Bürgersteig vor lauter Beamten in Uniform und Zivil. Auf der Treppe und der Veranda. Im Haus. Im Wohnzimmer und in der Küche. Drängten sich auf dem kleinen Treppenabsatz vor dem Mansardenzimmer.

Männer des Mobilen Gerichtsmedizinischen Labors waren in dem Zimmer, markierten, maßen aus, nahmen Proben und schossen Fotos.

Hooligan blieb in der Tür des winzigen Dachzimmers stehen, füllte sie praktisch ganz aus. Er drehte sich um, als Canaan seinen Arm berührte.

»Sie sind noch nicht dazu gekommen, sie fortzubringen«, sagte er.

Whistler starrte über Hooligans Schulter. Seine Augen waren tote Löcher in seinem Schädel, gefüllt mit Holzkohle. Flecken waren um seine Augen aufgetaucht. Sie sahen aus wie Prellungen. Als wäre er mit Fäusten geschlagen worden.

»Laß ihn durch«, sagte Canaan. »Laß es ihn sich um Himmels willen ansehen.«

Hooligan trat zur Seite.

Canaan streckte seine Hand aus. »Geh nicht rein. Versuch nicht, sie zu berühren.«

Whistler nickte. Er blieb in der Tür stehen. Moo lag halbnackt auf dem Bett, Stichwunden auf Brust und Bauch.

Faye lag ausgestreckt auf dem Boden. Sie lag auf dem Rücken, und eine scharlachrote Blume war mitten auf ihrer Bluse erblüht. Ihre Augen waren halb geschlossen. Sie schien Whistler auf diese halb-schläfrige Art anzusehen, mit der sie ihn angesehen hatte, als sie an diesen Morgen aufgewacht waren, an denen alles mögliche war.

»An ihren Händen und Armen befinden sich keine Wunden, die auf Gegenwehr schließen lassen könnten«, sagte Whistler. Seine Stimme klang wie ein Schrei in weiter Ferne, halb verschluckt vom Nebel.

»Nein«, stimmte Canaan zu.

»Es ist, als wäre sie direkt ins Messer hineingelaufen. Hat nicht mal versucht zu kämpfen oder zu fliehen.«

»Ja«, sagte Canaan.

»Lassen Sie mich durch. Entschuldigung«, sagte der Mann von der Spurensicherung, der es eilig hatte, wieder fortzukommen. Er trug etwas in einem kleinen Gefrierbeutel mit Klemmverschluß.

»Was ist das?« fragte Whistler.

»Ein Taschenbuch«, sagte der Mann, nachdem er zuerst Hooligan angesehen und ein zustimmendes Nicken bekommen hatte. »Es ist ein Buch über diese alten Hog-Wallow-Morde damals neunzehnvierundsiebzig, fünfundsiebzig. Erinnern Sie sich daran?«

Whistler starrte Canaan an.

»Sie haben diesen Dreckskerl rausgelassen. Sie hatten ihn in der Hand, und sie haben ihn wieder laufenlassen. Wie viele Leichen verschenken wir, bevor wir die Mistkerle heutzutage auf den Stuhl bringen?«

»Aber nicht Faye. Er hat Faye nicht umgebracht«, sagte Canaan leise.

»Nein«, sagte Whistler. Er starrte weiter das Buch in der Plastiktüte an. »Aber es gibt einen Zusammenhang.«

»Ich glaube, wir haben Fayes Jungen gefunden«, sagte Canaan. »Ich glaube, er ist hier in der Stadt. Ich glaube, er war heute nacht hier.«

»Was willst du damit sagen?«

Ein Cop tauchte am Kopfende der Treppe auf.

Während Canaan Whistler erzählte, wie er selbst das Magdalene House observiert hatte, weil für diese Nacht noch keine Männer eingeteilt worden waren, und wie er das Kid, von dem er glaubte, es wäre der Junge, den er für Whistler auf dem Foto hatte identifizieren sollen, aus dem Haus kommen gesehen hatte, als die Schreie anfingen, flüsterte der uniformierte Beamte etwas in Hooligans Ohr.

»Verdammte Scheiße«, sagte Hooligan. »Es hört auch nie auf.«

50

»Wenn Sie sich mit Cops rumtreiben wollen, kommen Sie zur Polizei«, beschwerte sich Hooligan.

»Laß ihn in Ruhe«, sagte Canaan.

»Was verdammt noch mal ist hier los? Überall in der beschissenen Stadt tauchen Leichen auf. Ich habe einen Cop von der Kinder-Sitte, der so tut, als wäre er mein Partner. Ich habe einen Privatschnüffler – dem ich bei den Sheriffs den Arsch gerettet habe –, der sich hier rumdrückt und seine Nase in Sachen steckt, wo sie nicht hingehört. Was bin ich denn, ein beschissener Wohltätigkeitsverein?«

»Das würde Ihnen kein Mensch vorwerfen, Houlihan«, sagte Whistler.

»Wie haben Sie mich gerade genannt?«

»Houlihan. So heißen Sie doch, oder?«

»Seit dreißig Jahren hat mich kein Mensch mehr bei meinem richtigen Namen genannt. Alle nennen mich Hooligan. Das beweist mangelnden Respekt. Mich jedoch bei meinem richtigen Namen zu nennen beweist Respekt.«

Canaan drehte seinen Kopf und sah Whistler an. Er hob eine

Augenbraue, wie um zu sagen: »Wie machst du das? Wie machst du das nur, daß Hooligan so lieb wird?«

Vor dem abbruchreifen Gebäude, das Bitsy und seine Familie ihr Zuhause nannten, standen Streifenwagen.

Ein Cop führte sie durch den Keller und weiter durch die Tür in den mit Müll gefüllten Lichtschacht.

»Gibt's da Ratten?« fragte Hooligan.

»Jede Menge«, sagte der Cop. »Sie haben die Person angefressen.«

»Aaach, Jesus.«

»Aber Sie brauchen keine Angst zu haben. Seit wir angekommen sind, halten sie sich zurück.«

Sie stapften durch den Müll zur Mitte der Stelle, wo Hogans Leiche verfaulte. Die Ratten hatten sich an ihm gütlich getan, genau wie der Cop gesagt hatte.

»Wer ist es?«

»Noch keine Identifikation. Nur wieder irgendein Kid, ausgerissen oder abgeschoben.«

»Wer hat ihn gefunden?«

Der Cop deutete mit seinem Kopf auf eine Stelle in der Ecke, wo eine Pennerin von einer Polizeibeamtin getröstet wurde.

»Sie ist hier auf der Suche nach Essensresten reingekommen.« Der Cop grinste. »Hat mehr bekommen, als sie erwartet hat.«

Hooligan beugte sich vor und warf einen Blick auf Hogans verwüstetes Gesicht.

»Kennst du den, Canaan? Ich meine, falls du genug erkennen kannst, um etwas sagen zu können?«

Canaan sah sich den Jungen sorgfältig an. »Nein. Er sieht wie hundert andere draußen auf der Straße aus. Ich kenne nicht alle. Er könnte noch ziemlich neu hier sein. Kein Mensch könnte sie alle kennen.«

Whistler beugte sich vor und streckte seine Hand aus.

»Was zum Henker machen Sie da?« fragte Hooligan. Der gutmütige Schein, den Whistlers Respektbezeugung bewirkt hatte, verschwand schnell wieder. »Wollen Sie vielleicht am Tatort herumpfuschen?«

Whistler richtete sich wieder auf. Er hatte eingesteckt, was er haben wollte, eine kleine Streichholzschachtel mit farbiger Folie und der Aufschrift ›Motel Royal‹.

»Ich hab' nichts angepackt. Ich hab' nur einen Blick geworfen. Und was glauben Sie denn, was Sie in all diesem Müll finden werden? Eine gottverdammte Visitenkarte vielleicht?«

»In Ordnung, wieso verpißt ihr zwei Burschen euch jetzt nicht einfach? Ruft euch ein Taxi. Bittet einen Streifenwagen, euch an der Kreuzung abzusetzen. Was immer. Laßt mich meinen Job machen, okay?«

Canaan zupfte an Whistlers Ärmel. Sie suchten sich ihren Weg zurück durch den Müll.

»He, Whistler!« sagte Hooligan. »Verlassen Sie nicht die Stadt. Halten Sie sich an einem Ort auf, an dem ich Sie finden kann, falls der Sheriff mich fragt, wo Sie sind.«

»Ich gehe nicht fort«, sagte Whistler. »Keine Angst.«

51

Whistler stand am Bordstein und brannte mit seinen Augen Löcher durch die Stricher, Babynutten, Transvestiten, Undercover-Drogenbullen, Zuhälter, Dealer und Eierdiebe, die sich über den Kiez ergossen. Las in ihren Gesichtern. Versuchte dahinterzukommen, wer von ihnen vielleicht ein Kid kannte, das einmal eine mit Metallfolie beklebte Streichholzschachtel besessen hatte. Erwartete, daß es in lodernden Lettern in ihren Augen auftauchte, auf ihrer Stirn. Erwartete Wunder.

Die Ampel schlug um, aber er blieb einfach dort stehen.

Er war ein Fels. Der Menschenstrom wirbelte und teilte sich und floß um ihn herum wie ein Fluß voller Treibgut. Sie warfen ihm aus den Augenwinkeln Blicke zu, nicht einer von ihnen wagte es – noch nicht – ihn zu berühren und zu sagen, wie leid es ihnen tat – falls es ihnen leid tat –, denn er hatte die Liebe verloren, die fortgegangen und dann zu ihm zurückgekommen war und dann ermordet worden war und nie mehr zurückkommen würde.

Sie wußten bereits alles, was es zu wissen gab, denn sie waren ein Fluß, und jeder Tropfen wußte sofort, was jeder andere Tropfen wußte, während sie auf dem Weg zum Meer übereinanderstürzten.

Ob sie ihm sagen würden, was sie alle wußten, war eine ganz andere Sache. Wieviel von ihrem Vertrauen und Wohlwollen er auf der Bank hatte? Er besaß nicht genug Geld, um jedem die Fragen zu stellen.

Zwei Kids, die er auf der Straße gesehen hatte – kannte ihre Namen nicht, aber er sagte: Hi, wie geht's euch? Alles klar? –, schwirrten um eine Straßenlaterne wie zwei Jäger-Piloten. Sie waren Kinder, während sie darauf warteten, ihre Ärsche verkaufen zu können.

Whistler ließ die grüne Ampel hinter sich, die ihn über die Straße gebracht hätte, hinaus aus dem warmen Nieselregen, hinein in *Gentry's*, wo er Anteilnahme, Kaffee und Trost von den Menschen bekommen würde, die für ihn seine Familie waren. Von Bosco, Canaan, Rialto und Shirley Hightower und wer auch immer gerade für ein oder zwei Wochen in der Küche arbeitete.

»Wie läuft's?« fragte er die beiden Kids, die herumtänzelten.

»Klasse«, meinte Roach.

»Super«, sagte Duckie.

»Willste was Spaß mit uns haben?« fragte Roach, stolzierte wie ein Matrose.

»He, bist du blöd, oder was?« sagte Duckie. »Das ist kein Freier. Das ist der Privat-Dick.«

»Tja, darum geht's doch letzten Endes immer, oder? Warten wir nicht alle auf jemanden mit einem privaten Dick?«

»Du kennst mich?« fragte Whistler Duckie.

»Klar kenne ich dich. Du bist doch ein Freund von dem einarmigen Typen, der in dem Café auf der anderen Straßenseite arbeitet. Außerdem bist du auch noch mit Sergeant Canaan befreundet.«

»Was meinst du?«

»Was meine ich zu was?«

»Mir einen Gefallen zu tun?«

»Was für einen Gefallen?«

Whistler nahm die Streichholzschachtel heraus. Sie lag wie ein Juwel auf seiner ausgestreckten Handfläche.

»Die gehört Bitsy«, sagte Duckie.

»He«, sagte Roach, protestierte, wie schnell sein Freund es ausgeplappert hatte, ohne auch nur zu versuchen, einen Preis auszuhandeln.

»Wer ist Bitsy? Kenne ich ihn? Hab' ich ihn hier schon mal gesehen?«

»Keine Ahnung. Klar. Du bist hier in der Gegend. Bitsy rennt hier rum. Ich schätze, ja, du hast ihn schon mal gesehen.«

»Beschreib ihn mir.«

»Magerer Wicht mit lockeren Haaren und komischen Augen.«

»Woher kennst du ihn?«

»Na so eben.«

»He, wieso erzählst du diesem Mann alles und jedes, was er wissen will?« protestierte Roach wieder. »Er will Neuigkeiten, also muß er auch bezahlen.«

»Ich bin abgebrannt«, sagte Whistler. »Ich bin pleite, seit ich angefangen habe, Fünfer und Zehner wegzugeben, um ein paar Antworten zu kriegen. Ihr wißt, was ich wissen will, und es stecken vierzig Bucks für euch drin. Ein Zwanziger für dich und einer für dich.«

»Du hast doch gerade erst gesagt, du wärst abgebrannt.«

»Das ist heute. Es gibt immer ein Morgen.«

»Dann komm uns morgen noch mal fragen.«

»Wir können das auch anders machen. Ich kann euch von Sergeant Canaan einlochen lassen. Ich kann euch mit ein paar Alkis und Perversen achtundvierzig Stunden in eine Zelle einsperren lassen. Ich kann das machen, wenn ihr's unbedingt so haben wollt.«

»Jesus, was bist du für ein nerviges Arschloch.«

»Ich schulde euch was. Und ich bezahle meine Schulden immer.«

»Also okay. Wollte nur mal sehen, um was es bei unserem Deal geht«, sagte Roach.

»Woher kennt ihr Bitsy?«

»Wir haben mal im selben Haus gepennt.«

»Wie viele von euch haben das Haus benutzt?«

»Vielleicht acht, neun Leute fest, und dann noch die Typen, die eben so kamen und gingen.«

»Das Haus, in dem Mimi auf dem Dach ermordet wurde?«

»Ja, Mann, genau das.«

»Das Haus, wo Hogan abgestürzt ist und sich auf rostigen Eisenstangen aufgespießt hat?«

Sie nickten beide, beunruhigt durch dieses viele Gerede von Gewalttätigkeit, die ihnen so nahe gekommen war, erschüttert, weil er sie an Erinnerungen erinnerte, die sie weggepackt hatten wie Vögel, die im Winter erfroren waren und im Frühling begraben wurden.

»Schlaft ihr immer noch in dem Gebäude?«

»Verdammt, nein!« sagte Roach, drehte sich im Kreis, als würde ihn die Dummheit eines Mannes wie Whistler, der es eigentlich besser wissen sollte, in den Wahnsinn treiben.

»Bist du bescheuert, oder was?« brüllte Duckie, so was wie ein Lachen in der Stimme. »Das Haus bringt Unglück. Das ist für uns kein Zuhause mehr.«

»Wie steht's mit anderen?«

Beide zuckten mit den Achseln und lachten laut wie zwei Tänzer, die synchron eine Figur vorführten.

»Wer ist noch übrig? Sissy ist weg. Mimi und Moo sind tot. Hogan auch. Bitsy und Dipper sehe ich hier nicht mehr«, sagte Duckie.

»Ich hab' Dipper gesehen«, sagte Roach.

»Wo hast du Dipper gesehen?« fragte Duckie, als würde es ihn mächtig interessieren.

»Dipper hab' ich drüben beim Buchladen gesehen. Er hat Bitsy oder Hogan gesucht.«

»Wer ist Dipper?« fragte Whistler.

»Das ist der Zurückgebliebene, der immer mit Bitsy zusammen war«, sagte Duckie.

»Wollte sich an uns ranhängen, aber es hatte keinen Sinn. Wenn der alte Dipper sich hier rumtreibt, ist das schlecht fürs Geschäft«, fügte Roach hinzu.

»Dipper geht vielleicht wieder dorthin zurück«, sagte Duckie noch. »Wenn er keinen anderen mehr hat, der ihm sagt, wohin er gehen soll, dann wird er bestimmt wieder dorthin gehen.«

Whistler warf einen Blick über die Schulter, gerade als die Ampel wieder auf Grün umsprang. Er hob eine Hand und lief auf die andere Straßenseite.

»He!« brüllte Roach ihm nach. »Das macht einen Zwanziger für jeden! Vergiß das nicht!«

52

Dicht aneinandergedrängt kauerten sie auf der kaputten Planke auf dem mit Löchern übersäten Dach, unter einem vom Smog schwefelgelben Abendhimmel, einem Smog, der kaum je verschwand, saßen da, wie die letzten beiden Überlebenden einer Stadt, die in einem atomaren Inferno zerstört worden war.

Der Regen hatte aufgehört. Alles roch nach nassem Brot.

»Ich dachte schon, du wärst weggelaufen und hättest mich allein gelassen«, sagte Dipper.

»Warum sollte ich so was tun?« fragte Bitsy. »Außerdem warst du's doch, der sich so benommen hat, als wollte er mich sitzenlassen, als ich dich neulich zusammen mit Roach und Duckie gesehen hab'.«

»Hab ich das?« fragte Dipper, aufrichtig überrascht. Sein Gesicht verzog sich unter der Anstrengung, sich zu erinnern.

»Also, warum wolltest du so was machen?«

»Keine Ahnung.«

»Aber du mußt doch einen Grund gehabt haben.«

»Ach, wahrscheinlich hatte ich einen Grund«, sagte Dipper eindringlich, als wollte er beweisen, daß er nicht so blöd war, irgendwas ohne einen Grund zu tun.

»War's vielleicht, weil du geglaubt hast, ich wär' sauer auf dich?«

»Nee, glaub' ich nicht.«

»Ich meine, wieso sollte ich auch schon sauer auf dich sein?«

»Stimmt, wärst du nicht.«

»Also hast du's vielleicht getan, weil du was gesehen hast.«

»Was denn?«

»Keine Ahnung. Vielleicht hast du *gedacht*, du hättest was gesehen.«

»*Was* denn zum Beispiel?«

»Vielleicht hast du gemeint, du hättest gesehen, wie ich was getan habe.«

»Wann? Wann? Wann?« Dipper schaukelte vor Aufregung hin und zurück, glaubte, daß Bitsy ihm diese Fragen stellte, weil er sich an etwas erinnern sollte, an das er sich nicht mehr erinnern konnte.

»Ich muß mal pinkeln«, sagte er.

»Weißt du, daß die Cops dich immer noch suchen, Dipper? Weißt du das?«

»Dann sollte ich vielleicht besser weglaufen.«

»Hast du irgendeine Idee?«

Dipper dachte darüber nach und schüttelte seinen Kopf. »Ich muß mal pinkeln.«

»Ich meine, für dich wär's nicht zwangsläufig so schlecht, wenn sie dich schnappen würden. Die würden dir nur ein paar Fragen stellen, mehr würden die nicht tun. Wahrscheinlich. Die würden dich fragen, was du gesehen hast, als du dich hier oben auf dem Dach versteckt hast.«

»Ich hab' gesehen, wie dieser Mann es mit Moo gemacht hat.«

»Und dann hat er's mit Mimi gemacht, und dann hat er sie geschlagen und abgestochen.«

Dipper kniff seine Augen zu und packte sich zwischen die Beine. »Ich glaub' nicht.«

»Was meinst du damit, du glaubst nicht? Wieso kannst du dich an eine Sache erinnern und an die andere nicht?«

»Manchmal erinnere ich mich an was, und manchmal erinnere ich mich an was anderes.«

»So wie du jetzt pinkeln mußt?«

»Genau.«

»Dann geh doch pinkeln.«

»Wo denn? Du hast mir doch immer gesagt, ich sollte mein Geschäft nicht in die Ecken machen.«

»An so was erinnerst du dich?«

»Klar tu' ich das.«

»Tja, wir sind jetzt aber nicht im Haus. Wir sind auf dem Dach. Du kannst auf das Dach pinkeln. Also, eigentlich, wenn du willst, kannst du auch über die Dachkante pinkeln gehen. So kannst du sagen, du hättest dreißig Meter weit gepinkelt.«

Dipper grinste sein dümmlich unschuldiges Grinsen und stand auf. »Das ist eine Sache, die ich bestimmt nicht vergessen werde. Ich werde mich immer dran erinnern.« Er ging hinter das, was von dem Geländer noch übrig war, an die Kante des Daches, zog seinen Reißverschluß runter und nahm seinen Penis aus der Hose.

»Ich mache mir ein bißchen Sorgen wegen dem, an was du dich erinnerst und was du vergessen hast«, sagte Bitsy und stand ebenfalls auf.

»Was hast du gesagt?« fragte Dipper.

»Ich habe gefragt, wie's klappt.«

»Hör zu«, sagte Dipper. »Es ist verdammt weit nach unten.«

Bitsy stand nur drei Schritte hinter Dippers Rücken, als die Tür zum Dach aufgestoßen wurde.

Whistler stand dort. Bitsy sah ihn an, und selbst im trüben Licht des schwindenden Tages konnten sie gegenseitig in ihren Augen lesen.

»Es reicht, Bitsy«, sagte Whistler. »Du kannst nicht jeden auf der Welt umbringen.«

EPILOG

Sissy kam zu Roach und Duckie geschlendert, die an den vier Ecken herumtollten. Einen Moment lang erkannten sie sie nicht. Sie hatte sich einen Irokesenschnitt zugelegt und die Seiten ausrasiert. Lange, dicke Strähnen hingen über ihren Rücken, durch die Ohrmuschel hatte sie sich Reihen von Sicherheitsnadeln gestochen. Ihr Metallrock klapperte um ihre Schenkel, bedeckte kaum ihre Scham.

»Mensch, Sissy, bist du das?« kreischte Duckie.

»Wo bist du gewesen?« fragte Roach, als sie sich umarmten und küßten, Sissy ganz außer sich vor Freude, endlich wieder zu Hause und willkommen zu sein.

»War drüben in Pennsylvania. Drüben in Pittsburgh.«

»Wozu?«

»Wollte mal sehen, ob meine Mutter noch lebt.«

»Und?«

»Oh, ja, sicher. Sie hat gelebt wie immer. Hatte eine dicke Lippe und eine neue Lücke in ihrem Lächeln.«

»Dein alter Herr hat sie zusammengeschlagen?«

»Nicht mein alter Herr. Ein neuer alter Herr. Sie hat immer irgendeinen neuen alten Herrn. Das Arschloch hat praktisch seit der Minute versucht, mir an die Muschi zu gehen, wo ich durch die Küchentür reingekommen bin. Ich hab' sofort gewußt, daß ich nicht lange bleiben würde.«

»Wir haben uns schon gefragt, wo du warst. Wir haben uns sogar schon gefragt, ob irgendwer dich entführt hat.«

»Dich vergewaltigt hat.«

»Dir die Kehle durchgeschnitten hat.«

»Jesus, sagt man so jemandem hallo?« fragte Sissy. »Wieso zum Teufel redet ihr so ein Zeug?«

»Weil genau das mit Mimi und Moo passiert ist.«

»Waaaas?«

»Siehst du kein Fernsehen? Liest du keine Zeitungen?«

»Wozu? Die bringen doch sowieso nur Vergewaltigungen, Morde und schlechte Nachrichten.«

»Tja, stimmt auch wieder«, sagte Duckie.

»Also, wollt ihr mich vielleicht verarschen?«

»Verdammt, nein. Mimi ist auf dem Dach mit einer zerbrochenen Flasche vergewaltigt worden. Moo hat die Kehle und was weiß ich nicht alles durchgeschnitten gekriegt, drüben in diesem Heim . . .«

»Im Magdalene House«, half Roach aus, als Duckie stockte. Er hatte den Namen des Hauses, in dem Moo und Faye ihren Geist aufgegeben hatten, fast schon wieder vergessen.

»Diese Lady, die immer mit dem heißen Kakao rumgegangen ist, die mit dem großen Nigger?«

»Ja.«

»Die ist auch erstochen worden.«

»Mein Gott. Mein Gott«, sagte Sissy. Sie schaute sich um, als würde sie sich fragen, wieso jeder, den sie kannte, nicht zu ihrer Begrüßung da war. »Wo sind Hogan und Dipper? Wo ist Bitsy?«

»Hogan ist auch tot.«

»Waaas?«

»Ist vom Dach gefallen. Ein paar verrostete Eisenstangen haben ihn aufgespießt.«

»Mein Gott.« Ihr Mund stand offen. Sie konnte nicht glauben, was sie da hörte.

»Dipper ist in der Klapsmühle«, sagte Duckie.

»In einer Einrichtung für geistig und sozial Behinderte«, sagte Roach, spielte sich auf, weil er den richtigen Fachausdruck kannte.

»Und was ist mit Bitsy? Wo ist Bitsy?«

»Der ist im Knast.«

»Waaas?«

»Er hat's getan.«

»Was hat er getan?«

»Mimi auf dem Dach abgestochen. Später haben sie dann

noch nachgewiesen, daß er auch Moo und diese Frau aus dem Magdalen House kalt gemacht hat«, sagte Roach.

»Ich glaub's einfach nicht«, sagte Sissy.

»Und weißt du auch, wodurch sie's bewiesen haben?« fragte Duckie.

»Nein, wie denn?«

»Sie haben die Abdrücke von seinen Zähnen in einem Apfel gefunden.«

»In einem Apfel?«

»Seine Zahnabdrücke waren in einem Apfel im Aschenbecher vom Magdalene House, und die haben mit den Zahnabdrücken auf Mimis Leiche übereingestimmt.«

»Waaas?«

»Er hat sie in die Schenkel gebissen, als er ihr die zerbrochene Flasche in ihre du-weißt-schon geschoben hat«, sagte Roach.

»Ich kann's einfach nicht glauben«, sagte Sissy, als hätten sie ihr gerade die Handlung eines sagenhaften Films erzählt. »Da fahr' ich mal eben für ein paar Wochen meine Mutter besuchen, und seh sich nur einer an, was alles passiert.«

Whistler beobachtete sie durch das Fenster von *Gentry's*, die Herde der User, Verlierer und der Verlorenen, fragte sich, wieso Krankheit, Gewalt, Vergewaltigung, Überfälle und Sodomie, Herpes, AIDS und Alter die Action auf dem Kiez nicht geringer werden ließen.

Bosco brachte eine Kaffeekanne herüber, schenkte Whistler eine frische Tasse ein und setzte sich. »Folge der Wahrheit nicht zu dicht auf den Fersen, daß sie dir die Zähne nicht ausschlägt«, sagte Bosco.

»Was zum Teufel soll das wieder bedeuten?« fragte Whistler.

»Wie konnte es passieren, daß ein Kid aus den Bergen von Tennessee an irgendwelche Leute unterwegs nach Louisiana verkauft wird, dann wegläuft und schließlich in L.A. landet, wo sein alter Herr einmal drei Frauen abgemurkst hat?« sagte Bosco.

»Wie konnte es sein, daß sein alter Herr, auf Bewährung wieder draußen, im selben Viertel rumzieht, in dem der Junge mit einer Bande anderer Kids in einem verfallenen Haus lebt, von denen eins ermordet und das andere zusammengeschlagen wird, weswegen der alte Herr festgenommen wird, weil er es mit einer Oben-ohne-Bardame versucht und sich dabei verletzt hat?

Wie konnte es sein, daß die Mutter dieses Kids wieder in der Stadt ist und ein Heim für Babynutten leitet, die sie von den Straßen aufsammelt und aus dem Familiengericht herausholt, damit am Ende die Nutte, die zusammengeschlagen worden war, unter ihre Fittiche gerät? Wie kann so was sein, um Himmels willen?«

»Das montieren wir im Schneideraum noch alles richtig zusammen«, sagte Whistler.

»Wie konnten sie alle zur gleichen Zeit am gleichen Ort zusammentreffen, so daß all diese schrecklichen Dinge überhaupt erst passieren konnten?« fragte Bosco, wobei seine Hand auf einer Ausgabe des *Ödipus nach Sophokles* lag. »Manchmal hörst du, daß sie irgendwo eine Leiche gefunden haben, und du denkst, das wäre schon der ganze Film, aber es ist nicht der ganze Film, es ist nur die Vorschau.«

Canaan kam herein. Seine Augen sahen aus, als könnte er jeden Moment losheulen. »Was für eine Suppe gibt's?«

»Rindfleisch mit Gemüse«, sagte Bosco.

»Aus der Dose?«

»Selbstgemacht.«

»Wie kann sie selbstgemacht sein, wenn ich in einem Café esse?«

»Wir lassen sie uns von einer kleinen alten Lady draußen in Ocean Park liefern.«

»Gib mir eine Schüssel. Brot statt Cracker.«

Bosco brüllte Shirley Hightower die Bestellung zu, obwohl sie gerade Pause machte, denn er wußte, daß sie in letzter Zeit irgendwie verrückt nach Canaan war und ihn gern bediente.

»Wieso drängeln sich all diese armen dummen Kinder

ausgerechnet an einen Ort, der ihnen das Herz aus dem Leib reißt?« fragte Whistler.

»Wenn du so alt bist wie sie, dann zählt nur das Heute«, sagte Canaan. »Wenn's heute gut ist, dann ist es gut. Du verstehst, was ich meine. Jeder kleine Trottel da draußen glaubt, die Welt würde sich einzig und allein um seinen Bauchnabel drehen.«

»Und wieso können wir dann nicht dafür sorgen, daß es sich in unseren Städten ein bißchen leichter leben läßt?«

»He«, sagte Bosco, »für manche arme Seele ist trautes Heim, Glück allein die schlimmste Ecke auf der Welt.«

ENDE